The Bad Luck Bride
by Janna MacGregor

レディに神のご加護を

ジェナ・マクレガー
緒川久美子[訳]

JN133934

ライムブックス

THE BAD LUCK BRIDE
by Janna MacGregor

Published by arrangement with St. Martin's Press
through Tuttle-Mori Agency, Inc., Tokyo.

レディに神のご加護を

主要登場人物

クレア・キャヴェンシャム……………………………………公爵の娘
アレクサンダー（アレックス）・ホールワース………………ペンブルック侯爵
アリス……………………………………………………アレックスの妹。故人
ダフネ……………………………………………………アレックスの妹
ポール・バーストウ卿…………………………………アレックスの友人
サマートン伯爵…………………………………………アレックスの友人
ランガム公爵（セバスチャン）…………………………クレアのおじ
ジニー……………………………………………………ランガム公爵夫人
エマ………………………………………………………ランガム公爵の娘
マッカルピン侯爵………………………………………ランガム公爵の長男
ウィリアム………………………………………………ランガム公爵の二男
アイリーン………………………………………………クレアのメイド
チャールズ………………………………………………アレックスの領地の馬番
マカレスター……………………………………………私立探偵
ジェイソン・ミルズ……………………………………元宿屋の馬番
ロジャー・ジョーダン…………………………………元執事

1

一八一一年一月
ドーチェスター

凍《い》てつくような冷たい風がアレクサンダー――アレックスの体に激しく吹きつけ、わずかに残った慈悲の心を追い出した。ペンブルック侯爵として忍耐という美徳を何年もかけて身につけてきたが、そんな努力は無駄だったと今日判明した。

そもそも辛抱などではなく、復讐《ふくしゅう》の技術でも学ぶべきだったのだ。もう二度と、〝友〟と名乗っている人間を無条件に信用しない。友という仮面をかぶった裏切り者かもしれないのだから。決闘にはもってこいの荒涼とした雪の野原で間近に向かい合っているのは、彼の家族に悲劇をもたらしたポール・バーストウ卿だ。

アレックスの乗った鹿毛の牡馬《ぼば》が、ポール卿の白い去勢馬にじりじりと近づく。サザート公爵の次男であるポール卿の日に焼けた顔は、こうやって少し離れたところから見ると、アレックスの子ども時代の記憶にある顔とそれほど変わらない。彼らはともに成長してきた。

人生の節目はいつも一緒で、互いの成功を喜び、挫折すればつらい思いを分け合った。だが死ぬまで続くはずだった友情は、自殺した妹の遺書を読んだときに終わったのだ。

「アリスが死んだよ」鹿毛の馬が足を踏み鳴らし、熱い息を吐く。アレックスは興奮した馬をうわの空でそっと叩き、なだめた。ここでぐずぐず引き延ばしても、いいことはひとつもない。寝不足の目がひりひりと痛み、北風が激しさを増したが、彼は意地でも顔をそむけなかった。「二日前に埋葬した」

ポール卿が頭を垂れ、手袋をはめた手に力をこめる。「お悔やみを言わせてもらうよ」

妹の死に対する悲しみとこの一週間続いている厳しい寒さのせいで体がしびれるのを感じながら、アレックスはつらい気持ちを脇に押しやり、正気をむしばむ怒りを抑えた。正義を追求したために白い雪面を自らの血で汚す結果になったとしても、ささやかな心の平安は得られるだろう。アレックスは喉元にこみあげた苦いものを、ぐっとのみ下した。

彼の末の妹であるアリス・オーブリー・ホールワースは、いまペンブルック家の墓所で眠っている。ほんの一週間前、アリスは夕食の席で家族みんなの心を引きつけずにはおかない明るい笑い声をあげていた。それなのに部屋に戻ると、薬をのんでベッドに入ったのだ。

彼女は二度と目覚めなかった。

それなのに、ポール卿はのうのうと生きている。いくら堕落した男とはいえ、なぜアリスのように無邪気な若い娘を食い物にできたのか、アレックスには理解できなかった。懸命に息を吸い、胸の奥に走った痛みを抑える。

アレックスは手綱を引きしめた。「おまえの子を宿していたんだぞ」

そのとき、彼の視界の端に動くものが映った。雪に覆われた無人の野を乱し、西の方角から黒い馬に乗った男が彼らのほうに向かってくる。時間がない。サマートン伯爵ニコラス・セント・マウアーが来る前に、ポール卿に決闘を受けさせなければならない。サマートンに計画を打ち明けたのは間違いだった。

「彼女のおなかにいたのがぼくの子だと、どうしてわかる?」ポール卿が挑むように言った。

「アリスが遺書に、おまえを責めないでくれと書き残したんだ。そういえばおまえたちは、秋の狩猟パーティーや休みの日にしょっちゅう一緒にいた――」言葉に出し、当時の記憶が鮮明によみがえると、アレックスは気分が悪くなった。胃がうねり、吐き気がこみあげる。

「アリスは幸せそうで、あの頃のぼくはおまえを疑うなんて考えもしなかった」

アリスは苦しまなかったかときくだけでもいい、ポール卿がほんの少しでも後悔しているそぶりを見せないかと、アレックスは待った。けれども沈黙が続くばかりで、彼はポケットに入れてきた二丁の火打石式拳銃の重みに、慰めを見いだした。

サマートンはすでに、さっきの半分まで距離を詰めている。馬に真っ白な野原が乱されて舞いあがった雪が、まるで雲のようだ。

「誰にとっても不幸な事件だった」ポール卿がサマートンをちらりと見る。

「まったくだ」アレックスは全身をこわばらせて、前に乗り出した。上着のポケットに手を入れて拳銃を取り出したいという衝動を抑えながら、ポール卿の白馬に馬を寄せる。「せめて、こっちを見るくらいの礼儀を見せろ」

ポール卿がその言葉に従う気配はない。

アレックスは裏切りを認めさせ、懺悔《ざんげ》の言葉を吐かせたいという一心で、目の前の男をさらに責め立てた。「アリスを誘惑して路上のごみも同然に捨てるなんてまねが、なぜできた？しかも、おなかに子どもがいたというのに」

「そいつはぼくには責任のない話だと言っても、おまえは耳を貸さないんだろうな」ポール卿がようやくアレックスと目を合わせた。「彼女はぼくにつきまとっていた――」

「おまえというやつは！」人影のない雪原に、アレックスの声が鋭く響く。「どうしてアリスのそばにいてやらなかった？　男らしく責任を取って、結婚するべきだったのに」

ポール卿の顔から血の気が引いた。「口に気をつけろ、ペンブルック。性急な結論に飛びつくと後悔するぞ」

「いまここで決着をつけようじゃないか」しかしアレックスがようやく本題に入ろうとしたとき、サマートン伯爵が到着して馬を止めた。

舞いあがった雪煙を避けるため、ポール卿が顔の前に手をかざす。

サマートンはふたりを引き離そうと、二頭の馬のあいだに割って入った。表情は険しく、歯を食いしばっている。「ペンブルック、やめるんだ！」

「すごい勢いで登場したな、サマートン」ポール卿が挑発するように笑みを浮かべた。「友人を助けに来たのなら、遅すぎたぞ。やつはもう、地獄の一歩手前まで行っている」

「きみは帰ったほうがいい。いますぐに」サマートンの声には激しい焦燥感がにじんでいる。

アレックスは友の介入を無視して、ポール卿だけに集中した。「今夜、裏切りを償ってもらう」名誉をかけた決闘で人を殺し、貴族院で裁かれようと、彼はかまわなかった。

サマートンがアレックスの前に立ちふさがって、手綱をつかもうとした。「ペンブルック。なあ、アレックス、やめておけ」野生動物を手なずけようとするかのように、声をやわらげる。

アレックスは自分がいったい何をしてサマートンの忠誠を勝ち取ったのかわからなかったが、いまはそれが裏目に出ていることだけはたしかだった。手綱を引いて、馬をサマートンから届かないところまで遠ざける。「いや、この件になんとしてでも片をつける」必ず決着をつけるのだというかたい決意のもとに、アレックスはポール卿のほうを向いた。「ぼくたちには、医者や介添え人の立ち会いなんて贅沢《ぜいたく》なものは必要ない」

サマートンが馬を進め、懸命に声をかけた。「ポール卿、早く行ってくれ」伯爵は白馬の尻を叩こうと手をあげ、それが合図となったかのように雪がやんだ。

「サマートン、余計な口を出すな！」アレックスの大声に近くの木々から鳥が飛び立ち、枝が揺れた。

伯爵が手を振りおろす前に、ポール卿の馬は飛び出した。木立に走り込み、夕闇の中へと消える。

アレックスは右手をポケットに入れて、ずっしりと重い拳銃のグリップを握った。けれども引き出そうとしたところで、いまいましい良心が邪魔をした。苦い声で悪態をつき、拳銃からゆっくりと手を離す。

積もった雪がすべての音を吸収する静まり返った場所に、サマートンが身じろぎをして革の鞍《くら》がかすかにきしむ音だけが響いた。妹を失った悲しみは生々しく、アレックスは息をするのも苦しかった。何を考えても妹が頭に浮かび、幸せな未来など想像もつかない。

こんなふうに生きていくことはできない。なんとか別の方法を見つけて、ポール卿に罪を償わせるのだ。このままでは明るく光り輝いていたアリスの記憶が、汚されたままになってしまう。

雪がみぞれに変わった。アレックスは灰色の空に顔を向け、肌を刺す氷の粒を受け止めた。冷たさに痛みが麻痺するのを待って、静かな声で沈黙を破る。「やつからすべてを奪う。そのためなら何を犠牲にしてもいい。大切にしているものを、全部ぼくのものにしてやる」

2

一八一二年、四月
ロンドン、〈レイノルズ賭博場〉

ポール卿が手のひらに、何度も何度も手袋を叩きつけている。それを見てアレックスは、しつこく追ってくる猟犬に木へと追いつめられ、怒り狂っている猫の尻尾の動きを思い浮かべた。

「ぼくの借金を買ったって？」ポール卿が信じられないという声を出し、表情を険しくする。

アレックスは口の両端と眉をあげたが、この会話を楽しむ気持ちはまったくなかった。

「礼は必要ないよ」

ポール卿が淡い青色の目を細めた。「地獄が凍りつくか、木曜が三〇回ある二月でも来れば、そんな気持ちになるかもしれないな」

いやみを無視して、アレックスはコートのポケットから紙を一枚取り出した。

「ドーチェスターにおまえが所有しているウィローハウスの譲渡証書をよこせば、今日の分も含めて賭博の借金をすべて肩代わりしてやる」目の前の仇《かたき》に紙を渡し、声を低くしてつけ加える。「それから、こいつにも署名してもらおう」

ポール卿は紙を奪い取った。アレックスの事務弁護士がふたり入ってきたが、無視している。

アレックスは長いあいだ胸にのっていた重しが、ようやく取れた気分だった。どう復讐するのがいいのか考えて何カ月も過ごしてきたが、やっと自由に息が吸える。妹の名誉を汚されて、平気なふりなどできない。亡くなったアリスと赤ん坊は永遠に取り戻せないけれど、周到に計画した報復がポール卿の裏切りの苦さをやわらげてくれる。

アレックスはかろうじて冷静な顔を保っていたものの、本心は目の前にいる愚か者を殴りたくて、拳がうずうずしていた。「署名すれば契約は成立だ。おまえは自業自得のこの騒ぎから逃れ、借金取りに悩まされなくなる」

ポール卿は渡された紙を読み終えると、驚愕《きょうがく》の表情で顔をあげた。「きさまというやつは！　レディ・クレアと結婚できなければ、ぼくは借金を払えない。そうなったら破滅だ」

「彼女はもう、おまえのものじゃない」もし自分の力がおよぶのなら、ポール卿がこの先どんな女性とも関わりを持てないようにしてやるつもりだった。

ポール卿が目を見開き、怒りの表情に動揺をのぞかせる。それは一瞬で消えたが、アレックスは自分の攻撃が大きな効果をあげたのを見て取った。「おまえのせいで、ぼくだけではなくレディ・クレアまで破滅してしまう。もう一度婚約破棄という醜聞を繰り返せば、彼女は終わりだ。それに彼女はぼくにぞっこんだ。離れられはしない。もちろんこっちも、彼女には好意を持っているが」

「何をほのめかしている？」アレックスは緑色のフェルトを張った賭博台の上に身を乗り出した。目の前にいるろくでもない男を殺さないでいるために、自制心を総動員しなければならなかった。ポール卿が妹以外にも罪のない女性を惑わしていたのだと考えると、むかむかする。「慎重に答えろよ。ランガム公爵が聞いたら――」

「おいおい、つまらないことを言うな。もちろん、彼女はすでにものにしたさ」ポール卿がにやりとする。「おまえはこれに無理やり署名させることはできる。だがそうしたからって、なんの意味があるんだ？　必要とあらば、ぼくは特別許可証を取って明日にでも結婚できる。彼女はロマンティックだと思って、大喜びするだろう」

「そんなまねをしたって、すぐにわかるさ。少しでもばかな動きを見せたら、おまえを債権者に引き渡す。やつらはなかなか乱暴なまねをするらしいぞ」アレックスはポール卿の癖をまねして、手のひらに手袋を何度も叩きつけた。その音が、肌に鞭《むち》を当てる音のように部屋に響いた。

周囲を気にせず憎しみをあらわにして、ポール卿がアレックスをにらんだ。どちらも、彼には受け入れる以外に道はないとよくわかっていた。ポール卿が無駄のない動きで羽根ペンの先をインク入れに浸し、紙に署名をする。

アレックスはできるだけ無造作に紙を取り、にじみ止めの砂を署名の上に振りかけた。

ポール卿が身を寄せてきた。「おまえにとって、ぼくがここまでする価値のある存在だったなんて知らなかったよ」

「おまえじゃない。価値があったのはアリスだ」これまで培ってきた自制心を総動員して深呼吸をし、アレックスは気持ちを落ち着けた。「もっと借金を作っておくんだったな。ぼくはいくらだって払っただろう」

アレックスは黒いマントをまとうと、紙を手に出口へと向かった。一歩進むごとに、さらに重しが軽くなっていく。けれども自分自身に対する後悔は、心にのしかかったままだった。もっとアリスに気を配ってやるべきだったのだ。領地の運営に追われ、妹と一緒に過ごす時間を作らなかった。アリスはどんな将来を思い描いていたのだろう？　社交界にデビューするのを楽しみにしていただろうか？　その答えを知る日は永遠に来ない。妹の明るく元気な態度は心の痛みを隠すためだったのだと、見抜くべきだった。

最後にもう一度、アレックスはポール卿に目を向けた。自分がどれほど完膚なきまでに破滅したか、このろくでなしはいまに悟るだろう。「殺さないでやったのは、それでは簡単すぎるからだ。おまえにはアリスと同じだけの苦しみを味わわせたい」彼は安価な葉巻煙草と安酒とポール卿の発する絶望のにおいを吸った。頭がくらくらするようなこのにおいを、死ぬまで忘れはしない。アリスが亡くなっているのを見つけて以来はじめて、アレックスは生きていると実感していた。

事務弁護士なら、ポール卿を苦しめるために設けたひとつひとつの条項を、微に入り細を穿《うが》って解説するだろう。だがアレックスは、それをもっとずっと簡単に言い表せる。要するに、彼はポール卿を叩きつぶしたのだ。そして最後の仕上げとして、これから舞踏会へ行ってレディ・クレアに求婚する。

ポール卿との婚約がだめになったら、彼女にはアレックスが必要になるはずだ。

だが、それだけではない。目をそむけたいがそむけられない事実も存在している。レディ・クレアがアレックスを必要としているのと同じくらい、彼にも彼女が必要だ。それ以上とは言わないまでも。

ひとつだけ問題が残っている。これからレディ・クレアを、決定的に彼女の評判を落とすことになる行動を取るよう説得しなければならない。すなわち四人目の婚約者をあきらめるように、と。

アレックスはレディ・アンソニーの舞踏会に出席するのが楽しみだった。いつもならこういう退屈な催しは恐ろしい伝染病のように避けているのだが、今日は違う。レディ・クレアとダンスをし、話をするのが楽しみだった。彼と結婚すべきだと、受け入れさせるのだ。二階のバルコニーから舞踏室を見渡す。踊っていた客たちが、ゆっくりと動きを止めた。色とりどりのドレスが優雅に揺れるさまには、まったく興味を引かれない。今夜アレックスの視線をとらえるのは、ひとりの女性だけだ。

つややかな赤褐色の髪は、どこにいてもすぐにわかる。彼の視線を導くかがり火のようなものだ。前にレディ・クレアと会ったときは、臆病な牝馬《ひんば》を思わせるひょろりとしたぎこちない少女だった。けれどもいまの彼女を見ると、興奮に体がぞくぞくした。思春期のぎこちなさがすっかりなくなって、魅力的な女性へと変貌している。

先代ランガム公爵の唯一の子であるレディ・クレア・キャヴェンシャムは、若い女性たちの輪の中で笑っていた。その彼女に向かって、お仕着せ姿の従僕が手紙を持って舞踏室の隅から歩いていくのが見えた。アレックスのいる二階からでも、バーストウ家の文房具に使われているワイン色が確認できる。

アレックスは腹部に拳を食らったようにあえいだ。「なんてやつだ！」あのとんでもないろくでなしは、彼女と直接顔を合わせて事実を告げるだけの配慮も持ち合わせていなかったのだ。

従僕がレディ・クレアに近づいていく光景が、時が歩みをゆるめたかのようにゆっくりと見える。馬車が事故に遭う直前の数秒間を目の当たりにするのと同じだ。悲劇が起こるとわかっているのに、それを止めるすべはない。

後悔がわきあがった。彼女に罪はないのだ。衝撃をやわらげるために何かできないかと、あわてて走りだす。もしかしたら、従僕が手紙を届けるのを邪魔できるかもしれない。

アレックスは人とぶつからないように身をかわしながら、レディ・クレアのもとに急いだ。これほど混み合った場所で走るのは許されない行為だが、知り合いが呼びかけてきても無視して進んだ。彼女まで、あとほんの数メートルだ。

「ペンブルック！　こんなところでいったい何をしている？」フレデリック・ハニーカット卿がうれしそうに声をあげ、アレックスの行く手をさえぎった。「ずいぶん久しぶりじゃないか。カードルームに行くのか？」

「いまはだめなんだ、ハニーカット。あとで話そう」アレックスはすばやく会釈すると、相手をかわしてレディ・クレアへと向かった。

従僕が手紙をのせた銀のトレイを差し出している。レディ・クレアは一瞬眉根を寄せたあと、目を見開いた。封筒の色に気づいたに違いない。けれども彼女はすぐに動揺を押し殺した。小さく笑みを作って従僕にうなずき、手紙を取る。

レディ・クレアが友人たちから離れて急いで手紙の封を破るのを、アレックスはなすすべもなく見守った。


どうしてなの？　クレアは手紙を握りつぶしながら、大声で叫びたかった。クリーム色のサテンの手袋をはめた手のひらに張りのある便箋の端が刺さり、いやでもその内容を思い出させる。

手紙は四人目の婚約者であるポール卿からだった。彼はいらだたしいほど優雅な文字を連ね、今夜の婚約発表には行けないと簡潔に知らせてきた。つまり結婚の約束を反故《ほご》にしたのだ。

たしかにクレアはポール卿を愛してはいない。でも、友だちだと思っていた。時間をかければ愛せるようになるかもしれないと。けれど、こうなったら否定しようがない。

いまいましい呪いが、またもや発動したのだ。

四度も婚約がだめになったという不面目な記録に、クレアはめまいがして顔を伏せた。今夜の婚約発表のために特別にあつらえた美しいドレスが目に入る。一時間後には大勢の招待客の前でポール卿と踊り、ひるがえるスカートの裾で舞踏室からも彼女の人生からも呪いを完全にはねのける予定だった。だが、たったいま判明した事実が社交界に広まれば、クレアに待っているのは屈辱にまみれた未来だけだ。しかも今回は婚約発表の場に彼が現れないといういたたまれない状況に、みなの目の前で耐えなければならない。

彼女はただ、家族が欲しいだけだった。家族を持つためには結婚しなければならない。正直に言って、相手にこだわりはなかった。結婚したいという強い気持ちがあるだけで。

悪夢を見ているのではないと確かめるために、クレアはまばたきをした。今夜の出来事で、評判は台なしになるどころではない。婚約が二度だめになったくらいなら、その程度ですんだだろうが、四度となると壊滅的だ。四人目の婚約者は婚約発表の一時間前になってまわりの忠告を受け入れ、クレアを捨てた。そう知ったときの周囲の忍び笑いや嘲笑を思い浮かべ、彼女はぞっとした
レディ・クレアはやっぱり呪われていると、人々はささやき交わすだろう。

けれども彼女は打ちひしがれ、闘う心を失ったりしない。自らのすべてを使い、全力で運命から逃れると誓ったのだ。クレアは静かな決意を浮かべて微笑んだ。公爵の娘らしく誇り

高く顔をあげ、いとこのエマとその友人たちから離れる。一歩目はゆっくり、二歩目はもう少し速く。あと一歩進めばまわりの人々の目に留まらないところに出て、すばやくこの場をあとにできる。

ところが方向を変えようとしたクレアの背中に、従僕が持っているトレイの角がぶつかった。グラスが床に落ちて粉々に砕ける音が、楽団の演奏が終わって静かになった室内に響き渡る。彼女は両目を一瞬きつく閉じたあと、すぐに開いて惨状を見渡した。踊っていた人々やまわりで見守っていた年配の婦人やデビューしたての若い娘が、いっせいに振り向いている。大勢の視線にさらされたクレアの頬は、いつものように一気に熱くなった。

彼女は、ひっくり返ったトレイをつかんでかたまっている哀れな従僕に向き直った。

「ごめんなさい。わたしのせいだわ。けがはしなかった?」

従僕が首を横に振る。「こちらこそ、申し訳ありませんでした」彼は割れたグラスを拾うために身をかがめた。

クレアはおなかに力を入れて胸を張り、舞踏室をふたたび見渡した。すぐまわりの人々を除いて、もとのにぎわいに戻っている。抜け出そうとしていた彼女をわけ知り顔に見ている人間も、何人かいるけれど。

「クレア、大丈夫? なんだかちょっと……気分が悪そうだけど」いとこのエマが隣に来て、部屋じゅうを明るく照らすまぶしい笑みを浮かべた。

起こったばかりの出来事を少しでも打ち明ければ、このいとこが美しい顔に何も出さずにいられるとは思えない。「大丈夫よ。少し新鮮な空気が吸いたくなっただけ」

エマがうなずくと、蜂蜜色の巻き毛がろうそくの光を受けて輝いた。「あなたがそわそわするのも無理ないわ。わたしとしては発表が待ちきれないけれど。やっとシャンパンを飲めるもの。もしかしたら、二杯飲んじゃうかも」彼女は問題がないと確認して満足し、クレアの腕をやさしく叩くと友人たちの輪に戻った。

今夜クレアのおじとおばは、彼女のこれからの幸せを願って、この舞踏会で乾杯する計画を立てていた。レディ・アンソニーには、事前に発表する許可を得ている。それがどんな発表なのかはっきり言葉にしていなかったのが、せめてもの慰めだった。

手紙を運んできた従僕が、いつでも手を貸せるようにクレアの横に立っていた。舞踏室の飾りつけと色を合わせた黒と金の衣装のせいで、その姿は巣の中の働き蜂のようだ。同じ衣装を着た従僕が部屋じゅうに散らばっていて、客たちにきびきびと給仕をしてまわっている。そのとき、カドリールの最初の音が響いた。

従僕が小さく頭をさげた。「お返事はどういたしましょう?」

手紙はどこだろう? 衝撃のあまり、落としてしまったに違いない。クレアが急いで見まわすと、ほんの三〇センチほど離れた床の上に落ちていた。

ひざまずいて手を伸ばすと同時に、男性の大きな手が伸びてきた。

右のこめかみが男の頭と衝突し、クレアの目から火花が散った。彼女は不器用な自分にぞっとして、あわてて体を引いた。今夜はなぜこんなに、すべてがうまくいかないのだろう?

いまここで泣きだしてしまわないのが不思議なくらいだ。「ごめんなさい……」

強い光を放つ灰色の瞳に見つめられているのに気づいて、クレアは口をつぐんだ。おかしく思われるだろうということを忘れ、手袋に包まれた指先から夢中で手紙を奪い取る。絶対に読まれたくない。「これ、わたしのなんです」

彼女の前にしゃがんでいるペンブルック侯爵アレクサンダー・ホールワースが、同情するような笑みを浮かべて申し出た。「レディ・クレア、立つのに手をお貸ししましょう」

彼の声はウイスキーのように低く深みがあり、クレアの体にあたたかい震えが走った。黒いイブニングコートに包まれた肩は広く、しゃがんでいるのに彼女を見おろすくらい大きい。クレアは手紙を奪い取るというぶしつけなふるまいをした自分が恥ずかしく、笑みを消して目をそらした。「ありがとうございます」

ペンブルック卿は彼女の肘を軽く握って、立ちあがるのを支えてくれた。

クレアは彼に背を向けると、従僕に言った。「おじのランガム公爵に手紙を送らなくてはならないの。人のいない静かな場所はあるかしら？」

秘密を見通されるのが怖くて、彼女はペンブルック卿にちらりとも目を向けられなかった。彼はいったいどうしてここにいるのだろう？　ふだんはこういう場に顔を出さないのに。

クレアはマルハナバチみたいなお仕着せを着た従僕に連れられて、薄暗い応接室に行った。この応接室の内装も従僕のお仕着せと同じ色の組み合わせで、金色のふかふかした絨毯《じゅうたん》が彼女の足音を吸収した。激しく打っている心臓の音も同じように吸収してほしいと考えていると、従僕がとがらせた羽根ペンと新しいインク壺《つぼ》を添えて紙を差し出した。

すばやく手紙を書きあげるのは、思っていたよりも難しかった、激しく手が震え、美しい手袋に黒いインクのしみがついてしまった。今夜は何もかもうまくいかない。それでもクレアはなんとか気持ちを落ち着けると、誰にも見られずにここを出られるよう前庭に来てほしいと、おじ夫妻にしたためた。インクが乾くのを待たず、手紙を封筒に入れる。

「急いで届けてもらえるかしら。返事はいらないわ」

「かしこまりました」

従僕が扉を開けると、舞踏室のにぎわいが招かれざる客のように流れ込んできた。従僕が出ていき、クレアはようやく静かな部屋でひとりになれてほっとした。また婚約がだめになってしまった。こんなふうに胸を締めつけられるのは、もう何度目だろう。つらいのは、結婚の約束を反故にされたという事実そのものではない。かつて失った家族に代わる新しい家族を彼女が得ることはけっしてないのだと、またしても思い知らされたことだ。

クレアは応接室を見まわして小さくため息をつき、体の力を抜いた。混乱した状況の中で、幸い少しだけ息をつく時間ができた。応接室は幾何学的に成形された庭に面していて、ほかの日だったらこうして屋敷の中から見つめているだけで満足していただろう。けれども今夜は、庭が彼女の味方になってくれる。

クレアは天井まである両開きの壮麗な扉を抜けると、テラスに出て階段をおりた。もう一度舞踏室に戻って、招待客とは名ばかりのハゲワシたちの好奇の視線にさらされるのはまっぴらだった。

小道に沿って吊りさげられた小さなランタンがそよ風に揺れている。外気の冷たさに腕がぞくっとして、鳥肌が立った。庭にはおそらく誰もいないから、人に見つかる心配はないだろう。遅い時間の舞踏会なので、パーティーは室内だけで行われている。

一五分後にはおじやおばと合流して公爵家の馬車に乗り、少しは安心できるはずだ。舞踏会用のシルクの靴は夜露で濡れてしまったし、美しいドレスの裾も同じような状態だろう。でも好奇心でいっぱいの人々から逃れられるのなら、そんなことはかまわない。

そのとき西の空に一瞬稲光が見えて、クレアはぴたりと足を止め、背筋を伸ばした。動揺しているところに新たに加わった不安を抑え、ふたたび歩きだす。だが小さい雨粒が、ぽつぽつと肩に当たった。まさか、いまはやめてほしい。彼女は恐怖を静めるために、母親が教えてくれた子守歌をハミングした。

嵐に立ち向かう心の準備をまったくしていなかったので、何回か深呼吸をして勇気を奮い起こした。けれども背後で雷鳴が響き、奇妙なリズムを繰り返しながら近づいてくると、胸が締めつけられて息ができなくなった。突然心臓が反乱を起こして、激しく打ちはじめる。

いつのまにかまわりの庭が消え、クレアは一〇歳の少女に戻っていた。両親とともに馬車に乗り、レンウッドへの橋を渡っている。とどろくような雷の音と木が裂ける音がして、馬車が右に大きく傾いた。馬のいななきや従僕たちの叫び声を、荒れ狂う嵐がかき消す。木製の馬車は横倒しになったあと一瞬きしみ、ばりばりと裂けた。気がつくと、クレアは息が止まるくらい冷たい水の中に放り出されていた。スカートが脚に絡み、水を蹴って水面にあがれない。彼女はたったひとりですさまじい恐怖に襲われ、意識が薄れそうになるのと必死で闘った。

「大丈夫ですか？」低い声がクレアを引き戻した。早鐘を打っていた心臓が速度を落とす。彼女が庭に出ていくのを従僕が見ていたのだろう。ほっとして振り返った瞬間、全身から血の気が引いた。

「ペンブルック卿」クレアはささやいた。このままではおじ夫妻との待ち合わせに遅れるばかりか、隠そうとしていることを知られてしまうかもしれない。

でも、少なくとも嵐にひとりで立ち向かわずにすむ……。

こんなことではいけない。恐慌をきたしてはだめだ。あと二分も歩けば前庭に着くのだから。

ペンブルック卿が突然魅力的な笑みを浮かべたので、彼女は驚いた。「どうやらきみも、舞踏会には嫌気が差していたみたいだな。なかなか追いつけなかった」

クレアはかろうじて弱々しい笑みを作った。よりにもよって今夜、彼はなんの用があるのだろう？　ワルツの調べは、もうほとんど聞こえない。

「わたしを追ってきたの？」

ペンブルック卿が一歩踏み出す。急に近寄られてクレアは思わず小さく声をもらし、あわてて口に手を当てた。稲光であたりがぱっと明るくなり、彼の目も火が灯ったように輝く。

黒い髪なので、頭と夜闇の境がよくわからない。

「舞踏室で少し様子がおかしかったから、力になれないかと思ってね」

その言葉を聞いて、クレアの頭の中で警鐘が鳴りはじめた。彼女が動揺しているのにペンブルック卿が気づいたのなら、ほかに気づいた人間がいてもおかしくない。

「力になるですって？」そう口に出したとたんに後悔した。これでは人の言葉を繰り返しか能のないオウムみたいだ。喉にこみあげた塊をのみ下して、彼の背後をうかがう。大丈夫。誰もついてきていない。

ふたたび稲妻が空を走ると、クレアは背中を駆けおりる震えを抑えられなかった。

ペンブルック卿が小道沿いに吊りさげられている明かりに近づいたので、力強い顎と鑿《のみ》で彫り出したようなくっきりとした頬骨が際立った。彼は拡大鏡を使って昆虫を観察している科学者のように、まじまじとクレアを見つめている。

喉がからからに乾き、つばをのみ込むことさえできなかった。これ以上見つめられたら、どんなに動揺しているか見抜かれてしまう。

「レディ・クレア……」ペンブルック卿のささやき声が、そっと彼女を包んだ。「ポール卿について話し合わないか？」

稲妻が火のように空を走り、クレアが鋭く息を吸った。アレックスは手を差し出して誘った。「とりあえず、雨を避けられるところに行こう」小道の右手に見える屋敷の壁にくぼんだ空間《アルコーブ》があり、そこなら濡れないですみそうだった。

「舞踏室に戻らないと」強がっているクレアの声を聞いて、アレックスは傷ついた野生動物が必死で身を守ろうとしているところを思い浮かべた。彼女の手は震えており、本当はすっかり動転しているのだとわかる。

ランタンの光を受けて、クレアの肩や髪についた水滴がダイヤモンドのかけらのように輝いていた。その姿はボッティチェリの『ヴィーナスの誕生』が色あせてしまうほど美しい。アレックスは彼女の気持ちをほぐそうとくすくす笑いながら近づき、内緒話をするように言った。「舞踏室とは反対の方角に向かっていたよ。気づいていなかったのかい？」

彼女の目にうっすらと涙が浮かぶ。

アレックスは、涙がこぼれたらそっとぬぐってあげたいという衝動に駆られた。

「からかうような言い方をして悪かった。きみが陥ってしまった状況を軽く見ているつもりはない」今夜は慎重にことを進めなくてはならない。クレアには彼を怖がらず、なんとしても申し出を受けてもらわなければならなかった。「どうか話を聞いてほしい。重要なことなんだ。怖がる必要はまったくない。ぼくの名誉にかけて誓うよ」

ためらいつつも、クレアがアルコーブに向かって歩きだした。

アレックスは彼女の横に行き、背中の下のほうに手を添えた。逃げたら止められるように身構える。

アーチ状の入り口をくぐる前に一瞬足を止めたクレアは、ランタンの金色の光に包まれてクリーム色の肌の輝きがさらに増していた。かすかな風に乗って漂ってきた香りはスパイシーな柑橘系《かんきつけい》で、心地いいが女性が使うものとしては珍しい。

「座らないか？」彼は御影石《みかげいし》のベンチを指した。

「いいえ、その必要はないわ。いったい何が望みなの？」そっけない声からは、その下に何か重い感情が潜んでいるのがうかがえる。おそらく絶望だろう。彼女はまるで、幽霊でも見てしまったかのようだ。

アレックスが近づいても、クレアはじっと立っていた。その姿は勇敢な兵士さながらだが、小柄な体は寒そうだ。

彼は細身のイブニングコートを脱ぎ、手渡さず直接クレアの肩にかけた。

アレックスが身を寄せると、クレアの体はこわばった。「あ、ありがとう」彼女がささやく。

ほんのわずかしか光が入らない場所にいても、クレアの赤褐色の髪は深みのある輝きを放っていた。急に彼女の丸みのある胸や腰の曲線に手を滑らせたくなって、アレックスは身をかたくした。こんなふうに原始的な衝動に駆られるのは、今夜の例外的な状況のせいに違いない。クレアは美しいけれど、美しい女性ならこれまでにもまわりにいた。だからこれはきっと、ふたたび婚約を破棄されるという屈辱的な目に遭っても彼女が毅然《きぜん》とした態度を崩さないせいだ。そんな姿を見ると、なぜか心臓がどきどきしてくる。

アレックスは余計な考えを頭から追い出した。これから結婚という繊細な問題を、彼女と話し合わなくてはならないのだ。「レディ・クレア――」

「なぜわたしを追ってきたの？」彼女は上がアーチ形になっている空間を見まわしながら、アレックスのコートをきつく巻きつけた。「すぐに行かないと、家族がわたしを探しはじめるわ」

クレアが怖がっているのか、うっとうしいと思っているのか、彼には見分けがつかなかった。どちらにしても、彼女の態度はふつうとは違う。

「今夜ポール卿が来ないことで巻き起こる噂に、どうやって対処するつもりなんだい？」これから口にする言葉の衝撃を少しでも減らすため、声をやわらげる。「これは意地悪のつもりで言うんじゃない。だが今夜のうちに行動しなければ、きみがまたしても婚約を破棄されたと、明日の朝までにみんなが知ることになる。しかもみんなは、きみの不幸を大いに楽しむだろう」

「からかっているの？」クレアが矢のように鋭い視線を向けてきた。

「いや、そんなつもりはまったくない。ぼくは力になりたいんだ」ここからは、とくに慎重さが要求される。一歩間違えば本気の逆襲を受けるとわかるくらいには、アレックスは女性というものをよく知っていた。「きみの不運な状況について、ざっくばらんに話し合いたい」

取りつく島もないクレアの顔を見て、彼はルネッサンス時代のイタリアの絵画を思い出した。穏やかな表情に、かすかないらだちがうかがえる。「レディ・クレアの呪いの噂は、すっかり広まっている」アレックスはあえて禁句を口にした。

見えないくらいかすかに、クレアがびくっとする。

傷ついている内心をうかがわせる仕草に、彼女を守りたいという気持ちが稲妻のようにアレックスを貫いた。「社交界の人々は、真実であろうとなかろうとこの手の話が好きだからね」背中で両手を組む。「ポール卿が来なかったと伝わったときにひどい噂の餌食にならないようにするには、今夜のうちにきみから婚約破棄を発表するしかない。先に行動しないと、確実に街じゅうの笑い物になる。きみが公爵の娘や姪であっても、洗濯係のメイドであっても、ロンドンの人々にとっては関係ないんだ」

「必要なら、すべての花婿候補者がいなくなるまで頑張るしかないわ」クレアの顔には感情のかけらも浮かんでいない。「とにかく誰にも知られないうちに、彼を説得して気持ちを変えさせるつもりよ」

「レディ・クレア……」予想以上に説得は難しかった。この気の毒な女性にとっては、八方ふさがりの状況でポール卿が最後の頼みの綱なのだろう。「彼がいまどこにいるのか、知っているかい？」

「いいえ」

「〈レイノルズ賭博場〉だよ。そして彼は借金で首がまわらなくなっている」アレックスは声を潜めた。「きみがためらっているのは、魔女の呪いのせいなのかな……？」

クレアは一瞬天を仰いでから、あざ笑うように言った。「やめて。あなたはよくわかっていないのよ。わたしの不幸な星まわりを、いろんな呪いのせいにする人たちがいる。魔女の呪いだけじゃなくてね。そのうえわたしには、婚約者をいろんな理由で失う才能まであるらしいわ。病死とか、体の一部を失うとか……。全部聞きたい？」

挑むような声に、アレックスは思わず笑みを浮かべた。「もしかまわなければ」

クレアはちらりと笑うと、目を光らせた。彼女はアレックスが考えていたよりも、どんどん美しくなる。

「タント卿はわたしに求婚したほんの一時間後に、ひどい事故に遭って脚を一本失ったわ。リヴァートン卿は決闘をしたせいで、国を出なくてはならなくなった。求婚したその日に、ある貴族の奥方のベッドにいるのを夫に見つかって」クレアは声をやわらげてつけ加えた。「アーチャード卿は熱病で亡くなってしまった」彼女の目がとうとう心の痛みをあらわにした。アレックスの思っていたとおりだ。「だから、どうしてわたしに彼が必要なのかわかるでしょう？」凛《りん》とした態度で、彼女は黙ったまま向きを変えた。

アレックスはクレアの手をつかまえようか迷った末にやめた。彼には慰めるすべがないのだから、告白を聞いても動じないところを見せてさりげなくふるまうほうがいい。ポール卿を破滅させるために、関係のない人間の人生まで台なしにする気はないのだ。彼女が泣かないでいてくれれば、そのために必要なことをできる。

彼はぐっと拳を握り、気持ちを引きしめた。冷静にならなければならない。今夜どう行動するかで、この女性と自分の未来が決まるのだ。「ポール卿を入れて、婚約者は何人いたのかな？　四人？　大丈夫だ。また別の婚約者が見つかる。ぼくが保証するよ」

クレアは突き刺すような目でアレックスをにらむと、顎をあげた。スカートをつまんで場所を移動したので、シルクとサテンのたっぷりとしたスカートが彼の脚にこすれてしゅっと音を立てる。彼女は手首を返してスカートを落とし、勢いよく振り向いた。

「ポール卿が婚約を破棄したと、どうして知っているの？」強い意志のこもったその声は、クレアの性格と知性を雄弁に物語っていた。「わたしでさえ、ついさっき知ったばかりなのに。それにわたしの知っているかぎり、あなたたちは友人同士でもないわ」

哀れみが、アレックスの胸の奥をちりちりと焦がした。自分がそんなふうに感じるとは意外だった。ポール卿とのやりとりで、やさしさという感情を失ってしまったのではないかと思うようになっていたのだ。けれども良心のうずきに耐えているうちに、心に決めた目標がよみがえってきた。彼は何カ月もかけてこの計画を立てた。だからつらそうなクレアの目を見ても、屈しはしない。

彼女はポール卿と親密な関係になったことで、いやおうなくアレックスの計画の一部となった。クレアにはどうしても結婚したい事情があるし、彼にはポール卿を彼女から引き離して財産を手に入れられなくしたいという思惑がある。アレックスはポール卿をよく知っているので、彼を信用するつもりはなかった。追いつめられたら、ポール卿は彼女を説得してグレトナグリーンに行き、駆け落ち結婚をしかねない。

だが計画は完璧でも、現実の女性を相手にうまくいかせるのは容易ではない。しかも、アレックスはなぜか彼女に惹かれていた。

「こういう醜聞はあっという間に広まるものだ。ぼくとしては、彼のせいで罪もないきみの人生がめちゃくちゃになるのを見過ごせない」アレックスは肩をすくめた。「どうにかしてきみに、この難局を乗りきらせてあげたい。あんなふうに舞踏室で動揺していたきみを見てしまったんだ、放ってはおけないよ」

まだ寒くてたまらないかのように、クレアが体を震わせた。

「きみを助けさせてくれないか。ぼくたちふたりで、何かいい解決方法を見つけられると思うんだ」

彼女がかたくなな表情で首をかしげる。最初の衝撃から立ち直ったあとは、芯の強さを見せていた。クレアはどこかの愚かな女のように、苦境に陥ったからといって目の前に差し出された新たな求婚に飛びついたりしないのだ。アレックスは彼女の毅然とした態度を見てうれしく思い、絶対にポール卿の餌食にさせはしないと心に誓った。

「ペンブルック卿、あなたはいったい何を望んでいるの？　よからぬことをもくろんでいるのなら、わたしは絶対に同意しないわ」

「きみに対しても、舞踏会に来ているほかの若い女性に対しても、よからぬことをもくろんでなどいないよ」体はその言葉を裏切る反応を示していたが、紳士であるアレックスは本能のままに行動したりはしない。「ぼくの動機は良心に恥じないものだ」

「どうして？　なぜわたしを助けたいの？」クレアは眉をひそめた。

「簡単なことさ。きみのように美しい女性は、ポール卿が差し出している結婚よりもすばらしい人生を期待する権利がある」本気だと納得させるため、笑みを浮かべてみせる。「きみは舞踏室に戻って、彼ではなく別の男性を選ぶと言いさえすればいい。ぼくがきみの横にいる」

「つまり、レディ・アンソニーが招待した人たちの前でポール卿を捨てると宣言して、自ら破滅を招けと提案しているのね。また呪いのせいだと言われる以外に、どんな利点があるのかしら」その声は皮肉っぽく、とげとげしかった。「誰かに頼まれたの？」答えを待たずに続ける。「とことんついていないわたしなら、こんなまねをされても不思議ではないわね。何回婚約を破棄されるか、見てやろうというわけ？　どこの紳士クラブで賭けをしているの？〈ホワイツ〉？〈ブルックス〉？　勝ったらいくらになるの？」

「違う、そうじゃない。きみを妻にできたら、どんな男だって名誉に思うよ」

まったく信じていないというように、クレアの口からため息がもれた。

アレックスは、彼女を守りたいという気持ちがわきあがってくるのをひしひしと感じた。なぜこんなにすばらしい女性が、ポール卿みたいな節操のない男の毒牙にかかってしまったのだろう？「本当にきみを屈辱から救ってあげたいだけなんだ。彼とは別れると、みんなの前で言うべきだよ。今夜、いますぐに。彼が何をしたか、誰かに知られる前に」

かすかな雷鳴とともに、遠い西の空に稲光が走る。突風が吹き抜け、装飾用のランタンが上下に揺れた。クレアが近づきつつある嵐を振り返って、血の気を失った。

彼女の関心がそれている。「レディ・クレア、ぼくは正直で信用できる男だという評判を得ている。ぼくの友人たちにきいてみてほしい」

友人といっても、一緒に過ごす価値があるとアレックスが認めている人間は少ししかいない。ポール卿の裏切りが発覚してからは、サマートンだけだ。

アレックスは熱意をこめて続けた。「きみを社交界の笑い物には絶対にさせない。助けたいだけなんだ」この事実を納得させられれば、あとは彼との結婚を受け入れさせるのは難しくない。

クレアは落ち着きなく、何度もまばたきをしている。振り向いた彼女はアレックスがいるのを見て、一瞬驚いたような顔をした。「思いやりのある提案をしてくださって、ありがとう。でも、もう行かなくては」

ここで逃げられるわけにはいかない。そこで彼は別の方向から説得を試みることにした。

「きみはレンウッドの領地やその他の財産を、放蕩者《ほうとうもの》に食い物にされないように守らなければならないはずだ。それにばかげた呪いの噂も止めなくてはいけないし」

「ふたつよ」彼女は手袋に包まれた指を二本立てた。

「ふたつ？　何が？　呪いかい？」紳士クラブでは、もうひとつ呪いがあるとは誰も言っていなかった。

「領地。領地はふたつあるの。レンウッドとロックハート」クレアが彼の目を見つめ返す。

彼女の答えは予期していないものだったが、アレックスはこれまでの経験から、取引においては驚きを顔に出してはならないとわかっていた。私立探偵の報告書には、もうひとつの領地については書かれていなかった。彼女はなぜこの情報を明かしたのだろう？　空を切り裂くように稲妻が走り、クレアがびくっとしてアレックスに体を寄せた。だが、彼だからそうしたのではない。嵐のせいだ。

クレアがアルコーブの出口をちらりと見て、彼に視線を戻す。そして軽く肩をすぼめてイブニングコートを滑り落とすと、アレックスに差し出した。「では、失礼するわね」そのとき、アルコーブの外から男女の声が聞こえてきた。

アレックスは彼女の肩に手を置いて引き止めた。「申し訳ないが、着るのを手伝ってもらえないか？　従者がどこかへ消えてしまったみたいだから」片方の眉をあげる。「それにいま出ていったら、誰が来たのかわからないが見られてしまう」

クレアはためらいがちに微笑み、コートを両手で広げて持ちあげた。アレックスがゆっくり腕を通すと、彼女がしわを伸ばすために肩と背中にそっと手を滑らせて、体に心地いい興奮が走った。

彼女が小道に向かって歩きだそうとしたので、急いで追いついて肘をつかんだ。引き寄せて呆然《ぼうぜん》としている目をのぞき込むと、ふたりのあいだに何かが燃えあがった。こうしてクレアと身を寄せ合っていたいのは情熱に駆られたせいなのか、か弱い女性を守りたいからなのか、アレックスもわからなかった。だが、どちらでもたいした違いはない。彼はクレアを陰に引き込むと、耳元でささやいた。「彼らが行ってしまうまで、待ったほうがいい」彼女の肌のあたたかさに、思わず誘惑されそうになる。

稲光が庭とアルコーブを照らし出した。

クレアをそっと壁際に押しやり、その体が隠れる位置に立つ。

空が割れるような音が響いたあと、さっきよりも大きくなったごろごろという音がなかなか鳴りやまない。

「お願い」うまく息ができないらしく、ささやく声がかすれていた。クレアはさっと手を伸ばしてイブニングコートの襟をつかむと、アレックスを引き寄せて胸に顔をうずめた。体を押しつけてくる様子は、安心できる場所を探しているかのようだ。「置いていかないで」いまにもばらばらに砕け散りそうに、その声は弱々しい。

「そんなことはしない。約束するよ」アレックスは彼女を抱き寄せた。やわらかなサテンのスカートをつかみ、もう片方の手を首のうしろに差し入れて、しっかりと支える。こうしてクレアを抱いているのが、この世でもっとも自然なことに思えた。彼女の体はアレックスの体にしっくりなじむ。

けれどもクレアは小さく身じろぎをして、体を引いた。探るように、必死で彼の目をのぞき込んでいる。何を探しているのだろう?

アレックスは顔をさげ、唇が触れ合う寸前で止めた。彼はわれを失うような激しい思いにとらわれていた。クレアがいま感じている恐怖を忘れるまで、むさぼるようにキスをしたい。彼以外のすべてのことを忘れるまで。

彼女の吐いた息を吸い、口からもれたやわらかなうめき声を聞くと、頭がくらくらした。

自分が生きてきたのはこの瞬間のためだったのだと思い、突き動かされるように唇を軽く触れ合わせる。

「ペンブルック？　レディ・クレアを見なかったか――」

クレアが彼の襟から手を離し、壁際で身を縮めた。彼女のぬくもりを失うと胸に穴が開いたように寂しくてたまらなくなり、アレックスは険しい表情で邪魔者を振り返った。

フレデリック・ハニーカット卿とその妹のレディ・ソフィアが目を皿のように丸くして、あとずさりする。

ハニーカット卿が先に立ち直って口を開いた。「ああ、レディ・クレアをすでに見つけていたようだな」ほんの少し頭をさげ、声を低くして続ける。「姪御さんを探しておられるランガム公爵が、ぼくたちのうしろにおいでだ」

クレアのおじが前に歩み出ると、アレックスの頭に警戒信号が灯った。足を肩幅に開いて立ったランガム公爵を全員が見つめる。公爵はかすかに笑みを浮かべているが、体の両脇で握った大きな拳が心の内を表していた。「クレア、大丈夫か？」目には怒りを浮かべているのに、その声は姪への愛情からどこまでもやさしい。

「大丈夫よ」彼女はアレックスの背後から出たが、彼の横にとどまった。

クレアがおじのもとへ駆け寄らなかったことにアレックスは驚き、彼女を勇気づけようと背中に手を添えた。

クレアのいとこのマッカルピン侯爵マイケル・キャヴェンシャムと、その弟のウィリアム卿も姿を現し、父親と並んで立った。兄弟はふたりとも、父親と同じくらい上背がある。

アレックスは思わず苦笑した。このキャヴェンシャムの壁を、どうすれば生きたまま突破できるだろう。

雷鳴が遠ざかり、小さくなって消えた。雷のような自然現象でさえ、公爵家の男たちと対決するのを嫌ったのかもしれない。

「いとこと何をしている？」マッカルピンがアレックスに向かって足を踏み出そうとするのを、公爵が腕を伸ばして止めた。

ウィリアムは父親をはさんで兄とは反対側に立っている。さらに公爵の末っ子であるレディ・エマも加わって、呼びかけた。「クレア？　わたしの助けが必要？」

クレアはアレックスとふたりきりでいた理由をあわてて説明するだろうと彼は思った。けれども彼女は少し頭を傾けると、家族たちに背中を向けた。もしクレアが彼を守るつもりでそうしてくれたのなら、必要ない。アレックスがクレアを、彼らから守る。

「ごめんなさい」彼女のあたたかい息が、アレックスの頰をキスのようにかすめた。

「謝らないでくれ」彼はささやいた。手探りでクレアの手を取り、指を絡めてやさしく隣に引き寄せる。そしてその手を持ちあげると、集まっている人々から見えるようにゆっくりと唇をつけた。

彼女が目を見開いた。

「みなさん、聞いていただきたいことがあります」アレックスの深みのある声は庭じゅうに響き渡った。ほかにも庭に出ている人間がいれば、聞こえたに違いない。彼はクレアと目を合わせて微笑んだ。

公爵家の人々が静かになる。

「うれしいことに、今夜レディ・クレアはポール卿との婚約を正式に破棄してくれました」

「何を言うの？」彼女がささやいた。

集まった人々がいっせいにしゃべりだした。

クレアは手を振り払おうとしたが、アレックスはやさしく握りしめた。「信用してくれ」彼女だけに聞こえるようにそう言うと、公爵たちに向かって声を張りあげる。「なぜなら、彼女はぼくの妻となることを承知してくれたからです」

ハニーカットの眉が額から飛び出しそうなくらいあがり、彼の妹は気絶しそうになった。立ち直ったエマがアルコーブに走り込む。「クレア！」

マッカルピンが妹のあとに続いた。「ペンブルック、何を言いだすんだ。もし冗談のつもりなら……」

ランガム公爵がアルコーブの入り口に突進してきて子どもたちを押しのけ、広い肩でほかの者たちの視界をさえぎった。「クレア、いったいこれはどういうことなんだ？」

彼女が口を開く前に、アレックスが答えた。「ぼくは破産したも同然の放蕩者から、彼女の名誉を守りたいんです」

ランガム公爵が疑わしげに眉をあげる。その表情は、すぐに公爵らしい尊大なものに変わった。「ペンブルック卿、きみがわたしの姪に対して負う義務については、明日ランガムホールで話し合おう」

「喜んでそうさせていただきます」アレックスは向きを変え、見物人の目をものともせずにクレアの耳に口を寄せた。そのまま唇をかすかに耳たぶにつけ、そっと動かす。「絶対に後悔させない。誓うよ」

「あなたは時間を無駄にしているわ」彼女はおじに向かって歩いていくあいだ、一度も振り返らなかった。

アレックスの体を安堵《あんど》感が駆け抜けた。何も疑っていないハニーカットのおかげで、今夜の目的を達成できた。ふつうの手順を踏んでレディ・クレアと結婚する手もあるが、結婚せざるをえない状況に彼女を追い込めば長々と求婚する手間が省けるし、ばかげた呪いの噂に悩まされずにすむ。

すっかり満足してアルコーブを出たアレックスは、エロス像の横を通るときに突き出た唇に目を引かれた。

大理石の彫像は、彼に向かってにやりとしていた。


馬車は四人の人間を乗せ、わずかに揺れながらランガムホールへと向かっていた。クレアは寝室でひとりになったら、今夜の出来事をよく考えてみるつもりだった。家を出て舞踏会に向かったときは、ポール卿が夫となるはずだった。けれども夜がふけて、来た道を引き返しているいま、夫となる男性が変わってしまっている。ペンブルック卿が世界じゅうに向かって、クレアは彼と結婚すると宣言したのだ。世界じゅうというのは大げさでも、レディ・アンソニーの招待客のほとんどが彼の言葉を聞いただろう。なぜこんなめちゃくちゃなことになってしまったのか？　先ほどまでの嵐に代わって星空が広がっていることだけが、この状況での唯一の救いだ。

クレアはおじのセバスチャンの隣に座っていた。亡き父親の弟で現ランガム公爵である彼はクレアに腕をまわし、取り乱したおばの相手をする勇気を与えてくれている。

「何があったのか話してちょうだい」おばのジニーが座席の端まで腰を滑らせ、身を乗り出して懇願した。心配そうなその声に、クレアは慎重に説明しなくてはならないと悟った。

「話せることはほとんどないの。ポール卿が婚約を破棄してきたのよ」

「あいつを串刺しにしてやる」セバスチャンが宣言する。

ジニーが鋭く息を吸った。

「レディ・クレアの呪いなんて冗談につきあわされるのは、もう我慢できないわ」クレアは苦々しい声でつぶやき、ふくれあがる屈辱感を懸命に抑えた。「ペンブルック卿が外に連れ出してくださったところに、ハニーカット卿やエマやセバスチャンおじさまたちが来たのよ」

「かわいそうに……」ジニーが目をぎゅっとつぶって、クレアの手を握った。「彼とキスをしたの？」

「そんなふうに見えたかもしれないけれど、彼はわたしの力になってくれようとしていただけ。とても紳士的だったわ。ペンブルック卿は――」鋭く息を吸う。「わたしよりも前に、ポール卿のしたことを知っていた。それでポール卿が今夜あそこに現れないとみんなに知れる前に、わたしから婚約破棄を宣言するべきだと言ってくれていたの」

ジニーが両手でクレアの手をはさみ、やさしく叩いた。「どうして庭に出たの？」

「舞踏室にはとても戻れなかったから。庭を通れば、前庭への近道でしょう？」

「セバスチャン、こんな状況でクレアを結婚させられないわ。この子の父親と母親が生きていたら、なんて言うでしょう？」ジニーは手を伸ばして夫の膝に触れた。「マーガレットは、こんななりゆきを絶対に許さないわ。わたしもよ。もっと事情がわかってからでないと、何も進められない。良心が許さないもの」声をやわらげて続ける。「あなただって、お兄さまのマイケルならどうするのを望んだか、わかるでしょう？」

おじがおばの手をすくいあげ、口元に持っていった。「だが、この子にはほかに選択肢がないんだよ。クレアと結婚すると、ペンブルックがみなの前で宣言してしまったのだから」

おばが首を横に振りながら、ため息をつく。

「今夜の出来事は醜聞になるだろうが、ひとりで立ち向かわせはしない。おまえはこれまで、さんざんつらい思いをしてきたんだからね」その声のあたたかさに、クレアは腕をまわしてくれているおじに思わず体を寄せた。

ジニーがクレアに尋ねた。「あなたはどう思っているの？」ペンブルック卿に抵抗するつもりのおばは援軍を求めているのだ。

「こうなってしまったからには、わたしの考えなんて関係ないでしょう？　どうしたって結婚しなくてはならないんですもの」その言葉は意図したよりもきつく響いた。「ごめんなさい、ジニーおばさま。わたしはただ――」クレアは大きく息を吸った。幸せになれる可能性が少しでもあるのなら、明日もまた頑張れる。たとえ醜聞に見舞われようと。

おばの気持ちはうれしいけれど、いまは状況を悪くするだけだ。自分の子どもが欲しければ、結婚するしかない。それに結婚すれば社会的信用も得られる。母親が始めた慈善事業にもっと関わっていきたいと考えているクレアには、どうしても必要なものだ。もろもろ考えると、ペンブルック卿は彼女に与えられた最後の機会なのかもしれない。彼を失うわけにはいかないのだ。クレアはいらだちのあまりため息をついた。今夜の出来事をひとつひとつ思い返し、めちゃくちゃに思える状況を整理してみる。ペンブルック卿は妹の喪が明けたばかりだ。その彼がわざわざロンドンまで出てきて、このままでは多額の賭博の借金を背負わされてクレアの将来はひどいことになると警告した。でもポール卿はすでに彼女との婚約を破棄していたのだから、この警告はあってもなくても違いはなかった。

どう考えても意味が通らない。これはもう本当に呪いのせいなのか、あるいはペンブルック卿とポール卿とのあいだになんらかの駆け引きがあると考えるしかない。真実を明らかにする方法を、どうにかして見つけなければ。

何度も婚約がだめになっているだけで、こんなにつらいのだ。このまま結婚できず、高名なオールドミスとして社交界で生きていく未来なんて考えたくもない。クレアはすでに二四歳で、結婚市場ではとうが立っている。ペンブルック卿と結婚できるのなら、この機会を逃すわけにはいかない。

一瞬躊躇《ちゅうちょ》したが、好奇心が勝った。「ペンブルック侯爵の領地は、たしかレンウッドの隣よね。ほかに彼のことをご存じない？」

「われわれのあいだで、彼の評判はとてもいい」セバスチャンは少し考えてから答えた。

「貴族院ではさまざまな議題についてわたしと意見が合わないことも多いが、彼は農業関連の議論や小作人の権利の擁護に熱心に取り組んでいる。それにきわめて裕福だ」

ジニーがふんと鼻であしらった。「男同士、かばい合っているのよ」

「少なくとも、彼には情熱を傾けているものがある」セバスチャンは笑ったあと、真顔に戻ってクレアを見た。「だがポール卿やペンブルック卿を含めて、誰にもおまえを利用させはしないよ」

3

メイドが暖炉の火をかきたて、心地よく燃えあがらせた。「ほかにご用はございますか、お嬢さま？」

「もういいわ、ご苦労さま」

メイドが出ていこうと扉を開けたところにいとこのエマがちょうど来て、クレアの私室に入ってきた。弾むような足取りは、父親の飼っているレトリーバーとそっくりだ。投げられたご褒美を取りに深い池へ喜んで飛び込む犬のように元気がいい。エマはクレアが座っているソファに勢いよく腰をおろした。「ペンブルック卿と庭でふたりきりになるなんて、ほんの少しのあいだにどうしてそんなすばらしいことになったの？　わたしは何年もあちこちうろついているのに、ラトゥーレルはキスのひとつも盗みに来てくれないのよ」

「エマ、あなたが考えているようなことではないの」クレアはやさしく言った。

残りのいとこふたりが妹に比べてゆっくりとした歩調で入ってきて、向かい側の椅子に座った。

「キスだって？」マッカルピンが顎をこわばらせる。「ペンブルックはきみに触れたのか？」

ウィリアムが兄に顔を寄せて言う。「あの侯爵はどこまでなら許されるか、ぼくたちのいとこ相手に試しているのかな？　それならごろつきを雇って――」

「いいえ。もちろん彼はわたしに触れなかったわ」クレアは言った。ウィリアムとマッカルピンはいつも守ろうとしてくれるけれど、妹に対してもいとこに対しても過保護になりすぎて、極端な行動に走るきらいがある。

「暴力では解決できないわよ」エマが兄たちをたしなめた。「それにしても信じられない。あなたの最初のウェディングドレスの最後の仮縫いについていったのは、そんなに昔じゃないのに。あなたとアーチャード伯爵との結婚は、シーズン一のロマンスだって噂だったのよ」大げさにため息をつく。「ポール卿のドレスの仮縫いに行ったのは先月だし」

「ポール卿のドレスですって？」クレアは笑いながら、クッションをエマの頭に投げつけた。

「わたしのドレスよ」

エマはいたずらっぽく微笑んだ。「また一着、作ることになりそうね」

クレアはもう一度クッションを投げようとつかんだが、考え直して胸に抱きしめた。陽気な気分があっという間にしぼむ。婚約者以外の男性とキスしていると思われても仕方のないところを見られた女性は、ふつうならあまりの屈辱に死んでしまいたいと思うだろう。でもクレアは長いあいだ社交界の上品な人々にひどい噂を立てられてきたので、そういう事態には免疫ができていた。だからいまの彼女の関心は人々にどう言われるかではなく、ペンブルック卿が結婚を申し出た動機に向いていた。単なるその場しのぎのでっちあげでなければ、彼がそんなことをする理由はない。

自分のこれまでの運の悪さを考えて、彼は明日現れないかもしれないとクレアは半分覚悟していた。

マッカルピンが背中のうしろにある小さな四角いクッションを引き抜いて、目はクレアから離さないまま、山なりに放り投げてエマの顔に命中させた。「クレアをからかうのはやめろ、エマ」

エマが顎をあげる。「ひどいじゃない」

「それならおわびに、明日好きな本屋に連れていってやるよ。時間の制限なしで」マッカルピンが申し出た。

「丸一日かかるから覚悟しておいてよね、お兄さま。ジェレミー・ベンサムの最初の著作をどうしても見つけたいから」

「哲学者のか？」ウィリアムが頭をかく。「マッカルピン、どうしてそんな苦行に身を投じるんだ。こいつはある本を手に入れようと一度決心したら、テリアみたいに絶対にあきらめないんだぞ」

だが、マッカルピンはクレアしか見ていなかった。「ペンブルックと知り合いだったのか？」

「いいえ、ほとんど」

「それなら、なぜ彼は婚約を宣言したんだ？」マッカルピンが追及を続ける。

「わたしにきかれても、わからないわ。彼とは単なる顔見知りよ。何か目的があるんだと思うけど、あなたのお父さまによれば彼は裕福だというし、まわりからの評判もいいみたい」

クレアは膝の上のクッションをさらにきつく抱きしめた。「彼について、何か知ってる?」

マッカルピンは椅子の背にもたれてくつろいだ格好になったが、青い目に浮かべた真剣な表情は変わらなかった。「同じ紳士クラブの会員だ。〈ホワイツ〉では何年も前から毎日三時にテーブルを取っていて、たいていはポール卿が合流して一緒に一杯やっていた。ポール卿が来ない日はサマートン。三人一緒ということはなかったな」

「サマートンとポール卿は仲が悪いんだ」ウィリアムが説明する。「レディ・アリスが亡くなったあと、ペンブルックはテーブルの予約をしなくなった。それにサマートンとしかつきあわなくなった。ポール卿と仲違《たが》いをした理由はわからない」

「今日はもう終わりにして、話は明日にしましょう」クレアは窓の外に目をやった。夜空に月が輝いている光景を見て、ほっとする。今夜はペンブルック卿について、じっくり考えられそうだ。

エマはソファから跳ねるように立ちあがると、暖炉の前に置いてある椅子に移った。

「これ以上あなたの邪魔はしたくないんだけど、どうしても話しておかなくちゃならないことがあるのよ」椅子の上に長い脚をのせて折りたたみ、クレアの言葉が聞こえなかったかのように続ける。「今夜、レディ・レナに聞いたの。ペンブルック卿はモニーク・ラフォンテーヌを愛人にしているんですって」

マッカルピンが大きなため息をついた。「エマ、おまえというやつは。そういう話題は、男女が同席している場所で出すものじゃない」

「やさしいウィリアムお兄さまの耳にも、もっといろんな噂が入っているんじゃないかしら」エマが言い返す。

ウィリアムは妹に向かって、にやりとした。エマが椅子の上で背中を伸ばす。兄と妹は抜け目なく互いの様子をうかがった。彼らは傍《はた》から見ているとはらはらするくらい遠慮のない言い合いをするが、とても仲がいいのだ。

エマはクレアに注意を戻した。「愛人にはどう対処するつもり？」

「子どもみたいなことを言わないで。別に対処なんてしないわ。ほかにすることのない暇な人たちが、楽しそうに噂しているだけでしょう？」嘘の上に成り立っている噂がどれほど多いか、クレアは誰よりもよく知っていた。

嵐が怖くてペンブルック卿の腕の中に助けを求めてしまったとき、彼は何もきかずに受け入れ、そばについていてくれた。彼女の内側に巣くうもっとも根深い恐怖をあらわにしても、問いつめたりせず、ただ守ってくれたのだ。

ふたりが一緒にいるのを見て啞然《あぜん》としている人々に、クレアがまたしても婚約破棄されたという事実を最小限の衝撃ですむように伝え、代わりに自分が彼女を妻にすると宣言してくれたときの態度は、いまでも頭に焼きついている。ペンブルック卿はあの場を堂々と仕切っていた。全力で醜聞から守ろうとしてくれた彼には、一生感謝し続けるだろう。だからせめてものお返しに、彼の評判を守らなければならない。

「クレア、彼が本当に愛人を囲っているのかどうかは、ぼくが調べるよ」マッカルピンが彼女の手を取った。「これを聞いて安心できるかわからないが、ぼくはそんな噂は知らなかった」

エマが首をかしげて眉根を寄せる。「単なる噂じゃなかったらどうするの？　何もないって信じるほうが、無邪気すぎるんじゃない？」

クレアは舌を噛み、ペンブルック卿に対する疑いがむくむくとわいてくるのを抑えた。彼は求婚する理由を一度も説明しなかった。とはいえ明日ちゃんと来てくれるのなら、彼の動機に疑問を持つ権利は自分にはないのではないだろうか？　彼が愛人を囲っていても、文句を言えないのでは？　でもやはりそんなわけにはいかないと、クレアはため息をついた。愛人がいるとなれば、話はまったく変わってくる。たしかに彼女は自分の家族を持って社会的な信用を得るために結婚したいと思っているが、ペンブルック卿が有名な高級娼婦を囲い続けるというのなら、結婚するのは無理だ。どんなにせっぱつまっていても、そんな状況を甘んじて受け入れはしない。彼女の評判はすでにぼろぼろだけれど、それでも守らなくてはならないのだ。

アーチャード卿との結婚がだめになってから、クレアは自分を愛してくれる夫を持つことはあきらめていた。それでもペンブルック卿の腕の中は予想外に心地よく、それをほかの女性と分け合うつもりはなかった。

彼女はあくびをした。「話は明日にしましょう」疲れたように声を落とし、ひとりになりたいという気持ちをいとこたちが汲《く》んでくれることを祈る。エマにつきあっていたら、ひと晩じゅう起きているはめになるだろう。

エマが立ちあがり、足を踏み鳴らした。「彼のせいで笑い物になったらどうするのよ？」

クレアはうめいた。「わたしはすでに笑い物よ」

エマが怒って続ける。「どうしてそんな簡単に片づけてしまえるの？　とんでもない放蕩者かもしれないのに」彼女はまるで、戦場に立って容赦なく兵士を駆り立てる将軍だった。「彼は賭博場にしょっちゅう出入りしていて、社交界の催しには顔を出さないわ。それでちゃんとした夫になれると思う？」

「とんでもない放蕩者であろうとなかろうと、あわてて結論に飛びつかないほうがいい。彼はつきあったら、なかなか面白そうな男だ」ウィリアムがとりなした。

けれどもエマは、そんな言葉で攻撃の手をゆるめはしなかった。マッカルピンにぶつけられたクッションをウィリアムに向かって投げる。クッションは彼の足元に落ちた。

「わたしたちはクレアの将来について話しているのよ。たまにはまじめになって」

「わたしは彼の賭博場での活躍については聞いたことがないし、あなた方のお父さまは彼を評価していたわ」クレアは知らない事実について議論しても無駄だとわかっていたが、一応説明を試みた。「彼は妹さんの喪が明けたところだし、わたしにはほかに選択肢がないのよ」

「クレア、もちろん選択肢ならあるさ。いつだってね。ペンブルックやばかげた呪いのせいで、きみがしたくもない結婚をするなんて、ぼくたちが許さない」マッカルピンは立ちあがった。「妹が亡くなったあと、彼はロンドンから姿を消していた。そのあいだの彼や彼の家族の動向は、まったく聞いていない」

「ぼくもだ」ウィリアムが兄に同意した。「ぼくたちで、できるだけ調べてみるよ」

エマが大げさな音を立てて息を吐き、目の前にかかった髪を吹き飛ばした。「レディ・アリスの死はひどい事件だったわよね。彼のもうひとりの妹のレディ・ダフネもロンドンに来ているみたいだから、会いたいわ」

「みんな、心配してくれてありがとう。でも、ペンブルック卿はちゃんとした男性だと信じているわ。彼はポール卿が舞踏会に現れないと知っていて、庭で見つかる前からわたしを助けたいと言ってくれていたのよ」クレアは声をやわらげた。「それに彼がそのつもりなら、見つかってしまっても、なんとでも言い訳をして立ち去れたはずですもの」ちゃんとした男性なら、妻が笑い物にならないように守るはずだ。だからたとえいま愛人がいるとしても、別れてくれるはずだと信じなければならない。

「きみのために、彼がそういう男性であることを願っているよ、クレア。きみには最高の男性を手に入れる価値がある」マッカルピンはそう言うと部屋の出口へと向かい、ウィリアムも続いた。「じゃあ、おやすみ」

エマはクレアの意見を受け入れるべきか迷っているようにしばらく目を細めていたが、やがてあきらめて片方の肩をすくめた。すばやく向きを変え、出口へと歩きはじめる。

「あなたが結婚しちゃったら寂しくなるわ」彼女は扉の前で振り返り、声を震わせながら続けた。「こんなふうに話せなくなるもの。それに、もう傷ついてほしくない」

クレアはソファから飛びあがっていとこに駆け寄り、両腕で抱きしめた。「ああ、エマ、心配しないで。これまでのなりゆきを考えたら、あなたが結婚するまでわたしが出ていくことはなさそうだし」冗談めかして言ったものの、いつものように胸の奥から絶望がこみあげてきた。でも、いまはそんなものにのみ込まれている場合ではないと気を取り直す。

エマが出ていくと、クレアは手早く寝る支度をしてベッドに入り、天蓋を閉めた。上掛けの下に心地よくおさまって、指先で唇をなぞる。〝どうしようもない放蕩者〟のするキスは、ほかの男たちのキスとは違うだろうか？

今夜、もう少しでその答えがわかるところだった。ハニーカット卿に邪魔されなければ、ペンブルック卿はキスしていただろう。安全な腕の中で彼だけを見つめていたとき、クレアは嵐の恐怖を完全に忘れていた。これまでにそんなことはあっただろうか？

夜が明けて日の光が差したら、ペンブルック卿の気は変わるかもしれない。彼の友人やまわりの人々は、呪われている女との結婚なんてやめるように説得するはず。そうなっても、ロマンスや愛はおとぎばなしの中にだけ存在するという証拠が、またひとつ増えるだけだ。クレアはそんなものは信じていない。少なくとも自分には縁がないと思っている。それでも冷静に考えて、夫には彼女への敬意と真摯な態度を期待したい。

ペンブルック卿が明日訪ねてこなかったらどうなるかは、考えたくもない。

れば、幸せを求める祈りに対する答えが彼であるよう、クレアは心から願っていた。そうでなければ、彼女の人生は呪いによって完全に破壊されてしまうだろう。


アレックスは自宅の大階段をおりた。これからランガムホールに行って、美しいレディ・クレア・キャヴェンシャムと結婚するための交渉という、重要な用事を片づけなければならないのだ。執事のシムズが直立不動で立っている横で、サマートン伯爵が待っている。

「準備はできたか？」サマートンがいらだちを隠そうともせず、懐中時計に目を向けた。彼はイートン校時代からの友人で、誰よりもよくアレックスのことを知っている。

「あと少しだけ待ってくれ」アレックスは焦っていなかった。二区画先のランガムホールまでは歩いて一五分で行ける。

サマートンは辛抱強くため息をついた。「ぼくはグッドウィンズに九時までに行かなければならないんだ」

「なぜそんな朝早くに？　いや、答えなくていい。ぼくとは違って、きみにこんな朝早くから出かける理由なんてあるはずがない」アレックスはベストを撫でてしわを伸ばすと、シムズの差し出したビーバーの毛皮の帽子を受け取った。鏡をのぞかずに帽子をかぶり、友人と一緒に玄関を出る。

「昨日の晩、うまく婚約を発表したと聞いたぞ。ランガム公爵は、今日はどういうつもりできみを迎えるんだろう？」

「わからない。昨日は喜んでいなかった。真剣だと示して、あとはそれでじゅうぶんなことを祈るしかない」公爵がどう出ても関係ない。アレックスはクレアと結婚しなければならないのだ。灰色の雲のあいだから太陽の光が差し、陰鬱な朝のロンドンを明るく染める。彼の気持ちも上向いた。「ぼくのせいで彼女の評判を落とすわけにはいかないからな」アレックスは足を速めた。

「それはちょっと遅すぎたんじゃないのか？　今朝〈ホワイツ〉では、みんながきみとレディ・クレアと彼女の呪いについて話していたぞ」サマートンは日差しが目に入らないように帽子の角度を調整した。「自分が何を始めようとしているのか、ちゃんとわかっているのか？」

「レディ・クレアのことか？　安心しろ。ちゃんとわかっている。これは復讐の最後の仕上げなんだ。金曜の朝に結婚して、その日の夜にはペンヒルの領地に着いているよ」

「結婚は一生続くものだ」サマートンは声を潜めた。「まじめな話、もうちょっとよく考えたほうがいい。彼女は妙だ。どうしてこんなに何回も婚約を繰り返している？」

「何を言うんだ、サマートン。呪いなんてものを信じるようなやつとは思わなかったよ」

「ときどき、きみはとんでもなく鈍くなるからな」伯爵は首を横に振った。「彼女はいままで見たこともないほどつきのない人間だ」

「そろそろつきも変わるさ」

「きみは自分のことしか考えていない。性急にこの婚約を進めたせいで彼女がまた傷つく結果になれば、それこそ悲劇だろう。時間をかけて、結婚の前にまずお互いをよく知ったほうがいい」

「余計なお世話だ。自分の意見をぶちあげたいのなら、議会でしろ。彼女は完璧さ」アレックスはにやりとした。「彼女と会ってみて、いい意味で驚かされたよ。とても気品のある女性だ」

「彼女を本当に好きになれそうなのか？」友人はアレックスの急所を真っ向から突いた。

アレックスは心の中でうめき、歯を食いしばった。歩みを止め、サマートンのほうを向く。太陽が伯爵の明るい色の髪に反射して、目がくらんだ。「そんなことは、きみには関係ない」

「彼女はきみの妻になり、子どもたちの母親になるんだ。神のご加護があれば、白髪になったときもきみの横にいるだろう」サマートンは複雑な投資の利益を計算するように、目をすがめてアレックスを見つめた。「ぼくもきみも、幸せな結婚というものを身近で見ていない。きみの両親はお互いに対して無関心だった。ぼくの父は母がぼくの出産で命を落とすと、落ち込んで二度と再婚しなかった」彼はためらった。「うまくいかない結婚は世の中に多い。きみも、もっとよく考えてからにしたほうがいいと思わないか？　彼女がポール卿を愛していたらどうする？」

それは考えたくもない可能性だった。アレックスはサマートンに呼び覚まされた懸念を抑えようとした。レディ・クレアを傷つけるつもりはなく、彼女の将来を守りたいだけなのだ。

「そうだと考える理由が何かあるのか？」

「ぼくが知っているはずないだろう？　ポール卿はぼくの友人じゃない」サマートンは説得を続けた。「いいか、友人だと思っていた男に裏切られたという事実と、いつかは折り合いをつけなくちゃならないんだ。そうしないと悲しみがいつまで経っても癒えず、孤独に生きていくことになる。それでは妻を満足させられないし、幸せな人生だって望めない」

「最近、鏡をのぞいたか？　きみだって、社交界の集まりにはまったく顔を出してないじゃないか」

「ペンブルック、きみとぼくとでは事情がまるで違う。ぼくが社交界の集まりに出ないのはそういうものをまったく楽しめないからだし、出席しなければならない責任もないからだ。だが、きみはそうじゃない。議会に参加していて、今年社交界デビューした妹もいる。出席するのは義務だ」

サマートンの意見はもっともだったが、アレックスは認めるのを拒んだ。

「ポール卿への復讐の仕上げに彼女と結婚する計画を何週間も前に打ち明けたとき、きみは反対しなかったじゃないか」

「賛成もしなかったはずだぞ。まさか本当にやるとは思わなかったんだ」サマートンは歩く速度を落とし、ここぞとばかりにたたみかけた。「家族に対する愛情の深さや責任感の強さはきみの長所だ。でも、レディ・クレアに対する気持ちをそれと混同するな。彼女はきみが責任を持つべき家族ではない」彼は陰鬱な笑みを浮かべた。「結婚、ましてや愛なんてものは、ぼくにはまったく理解できない。だが、もしきみが彼女と結婚するなら、復讐以外の理由からでないとだめだというくらいはわかる」

「そうだな」アレックスは短く返した。理由ならちゃんとある。彼はすでにクレアのことを大切に思っていた。ただし、その気持ちが名誉を重んじる気持ちから来ているのか、復讐を求める強い思いから来ているのか、判断するのは簡単ではなかった。しかしどちらにしても、必ず彼女をポール卿から守るつもりだった。妹は守れなかったが、クレアに同じ運命をたどらせはしない。いつのまにか、いらだちが先ほどまでの明るい気分に取って代わっていた。

「つまらないことばかり言うな」

友の言葉を、サマートンはいつものように無視した。「レディ・クレアは魅力的な女性だ。しかるべき状況下で彼女に求婚して妻にする男は幸運だよ。だが、きみはそうじゃない」

「昨夜はきみの言う〝しかるべき状況下〟だった。前もって計画しても、あれほどうまくはいかなかっただろう」アレックスは足取りをゆるめた。目の前にランガムホールがある。クレアがおじ夫妻と暮らしている屋敷だ。

高級住宅街であるメイフェアに、貴族の中でも最上級の人々のために作られた新しい邸宅のうちの一軒だった。大きな構えは典型的なジョージアン様式で、周囲をぐるりと鋳鉄製の柵で囲まれた赤いれんがの屋敷は要塞のようにそびえ立っている。

「昨日みんなに見られたからには、ランガム公爵はなるべく早く式を挙げさせたいはずだ。それはぼくにとっても都合がいい。ポール卿は信用できないからな。別の裕福な娘をいますぐ見つけられなければ破滅するわけだから、何をするかわからない。式は早ければ早いほどいい」

サマートンが石のようにかたい表情になった。ダークグレーのモーニングコートの袖を引っ張って整えながら、アレックスに言う。「彼女にちゃんと求愛するんだ。そうすればお互いを知る時間ができる」

「きみから女性との関係の指南を受けるとは、思ってもいなかったよ」

戦闘態勢に入るかのように、サマートンが細身の体に力をこめた。しかし、彼は一瞬天を仰いで気持ちを静めた。「レディ・クレアは、いまきみが差し出そうとしているものよりいいものを手に入れるべき女性だと思う。そして、それはきみも同じだ」彼は説得を続けた。

「頼むから、まともな手順を踏んで求愛してくれ」

アレックスは眉をあげて友人を黙らせた。無用な心配で、すばらしい一日となるはずの今日を台なしにされたくなかった。「ぼくの人生だ。じゃあな。今夜のオペラでは祝いの言葉を期待しているよ」

彼はサマートンを残して、ランガムホールの門をくぐった。

クレアは背筋をぴんと伸ばし、ペンブルック卿が応接室に入ってくるのを待った。ほかと比べてこぢんまりとしたこの部屋は、母親のお気に入りだった。壁はオフホワイトのシルクの壁紙で覆われ、床にはカワセミの羽のように青い東洋製の絨毯が敷かれている。ペンブルック卿のはじめての訪問を受けるのにふさわしい場所だ。この部屋でほかの婚約者をもてなしたことはなく、悪い運がついていないというのもいい点だった。ここでなら、うまく結婚までこぎつけられるかもしれない。それにもうひとつ幸運を呼び込む手立てとして、自分が一番きれいに見えるお気に入りのドレスを着ている。裾と袖口に黒の縁飾りを施してあるエメラルドグリーンの美しいドレスだ。それに、これを着ていると自信が持てる。きれいに見えることより、こちらのほうが重要かもしれない。

まったく、情けない。いまやクレアは、着るものさえ呪いに左右されているのだ。

朝食の前、彼女はペンブルック卿からの求婚には興味がないとどうすればわかってもらえるか、あれこれ考えていた。彼にはクレアと結婚する正当な理由がない。この機会に焦って飛びついて結局うまくいかなければ、呪いの噂はこの先一生彼女についてまわるだろう。けれども先ほどおじと話し合って、ほかの選択肢はないとわかった。

昨夜屋敷に戻ってから、おじはポール卿の手紙を読んですぐに彼の居場所を探させた。するとペンブルック卿の言葉どおり、ポール卿は〈レイノルズ賭博場〉のテーブルに座っていた。

要するに、クレアはルーレットよりも魅力がないのだ。

おそらくペンブルック卿の助言は正しいのだろう。無理にポール卿と結婚しても、地獄のような生活が待っているだけだ。

ジニーが口を開いた、沈黙を破るのは、この五分間で五度目だ。「本当に、わたしもセバスチャンも一緒にいなくていいの？　やっぱり、ふたりだけで会うなんてよくないと思うのよ。あなたの利益に反することを無理強いされたらどうするの？」

「大丈夫、わたしだけで会うわ」クレアはおばの小さな手を取った。その手のあたたかさに気持ちが落ち着く。「ありがとう、おばさま。でも、ペンブルック卿とはちゃんと話さなければならないから。四回も婚約していたんだから何も知らないわけじゃないし、大丈夫よ。もし彼とお互いの条件に納得できたら、これから先の人生を彼と歩んでいくつもり」明るく希望を持っているところを見せようと微笑む。でも本当は、今度こそうまくいってほしくてせっぱつまった思いだった。

ジニーは目尻に心配そうなしわを寄せている。

クレアはおばの手をそっと握りしめた。「愛情からの結婚ではないと、ちゃんとわかっているわ。心配しないで。彼の要求に納得できなかったら、はっきり断るから」おばの手を放し、汗で湿った手のひらをドレスにこすりつける。

ジニーは落ち着きをかなぐり捨てて、クレアを抱きしめた。「あなたには、恋に落ちて結婚してほしかったのに」

こみあげる涙をクレアはこらえた。「おばさまとおじさまみたいな関係はめったにないもの。ペンブルック卿とは、一緒にいて心地よく感じられるなら満足よ」

気持ちを落ち着けるために大きく息を吸っておばから離れると、執事のピッツが来てペンブルック卿の到着を告げた。クレアはほっとして、小さく息を吐いた。彼はちゃんと約束を守ったのだ。

侯爵が入ってくると、不思議なことに急に部屋が狭くなったように感じられた。興味深げにクレアを見つめる彼の視線は強く、彼女は思わず靴の中でつま先を丸め、このまま部屋を飛び出したくなるのをこらえた。

礼儀正しく挨拶を交わし終えると、ジニーが言った。「レディ・クレアとふたりきりで話してもかまいませんよ、ペンブルック卿。邪魔はしません」

彼がわずかに口の両端をあげる。「レディ・クレアとお話ししたあとに、公爵ご夫妻に少しお時間を割いていただきたいのですが」

首をかしげて少し考えたあと、ジニーはうなずいた。「クレア、もしわたしが必要になったら、ピッツに言いなさい」そう告げると、返事を待たずに出ていった。

おばが去ってから、ペンブルック卿はクレアを見つめ続けている。彼女は顔が熱くなったが、言葉を交わす前にひるんでいるところを見せてはならないと気持ちを引きしめた。昨夜もう少しで彼とキスするところだったことを思い出してどきどきしながら、なんとか目を合わせる。「どうぞ座って」

「ありがとう」ベルベットのように深みのある声に、クレアは少し緊張が解けた。ペンブルック卿は彼女が座るのを待って、向かい合った椅子に腰をおろした。「今日のきみはきれいだ」

社交界にデビューしたての小娘のように呼吸が乱れた。彼はくつろいでいるように見えるけれど、目が鋭い。

ペンブルック卿は視線を落とし、すぐに本題に入った。「ぼくたちの置かれた状況について、よく考えてもらえたかな？」

「ええ、まあ」心臓が激しく打っているのを抑えるために息を吸う。ペンブルック卿が身を乗り出してくると、柑橘系の石けんの清潔な香りと彼独特の男らしい香りが一体になって、クレアを包んだ。そういえば、昨日彼に腕をまわされたときもそうだった。

「ぼくもだよ」その声は意外なほどあたたかく、彼女を思いやる気持ちがあふれている。

「昨夜はあんなことになってしまって、本当にごめんなさい」クレアの声はかたく、言いたくないことを言わなければならないために喉が締めつけられ、声がなかなか出なかった。しかもさっきから胃が落ち着きなく震えている。「わたしのせいで、あなたをこんな状況に追い込んでしまったわ。助けたいと言ってくれたのはとてもうれしいけれど――」

「ぼくは昨日のなりゆきを残念だなんて思っていない」ペンブルック卿がさえぎった。強い光をたたえて彼女を見つめる灰色の目は、嵐の日に岩場に打ち寄せる海を思わせる色だ。「アルコーブで何があったんだい？」彼がやさしく尋ねる。「なぜあんなにおびえていたのかな？」

この瞬間をクレアは恐れていた。彼女が嵐をあれほど恐れているところを目撃したのは、家族以外にペンブルック卿だけだ。理由を打ち明ければ、頭がどうかしていると思って、彼はこのランガムホールから逃げ出すだろう。もちろん、それがふたりにとって一番いい結果ではあるのだけれど。「昨日の夜は少し気が立っていただけよ。なんでもないわ」

ペンブルック卿がいぶかしげに目を細める。そんなはずはないと思っているのは明らかだ。

永遠に思える時間が経ったあと、彼が手を伸ばして長い指でクレアの手を取った。あたたかい手のひらは心地よく、手を引き抜かなくてはと思いながら、どうしても体が動かない。いまの彼女には、少しでも力づけてくれるものが必要だった。

「レディ・クレア、きみが妻になってくれれば、これ以上名誉なことはない」罪深いほどなめらかに耳を撫でる彼の声が、もっと体を寄せるようにと誘惑する。「ぼくと結婚してもらえないだろうか？」

クレアは一瞬うっとりと彼を見つめ、はっとわれに返った。昨日彼女があんなふうにふるまったせいで、こうしてペンブルック卿に求婚させてしまった。臆さずに今日こうして訪ねてきてくれた彼に、感謝しなければならない。

しゃがれた声でなんとか「はい」と返事すると、クレアの体に安堵感が広がった。かたく縮こまっていた胸が楽になる。求婚を受け入れたのだ。婚約者がもうひとり増えてしまったけれど、〝五〟が彼女にとって幸運の数字なのかもしれない。

ペンブルック卿の目が、からかうように光った。「〝はい〟と言うのは、それほど大変じゃなかっただろう？」

どんなに大変だったか、彼には絶対にわからない。

「問題になりそうな点は、前もっておじとだいたい話し合っておいたの。だからわたしたちがお互いに納得できれば、おじは必ず受け入れてくれるわ」

「大丈夫、ぼくたちは合意できるさ」彼はいたずらっぽい猫を思わせる笑みを浮かべた。「求婚を受けてくれて、ありがとう。昨夜は、きみがどう答えるか自信がなかったから」

クレアがじっと見つめても、ペンブルック卿は目をそらさなかった。彼の言葉は、すべてあまりにも完璧だ。彼女には求婚を受ける以外の選択肢がないと、わかっていないのだろうか？

大きく息を吸うと、クレアは条件の確認に取りかかった。「持参金は五万ポンドよ。レンウッドへはこの一四年間行っていないし、土地をあなたの所有とすることに異存はないわ。あそこでは三家族が農場を営んでいるの。彼らからの収入は少ないけれど、できればそのまま続けさせてあげてくれないかしら」

ペンブルック卿はうなずいた。「家令《スチュワード》が地所を視察するときに、彼らには大いに力になってもらえそうだ。気前のいい申し出に感謝するよ」

「屋敷とそのほかの領地や不動産は、いまのままわたしの所有ということにしてほしいの」

彼は笑みを崩さず、一度だけうなずいた。ゆっくりした動きには無駄がない。

「現金は三〇万ポンド。このお金は、あなたの許しを得ずに自由に使うのを認めてもらいたいの。わたしが死んだときに残った分は信託にするわ」ペンブルック卿が異議を唱えるのを、彼女は待った。

彼が物憂げな目でクレアを見つめ返す。「わかった」

ペンブルック卿が退屈しているのか、あとで反論しようと思って黙っているのか、クレアにはわからなかった。彼はあくまでも冷静な態度を崩さない。

こんなふうにすべてに同意してもらえるのだから、おそらく今日の彼女はついているのだろう。「わたしは母と現公爵夫人の関わっている慈善事業に携わっていて、今後もそうしたいと思っているわ。そのための資金集めの催しが年に数回あって、出席しなければならないの。結婚後は、できればそのうちのひとつをわたしたちの主催にしたい。それにこれらの催しにはあなたも出席して、わたしを手伝ってくれないかしら」

「喜んで」

「もうひとつ話しておかなければならないことがあるんだけど、わたしは昔から子どもが大好きなの」クレアは組んだ両手に視線を落とした。「それで毎年わたしの取り組んでいる慈善事業に関わりのある孤児たちのために、クリスマスパーティーを開いているのよ。いままではランガムホールを使わせてもらっていたけれど、これからは自分の家で開きたいわ」

「ぼくの許可を求めているのかい？」ペンブルック卿が額にしわを寄せる。

「そういうわけではないけれど、あなたには言っておくべきだと思って。毎年必ず開いているものだし、結婚したらランガムホールの使用人や公爵の寛大さに頼り続けたくないから」

彼女は無頓着なふりを装って、笑みを作った。「大勢の子どもたちが自分の屋敷を好き勝手に走りまわっているところを想像して、ぞっとしているんでしょう」

「いや……そんなことはない。きみがそういう方面に関心があるとは知らなかった。もちろん、ぼくたちの屋敷を使ってくれてかまわないよ。屋敷はぼくだけのものではなく、きみのものにもなるんだから」

非の打ちどころのない返答に、クレアは驚くよりほかなかった。興味深いことに、彼女の要望を聞いてもペンブルック卿にはまったく動揺する様子がない。幸い、彼はクレアがこれほど熱心に活動している理由をきいてはこなかった。一八歳のときに始めた孤児のためのクリスマスパーティーは、自分も彼らと同じ喪失を味わったのだと、忘れないようにするためだった。彼女にとってはほんの少しの手間で開けるパーティーが、子どもたちにとっては大きな喜びとなる。それに両親が亡くなった馬車の事故で彼女だけが生き残ったという罪悪感が、少しだけやわらぐのだ。

「信じてもらえるかわからないが、ぼくも子どもが好きなんだ。子どもは何人欲しい？　ぼくは最低でも男の子と女の子をひとりずつだな」ペンブルック卿がユーモアをこめて言う。

こんな話題を持ち出されるとは思っていなかったものの、彼が子どもについて話し合いたいというならかまわない。「わたしはなるべくたくさん欲しいわ。何人でもいいから」

「ぼくは女の子と男の子、どちらのほうが好きか確かめたい。だからまずひとりずつ作って、様子を見たいんだよ」彼は考え込むようにクレアを見つめた。「上手に味つけすると、とびきりおいしいらしいからね」

クレアは衝撃を受けて、心臓の上に手を当てた。そこは恐ろしい速さで打っていて、いまの会話に対する不安を示している。彼が口の両端をぴくりとあげたかと思うと、笑いだした。豊かな響きが部屋じゅうに広がる。彼といると、こんな冗談の応酬が簡単に日常となってしまいそうだ。クレアは心の内を読み取られないように顔を伏せた。「あなたって、手に負えない人ね」

「きみは美しい人だ」

「いいえ、せいぜい十人並みよ」

彼がさらに身を寄せた。「嘘つきだな。きみが微笑んだり笑ったりすると、ぼくは息ができなくなる」

ペンブルック卿の視線に、クレアはぞくぞくした。彼の言葉を聞いて、すばらしい結婚生活になるのではないかと希望がわいてくる。

少し気が楽になり、クレアは彼の顔を眺めた。頬骨は高く、がっちりとした顎は真ん中がわずかにくぼんでいる。唇の曲線はほぼ完璧で、欠点と言えるものがあるとすれば、下唇が豊かすぎることだろうか。彼こそ、美しいという言葉がふさわしい。

彼女ははっとわれに返った。未来の夫を、ぼうっと見つめている場合ではない。あわてて沈黙を破る。「わたしが死んだあとに残ったお金や土地を子どもたちに継がせられるよう、信託を設定したいの。父はわたしの領地を公爵領とは分けておいてくれたのよ。母方の財産をわたしに受け継がせたいと考えて」

「かまわないよ」ペンブルック卿は椅子の背に寄りかかり、ゆったりとした笑みを向けた。「神経質になっているのかい？」

「いいえ」クレアは顎をあげ、目を細めた。「どうしてそんな質問をするの？」

「椅子の端にちょこんと座っていて、何かあったらあっという間に逃げ出しそうだからさ。財産に関する取り決めや信託とは関係のない、別の話をしないか？　ぼくはこれから自分について、誰も知らないことを話す。きみも同じようにしてほしい」

「それはゲームなの？」しかめっ面にならないように、クレアは唇を噛んだ。ペンブルック卿の視線が彼女の唇に落ちて、しばらくそこにとどまる。彼はどういうつもりなのだろう？

「いや、違う。お互いをよく知るきっかけになるだろうと思ってね」

「まあ」彼女はささやいた。もう結婚に同意したのだから、そんな必要はないだろうと思いつつ、うれしかった。ささやかな提案に、彼への気持ちがさらにふくらむ。

「じゃあ、ぼくからいくよ」ペンブルック卿は唇の端を片方だけあげた。「まず、ここで話した内容は絶対に人にもらさないと約束してもらえるかな？」

「ええ、約束するわ」クレアは口元に指を持っていって、鍵をかけるようにひねった。

彼の目の色が変化して、青みがかった濃い灰色になる。「ちゃんと鍵がかかっているか、あとで試させてもらうよ」

クレアの頬が燃えるように熱くなった。

彼女のそんな反応に満足した様子で、ペンブルック卿が笑みを浮かべた。

「子どもの頃、ぼくはペットが欲しかった。だが母は、家の中に動物を入れてはならないという厳しいルールを設けていた。だから、人に慣れているおとなしい猫を部屋に持ち込んだんだ。アテナを二カ月間、隠し通したよ」

「アテナ？」

彼が眉をあげる。「知恵と戦いの女神だ。ネズミを狩る猫にぴったりの名前だろう？」

「それで、どうなったの？」クレアは笑いだしそうなのをこらえるために、深く息を吸った。

「ある晩妹たちが、ぼくが猫をベッドで寝かせているとうっかり話してしまったんだよ。母は怒ってぼくの部屋に入ってきて、アテナを差し出すように要求した」

「猫にもあなたにも、残念ななりゆきだったわね」

「残念に思ってくれる必要はない。この話はハッピーエンドなんだ。ぼくは、ネズミが出たから退治しようと思ったんだって母に言ったのさ。だからアテナは家の中で飼う価値があるって。ネズミがいると知って衝撃を受けた母はすぐに折れた。あの日からアテナは、ペンヒルを自由に歩きまわれるようになったんだ」

「そして務めを果たしたの？」

「さあ、わからないな」ペンブルック卿はくつろいで、椅子の背にもたれた。「ぼくがネズミを見たのは、家よりも下の斜面にある牧草地だから。アテナは中庭より先へは絶対に行かなかったが」

こみあげた笑いを隠すために、クレアは手で口を押さえて首を横に振った。

「そのことは誰にも話してないの？」

「ああ、誰にも。きみだけだ」彼がささやく。

クレアはぞくぞくした。体を引いてペンブルック卿を見つめる。彼はからかっているのだろうか？　それとも彼の声の低い響きには、別のものが隠されているの？

「さあ、きみの番だよ」

彼女はごくりとつばをのみ込んだ。秘密がたくさんありすぎて、何を話せばいいのか決められない。「数年前、誰にも知られずにこっそりランガムホールを抜け出したの」

「背徳のにおいがするな」ペンブルック卿がつぶやいたが、その目は楽しげに輝いている。

「一時間ほど行ったところで、ロマ族がキャンプを張っていたのよ。そこでウィッチボールを買ったわ」ウィッチボールはクレアが呪いを信じているという証《あかし》だった。最初の婚約者であるアーチャード卿が亡くなったあと、彼女は家族を守りたくて必死だった。そんな気持ちをどうすればペンブルック卿にわかってもらえるだろう？

部屋がしんと静かになった。彼が目を合わせたまま、クレアの両手を取る。

「ウィッチボールというのはなんだい？」

「呪いを中に閉じ込めて、愛する人に害がおよばないようにしてくれるガラス玉よ」こんなことを打ち明けるなんて、愚かとしか言いようがない。彼女はいったん口をつぐんだが、自分を励まして先を続けた。「年寄りのロマが、ウィッチボールはよくない魔法を家から遠ざけると約束してくれたの。いまも呪いを防ぐために寝室に置いてあるわ――」

ペンブルック卿が突然クレアの顎を持ちあげ、そっとかすめるようにキスをした。すぐに体を引いて、彼女をじっと見る。彼の目は溶けた銀のようだ。「そうしたければ、結婚するときに持ってくればいい」

「わたしの呪いが怖い？」思わず言葉が転がり出た。彼のキスが、クレアの持っている疑いや恐れを解き放ったかのようだ。

「いや」ペンブルック卿がふたたび軽く口づける。「いまのキスで、きみの秘密をぼくの中に閉じ込めた」

彼女はゆっくりとまばたきをした。自分自身が呪いを恐れているのだとしたら？　誰かとふたたび親しくなって、また失うのが怖いのだとしたら？　クレアは首を横に振り、自らの弱さを振り払った。いまは結婚の取り決めについて話し合っているのであって、秘密の告白大会をしているわけではない。

もうひとつだけ、クレアには結婚に際しての条件があった。財政面に関するものではないが、彼女にとってはそれに負けないくらい重要な条件だ。結婚生活における貞節はふたりのあいだの結びつきを強め、互いに対する敬意を育む。彼女はおじ夫妻を見て、そう感じるようになった。

もしペンブルック卿が愛人を囲っていると認め、この先も手を切らないというのなら、彼とは結婚できない。そんな結婚をしたらクレアは社交界の笑い物にされ、みじめな生活を余儀なくされるだろう。ふたりの結婚には、彼女の呪いという格好の噂の種がすでに存在している。彼の不貞や愛人で、さらに種を提供するのはごめんだった。

「お互いに貞節は守るということにしたいの。厳格に」彼女は取り澄ました態度を捨て、思わず言っていた。「いますぐに愛人とは別れて」

ペンブルック卿の水銀のような灰色の目が鋭い光を帯び、それまでのユーモアに満ちた屈託のない態度が一変した。ぐっと体を寄せ、彼女と視線を合わせる。「ぼくに愛人がいるかどうか、きみは知っているのか？」

「モニーク・ラフォンテーヌを囲っていると、みんなが言っているわ」クレアは椅子の上で石のように体をかたくしていた。少しでも動けば、弱さのしるしと取られてしまうだろう。「それが本当なら、彼女とは別れてもらわないと。結婚する前に、いとこのマッカルピンが確認すると言っているわ」

間近にいるペンブルック卿の存在感に圧倒されそうになりながら、彼女は懸命にまばたきをこらえた。緊張を見せないようにぴくりとも動かず、根比べのつもりでじっと待つ。けれども実際は、ブランマンジェのように胸の中が心もとなく揺れ動いていた。彼は強い態度に出たクレアにむっとして、このまま出ていき二度と戻らないかもしれない。でも口に出してしまったからには、不安を見せずに本気だという顔を見せるのだ。

「なんてことだ。本気で言っているんだな」

「ええ」彼女は眉をあげ、歯をぐっと噛みしめた。胸の中に動揺が広がる。強気に出たのが間違いだったら、どうすればいい？　彼を面と向かって侮辱して、結婚できる最後の機会をつぶしてしまったかもしれない。愛人と別れるように迫ったのは致命的な失敗だったのだろうか？

沈黙を破ったペンブルック卿の声は、静かだが不吉な響きを帯びていた。

「ぼくは愛人など囲っていない。この一年は喪に服していて、ペンヒルから出なかった。これ以上は過去について話すつもりはないよ。ぼくたちの関係に影響のあることはないから」

クレアの胸に恐怖の小さな塊ができた。彼女自身の過去はどうなのだろう？　事実を知ったら、ペンブルック卿はぞっとしてあとずさりするに違いない。さまざまな思いや懸念が頭の中で渦巻き、彼女は頭を小さく振って気持ちを落ち着けようとした。

ペンブルック卿は愛する妹の死を悼み、家族とともに田舎の領地で一年間過ごしていたのだ。その彼に対して愛人がいるのではないかと詰問するなどという残酷なまねが、どうしてできたのだろう？　「ごめんなさい。家族を失うのがどんなにつらいことか、わたしが一番よく知っているはずなのに。きっとまだ心の傷は癒えていないでしょうね」

クレアの中で繰り広げられている葛藤にはまるで気づかず、ペンブルック卿は物思いに沈んで窓の外を見つめている。しばらくしてようやく視線を彼女に戻すと、表情をやわらげた。「ありがとう。ぼくたち家族はみな、アリスを失って寂しくてたまらない」彼は大きく息を吸って吐いた。つらい思いをしているのは明らかだ。「さあ、続けよう。結婚に関わることで、ほかに話し合っておきたいことはあるかな？　あるいは何か打ち明けたいことは？」

その質問に虚を突かれ、クレアはこれ以上余計なことをきかれて焦らずにすむよう、最大の敵に頼ることにした。「いいえ、全部話し合ったと思うわ。わたしについてもっと知りたかったら、噂話に耳を傾ければいいんじゃないかしら。世間の人たちは、わたし自身よりわたしの過去や呪いについてよく知っているみたいだから」もし彼が過去について根掘り葉掘り質問を始めれば、クレアはまたしても婚約者を失うことになるだろう。ただし今回は、失う理由が彼女自身にあるというだけだ。

彼女の言葉を面白がるように、ペンブルック卿がきらりと目を光らせた。

「たしかにそうだな。ぼくの場合も同じだ」

クレアは黙っていた。これ以上秘密を明かしたら、彼女の評判はめちゃくちゃになる。だがそれよりもつらいのは、家族を手に入れて両親をしのぶ孤児院を作るという夢が壊れてしまうことだ。呪われている女に、誰がいたいけな子どもたちをまかせようと思うだろう？

ペンブルック卿の顎の筋肉がぴくりと動いた。「ぼくのほうからも、きいておかなくてはならないことがある。繊細な話題だから、きみは動揺すると思うが、話し合わないわけにはいかないんだ」その声はやさしく、甘美で深い響きを帯びていた。「仕返しだと思うかもしれないが、それは絶対に違う。じつは、きみには……愛人がいるという噂が流れている。でも、安心してほしい。ぼくがそんな噂をするやつらをなんとしても黙らせて、きみを守るから」

彼に真実を知っている気配がないか、クレアはじっと見つめた。前触れもなく、突然恥ずかしさが胸にあふれる。アーチャード卿の記憶がよみがえり、息ができなくなった。もう何年も前の話だが、アーチャード卿と彼女は互いに対する思いが真摯なものだと示すため、愛を交わしたのだ。「心配してくれてありがとう。その噂は知らなかったわ」

「いやな思いをさせてしまったとしたら、すまない」ペンブルック卿が、海賊のような印象を与える長めの黒髪を指ですいた。一瞬、彼もクレアと同じく過去の記憶に浸っているように見えた。

「その噂を流しているのは誰なのかしら」さりげなく聞こえるように必死で声を抑える。

「特定するのは難しい。思いやりのかけらもない人間が、好き勝手にひそひそとしゃべっているから――」ペンブルック卿はつらそうに顔をゆがめ、すぐに悲しげな笑みを浮かべた。「心配しなくていい。必ずぼくが止めてみせる」

「いいえ、その必要はないわ。わたしに関する噂を止めるなんて、無理な話ですもの」胸の痛みから逃れようと、彼女は唇を噛んで懸命に気持ちを落ち着けた。心臓が激しく打ち、真実を打ち明けて罪悪感を軽くすべきだと心の中でささやく声がする。何年ものあいだ秘密をかたく胸の内に秘めてきたけれど、彼女を守ると誓ってくれたペンブルック卿にはすべてを打ち明けなければという思いがこみあげた。

でも、それはできない。打ち明ければ彼は去り、クレアは社交界から落伍者の烙印《らくいん》を押されるだろう。

ペンブルック卿が立ちあがって、彼女の前に来た。「では、これからきみのおじ上夫妻と話し合ってくるよ」

クレアは大きく息を吸い、荒れ狂っている感情を抑えた。「おじたちは、いまわたしたちが話し合ったことをもう一度すべて確認すると思うわ。しつこいと思っても、どうか我慢してちょうだい。おじは粘り強い交渉で有名だから」

「きみのおじ上は、ぼくの忍耐力などまったく気にかけないだろう。彼はきみの利益を第一に考えているし、そうあるべきなんだ」

クレアはふたたび頬が熱くなるのを感じた。

「そうやって頬を赤くしたきみは魅力的だ。そんな姿が見られるのなら、できるだけ頻繁にきみを困らせなくちゃならないな」ペンブルック卿は彼女の手を取り、ゆっくりと持ちあげて口をつけた。あたたかな感触に、体を震えが駆けおりる。「きみと結婚できることになって、とてもうれしいよ。またすぐに寄らせてもらう」彼は出ていき、足音が遠ざかった。

心の底では、クレアは進むべき唯一の道を理解していた。ほかに選択肢はない。結婚しないことで支払わなければならない代償は、彼を落胆させずにすむという利点よりはるかに大きいのだ。

自分はペンブルック卿の妻になる。神がふたりを呪いから守ってくれるよう、クレアは心から祈った。

4

クレアは感情の揺らぎをまったく感じていなかった。屋根裏部屋のむっとするよどんだ空気のほうが、動きがあると言えるくらいだ。あまりにも感情が麻痺した状態に、心臓がちゃんと打っているのか心配になった。

ペンブルック卿が出ていくと、止まる寸前の独楽《こま》のように世界がぐらりと傾いた。礼儀正しく真摯な態度から、彼がどんな男性かよくわかる。彼は妻を大切にしてくれるだろう。そういう男性の妻には、その人を愛している女性がなるべきだ。ペンブルック卿には真実を知る権利がある。

これまでの婚約者たちは、誰ひとりとしてこれほどの切望と罪悪感と恥ずかしさをもたらさなかった。やはりクレアは呪われているのだ。ペンブルック卿のような男性と結婚すれば、彼女が夢見ているものはすべて手に入る。それでも胸の奥ではどんなに押し込めようとしても真実が浮かびあがってきて、忘れることを許してくれない。

クレアはシーダー材で作られた大きな収納箱の蓋を開けた。この中には、過去にあつらえたウェディングドレスがすべてしまってある。彼女は床に膝をつくと、ピンクのドレスの入ったシルクの袋を探し当てた。アーチャード卿との婚礼で着る予定だったドレスをそっと持ちあげ、身頃にある隠しポケットに手を入れる。

取り出したのは、愛を交わした日にアーチャード卿から贈られたロケットだった。高さは四センチほどで、まわりにダイヤモンドがちりばめられている。けれどもロケットの本当の価値は、生き生きと描かれているかつての婚約者の顔にあった。画家は彼の目に浮かぶいたずらっぽい表情を巧みにとらえている。このロケットを自分の愛のしるしとしてウェディングドレスの内側に入れておいてほしいと、アーチャード卿は言った。

クレアは彼の顔をそっと撫でた。心臓の打つ音と血が脈打ちながら流れる音が耳に響き、自信がよみがえる。この五分間で、アーチャード卿に純潔を捧げたのは間違いではなかったとふたたび確信できた。ふたりは愛し合っていた。彼と分かち合ったものに比べれば、処女を失ったことでこうむる不都合などささいなものだ。ペンブルック卿に事実を告白して、その結果を受け止めよう。

メイドのアイリーンが屋根裏部屋に入ってきた。「お嬢さま？　ピッツにここだと聞いて、まいりました。みなさまがだんなさまの書斎でお待ちです」そう伝えたあと、開いた収納箱を見て頭を傾け、目を細める。「ペンブルック卿との結婚式で、ここにあるドレスを着られるおつもりですか？　そんな縁起の悪いドレスを？」

「いいえ、ちょっと感傷的になっていただけ」クレアはロケットをもとの場所にしまい、屋根裏部屋を出た。彼女はすでに一生分の悪運を経験した。これからはいま手に入れた心の平安に力を得て、未来へと踏み出すのだ。

クレアの秘密を知れば、ペンブルック卿には結婚の申し出を取り消す権利がある。そうなっても彼を責められないけれど、またしても彼女の婚約がだめになった理由をおじ夫妻が知れば、大変な衝撃を受けるだろう。ふたりの顔に失望の表情が浮かぶのを見たら、打ちのめされずにはいられない。彼らは両親を失ったクレアに家庭を与え、何年ものあいだ支え続けてくれた。姪がとっくの昔に処女を失っていたと知るような屈辱を味わわせて、恩を仇《あだ》で返すのはつらい。

ペンブルック卿との婚約を破棄したら、ロンドンを出てスコットランド南部にある領地、ロックハートに引っ込むしかなくなるだろう。今朝、クレアがポール卿と別れてペンブルック卿と婚約するという噂が一気に広まった。それなのに彼と結婚しないとなれば、金曜日までには街を出なければならない。そうしたら毎朝東から太陽がのぼるのと同じくらい確実に、彼女は呪われているという噂がまたしても広まる。

クレアは書斎の外に立って頭を垂れた。目をつぶり、胸に広がる虚しさを抑える。なんとか結婚する前に、ペンブルック卿に事実を伝えなければ。

部屋に入ると、おじとおばが机の上に積みあげられた大量の書類を調べていた。ペンブルック卿はどこにも見当たらない。

「やっと来たのね」ジニーが顔にかかった銀色の髪を払いのける。「今晩のために青いサテンのドレスを用意するよう、アイリーンには言っておいたわ」おばは微笑んだが、不安を隠せていない。「セバスチャンとペンブルック卿は、今週末に式を挙げる前にあなたたちふたりで公の場に姿を見せたほうがいいと決めたのよ」

「どうしてわざわざ社交界に顔見せをしなくてはならないの？」婚約した男女として人前に出るなんて、絶対にいやだった。レディ・アンソニーの屋敷での舞踏会のあと、呪いの噂はふたたび熱を帯びている。今朝の『ミッドナイト・クライヤー』紙は〝悪運をもたらすレディが新たな獲物を魅了〟という見出しで、クレアの破談と新たな婚約の記事を一面に載せていた。

おじがやさしい表情を見せる。「ペンブルックとわたしは、おまえたちが一緒に外出することで噂を最小限に抑えられるだろうと考えたんだ。今夜はオペラに行きなさい」

アイリーンがクレアの前でお辞儀をして、うきうきとした声できく。「母上さまのサファイアをおつけしても、よろしいでしょうか？」

「ええ、それはすてきね」メイドの目の輝きを見つめると、クレアの不安な気持ちが少しおさまった。七つ年上のアイリーンは、クレアが一三歳のときから仕えてくれている。おばのジニーは、若い女性には自分を最高に演出するための専属のメイドが必要だという考えなのだ。それにアイリーンはクレアが悪夢におびやかされているときに、喜んでそばについていてくれる。

部屋はしんと静かだが、クレアの胸の内ではとうとう結婚するのだという興奮と、ペンブルック卿との結婚が何を引き起こすことになるのだろうという恐れがせめぎ合っていた。今回は、結婚に関する取り決めをじっくり話し合った前の四回の婚約とはまったく違う。ペンブルック卿は持参金ではなく、彼女自身を求めている。ほかの婚約者たちはそんなふりさえしなかった。アーチャード卿でさえ、領地の運営のために彼女の持参金を必要としていた。クレアはジニーの隣に座った。おばはいつも揺るぎなく、彼女を支えてくれる。

おじがようやく彼女のほうを向いた。「クレア、おまえがペンブルックと交わした条件に、わたしは全面的に賛成するよ」

彼女は鋭く息を吸い、目を閉じて気持ちを落ち着けた。おじが同意してくれた。胸に希望がゆっくり広がっていく。ペンブルック卿と結婚すれば、クレアの評判は回復する。未来に何が待っているかわからないけれど、真実を告白したあともまだペンブルック卿が彼女を求めてくれるなら、なんとかして結婚を成功させる道を見つけよう。

「ありがとう、おじさま」

ジニーが持っていた紙を差し出した。「誰かに呪いやポール卿についてきかれるかもしれないから、心の準備をしておきなさい。彼はわたしたちが思っていた以上に、賭け事にはまっていたの。そして昨夜とうとう賭博場で一文なしになって、亡くなったお母さまの領地を手放すしかなくなった。彼は今朝になって、昨日の夜の行動を説明する手紙をセバスチャンに送ってきたのよ」

「そんな手紙、いらないわ。読みたくないもの」クレアの呪いが引き寄せた悪運のリストに死と病と不具以外に借金が加わったと、これから噂されるのだろう。彼女は封の破られたポール卿からの手紙をじっと見つめた。昨日は同じような彼からの手紙が、クレアの人生を粉々に打ち砕いた。けれど、いまはもうこの手紙は彼女にとって紙くずでしかない。

ジニーが同情の視線を向けてきた。「スウィートハート、つらいだろうけれど、あなたは事実を知っておく必要があるから言っておくわね。じつは、ポール卿の破産は嘘だという話もあるの」おばはクレアに歩み寄って両手を取り、力づけるようにきつく握りしめた。「責めを負わずに婚約を破棄できるよう、借金の噂を自分で流したんだというのよ。亡くなったお母さまの土地がいま誰の所有になっているか、誰も知らないんですって。あなたには、これ以上醜聞に巻き込まれる余裕はない。ペンブルック卿がいてくれて本当によかった。彼はあなたのことをすごく考えてくれているわ」

「それはどういう意味かしら」クレアの全身が警戒心にこわばる。

「ペンブルック卿はポール卿が賭博での損失を取り返すために、ひそかに資金を確保しようとしていると考えているの。その試みが成功すれば彼の評判は保たれるけれど、あなたのほうは……」ジニーは言葉を切った。「呪われているという噂はこれからも消えない、とだけ言っておくわ。ポール卿はあなたと結婚しなくても、痛くもかゆくもない。お金持ちの娘はほかにもいますからね」

「ペンブルック卿はどうすることを提案したの?」そう質問しながらも、答えを聞くのが怖かった。

おじがようやく口をはさんだ。「今日からおまえとペンブルックは社交界の集まりに出かけられるだけ出かけ、お互いに夢中だというところをみなに見せるんだ。ポール卿と破談になったことや、仕方なく結婚しなければならなくなったことが、誰の頭にも浮かばなくなるように。そして特別許可証を取って、今週末に結婚する。そうすれば人々の目には、おまえはポール卿の借金を背負わされずにすんで賢明な判断をしたと映るだろう」彼は眉をあげ、姪の顔を見つめた。「おまえはどう思う？」

クレアは動揺を隠し、おじの言葉に反論したいのをこらえておばのほうを向いた。

「おばさまの考えを聞かせて」

「もしあなたがペンブルック卿との結婚にためらいを感じているのなら、別の方法を探すわ」ジニーはなだめるように、やさしくクレアの手を叩いた。

クレアは大きく息を吸って立ちあがった。「彼と結婚したいと思います」

セバスチャンがほっとしたように息を吐く。「それがいい。彼はおまえの領地や財産をおまえの所有のままにすると請け合ってくれた」

「明日からの予定は、今日これから話し合いましょう。そして金曜日に結婚式よ」おばが目を輝かせる。

クレアは思わず背中を伸ばした。「おじさま、おばさま、ありがとう。ところで昨日からのごたごたできくのを忘れていたけれど、ロイヤル・オペラハウスではいま何を上演しているのかしら？」

すでに机に向かって戻りかけていたセバスチャンが笑いながら振り返った。

「別になんだろうと関係ないよ。おまえとペンブルックは熱愛中の男女を演じているところを、みなに見せに行くんだ。舞台の上で演じられているものを見に行くわけではない。今夜は楽しんでおいで」


クレアは無数の蟻《あり》が背中を行進しているような落ち着かない気分で座っていた。言うことを聞かない巻き毛を、アイリーンが懸命に整えてくれている。

「とてもおきれいですよ。お嬢さまの魅力にあらがえる男性はいません。とくにペンブルック卿は」

クレアがすでに処女ではないと少しでも感づいていたら、メイドだって女主人に対するペンブルック卿の好意にこれほど自信を持てないはずだ。

お気に入りのネックレスをアイリーンがつけてくれるのを、クレアはじっと待った。首を覆う金色の襟の上に重ねられたずっしりと重いネックレスは彼女の父の目の色と同じだと、かつて母が言っていた。大きなロイヤルブルーのサファイアのまわりにごく小さなダイヤモンドをちりばめたデザインで、輪の部分は完全に粒のそろったダイヤモンドとそれよりも小粒なサファイアを交互に連ねてある。

いま着ているドレスとこのネックレスは、完璧な組み合わせだ。ドレスの襟ぐりは深いが、ぎりぎりのところで慎み深さを保っていて、肌の見せすぎにはなっていない。ドレスに重ねられた同じ色のチュールには裾のほうに極小のサファイアが縫いつけられており、まるで夜空に光る星のようだ。

寝室の扉をノックする小気味のいい音が響き、クレアは手袋に手を伸ばした。

アイリーンがポール卿の名刺を持って戻ってくる。「こんなに美しいお嬢さまを指をくわえて見ていなくちゃならないなんて、いい気味ですよ」

数分後、クレアは〝黄色の間〟に入った。深呼吸をしてソファの横に行き、ポール卿が気づくのを待つ。ときおり暖炉で薪《まき》がはぜる音がする以外、部屋は静まり返っていた。あたたかい金色でまとめられた応接室の中で、今夜の彼はひどく顔色が悪く見えた。

ポール卿は暖炉の前に立ち、じっと床を見つめていた。しばらくしてあげた顔があまりにも憔悴《しょうすい》していて、クレアはどきりとした。仕立てのいいコートは破れ、髪はくしゃくしゃに乱れていて、昨日からの二日間が彼にとってどんなものだったかを物語っている。家に戻っていないか、あるいは主人の財政状況の変化を知った従者が辞職を申し出たか、どちらかだろう。

「クレア、今日は一段ときれいだ」彼女のドレスを見つめるポール卿の目はやさしい。唇がかすかな笑みにゆるんだ。

「ありがとう。じつは、あまり――時間がないの。今晩は予定があって」クレアは歯を食いしばり、座るように言いたくなるのをこらえた。ゆっくりしていくように勧めないのは奇妙な感じだ。婚約しているあいだは互いに相手と過ごすのを楽しみ、彼女は結婚後に真の愛情が育つという予感がしていたのに。

「どうしても、きみに会わなければならなかった」ポール卿は一瞬目をそらしたあと、彼女に歩み寄った。

もし彼がランガムホールに来たのを誰かに見られていたら、一時間もしないうちに噂が街じゅうに広まるだろう。それを考えると、なるべく早く追い返す方法を考えなければならない。

「ぼくが一文なしも同然になったのは、もちろん聞いているだろうね」ポール卿の声は穏やかだが、話の内容はあからさまだった。「そんなぼくと結婚すれば、きみの評判は台なしになってしまう」

彼が苦しげに目を細める。クレアは慰めようと手を伸ばしかけて、そのまま落とした。ポール卿が昨夜レディ・アンソニーの舞踏会に現れず、婚約破棄という事態にクレアをひとりで立ち向かわせた理由を説明するまでは、うかつなまねをするわけにはいかない。

「だから婚約を破棄した。呪いが怖かったんだとか、きみをわざとだましたとか言う人間もいるが、それは違う。誓うよ」

いつもは明るく楽しげに輝いている淡いブルーの瞳が、今夜は打ちのめされて鈍い光を放っていた。賭け事にはまってやめられなくなった結果、すべてを失ったからだ。最後の友人にまで去られてしまったかのように、彼は孤独で途方に暮れて見える。

「気を遣ってくださってありがとう。あなたの今後の幸せを祈ることしか、いまのわたしにはできないけれど。従僕が出口まで案内するわ」なめらかで感情の乱れがまったくうかがえない声に、クレアは自分で驚いた。

ポール卿の顔にゆっくりと寂しげな表情が広がる。彼が許してくれと懇願しないよう、クレアは祈った。

「クレア、きみをこんな立場に追い込んでしまって本当に残念だ。もし少しでも——」彼は咳払《せきばら》いをした。「ぼくたちの友情を続けられる可能性があるのなら……」

〝だから言ったのに〟とでもいうように胸の中で心臓が重々しく打ったが、彼女は無視した。ポール卿は呪いを気にせずに結婚を申し込んでくれたのだ。せめて友情くらいは返す義務がある。「少し時間をもらえないかしら。あなたのせいで、家族みんなが難しい立場に立たされているの。今日訪ねてきた人たちは心配しているふりをしていたけれど、興味本位なのは明らかだったわ。噂が本当なのか、知りたいだけなのよ。これがどんなにいやなことか、わかるでしょう？」

「慰めになるかわからないが、明日の新聞は一転してぼくの話題でいっぱいなはずだ。頼むよ。きみの友情まで失いたくない」

正時を告げる玄関ホールの時計の音が、弔いの鐘のように響いた。ペンブルック卿がいつ現れてもおかしくない時間だ。


今夜はクレアをなるべく楽しく過ごさせてあげなければと意気込んでやってきたアレックスは、自分の目が信じられずに呆然とした。応接室の扉の細い隙間から、彼の婚約者とポール卿が話をしているのが見える。クレアの声は低く、会話はすべては聞こえない。アレックスは必死で目の前の場面を理解しようとした。まさか彼女はポール卿と愛し合っているわけではあるまい。

「大勢の人が集まっているところにいきなり婚約破棄の手紙を送りつけるなんて、どうしてそんなひどいまねができたの？　あなたはわたしとの結婚を望んでいるんだと思っていたのに」クレアの声はほとんどささやきに近く、苦痛がにじんでいた。どこか本当に痛むところがあるのだと、アレックスが一瞬思いかけたくらいだった。

「ぼくがどれほどつらいか、きみにわかってもらえたら……。謝って許されるはずもないが、いまはそれしかできない」ポール卿はためらった。「こうなった責任はもちろんぼくにある。だが、ぼくにはどうしようもできない別の力が働いていたのも事実なんだ。こんなにひどいことになるとわかっていたら、きみやぼくがこんな状況に陥らずにすむよう、必ず手を打っていた」

ポール卿とは距離を置いて立ったまま、クレアは腕を組んだ。「どちらにしても、直接話してもらいたかったわ。どうしてわたしから破談を申し出たという形を取らせてくれなかったの？　そうしてくれていれば、あなたを冷たく捨てたひどい女とは言われても、嘲笑されることはなかったのに」

ポール卿が今回の件にかつての友人が果たした役割を明かすのではないかとひやひやして、アレックスは首のうしろの毛が逆立った。けれどもクレアは、何か言いたげなポール卿の様子には気づかなかった。あるいはわざと無視したのかもしれない。

ポール卿がゆっくりと彼女に近づいて手を取った。「きみと生きていきたかったよ」もう一方の手で彼女の顎を持ちあげ、目を合わせる。「ぼくたちはあらゆる面でうまくやっていけると思っていた。もう一度、機会をくれないか？　後悔はさせない。金曜まで時間が欲しいんだ。どうかそうすると言ってくれ、クレア」

ポール卿が彼女に触れている光景を見なくてすむように、アレックスは身をこわばらせて目をつぶった。いまここで自分が入っていけば、すべては台なしになる。こんなふうに見ているしかないのは拷問のようだが、彼女がどう答えるかで次の行動を決めるしかない。アレックスは息を止めて待った。

「いまになって言われても無理よ」クレアの答えは明確だった。その声にためらいはない。「婚約を発表するはずだった場所にあなたが現れなかったとき、わたしたちの関係は終わったの。こうなってよかったんだわ」

「きみを愛していると言ったら、何か変わるかい？」

クレアは殴られたようにあとずさりしたが、一瞬間を置いてしっかりした声で続けた。「もうやめて。これからはそれぞれの人生を歩んでいきましょう」

アレックスはゆっくりと息を吐いた。彼はぎりぎりのところで踏みとどまっていた。ポール卿がもう一度機会をくれと懇願したときは、部屋に押し入って有無を言わせず彼女を連れ出したいという衝動を全力で抑えなければならなかった。

「だめだ、納得できない。そんなに簡単にあきらめるつもりはないよ。だが、今日は帰る。今晩は楽しんでくれたまえ」ポール卿は小さく頭をさげると出口に向かった。

アレックスは陰に身を潜め、ポール卿が部屋から出てくるのを待った。扉が閉まったところで音を立てずにうしろから近づき、自分のほうが背が高いのを利用して意気消沈した男の襟首をつかむ。「ちょっと顔を貸してもらおうか」

ポール卿は公爵の息子ではなく絶望した路上生活者のようだった。アレックスは彼が立ち直って返事をする前に、廊下の反対側にある音楽室へと押しやった。

「くたばれ、ペンブルック」ポール卿は乱れた上着を整えようと奮闘している。「今週はもうじゅうぶん、ぼくの人生をめちゃくちゃにしたじゃないか」

アレックスは拳をかためた。「どうやら、まだ足りなかったようだな。おまえがレディ・クレアと話しているのを聞いたが、手負いの豚みたいなやり口だったじゃないか。破産をまぬがれさせてもらった条件を、ぺらぺらしゃべりだすんじゃないかと思ったぞ」

「おまえに無理やり別れさせられたんだと、なぜ隠さなくちゃならない？　街じゅうのみんなが、呪いのことやぼくの母親の土地が誰のものになったかを話題にしているというのに」ポール卿はピアノに歩み寄り、陰鬱な響きの和音を押さえた。「ぼくの人生は終わった。おまえのせいで破産して、無一文になったんだ。もう失うものはない」彼は顔をあげたが、そこからはすべての感情が消えていた。舞台で演じられていた悲劇が終わり、幕がおりたかのようだ。

「では、クラブでささやかれている噂は本当なんだな。父親に完全に見捨てられたというのは」アレックスは一瞬罪悪感を覚えたが、かたい決意を思い出して、そんな感情を追い払った。「同意したとおりにしなければ債務保証を取りさげる。そうしたらおまえに残された選択肢は、アメリカに行くかオーストラリアに行くかだ」

ポール卿が一気にふたりのあいだの距離を詰めた。「地獄に落ちろ」

「クレアに近づくな」冷たい声で通告する。「彼女を追いまわしたりしたら、おまえに決闘を申し込む。頼むからそうしてくれ。ぼくは決闘を挑める理由が欲しいんだ。なんでもいいから」

突然すべてを理解して、ポール卿が目を見開いた。「復讐のために彼女を手に入れようとしているんだな。なんてばかだったんだ、もっと早く見抜けなかったとは」声を低くして続ける。「〈レイノルズ賭博場〉で無制限に金を貸して、ぼくをはめたんだ。どの勝負でもいくらだって金を賭けられたのが、転落のもとだった。どれくらい前から仕組んでいた？」

アレックスはポール卿のくしゃくしゃになった服を退屈そうに見つめた。「おまえはもともと賭け事好きだったから、長くはかからなかった」

「おまえには復讐以外、何も見えていないんだな。アリスを破滅へ追いやったのはおまえだ。ぼくじゃない」

目の前の男に飛びかかりたいという衝動を、アレックスは懸命に抑えた。一度手を出したら、ポール卿が床の上でぴくりとも動かなくなるまで、やめられなくなるだろう。

「アリスが死んだ理由は、ぼくたちふたりともわかっている。なぜおまえは平気な顔で生きていけるんだ？」

「ぼくにはやましいところは何もない」ポール卿はアレックスを推し測るように見た。「いいことを教えてやろう。レディ・クレアは最高だ。たぐいまれな宝石だよ。これまでに関係を持ったどんな女も、彼女にはかなわない。本当さ」

アレックスは思わず呼吸が乱れた。これこそが問題の核心だった。彼がポール卿を無条件に信じてしまうということが。かつてアレックスはポール卿を心から信頼していた。貴族院ではじめて演説をするときも、午後じゅうかけてポール卿と一緒に準備をした。政治に詳しいポール卿は原稿に手を入れ、そのあとアレックスにそれを音読させて、どこを強調すればいいか助言してくれた。だからこそアレックスは、翌日総立ちの拍手で称《たた》えられたのだ。

ふたりは人生をともに歩んできた。同じ学校で学び、いまも同じ紳士クラブの会員だ。ポール卿がどんなふうに育ったのかも、どんな考え方をするのかも、アレックスは知っている。だが、クレアとすでにベッドをともにしたという彼の主張は信じるべきだろうか？　アリスのことでは嘘をついたのだから、今回もそうかもしれない。そうとしか考えられない。

ポール卿が口の端を片方あげて、尊大な笑みを作った。「とくに最高なのが――」胸に手を当てて、ため息をつく。「まあ、おまえもいまにわかるだろう」

ポール卿の両手がクレアの肌の上を這っているところが頭に浮かび、アレックスは復讐の喜びが薄れるのを感じた。必死でその光景を振り払い、相手をにらみつけながら距離を詰める。「おまえは見さげ果てたやつだ。だがいままで、嘘つきだと思ったことはなかった」彼は歯を食いしばって目を細めた。

「おまえはいつも優等生ぶっていた。だからアリスは困ったときに、おまえではなくぼくのところに来たのかもしれないな」ポール卿は片方の眉をあげてみせた。

彼が言っていることは本当だ。アリスはいつもポール卿を頼っていた。しかしアレックスは、ここで傷ついているところを見せるわけにはいかなかった。

「まあ、一応言っておくが、次に恋人と別れるときは知らせるよ。レディ・クレアの例からすると、おまえはぼくが手をつけた女を拾っていくつもりらしいからな」ポール卿が嘲るように言う。

アレックスは相手の首巻き《クラヴァット》をつかんでひねりあげた。分厚い絨毯の上で、ポール卿がつま先立ちになる。「そんな話をここ以外で口にしてみろ、問答無用でおまえを殺してやる。ぼくの機嫌がいいうちに、さっさと消えるんだな」そのまま突き飛ばして扉にぶつけた。

ポール卿は恨みのこもった笑みを向け、コートをはたいた。「おまえには、そのうち償わせてやる。必ずな。だが、クレアの人生まで台なしにさせはしない。ぼくやアリスを破滅させたようには」

アレックスは応接室に入る前に足を止めてコートとクラヴァットを整え、怒りと心の痛みを静めた。すでにクレアをベッドに連れ込んだというポール卿の主張は認めないと決めた。

彼女は育ちがよく、美しい女性だ。卑劣な嘘に耐えるのも結婚するまでの短いあいだだけで、そのあとは誰にも彼女の名誉を汚させはしない。彼女につらい思いをさせないよう、決闘でも呪いでも受けて立つ。

アリスを追い込んだのはアレックスだという嘲りは、ほぼ真実と言っていい。なぜなら彼は、あの邪悪な男から妹を守れなかったからだ。けれどもいまはもう、そのことを考えても仕方がない。重要なのは、この一年間をアリスのために捧げてきたという事実だけだ。そしてもし彼がクレアを守れれば、償いとなって罪悪感が少しはやわらぐだろう。

クレアは入り口に背を向け、暖炉の前に立っていた。アレックスが来たのが聞こえなかったのか、それとも気づいたがあえて無視しているのか、どちらなのだろう？

彼はドレスの曲線をゆっくりと下から目でたどり、肩のところで止めた。クリーム色の肌にダークブルーのシルクのドレスをまとっている姿は印象的で、どんな画家でも描きたがるだろう。暖炉の火が炎のような髪の輝きを映して、ちらちらと燃えている。クレアは美しい。

彼女はドレスをひるがえして振り向くと、一瞬心からの笑みを浮かべた。しかしすぐに儀礼的な笑みに変え、大きく息を吸ってアレックスが近づくのを見つめている。笑みが心からのものであろうとなかろうと、彼は魔法にでもかけられたかのようにクレアに魅了された。自分があらがうにはあまりにも大きいその力に、彼は認めざるをえない真実を静かに悟った。自分は彼女に惹かれる気持ちにあらがいたくないのだ。それがどれほど自らにとって都合が悪かろうと。

だがふたりのあいだにある感情がなんであれ、目標だけは見失ってはならない。アリスのために。アレックスはしゃがれた声でささやくように沈黙を破った。「レディ・クレア」

彼女が澄んだ目で、探るように見つめ返す。「ペンブルック卿」

「アレックスと呼んでくれ。家族はそう呼んでいる」クレアの緊張をやわらげようと、軽く微笑んでみせる。けれども彼女の目には、心の痛みがまだ見え隠れしていた。ポール卿を失って、嘆いているのだろうか？　自分以外の男など必ず忘れさせてみせると、アレックスはかたく決意した。

ふたりとも、まだ外出用の手袋をつけていない。彼はクレアの手を取り、その肌のあたたかさとやわらかさにみだらな思いをかきたてられそうになった。必死で心の内を隠してお辞儀をし、彼女の手を返して手首の内側に唇をつける。ベルガモットオレンジとサンダルウッドが混じり合ったスパイシーな香りが鼻腔《びこう》を満たし、レディ・アンソニーの舞踏会でクレアがしがみついてきたときの記憶がよみがえった。しばらく唇をとどめたあと、舌を出して肌を味わう。

大胆なふるまいに彼女が鋭く息を吸うのを聞いて、アレックスはそのまま続けることにした。親指をそっと前後に動かし、手のひらを撫でる。ポール卿の話に惑わされないためにも、クレアに触れていたかった。彼女はまるで妖婦のように、彼の心をとらえて放さない。

キスを待つようにクレアの唇が開いた。視線をあげて目を合わせると、彼女の瞳の色が濃くなった。

「ここに着いたとき、ポール卿を見たよ。大丈夫だったかい？」

クレアは一瞬体をこわばらせたがすぐに立ち直り、いまではすっかりアレックスの耳になじんだ、いかにも彼女らしい穏やかな声で答えた。「彼との関係はもう終わりだと、はっきり伝えたわ」クレアの顔にはほとんど感情が浮かんでいない。「なんて言えばいいのかしら。不思議な感じよ。昨日までは彼と結婚するはずだったのに、今日になったらあなたと一緒になることになっている」

アレックスは心の中で勝利を味わった。彼女はたったいま、自分の運命を彼にゆだねると言ってくれた。今晩はすばらしい夜になりそうだ。

「もう出かけましょうか……アレックス」

わずかにためらったあと、クレアは彼の名前を呼んだ。彼女の口から自分の名前が出るのを聞いて、欲望が体を貫いた。

クレアはつかまれていた手をそっと引き抜いて、夜の外出用の手袋をつけた。

「あとは馬車に乗ってから話せばいいわ」

アレックスも手袋をはめた。クレアのあたたかい手の感触がなくなったのは寂しいが、彼のものになると彼女の口から聞いたことで、気分はすっかり治っていた。

クレアはペンブルック侯爵家の黒い馬車を見つめた。この馬車はランガム公爵の所有するどの馬車にも引けを取らない。大きくて黒く、見栄えのいいところがアレックスにそっくりで、いかにも性能がよさそうだ。オペラハウスに向かって早く走りだしたくてうずうずしている六頭の馬は、示し合わせたように勢いよく鼻から息を吐き、足踏みをしている。

アレックスが手を差し出し、馬車に乗るクレアを支えた。彼の大きな手の優雅さと力強さが、手袋で引き立っている。彼女が乗り込むと、アレックスは手を一瞬握りしめたあと、名残惜しそうに放した。彼に触れられたために、クレアの心臓は応接室で手首にキスされたときと同様、不規則にどきどきと打っている。

クレアが進行方向を向いた座席に座ると、アレックスもすばやく乗り込んで向かい側に腰をおろした。暗くて姿はよく見えないのに、馬車の中は彼の存在感で満ちている。まるで体じゅうを彼に触れられているように感じ、息苦しさから少しでも気をそらそうと窓の外に目を向けた。永遠とも思える時間が経って、馬車がようやく動きだした。完璧に足並みのそろった馬たちの足音が響きはじめる。

「彼を愛しているのか？」アレックスがつぶやくようにきいた。

思いがけない質問に、クレアは思わず咳《せ》き込んだ。咳を止めようと口を手で覆っていると、彼が暗がりから手を伸ばしてハンカチを差し出した。空いているほうの手を振って、必要ないと伝える。

けれども彼はその手を取ってハンカチをのせ、外側から手を重ねて握らせた。顔には不安が浮かんでいる。「クレア？」

ようやくしゃべれるようになったが、喉にはまだ抵抗するように力が入っていた。

「いいえ。わたしはそんな……。さっき言ったのは本気よ。もう過去のことで、思い出したくないの」

「よかった」何を考えているのかわからない灰色の目が色濃くなり、強い光を放つ黒曜石のようになる。

じっと見つめられて、クレアはますます落ち着かない気分になった。彼女のそんな様子を、アレックスは楽しんでいるように見える。黙っている彼に何を話せばいいのかわからないいま、臆病者にはなりたくない一心で、アレックスを見つめ返した。夜の外出用の服は、彼の力強さを隠すどころか男らしさを引き立てていた。野生の動物を思わせるアレックスは、その体も香りも官能的な魅力もすべてが圧倒的だ。彼の縄張りである馬車にいると、何をされるのか不安でならない。いままでの婚約者には、こんな気持ちにさせられたことはなかった。

クレアは不安を静めようと目を閉じた。

ようやくアレックスが沈黙を破った。「こんなに美しくて魅力的な花嫁を迎えられるなんて、ぼくは本当に幸運だ」

「アレックス、お願い。そんなお世辞を言ってくれる必要はないのよ」クレアは座席の上で身じろぎをして大きく息を吸い、決まり悪さをやわらげようとした。「財産が一番の魅力だと思って求婚してくる人たち以外に、崇拝者がいるような質《たち》じゃないの」

返事を待ったが、彼は黙っている。会話に生じたこのちょっとした間が息苦しくてたまらない。まるで首を綱で引きしぼられているようだ。

「実際、わたしは退屈な生活を送っているのよ。慈善事業の仕事をして、あとは誰かが訪ねてきたら会うだけ。社交界の催しにはほとんど参加しないわ」自分の耳にも、途方もなく退屈な生活に聞こえた。

でも、アレックスはやはり何も言わない。

「わたしの財産は多いほうだと思う」クレアはひたすらまわる口を止められなかった。「けれどほとんどの男性にとっては、呪いに対する恐れを克服できるほど多くはないみたい」

「自分でも呪われていると思っているのか？」

「ときどきね」そうでなければ、凶運から解放されたくて、わざわざロマ族のキャンプまで出かけていったりしない。それどころかスコットランドまで行ってよい魔女を探し出し、呪いを解いてもらうことまで考えたのだ。

「呪いなどないよ」深みのあるバリトンの声が馬車の中に響いた。「なぜきみが欲しいか、わかるかい？」

その声はよく効く薬のように、クレアの緊張を解いた。ただしそれは一瞬で、質問の内容を理解すると、息が吸えなくなり胸が苦しくなった。声など出せそうになく、空気がまるで脈打っているように感じられる。いまこの瞬間、過去から逃れられるのなら、彼女はすべての財産を投げ出しただろう。金や土地を手に入れるための手段でも、呪われていると指をさされ嘲笑される対象でもなく、ただのクレアになりたかった。そしてアレックスは、そうなれる機会を彼女に与えてくれている。

彼がまた黙っているので、クレアの胃が縮んでこわばった。馬車の車輪ががらがらとまわる音や、過ぎていく時をメトロノームのようにリズミカルに刻む馬のひづめの音を聞きながら、ひたすら待つ。

するとアレックスがようやくまた、深みのある声を出した。「クレア……」彼女のほうに身を乗り出し、暗がりから現れ出た姿はゴシック小説のヒーローのようだ。一瞬顔をしかめて言葉を継ぐ。「レディ・アンソニーの舞踏会できみと結婚すると宣言したときは、典型的な貴族の結婚生活を送ることになると思っていた。つまり、居心地のいい友情に基づいた結婚だ。でも、いまは……」彼は口をつぐみ、クレアの全身を視線でたどったあと目を合わせた。「きみがこんなに魅力的だとは予想していなかった。きみといると、自分を抑えられなくなりそうになる。好きにふるまっていいのなら、いますぐきみを押し倒すよ」アレックスがさらに身を寄せた。触れはしないが、発散する体の熱で彼女を包む。

クレアは衝撃に体をこわばらせた。アレックスとのあいだに募っていく欲望をどう止めていいのかわからず、そもそも止めたいのかさえわからなかった。彼女とはまったく違うスパイシーで男らしい香りに意志の力が麻痺し、思わず身を寄せてしまう。ただ彼に触れてほしかった。

アレックスが声音を落とすと、その低く官能的なささやきに彼女の下腹部の奥が熱くなった。「きみの唇が赤くなって腫れあがるまで、キスしたい」ため息をつき、クレアの耳に口を寄せる。「そのあと耳たぶをついばみながら、きみに何をするつもりか、ひとつひとつ数えあげていく。服はゆっくり時間をかけて脱がせるつもりだ。サテンのような肌を隅々まで楽しみたいからね。少しずつ服を押しさげ、素肌に歯を立てて唇を滑らせ、胸をあらわにする。そうしたら先端がとがってきみが許しを請うまで、愛撫し続けるんだ。そのあいだもう一方の手はスカートの下から忍び込ませ、なめらかな肌を楽しみながら這いあがらせる。きみの一番ひそやかな部分にたどり着くまで」

クレアはぞくぞくした。アレックスは言葉だけで、彼女の中に荒れ狂う嵐のような反応を引き起こす。

彼はクレアをはさむように革張りの座席に両手をつき、ゆっくりと顔を寄せた。触れ合う寸前で止めて、言葉を継ぐ。「そしてきみの中に指をうずめ、甘い拷問で苦しめる。きみがぼくの名前を呼んで、歓喜に身をゆだねるまで。そうなったらようやくぼくはきみと体を重ね、ふたりで一緒に歓びを極めるんだ」

彼女は動けなかった。体がかっと熱くなったかと思うと潮が満ちるように熱が隅々まで広がって、息ができない。自分のものだとしるしをつけるように、アレックスの香りが彼女を包み込んだ。

馬車が止まり、さまざまな音が窓から入ってきた。アレックスが手を伸ばして、手袋に包まれた指の背でクレアの頬を羽根のように軽く撫でる。警報が頭の中で鳴っているのに、彼女の体はひたすらアレックスを求めていた。

「急がなくていい。御者と従僕には、ぼくが合図するまで扉を開けないように言ってある」

アレックスが静かな自信に満ちた声で言う。「きみを驚かせてしまったのなら許してほしい。きみをぼくのものにできる日を楽しみにしているよ。それまでは、どんなにきみを求めているかを知っておいてくれ」彼は満たされぬ欲望にため息をついた。「一日も早くきみをぼくのベッドに迎えること以上に、ぼくが望むものはない」

クレアは目を閉じて、真っ赤に染まった頬をやさしく包む彼の手に自分の手を重ねた。いろいろな感情が渦巻いて、まともに頭が働かない。「アレックス――」

彼がキスをするように体を近づけた。

クレアの全身のあらゆる筋肉が緊張にこわばった。二度とゆるまないだろうというくらい、きりきりとかたまる。ところが残念なことに、結局彼は何もせずに身を引いた。

「次に自分は呪われていると思ったら、ぼくのところへ来てほしい。呪いなんてものはないと納得させてあげるよ」ゆったりと緊張を解いたアレックスの体から、力強さが伝わってくる。「あともう少しだけ待ってくれないか。それからオペラハウスに入ろう。きみはぼくのもので妻になる女性だと、みんなに見せつけるのが楽しみだ」

5

クレアが挑発的なドレスをオペラに着ていくことはない。それを言うなら、オペラだけでなくほかの場所へもそうだ。けれども今夜のドレスは鮮やかな色と優美な動きが人目を奪うもので、ふたりが一緒にいるところを人々に印象づけたいというアレックスの希望にまさしくぴったりだった。

彼のボックス席は舞台の真正面上方の目立つ場所にあり、ほかのボックス席とはほどよく離れていた。しかし人に邪魔されないという安心感は、人々がオペラグラスを使ってふたりをあからさまに見つめだすと、すぐに消え去った。新式の片眼鏡を目に当てている彼らは、戦利品を求める正装した海賊たちのようだ。戦利品とはもちろん、レディ・クレア・キャヴエンシャムがペンブルック侯爵と連れ立ってオペラハウスに現れたという格好の噂話を、最初に広める人間になることにほかならない。

アレックスは所有権を主張するようにクレアの美しい曲線を描く背中のくぼみに手を添えて、奥の席へ導いた。座るとさっそく親しげに顔を寄せて言う。「あとで母と妹が来る。そのときに婚約を伝えようと思っているんだ」

先ほどまでアレックスを求めて体がうずいていたクレアの心に、別の希望がむくむくとわいてきた。早く彼の家族に会いたい。「まあ、お会いするのが楽しみだわ。レディ・ダフネとは初対面じゃないのよ。残念ながら、レディ・ペンブルックにはこれまでお会いしたことがないけれど」

「母は妹が亡くなってから、ほとんど公の場に出ていない。だが今年はダフネが社交界デビューしたから、そうではなくなると思う」アレックスの顔にかすかな笑みが浮かび、目がやさしくなる。彼がクレアのほうに少し体を向けると脚が彼女の座席の端にのり、秘密を打ち明けるかのような親密な雰囲気になった。押しつけられた脚から熱が伝わってきて、クレアは麻痺したように動けなくなった。「ダフネは人前で落ち着いて冷静にふるまえるが、それだけではなくて、心のあたたかさとユーモアがにじみ出ているんだ。ぼくは妹を心から誇りに思っている。とても洗練された魅力的な女性になったよ」

アレックスの表情を見て、クレアは心臓がとくんと跳ねるのを感じた。妹について語る彼からは家族に対する愛情がひしひしと感じられ、思わず魅了されてしまう。クレアの胸に喜びがあふれた。一週間後には、自分もこの家族の一員となるのだ。侯爵未亡人と親しい関係を築き、いつか本当の母娘《おやこ》のようになりたい。けれど、その幸せな未来はアレックス次第。彼がクレアの秘密にどう反応するかにかかっている。それを思い出すと、喜びはあっという間にしぼんだ。

「アリスがここにいて、ダフネが社交界にデビューしたのを一緒に見守れたらよかったんだが」彼は膝の上に肘をついた。視線を劇場内の遠くに向けている。「妹の成功を見て、どんなに喜んだだろう」目が一瞬、焦点を失った。表情に変化はないものの、目尻に寄った細かいしわから心の痛みがうかがえる。

　彼の悲しみに土足で踏み入りたくはないが、せめて心に寄り添いたかった。

「妹さんとは顔見知り程度だったけれど……もっと親しくおつきあいしたかったわ」

　アレックスが上体を起こし、クレアの手をやさしく握った。まわりの誰も気づかないようなささやかなその仕草が、彼女の心に響いた。クレアの気持ちを受け取ってくれたのだ。

　彼が顔を寄せ、かすかに微笑みながら言う。「妹ときみは気が合っただろうな。自信があるよ」体をまっすぐに戻したので、ふたりのあいだの距離が離れた。

　この話題はもう終わりだという、無言の意思表示だった。アレックスは心の内側を少しだけ見せ、すぐにまたクレアを締め出した。アリスの話だけではない。行きの馬車でもそうだった。やはり事実は否定できない。呪いなんて信じないと口では言っているけれど、危険を避けるためにクレアと距離を取っているのだ。そうすれば呪いを受けなくてすむのだから、賢い選択だろう。でもいまの彼女は、そんな中途半端な関わり方では満足できなかった。アレックスのすべてを知りたい。

　ボックス席の扉が開き、五〇代なかばと思われる優雅な女性がレディ・ダフネと一緒に入ってきた。ふたりとも、流行の最先端のドレスを着ている。年配の女性は灰色の目がアレックスとそっくりなので、彼の母親に違いない。

アレックスがふたりを迎えるのを、クレアは立ちあがって見守った。彼は母親にうれしそうな笑みを向け、手袋をはめた手にさっと口をつけた。「こんばんは、母上」

ペンブルック侯爵未亡人も笑顔で返した。「アレックス、ご機嫌なようね」

「ええ、とても。紹介させてください。レディ・クレア・キャヴェンシャムです」

侯爵未亡人がクレアに注意を向け、よく響く声で言った。「お知り合いになれてうれしいわ。あなたみたいなお嬢さんがご一緒してくださるなんて、本当にすてき」クレアの手を握る。

レディ・ダフネも会話に加わった。「まったくだわ。幕間《まくあい》に見飽きた顔ぶれで退屈しなくてすむもの。お兄さまの友だちはいい人ばかりだけれど、つまらないのよ。あなたとなら楽しく過ごせるわ」そう言って、愛敬のある笑みをクレアに向ける。

侯爵未亡人がクレアをじっと見た。「ここへはあなただけでいらしたの？」

「はい、そうです」クレアは一瞬ひるんだが、なんとか返した。アレックスの母親とこんなふうに関係を始めなくてはならないのが情けなかった。呪いのために人々は彼女を恐れて遠ざかっていくけれど、身持ちが悪いと思われるのはさらに悪い。

だが、アレックスがすぐに割って入った。「母上、うれしい報告があるんです。クレアがぼくの妻になることを承知してくれました。特別許可証を取って、今週末に結婚するつもりです」いたずらっぽく唇をゆがめて続ける。「母上とダフネには、木曜の夜は早く帰宅してもらいますよ。金曜の朝八時きっかりに、ランガムホールに来ていただきたいので」

ダフネが喜びに顔を輝かせて、クレアの両手を握った。「お兄さまと結婚ですって？　最高の知らせだわ！」

クレアはアレックスの母親と妹を見て、喜びが体の奥からこみあげるのを感じた。なんとか感情を抑えないと、夜が終わる前に泣いてしまいそうだ。「そんなふうに言ってくださって、うれしいわ」

侯爵未亡人があたたかい笑みを浮かべ、涙をにじませてアレックスのほうを向く。

「まったく、あなたにはびっくりさせられたわ。今日こんな知らせを聞けるなんて、夢にも思っていなかった」声を震わせて笑う。「なんてすばらしいの！　レディ・クレア、わたしたち家族に加わってくださるのを心から歓迎するわ。ふたりとも、おめでとう。あなたのご家族をお祝いの夕食に招待させてね」

アレックスの母親は呪いにはひとことも触れず、知っているそぶりも見せなかった。アレックスの決めたことに疑問をはさむつもりはないのだ。彼とのあいだがどうなるかまだわからないけれど、クレアの侯爵未亡人への好意はこのとき不動のものとなった。侯爵未亡人は息子の結婚とその相手であるクレアを、無条件に受け入れてくれたのだから。

楽団が音合わせを終えて着席する時間になり、アレックスはみんなを座席に促した。

「話の続きは次の幕間にしよう」

彼は母親と妹を二列目の席に座らせ、クレアを一列目の真ん中に座らせた。ペンブルック侯爵は誰をエスコートして来たのだろうと思っていた人々の疑問が解ける瞬間が来たのだ。

クレアが彼と並んで座っている姿を、みなが目にすることになる。これで彼女とポール卿の破局の噂は、朝までにはすっかり消えるだろう。

一幕目が終わると、従僕がシャンパンとグラスを入れた箱を運んできた。全員がグラスを持ち、侯爵未亡人が乾杯の音頭を取る。「あなたたちふたりの結婚が、長く続く幸せなものになりますように」彼女は晴れやかな笑みを浮かべた。「それから出しゃばりなのはわかっているけれど、言わせてね。うんと甘やかしてあげられるように、たくさん孫を作ってちょうだい。なるべく早く」

あたたかい言葉に、クレアはもう少しでその場に膝をついて天に感謝を捧げそうになった。ダフネも大声で賛意を示す。「おめでとう!」

アレックスとクレアが口を開く間もなく、ボックス席の扉がふたたび開いた。独身貴族の男性の中でもとりわけハンサムなサマートン伯爵が、アポロ神を思わせるりりしい姿で入ってきた。すらりとした長身とたぐいまれな容貌を金髪と日焼けした肌がさらに引き立て、そこに明るい青緑色の目がエキゾティックな雰囲気を加えている。

「これはこれは、ペンブルック卿がようやくわれらのあいだにお出ましになったというわけだ。光栄すぎて言葉もない」サマートンは侯爵未亡人とダフネに挨拶したあと、クレアに目を向けた。

含みのある彼の笑みに、クレアは幸せな気持ちが陰るのを感じた。サマートンのことはよく知らないけれど、彼が呪いについてからかいでもしたら、今晩は台なしになる。

「レディ・クレア、お初にお目にかかります」サマートンは彼女の手を取ってお辞儀をし、おもむろに顔をあげた。エキゾティックな美しい瞳が、秘密を探るようにクレアの目をとらえる。

彼女はアレックスをちらりと見て、力を抜いた。彼は友人への好意を目に浮かべ、楽しそうに微笑んでいる。ダフネのことを話していたときと同じ表情の彼は息をのむほど魅力的だ。自分のためにもこういう表情を浮かべてくれたらと、クレアは切ない思いに胸を焦がした。

「サマートン、ぼくの趣味のよさを認めてくれるのはうれしいが、きみが握っているのは未来のペンブルック侯爵夫人の手だ。いますぐ放してもらおう。でないと、ジェントルマン・ジャクソンのボクシングジムで叩きのめすしかなくなる」

伯爵は常識的に許される範囲を超えて、クレアの手を握り続けている。「それはごめんこうむりたいな」サマートンは最後に一度握りしめてから、彼女の手を解放した。「この前きみと拳を交えたときは、そのあと一週間動けなかった。馬に乗るのがまるで拷問だったよ」クレアに向かって言う。「あなたの注意をひとり占めしてしまって申し訳ない。おふたりにお祝いを言わせてもらいますよ」彼は大げさに頭をさげてみせたあと、わざと大きな声で言った。「ですが、この取引ではアレックスのほうが得をしているようだ」

アレックスは友人の冗談を楽しそうに受け止め、差し出された手をがっちりと握った。

「本当はぼくと殴り合いたいと思っているんじゃないのか？　だが、礼を言うよ」

ふたりの男のおどけたやりとりを聞いて、クレアはいとこのマッカルピンとウィリアムを思い出した。いとこたちもこんなふうに互いをけしかけるようなことを言って、ふざけ合っている。男たちが話しているあいだに、ボックス席へさらに人が入ってきた。クレアがアレックスに断って友だちに囲まれたダフネのほうに向かうと、そこにはエマもいた。若い娘たちは社交界のこれからの催しについて話をしていたが、やがてどの舞踏会に一番望ましい男性が集まるか、白熱した議論に発展した。

クレアは興味深く話に耳を傾けたあと、やがてアレックスに注意を戻した。彼と目が合って、しびれたように体が動かなくなる。アレックスの瞳にある何かよくわからない感情が、彼女をとらえて放さない。

その視線をクレアは静かに受け止め、小さく微笑んだ。

「レディ・クレア、今日おいでになるとは思っていませんでした」

目をあげた彼女は、慈善団体〈ヘイリーズ・ホープ〉の事務弁護士が目の前に立っているのに気がついた。作業に熱中していて、彼が近づいてくる音が聞こえなかったのだ。ウォレス・パーキンズはクレアの母親が二五年以上前に始めた慈善事業に、設立当初から関わっている。だがいつもは愛想のいいその顔が、今日は曇っていた。

「おはよう、ミスター・パーキンズ」クレアは羽根ペンを丁寧にペン立てに戻した。「孤児院に賛同してくれそうな人たちへの寄付のお願いに取りかかろうと思っていたところなの。公爵夫人も今週これから、ご自分の割り当て分を書いてくださるそうよ」

パーキンズがうなずいた。「すばらしい考えです」

「建築士に頼む前にあと二万ポンド集められれば、建物をもう一階分大きくできるものね」

居心地のいい仕事部屋に着いてから、クレアは作業に没頭していた。この事業は彼女の情熱の対象であると同時に、避難場所でもある。

事務弁護士は部屋に入り、扉を閉めた。「少しお時間をいただけますか?」

「もちろん、必要なだけいくらでも」

「じきにお祝い事があるそうですね」パーキンズが頬をリンゴのように赤くして言う。

クレアの幸せな気持ちに、すっと影が差した。パーキンズは昨日の『ミッドナイト・クライヤー』紙に載っていた〝悪運をもたらすレディ〟の記事を読んだのだろう。あの記事で、彼女とペンブルック侯爵の婚約はロンドンじゅうに知れ渡った。いつも呪いについてあてこする記事を載せる『ミッドナイト・クライヤー』紙は、彼女の悩みの種だった。

「じつはそうなのよ」

「それなら、ご結婚について話し合わなければ」彼が咳払いをする。「つまり……」

「ミスター・パーキンズ、そんなに気を遣ってくださらなくて結構よ。あの記事はわたしも見たから」

「孤児院の事業に影響はありますでしょうか」

「わからないわ。呪いの話は、これまでは冗談として扱われているだけだった。でも、支援者たちが信じれば――」

「レディ・クレア、わたしがおききしたいのはそういうことではありません」パーキンズが穏やかな目をようやく彼女と合わせた。「ご結婚後はどうなさるおつもりか、うかがっておきたいのです」

クレアはうなずいた。「ペンブルック卿とわたしは、彼の領地に一カ月滞在する予定よ。彼はこの慈善事業がわたしにとって大きな意味を持つものだと理解してくれているの」

「侯爵はあなたが今後も関わり続けるのを支援してくださるでしょうか？」

「もちろんよ」未来の夫にこの慈善事業への関与は譲れないものであると告げたとき、彼はまったく動じていなかった。

パーキンズが内緒話をするように身を乗り出す。「数日前、何者かがやってきて、あなたについて質問していきました」

「まあ、本当に？」クレアは椅子の端まで腰を滑らせ、前のめりになった。

パーキンズがうなずく。「使用人や職員の何人かと話をしていきましたが、わたしを呼んでくれとは言わなかったそうです。変だと思いませんか？　質問は、あなたの交友関係や仕事のスケジュール、時間の過ごし方についてだったそうです」

クレアはそっと息を吐いた。そんなふうにかぎまわられるなんて、彼女にとっても〈ヘイリーズ・ホープ〉にとってもいいこととは思えない。

「男はソーンリーと名乗り、レディ・クレアの真の姿に迫る特集記事を書くために情報を集めていると言ったそうです。おそらく『ミッドナイト・クライヤー』紙の記者でしょう」

真のレディ・クレアとはどんな人間なのだろう？　〈ヘイリーズ・ホープ〉での彼女は他人を助ける余裕と機会があり、進みたい道をはっきり把握している幸運な人間だ。でもそれ以外の場所では、まわりから噂され、笑い物にされている。クレアはぴんと背筋を伸ばした。

「呪いについてもきかれたの？」

事務弁護士は銀縁の眼鏡を押しあげ、つばをのみ込んだ。「はい、きかれたようです」

〈ヘイリーズ・ホープ〉にはクレアの母親の気配が隅々まで満ちている。ここに一歩でも入れば、彼女は呪いのことをすっかり忘れ、その影響を受けずにいられた。それなのに外に置いてきたはずの呪いが、彼女にとって大切な場所であるここに侵入しようとしているなんて。また愚弄するような記事を書かれるくらいなら、ジャッカルに追いかけられたほうがましだ。

「部数稼ぎの扇情的な記事を書く低俗なゴシップ紙に、わたしたちのすばらしい事業や孤児院の計画をおびやかされたくないわ」

険しく寄せられていたパーキンズの眉がゆるむ。「話しかけられた職員はみな、呪いなんかばかばかしいと断言しました。そしてミスター・ソーンリーに、あなたのすばらしい仕事について話して聞かせたそうですよ。ミスター・ネイピアなどあなたを強く弁護するあまり、怒って男を叩き出そうとしたくらいです」

クレアは机の下で拳を握りつつ、笑顔を作った。「彼がそんなふうに思ってくれているのはうれしいわ。でも〈ヘイリーズ・ホープ〉やそこの住人たちについて、誰にも悪く言われたくないの。事業を広げようとしているいま、資金集めに影響する要因はなるべく排除しなければ。このことはランガム公爵にお知らせして、力になっていただきましょう。そうすれば、ミスター・ソーンリーが何を書こうとしているのかわかると思うわ」

「わたしもまさに、そう思っていました」

クレアはうなずいた。つらい思いをした人々のための安息の場所に、誰にも手を出させはしない。ここは彼女にとって、平和に満ちた神聖な場所なのだ。


執事のシムズが下でアレックスを待っている。彼は階段をおりながら雪のように白いクラヴァットを引っ張り、むずむずする首から少しでも離そうとした。従者のジャン＝クロードはシャツやクラヴァットの手入れの達人で、これらの布製品を床の上に置いたらそのまま立つくらい、かたく糊《のり》づけするのだ。

「だんなさま、特別配達人が手紙を届けてきました」シムズがマカレスターの封印が押された手紙を差し出す。

「ありがとう」私立探偵のマカレスターがようやく連絡してきた。クレアについてとくによくない情報が明らかになるとは思っていないが、結婚後に意外な事実が判明してあわてないよう、前もってすべてを知っておく必要がある。そうして集めた情報は、もちろん表沙汰にするつもりはない。クレアも彼女の事業に関わって働く人々も、あと一週間でアレックスの庇護《ひご》下に入るのだから。

彼は愛馬のアレスを馬の好きな速さで駆けさせながら、マカレスターの事務所に向かった。

一瞬、クレアをひそかに調査させたことに対する罪悪感が心をかすめる。昨夜、馬車の中でクレアがこれまでの人生の孤独と寂しさを語ったときは、何を置いても彼女を抱きしめ、悲しい表情を消したくてたまらなくなった。キャヴェンシャム家の人々を除いて、彼女には親しくつきあっている人間が誰もいないようだった。

昨晩のアレックスの行動は、すべてどれほど彼女を求めているかわかってもらうためのものだった。神に誓って、その気持ちは本物だ。彼にとって都合がいいとは言えないものだとしても。昨日は彼のベッドで眠るクレアを想像して何時間も眠れず、拷問のような夜を過ごした。

これ以上クレアのことばかり考えてしまわないよう、何か手立てを考えなければならない。このままでは頭がどうかなってしまうし、仕事にも集中できない。

アリスが亡くなってから一年以上、朝起きてまず頭に浮かぶのは彼女だった。しかし、いまはクレアが浮かぶ。

公爵の娘であるクレアは完璧な侯爵夫人になるだろう。だがアレックス自身のためにも、ふたりの未来のためにも、火種になりそうなことがないかきちんと確認しておかなければならない。自分たち家族の幸せと安全は必ず守るつもりだ。そのためにはポール卿に関わるどんなにささいなことも見逃してはならないと、過去の過ちから学んだ。

クレアは誠実な女性で、噂話の種にされるようにはまったく見えない。過去に何かあったのなら、アレックスの耳にも入っていたはずだ。ばかげた呪いの噂が広まるまで、彼女が悪く言われるのを聞いたことはなかった。それなのにクレアを襲った不運な出来事が火《ほ》口《くち》のように人々の好奇心を燃えあがらせ、彼女を格好の噂話の種にしてしまったのだ。ポール卿を破滅させるための手段として彼女に目を留めるまで、アレックスはそんな噂に興味を引かれることはなかったが、いまはあの放蕩者から彼女を守らなければならないという思いでいっぱいだった。

アレックスはクレアがいつ社交界にデビューしたのかも知らない。今年ダフネがデビューしたときのことでさえよく思い出せないのだから、不思議ではないけれど。クレアが第一級のダイヤモンドと評されるような、抜きん出て目立つ女性ではないのはたしかだ。彼女は男たちの称賛の言葉を集めることなく、社交界の片隅でひっそりと存在していたのだろう。

しかし昨夜オペラハウスで、アレックスはクレアに魅了された。優雅な魅力が内側からにじみ出ている彼女は、劇場に来ていたほかの女性たちがかすむくらい美しく、いままでほかの男のものになっていないことが信じられなかった。

マカレスターの事務所は簡素な赤いれんが造りの建物の中にある。アレックスは若い男に案内されて階段をあがった。どっしりとした木製の机をやわらかい革張りの椅子が囲んだ居心地のいい部屋に入ると、机の上にはインク壺と羽根ペンしかなかった。おそらくマカレスターの作成した報告書も、同じように簡潔で要点を突いたものだろう。クレアの過去に何もないというたしかな証拠を目にすれば、自分はほかのことに集中できる。

マカレスターが部屋に入ってきて、アレックスに会釈した。控えめな立ち居ふるまいだ。

「では、報告書を見せてもらおうか」一刻も早く調査結果を見たかった。

「わかりました」マカレスターがうなずく。「ご安心ください。とくに重大な事実は判明しませんでした。だいたいにおいて、公爵家の使用人たちは一家に非常に忠実です。中には、やや口の軽い者もおりましたが。全員が口をそろえて言っていたのが、メイドのアイリーン・フィンドレーには近づくなということでした。レディ・クレアを守ろうという意識が、とりわけ強いようです」

「予想どおりだな」アレックスは同意した。

「レディ・クレアは怪しい人物とつながりを持ったことはありません。男性とも、女性とも。醜聞は皆無です。家族とごくわずかな友人以外につきあいはなく、社交界の催しにも出席していません」

アレックスはとりあえずほっとした。「過去の婚約についてはどうだった?」

「そうですね、たしかにレディ・クレアの呪いについては社交界で面白おかしく噂されています。最初の婚約はアーチャード伯爵とで、彼は結婚の一カ月前に死亡しました。公爵家の使用人によれば、ふたりのあいだには強い愛情があったようです」

アレックスは注意深く反応を隠した。クレアのためにも彼のためにも、アーチャードにはこだわらないのが一番だ。彼女が心の痛みを忘れられるように、自分が手を貸せばいい。

私立探偵は次の男に移った。「二度目の婚約は、求婚のすぐあとで終わりを迎えました。タント伯爵は結婚を申し込んだ直後、乗馬中に馬が倒れて死ぬという悲劇的な事故に見舞われたのです。下敷きになった彼はすぐに手術を受け、脚を切断しました。どちらから婚約を破棄したのかはわかりません」

マカレスターがそこで口をつぐんだ。次へ進む許可を待っているのだろう。アレックスはうなずき、クレアの破談の歴史が語られ終わるのを待った。

「この事故が、彼女が呪われていると言われはじめた原因でしょう」

「タントは彼女を責めたのか？」アレックスは以前から街での生活が好きではなく、ロンドンであまり過ごしていなかった。

私立探偵が首を横に振る。「婚約が破棄されたあと、ゴシップ紙が記事を載せたのです。記事は彼女の両親の死亡事故やアーチャード卿の病死、タント卿の不運な事故をこと細かに書き立て、呪いと結びつけました。そして社交界の独身男性たちに、いくらレディ・クレアが裕福でも求婚するのはよく考えたほうがいいと警告したのです」

「その記事が書かれたのは何年前だ？」アレックスは目をつぶった。彼女は舞踏会や夜会で、いきなり記事の影響を思い知らされたのだろう。そのときにクレアを知っていれば、知り合い全員に彼女と踊らせ、噂など蹴散らしてやったのに。

「アーチャード卿が亡くなったのは三年前で、タント卿の事故は二年前です」

ばかげた噂など気にしていないようにふるまうのに、どれほどの強さが必要だったことか。呪いの噂は、もう何年もクレアにつきまとっている。「そんなに前から彼女がくだらないほのめかしに耐えていたとは知らなかった」

「まだ終わりではありません。三人目はたちが悪いですよ。リヴァートン卿はレディ・クレアに結婚を申し込んだほんの一時間後に、レディ・バークレーと一緒にいるところを彼女の夫のバークレー卿に見つかってしまったのです。彼は決闘でバークレー卿を殺したあと、大陸に逃亡しました」

「レディ・クレアはどういう経緯でポール卿とつきあうようになったんだ？」彼女はきっと、噂から逃れるために必死だったのだろう。

「ポール卿は賭博に病的にのめり込みはじめてから、彼女に興味を持つようになりました。そして彼の父親であるサザート公爵とランガム公爵は友人同士だったので、縁組はすんなりまとまりました。サザート公爵の跡継ぎは病気がちで、爵位を継げないのではないかと言われています。そうなればポール卿が次の公爵ですから、両家の絆をかためるこの縁組は双方にとって有益であると両公爵は判断したのでしょう」

いま聞いた情報を、アレックスは黙って分析した。たしかにサザート家の跡継ぎは、社交界にまったく姿を現していない。とはいえ、なぜランガム公爵はクレアにポール卿のような男と関係を持つことを許したのだろう？

私立探偵が咳払いをした。「それから二、三、妙な取引がありました」

「取引というのは、彼女が直接結んだものか？　それとも事務弁護士を通したものか？」クレアほどの資産があれば、投資話のふたつや三つ、あってもおかしくはない。彼女がそういう分野にどんな感覚を持っているのか、どう資産を運用しているのか興味を引かれる。

「両方です。レディ・クレアはボンドストリートに行きつけの仕立て屋があるんですが、その近くにある靴屋の〈ホビー〉と、小さいですが流行の紳士服屋の〈グリグビー〉にも個人勘定を持っています」

アレックスは内心驚いたが、表情には出さなかった。報告書が彼女の行きつけの店まで網羅しているとは思いもよらなかったのだ。

「レディ・クレアは過去二年間にブーツを四足購入しています。すべて同じ形の標準的な男性用乗馬靴です」私立探偵はアレックスの反応にはかまわず先を続けた。「そして先週、さらに二足注文しています。〈グリグビー〉では、最近鹿革のズボンとシャツを二着ずつ注文しました。どちらもすぐに届けてほしいと希望しています」

アレックスは椅子にかけた手をぎりぎりと握りしめた。延々と続くマカレスターの報告を聞きながら、額に汗が吹き出てくる。クレアがこうしたものを買う単純な理由が必ずあるはずだ。アレックスへの結婚の贈り物とも考えられるが、彼女は何年も前から買い続けているという。きっと、ふだん使いのありふれたものだ。どれも彼がすでに二〇着は持っているような。「彼女がそれらを買った目的はわかったか？」

「〈グリグビー〉は情報を明かすのを拒否しました。何か手がかりがないかと帳簿をのぞいてみたのですが、すべてわれわれよりかなり小柄な人間のためのものだとわかりました。レディ・クレアには少年の親戚がいて、面倒を見ておられるとか？」

「彼女の母方の家族についてはよく知らない」

「スコットランド人ですよ。彼女の母親は正当な相続人として、実家の財産を受け継いでいます」マカレスターの額にくっきりと線が刻まれる。「レディ・クレアは〈ヘイリーズ・ホープ〉の事業に関わっておられますから、そこの少年用に購入されたのでは？」

「その慈善事業についてはかなり熱心に携わっているという以外、たいして知らないんだ」

「〈ヘイリーズ・ホープ〉は国王陛下の兵士たち、とくに英国陸軍スコットランド高地連隊《ブラックウォッチ》の復員後の生活を支えるために、彼女の母親が設立したものです」マカレスターの声に抑えようのない誇りがにじむ。「いまは前公爵夫人の遺志を、現ランガム公爵夫人が継いでおられます。レディ・クレアも週に数日ここで仕事をしておられ、いまは〈ヘイリーズ・ホープ〉の隣に孤児院を建てるために奔走されています。ですからあの方は、兵士たちから好かれているようです。とても」

「具体的には？」

「あそこの住人のひとりにうっかり呪いについてきいてしまったんですが、彼女を守ろうとするその男性にものすごい勢いで言い返されました」

「なるほど」マカレスターの報告の中にクレアの評判を損なうようなものはなかったが、男物の衣類を買っていることだけはどう考えていいかわからず、気になった。アレックスはため息をついた。「それで全部か？」

「あとひとつだけあります。最近レディ・クレアは、エセックス南部のレイトンで開業している事務弁護士宛に一五〇ポンドを送金しています。その事務弁護士が金を何に使ったのかは確認できませんでした。彼女の財産からしたらささやかな額ですが。この金の流れについてはもちろん今後も追跡しますので、ご安心ください」

アレックスは落ち着いているふりをして応えた。「情報をどうやって手に入れるつもりだ？もめ事になっても困る」

「心配される必要はありません。慎重にやりますから。申しあげましたとおりこれからも調査を続行して、送金の目的や受取人が明らかになったら、すぐにご連絡いたします。ほかに何かございますか？」

「いや、ありがとう。じゅうぶんだ。今後も内密に調査を続けてくれ。ささいなことでも、すべて報告するように」アレックスは立ちあがり、入ってきた扉に向かおうとした。

「お待ちください。じつはわたしの使っている専用の出入り口が隣の部屋にあります。そちらから帰られたほうが人目につきません」マカレスターはアレックスを隣の部屋へ案内した。

「そのとおりだ。ありがとう」

「いまの情報を、あまり気になさいませんように。ちゃんと説明がつくはずですから。これまで何百件とこうした調査を請け負ってきましたから、わかります。レディ・クレアの秘密は害のないものですよ」

アレックスは探偵と目を合わせた。「では、頼む」

抑えていた動揺が、強い風にあおられた旗のように彼の中で一気に広がった。けれども一度も振り返らずに裏階段をおり、通りに出た。

アレスにまたがり、どの道を通ったのか思い出せないまま、馬にまかせて家にたどり着いた。マカレスターから聞かされたひとつひとつの情報が、自分の知らないクレアの一面、新たな秘密へとつながっている。直接的な情事の証拠はなかったものの、ひとつの謎を解いてもすぐに新たな謎が現れる。

しかしよく考えた末に、アレックスはとりあえず安心してもよさそうだと息をついた。彼女が購入したという服や乗馬用のブーツは、アレックスよりやや小さいだけのポール卿の体には絶対に合わない。彼女はなぜ男物の衣類を買っているのだろう？ それらは大人用なのか、少年用なのか。事務弁護士に送った金は同じ人間に宛てたものだろうか？

数分後にメイフェアの屋敷に入ったときには、これから自分の妻となる女性をもっとよく知ろうと、アレックスは決意をかためていた。

そしてすべての謎を解き明かすには、世間で高い評価を受けている彼の魅力を総動員して、クレアをとりこにする以外になかった。

6

これから行われる晴れがましい発表に重い気持ちを抱えながら、クレアはレディ・ハンプトンの晩餐会に到着した。あと何時間かしたら、彼女とアレックスの婚約が公になる。オペラへ一緒に出かけたあと、今夜までに彼にはアーチャード卿とのことを打ち明けようと決心していた。これ以上、秘密にしたままではいられない。こんなにもまっすぐにあたたかく接してくれているアレックスには。彼はいつも自分よりクレアのことを考え、呪いなど気にするそぶりも見せない。

本当にもうすぐ結婚するなんて信じられず、クレアは一日じゅう自分をつねってばかりいた。ところがおじ夫妻に続いて玄関をくぐった彼女を、レディ・ハンプトンがいまかいまかと待ち構えていた。

「まあまあ、今晩は出席してくれてうれしいわ。きっと忘れられない夜になるわよ」レディ・ハンプトンは顔を輝かせ、ジニーとセバスチャンのあいだに割って入ってクレアの腕をつかんだ。そのままほかの人々を無視して、客間へと引っ張っていく。彼女は声を潜めて言った。「あなたを絶対にペンブルック卿の隣の席にしてくれという伝言を受け取ったわ」

誰も知らない秘密を手にした少女のように、レディ・ハンプトンが嬉々《きき》として続ける。「彼はあなたに求愛しているそうじゃない」彼女は左右を見て、誰も聞いていないことを確かめた。「ペンブルックのことは子どもの頃から知っているのよ。彼をつかまえるなんて、あなたも目が高いわ。わたしは呪いなんてものは信じていないの。あなたたちを引き合わせようと、どうしてもっと早く思いつかなかったのかしら」

目の前でまくしたてられ、クレアはくらくらして言葉が出なかった。

レディ・ハンプトンが一歩さがってクレアを見つめ、うれしそうに言う。「今日のあなた、本当にきれいよ。輝いているわ。アレックスのおかげかしらね。あなたに目を留めてかっさらうなんて、彼は大手柄よ」

「ぼくもそう思いますよ、レディ・ハンプトン」アレックスがどこからともなく現れ、クレアの手を自分の肘にかけさせた。年上の夫人に向かって、内緒話をするように声を潜める。「レディ・クレアとふたりだけで話をしたいんですが、いい部屋はありますか?」

「結婚式の相談? いいわ。三分だけ、ふたりきりにさせてあげる。それ以上はだめよ」レディ・ハンプトンはアレックスに合わせて、ひそひそと答えた。「書斎に行きなさい。廊下を進んで、右側の三番目の部屋よ」秘密を共有するように、くすくす笑って片目をつぶる。そして帽子の羽根飾りを揺らしてすばやくうなずくと、ほかの客たちを迎えるために去っていった。

アレックスは唇に笑みを浮かべたまま、クレアの手に手を重ねた。彼女はやさしい感触に不意を突かれてびくっとしたが、アレックスのいたずらっぽい笑みを見て不安が消えた。彼と結婚するまで、あと二日。明るい彼の様子を見ていると、すべてうまくいくという気がしてくる。「レディ・ハンプトンとは親しいの？」

「ぼくの母はもう来ているかな？」アレックスが笑いを含んだ声できき、部屋を見まわした。「母はレディ・ハンプトンになんでも話してしまうんだ。ふたりは子どもの頃から親友で、大人になったいまも親しい。だからこういう種類の秘密は、どうしたってうちの家族の中にとどめておけない。ぼくはもうあきらめているよ」

「ペンブルック、聞こえたわよ」ふたりに会いに入ってきたアレックスの母親が息子に声をかけた。彼女はクレアを抱きしめたあと、アレックスの両頰にキスをした。

アレックスが笑みを浮かべ、母親の頰にキスを返す。「いつもながらおきれいですよ、母上」

お世辞を聞いて、侯爵未亡人は息子の腕をぽんと叩いた。「ありがとう」

母親への愛情を隠そうとしないアレックスの様子は魅力的だった。クレアは彼の愛情の輪の中に入れてほしいと懇願したくてたまらなかった。どうすればこんなふうに彼に愛してもらえるのだろう？　そうなる日がいつかは来るのだろうか？　不安を懸命に抑えながら、いま彼といる時間を楽しむのだと自分に言い聞かせる。

「ふたりだけで話をしたいのはわかっているわ」侯爵未亡人は続けた。「長くなりすぎてはだめよ。レディ・ハンプトンが座られる前に席につくようになさい」息子の答えを待たずに、彼女は行ってしまった。

「さあ、こっちだ」アレックスはささやき、クレアを先に行かせて軽く手を添えながら廊下を進んだ。書斎に着くと、彼はうしろから手を伸ばして扉を開けた。あたたかい息が彼女の首筋をかすめる。

アレックスがなぜわざわざふたりで話そうとしているのか、クレアにはわからなかった。けれども昨夜の馬車の中での出来事が頭に浮かび、体じゅうが期待に粟立《あわだ》った。なんとか興奮を抑えようとするものの、彼がそばにいるだけで気分が高揚してうまくいかない。

彼がいたずらっぽく目を輝かせながらクレアを書斎に入れ、扉を閉めた。「こんなにみんなに注目されて、圧倒されていないかい？」

「大丈夫よ、あなたは？」無造作に聞こえるように答えたが、本当は緊張していた。新聞記者や社交界の人々に注目されて、彼がいやになっている気配はないだろうか？

「こうしてきみとふたりきりになれたから、大丈夫になった」アレックスがふたりのあいだの距離を詰める。「オペラに行ったときから、きみにキスしたいということしか考えられなかった」低い声の響きにクレアの体はうずき、全身が熱くなった。「いいかい？」

「ええ」許しを求められて驚きながら答える。彼に抱きしめられ、触れ合っている胸や脚の部分を強く意識した。できることなら、ここでひと晩じゅう彼と過ごしたい。レディ・ハンプトンの客たちに籠の中のつがいの鳥のようにじろじろ見られるより、そのほうがずっと心地よく過ごせる。

アレックスがいつもつけているスパイシーな香りに、彼女は思わず引き寄せられた。

「もうほんの少しも待てない」彼の手がクレアの頬をそっと撫でる。

言葉が出なくて、彼女は黙ったままうなずいた。見つめ合っているうちにも、キスをしたい気持ちはますます募っていく。前回こんなふうに焦がれるようにキスを求められたのは、ずいぶん前だ。

キスがどんなものかはわかっているのに、アレックスの唇が近づいてくると、彼女の体はこわばった。ようやく重ねられた唇は、驚くほどやわらかくてやさしい。

二度目の口づけにしては控えめとも言えるキスを、クレアは目をつぶって味わった。けれども彼女が身を引く前に、アレックスが顔を傾けてキスを深めた。彼はゆっくりと辛抱強く、クレアの唇が動きに慣れるように導いてくれる。ずっと思い描いていたとおりの口づけに、彼女はそっと息を吐いて唇を開いた。彼女が受け入れたのを確認すると、アレックスは舌を絡め、ゆったりとダンスをするように動かしはじめた。

クレアを守るようにまわされた腕の中で、彼女はキスにおぼれていった。ぼんやりとした頭に、うめき声がどこからともなく聞こえてくる。それが自分の出した声だと気づき、はっとして体を引いた。愛情あふれる行為に没頭するあまり、われを忘れていたのだ。

アレックスが名残惜しげに顔をあげ、彼女を見つめながら引き寄せる。「会いたかった」

婚約したばかりの恋人らしい親密さのこもった仕草で、彼女の唇の両端にやさしく口づける。クレアも勇気を出しておずおずとキスを返すと、アレックスは胸の奥から深いうめき声をもらし、彼女にまわした腕に力をこめた。

彼はクレアの顎に唇をつけ、そこから上に向かって滑らせると、耳たぶをついばんだ。

「クレア、きみといると我慢できなくなってしまう……」そうささやいていったん顔を離し、彼女の顔を見つめたあと、今度は額と額を合わせた。

キスを続けたいと主張するかのように、クレアの唇が脈打った。目をつぶり、アレックスの感触に集中する。「ここにいられるのはせいぜい三分よ」

「戻りたくないと言ったら？」アレックスは顔をしかめたが、すぐにぱっと魅力的な笑みを浮かべた。天秤《てんびん》のバランスを試すように両手を広げて言う。「きみにキスをするか、晩餐会に出るか、どちらかにすべきだな。好きにしていいならここにいたいが、できるだけ早く婚約も発表したい」

キスのおかげで、ふたりの距離は少しずつ縮まっていた。クレアの心臓は早鐘を打ち、アレックスにすべてを与えるよう要求している。心臓が理性の言うことを聞いてくれたらいいのだけれど、まったくその様子はない。彼女の取るべき行動ははっきりしていた。結果がどうなろうと、今夜アレックスにすべてを話すのだ。彼には知る権利がある。

「仕方ない。みんなのところへ戻るとしよう」

クレアはアレックスが差し出した腕に手をかけて食堂へと歩きだしたが、不安がこみあげ、部屋に着いても彼の腕を放したくなかった。やがて数分のうちにほとんどの女性が席につき、アレックスは全員が座ったところでクレアの右側の席に腰をおろした。テーブルの上座にはレディ・ハンプトンが座り、アレックスはその隣だ。クレアの左隣は、年配だがまだまだ元気なリンスコット伯爵だった。

噂では、この伯爵はいま左隣に座っている未亡人のレディ・トッティンと下劣な情事にふけっているらしい。実際、リンスコット伯爵はクレアには一度も目を向けようとしなかった。レディ・トッティンのほかにはワインさえあればいいと、あからさまに態度に出している。それはクレアにとっても好都合だった。レディ・ハンプトンはこの小さな集まりに礼儀にこだわりすぎないくつろいだ雰囲気を与えており、クレアはリンスコット伯爵に気を遣って無理に話しかけずにすんだ。

お仕着せを着た従僕たちが、ひと皿目の亀のスープを運んでくる。サマートン伯爵がテーブルの反対側からクレアに話しかけた。「〈ヘイリーズ・ホープ〉の事業を広げることを検討しているそうですね、レディ・クレア。建築士はもう選んだんですか？」

「事業拡大を検討するための委員会があって、建築士はそのメンバーと公爵夫人で決めるんです」熱心に関わっている事業を話題にされて、クレアは自信がわきあがるのを感じた。「うまくいけば秋までに最終的な計画が仕上がって、着工できるかもしれません」

ジニーがうなずいて同意する。「レディ・クレアは事業拡大のために多額の寄付をしてくれたんですよ。復員兵用にこれまでより大きな宿舎が必要なのはもちろん、未亡人や子どもたちのための施設や学校を、それにも増して早く作らなければならないんですの。ちゃんとした教育を受ければ、賃金のいい仕事に就くことができますからね」おばは愛情のこもった視線をクレアに向けた。「クレアは新しい孤児院のための信託も立ちあげてくれたんです」

サマートンが賛同するようにうなずいた。「よろしければ、ぼくにも力にならせてください。最近ロンドンの屋敷を改装したんですが、そのときに使うことを検討した建築家たちが評判のいい者ばかりでしてね」

「来週、ランガムホールにいらしていただく時間はあるかしら？」ジニーが尋ねる。ふたりはすぐさま、壁の補強というほかには誰も興味のない議論に没頭した。

「クレア」

アレックスにささやかれて、彼女はびくっとした。

「その慈善事業は、きみのように気前のいい後援者がいて幸運だね。ぼくもそれなりの額を寄付させてもらうつもりだし、サマートンも誘ってみるよ」あたたかい彼の声が愛撫のように響く。「〈ヘイリーズ・ホープ〉にきみがそれだけ熱心に関わってくれて、公爵夫人は大いに助かっているだろう。きみがどれだけ情熱を傾けているか、傍から見ていてもわかる」

「ありがとう」堅苦しく応えたが、アレックスと目を合わせたとたん、その視線の強さに恋わずらいの一七歳の少女みたいに口を開けてしまった。

彼がクレアを称えるようにグラスを掲げる。「そのことについて詳しく話し合うのを楽しみにしているよ……きみとふたりだけで」

まわりでさまざまな会話が弾みはじめても、アレックスは彼女からけっして視線をそらさなかった。やがてテーブルに座っているほかの人々の声が遠ざかり、クレアはこの世に彼とふたりきりのような気分になった。そしてアレックスが微笑んでワインを口に含むと、彼にうっとりと見とれているのを隠しきれずに首から上が真っ赤になった。

アレックスが彼女を心から愛してくれるようになったら、結婚生活はどんなものになるだろう？　人を助けたいという妻の熱意を夫が尊重し、あと押しをしてくれれば、ふたりの関係の強力な土台となるに違いない。そしてそれ以上に、妻をひとりの人間として大切にする夫がいてくれれば、クレアがこれまでに経験した心の痛みはすべて鋭い棘《とげ》を失って、二度と彼女を悩ませることはなくなるはずだ。

明るい未来への期待に浸っていたクレアは、はっとわれに返った。アレックスが彼女を心から好きになりかけていると信じたい誘惑が遠ざかり、いまではもう慣れっこになった、いやな予感が取って代わる。今夜、何かひどいことが起こるかもしれない。

食事の最後にオレンジのゼリーとアプリコットのタルト、美しく切り分けた果物というデザートの盛り合わせが運ばれてきて、おじがクレアの婚約を発表するときが来た。彼女は懸命に呼吸を落ち着け、気持ちを静めた。女性たちが男性陣を置いてポートワインを飲みに行ってしまう前に、おじ夫妻がレディ・ハンプトンとアレックスの母親と並んで立つ。

クレアとアレックスも上座のほうへ行き、彼らに加わらなければならない。また呪いが力を振るうのではないかという恐怖を、彼女は必死で払おうとした。アレックスが部屋から出ていき、客たちが床にひっくり返って笑い転げているぞっとするような光景が頭に浮かぶ。脚が鉛のように重くなって立ちあがれず、クレアは手をつけていない皿の上をじっと見た。

「レディ・クレア」アレックスが彼女の肘の下に手を入れ、立ちあがるのを助けた。彼に導かれるまま自動人形のように上座へ向かい、家族たちの横に立つ。アレックスはクレアの背中にずっと手を添えてくれていた。

セバスチャンがグラスを掲げる。「みなさん、ここにいる姪のレディ・クレアとペンブルック侯爵アレクサンダーの婚約を、われわれとともに祝っていただきたい」

「おめでとう!」祝福の声がいっせいに飛び交い、割れるような拍手がわき起こった。

アレックスが身を寄せてささやく。「ほら、終わったよ」彼はクレアのウエストの横に手を移し、励ますように力をこめた。

ぎりぎりまで張りつめた緊張の糸が切れないように、クレアは必死で耐えた。油断したら、呪いにつかまってしまう。アレックスのほうを向くと、彼はこちらの目を見つめたまま、手を持ちあげて口づけた。

彼女は息を吐き、それとともにこらえていたものが一気に外へ出た。

涙、笑い、心の痛みのこもったため息。

身勝手なのはわかっているけれど、アレックスに拒絶される危険はどうしても冒せなかった。彼を失望させること以外、クレアには何も言えないのだから。

弱い雨から変わった霧の中を、馬車はランガムホールに向かってメイフェアを走り抜けていた。クレアがひと晩懸命に保ってきた冷静さは、もう崩壊する寸前だった。

「みんなが次々におめでとうと言いに集まってきてくれたのだから、今夜の発表は文句なしの成功だったね」アレックスが目もくらむほど魅力的な笑みを彼女に向ける。「ポール卿の名前は一度も聞こえてこなかった」

「ええ、本当に。あなたには心から感謝しているわ。お礼のしようもないくらい」魔法のようなこの一週間を、クレアは一生忘れないだろう。年老いてからも、思い出して心を慰めることができる。すべてアレックスのおかげだ。

でも今晩の出来事を、この先実現するものと思ってはならない。アーチャード卿とのことを打ち明けてもアレックスの態度が変わらないなんてばかげた希望を抱いたら、あとで打ちのめされるだけだ。

馬が屋敷の前で止まり、クレアは彼の手に支えられて馬車をおりた。アレックスがそのまま手を離さずに彼女を脇に引き寄せ、玄関まで付き添う。

クレアはピッツが直立不動で待っている玄関に入った。「今夜はありがとう――」

「コートを脱ぐのを手伝うよ」アレックスがさえぎった。「少し話をしよう」

彼女は一歩さがって背筋を伸ばした。今夜を何事もなく切り抜けたいのなら、アレックスとのあいだに距離を置かなくてはならない。「ええ。話し合わなくてはならないことがいろいろあるわ」

ソファに隣り合って座ると、アレックスはクレアの手を取って指を絡めた。なぜかわからないが、彼女から手を離していられないのだ。親指で手首を撫でながら、今晩をどんなふうに締めくくるべきか考える。

明日は片づけなければならないことが山ほどある。まず、結婚に関する取り決めの最終合意書に署名しなければならない。事務弁護士たちは、書類を朝早く届けてくるだろう。それが終わったら、ペンヒルへの旅の準備だ。二日後に、クレアを連れて先祖代々の領地へ向かう。アレックスが誇りを持っている領地の歴史を彼女にも伝え、改善のために彼が傾けている努力を見てもらうためだ。クレアにも、あの土地を愛してほしい。

「今日、特別許可証を取った。たぶん明日は会えないと思う」アレックスは大きく息を吸った。「そのあいだに怖じ気《おけ》づくなんて、ないと言ってほしいな」

彼女が鋭く息を吸い、顔をそむけた。その前に一瞬だけ見えた顔は、人間に蹴られて途方に暮れる子犬のようだった。

アレックスはクレアに体を寄せた。「しまった、悪かったよ。くだらない冗談を言ってしまった」自分は間抜けだ。せっかく晩餐会では彼女の心をこちらに向かせられたと思ったのに、考えのない言葉ですべてを台なしにしてしまった。「今晩をどんなふうに締めくくればいいいか、迷っていたんだ。それで冗談でも口にすれば、ぎこちない雰囲気を消せるかと思って」

心の痛みを隠すように、クレアが表情を消して顔を戻す。けれども見るからに血の気が引いていて、彼はやはり自分の言葉がいけなかったのだと見て取った。

急いで彼女に腕をまわし、頭のてっぺんにキスをする。「きみは何も心配しなくていいんだ。明日だって、もしぼくに会いたくなったら、メイドをぼくの従者のところまでよこせばいい。従者がぼくの居場所を知っているから」

クレアが体から力を抜いて頭を胸にもたせかけてきたので、アレックスもようやく緊張を解いた。彼女から漂う香りが鼻をくすぐる。

「わたしの置かれている状況をあなたが軽く考えたとしても、無理はないと思うわ」クレアの胸がふくらみ、静かにため息がもれた。一瞬目が合ったものの、彼女はすぐに暖炉のほうを向いてしまった。だがそれだけで、彼女の悲しみを見て取るにはじゅうぶんだった。「あなたに話さなくてはならないことがあるの。それを聞いても結婚するかどうか、あなたの判断にまかせるわ」

アレックスは彼女の顎をそっとつかみ、こちらを向かせた。「金曜日に結婚するかどうか、まさかまだ迷っているわけじゃないだろう?」彼のぎこちない笑みに、クレアはにこりともしない。

彼女は否定しなかった。続く沈黙にアレックスの体はこわばり、胸の内側に苦いものが広がった。クレアと向き合うように姿勢を変え、その顔をよぎる感情を見つめながら、懸命に力を抜く。彼女はポール卿と親密な関係だったのだという事実が、どうしても頭から離れない。

「きみとの結婚をぼくにやめさせられるものなんて絶対にない」アレックスはクレアを引き

寄せようとしたが、彼女は身をかたくするばかりだった。

「クレア？」アレックスが抱き寄せるのをあきらめて、彼女の手を握った。まじまじと見つめられ、クレアは何も隠せなくなった。彼の親指が手首をやさしく撫でる。「どうしたんだい？　力にならせてくれ」

今週クレアが感じていた幸せな気持ちと浮き立つような心の軽さは、ろうそくの火が消えるよりも早くかき消えていた。呪いは存在するのだと認めるべきなのだろうか？　認めれば、失望もこれほど耐えがたくないかもしれない。

彼に握られていた両手をそっと引き抜いて、震えを止めるために握り合わせる。落ち着いて見えるように、必死で気持ちを抑えた。「結婚を申し込まれたときは、どうしても打ち明けられなかったの」クレアは言葉を絞り出した。「わたしはもう、処女では……」

アレックスが大きな手で彼女の手を握りしめる。「それ以上、言わなくていい」

彼の顔に嫌悪の表情を見てしまったら、とても最後まで言えない。「わかってもらえるとは思わないけれど、彼を心から愛していたし……わたしたちは一カ月以内に結婚することになっていたから。彼を失うなんて、思ってもいなかったのよ」

彼の非難に打ちのめされるのが怖くて、クレアは視線を床に敷かれた青い絨毯に据えた。

過去の報いを受けるときが来て、恥ずかしさのあまり魂が火で焼かれているようだった。処女という宝物は夫となる男性以外に与えてはならないと、女なら誰でも生まれたその日から知っている。クレアは結婚式がすぐだからと理由をつけて、その掟《おきて》を破ったのだ。そしてアーチャード卿は亡くなってしまった。彼女の希望や夢と一緒に。

「今夜、婚約を発表する前に伝えなかったのは申し訳ないと思っているわ。正式に結婚を申し込まれる前に、あなたに話すべきだった」絶対に泣くまいとこらえながら立ちあがる。

「本当にごめんなさい」

アレックスには手垢《てあか》のついていないまっさらな花嫁を求める権利がある。クレアが握ったり開いたりしている手がドレスにこすれてリズミカルな音を立てている以外、部屋は静まり返っていた。彼女はほんの少し体を動かして、非難の言葉を受けるためにアレックスへ視線を向けた。

彼がソファから立ちあがり、クレアの横に立った。怖いと思うより驚いて、彼の目を見つめる。そこには怒りはなく、彼女自身の姿が映っているだけだった。

「彼もそうほのめかしていた。あとでその事実を振りかざして、ぼくをあざ笑ったがね。だが、心配はいらない。ちゃんと結婚するよ。ぼくだって、人のことをとやかく言えるような人間じゃないんだ。これまでのぼくの人生は、完璧とはほど遠い」

クレアは全身が冷たく凍りついたような気がした。心臓がゆっくりと動きを止める。

「いったい誰から聞いたの？　誰にも話したことがないのに。知っているのはわたしと……いまはあなただけ」

「でも当然、彼は知っているし、平気で秘密をばらしたというわけだ。ぼくは全力できみを守る――」

「アーチャード卿は三年以上前に亡くなっているのよ」クレアはさえぎった。いまのところアレックスは立ち去る気配を見せていないけれど、今夜がどんな結果に終わるかはまだわからない。それでも事実をきちんと伝えなくてはならないと、彼女は自分を励ました。

「ええ、アーチャードだって？」アレックスの目を縁取る長くて黒いまつげが驚きに跳ねあがる。

「ええ、アーチャード卿よ。わたしは彼に処女を捧げたの」ずっと守ってきた秘密を打ち明けているいまの状況が信じられなかった。「だからあなたが誰かから聞いたというのは、ありえないのよ。アーチャード卿は翌日病気になって、二度と回復しなかった。あなたは誰の話をしているの？」

アレックスがクレアの両手を取ったが、いつもは慰められるそのあたたかさが、いまはつらかった。火が急に燃えあがったあと薪がはじける音に、暖炉へ目を向ける。

「触れないでおくほうがいいこともある」彼がクレアをなだめようとして言った言葉は、彼女の耳には哀れみとしか聞こえなかった。

「誰なのか言って」暖炉からの熱風で息づまるくらい暑い部屋で、クレアは意外な展開に立ち尽くしていた。

アレックスが彼女から離れ、暖炉の前を行ったり来たりしはじめる。そのせかせかした足取りに、クレアはめまいがしてきた。

暖炉の前に行き、彼を立ち止まらせる。「教えて」

アレックスが彼女を見つめた。

「理解できないわ。どうして教えてくれないの？」クレアは戦いに備えるように背筋を伸ばした。突然、難しい謎が解けたかのように頭が冴《さ》え渡る。「そんな嘘をあなたに言えるのはロンドンにひとりしかいないわ。ポール卿ね」

彼はまばたきをしたが、目に浮かんだ表情はそうだと認めたも同然だった。

「あなたはわたしより彼の言葉を信じるの？」驚愕した声が部屋に響く。目もくらむような怒りに、それまでの罪悪感が消し飛んだ。「愛していた人とたった一度、関係を持っただけよ。嘘じゃないわ」

「これからのことだけを考えよう」アレックスが返した。

残った威厳をかき集め、クレアは窓辺に行って外の闇を見つめた。ランガムホールの庭を走る小道を数個のランタンが照らしているが、その光は霧雨に弱められ、かすんでいる。未来は霧の立ち込めた夜と同じように見通せない。けれどもいまこの瞬間は、彼女の意志で変えられる。

「記事を書くために、わたしを調べまわっている人がいるの。〈ヘイリーズ・ホープ〉まで来て、呪いについて尋ねていったわ。たぶん、明日にはひどい記事が新聞に載るでしょう。結婚式の前に、呪いの噂をもう一度かきたてるために」クレアは話し続けたが、ぎりぎりのところで保っている気持ちはいまにも切れそうだった。「いまのやりとりと明日起こりうることを考えたら、結婚は延期するべきよ。どんな状況になるか見極めてから、先のことを決めても遅くないでしょう」

「いや、クレア。ぼくはきみをそんなに簡単にあきらめはしない。アーチャード卿もポール卿もどうだっていい。新聞記事だって、かまうものか」彼女の横に立ったアレックスの目は、恐ろしいほどの光を放っていた。「ぼくはきみを大切に思っているんだ。金曜日は予定どおり八時一五分前にここへ来る」

「わたしを信用していないうえ、ひどい噂もあるのに、まだわたしと結婚したいの？　財産が欲しいわけでもないし、わたしを愛しているわけでもない。ランガム一族の持つ政界での人脈を利用したいわけでもないでしょう。わけがわからないわ」

「ひとことで答えてほしいのか？　ぼくはきみが欲しいんだ。妻としてきみを求めている」アレックスはクレアの手を取って、唇を押し当てた。そして小さく会釈すると、出口へと向かった。最後にもう一度振り返って言う。「ぼくはもう、きみを選んだんだ。頼むから、きみ自身があとで悔やむような決心をしないでほしい」

クレアはお気に入りの椅子の上で丸くなって窓の外をぼんやりと見つめながら、どうすればいいか迷っていた。アレックスが帰ってから、ずっと考えている。彼女の言葉を信じようとしない男と結婚するか、このまま呪いの噂に翻弄される人生を送るか、どちらを選べばいいのだろう？　いま結婚しなければ、もう婚約する危険は冒せない。少なくとも、この先数年間は。

過去にした選択が幸せにつながったことはほとんどない。決まってひどい結果に終わるところを見ると、正しい選択をする能力がないのだろうか？　それでも今回はクレアが彼女自身であり続けるために、間違った道を選ばないようにしなければならない。

アレックスと結婚して、いやな噂や嘲笑に別れを告げるという道を選ぶのは簡単だ。けれども本当に大切なのは何か、よく考えなくては。家族を作り、両親から受け継いだものを次の世代へと遺《のこ》す。これらの目標も、孤児院の設立も、アレックスと結婚すれば達成できるだろう。彼は毎日クレアのそばにいて、豊富な財産と名声を彼女の目標のために使わせてくれる。おじ夫妻に彼も加われば、クレアの母親が〈ヘイリーズ・ホープ〉の理想像として描いていた姿を実現させられるのだ。

そうすれば、クレアはようやく罪悪感と呪いから解放される。そしてさらに大きいのは、魅力的であるだけでなく彼女のことを思いやってくれる男性と結婚できることだ。

でも、その代償は？　この先ずっとアレックスに疑われ続けるなんて耐えられない。とくに、そんな状態でベッドをともにするなんて。

クレアの胸に痛みが広がった。明るく笑い、女性としての彼女を求めてくれるすばらしい男性を、彼女が特別であるかのようにあがめてくれる男性を、永遠に失うことになるのだ。けれど、そんな男性は彼女の想像力が作り出したまぼろしにすぎないと今夜わかった。

心が揺れ動き、なかなか決まらなかったものの、ようやくクレアは人生でもっとも難しい決断を下した。アレックスとは結婚しない。彼はクレアが違うと言っても、ポール卿の嘘を信じたのだ。いくら呪いから解放されても、代わりに得たのが不信の上に築く結婚生活では、幸せになれるとは思えない。

午前三時に、クレアは簡潔な手紙を書いた。彼女専用の便箋と封筒を用い、母親がいつも使っていたスコットランドのアザミの印章で封印する。手紙には最低限の言葉を連ねた。

〝ペンブルック卿へ

とても残念で申し訳なく思っていますが、わたしたちの婚約は白紙に戻そうと決心しました。あなたの今後の幸せをお祈りしています。

レディ・クレア〟

アイリーンが寝室に入ってきたとき、クレアはすでに乗馬服をまとっていた。

「ずいぶん早く起きられたんですね」アイリーンが女主人の格好を見て眉をあげる。「乗馬に行かれるのですか？　それとも、ちょうどいいドレスが見つからなかったのですか？　ほとんどの衣装は荷造りしてしまいましたけど、二、三日分のドレスは残しておいたはずですよ」

着古した乗馬服はメイドの助けを借りずにすむ便利な作りなので、問題なく着られている。だが、赤褐色の巻き毛はそうではなかった。前夜、クレアは寝室に戻ったあとアイリーンをさがらせ、髪を編むのを忘れたまま寝てしまった。その結果、髪はめちゃくちゃに絡まっている。でも、彼女はまったく気にしていなかった。ささいなことにかまっている時間はない。クレアが手紙を届けるようアイリーンに頼もうとしたとき、勢いよく扉を叩く音がした。こんな朝早くになんの用か知らないけれど、いまのクレアは誰にも会いたくなかった。

ところがアイリーンが扉を開ける前に、ジニーが勢いよく入ってきた。「おはよう、クレア――」アイリーンに部屋を出ていくよう身ぶりで促す。

おばが目を向けてきたので、クレアは手紙をポケットに滑り込ませた。「気分でも悪いの？何かあった？　ペンブルック卿のこと？」

まったく眠れなかったからか、心配そうなおばの声を聞いたからか、クレアはそれ以上気を張って涙を抑えることができなくなった。涙がひと粒、またひと粒と目から落ちる。どうするつもりかおばに伝えたいのに、声が出ないどころか息もうまく吸えない。

ジニーはクレアをやさしくベッドまで連れていって座らせた。「スウィートハート、あなたの気持ちはわかるわ。わたしもセバスチャンと結婚する前はいろんな感情に襲われて、どうしたらいいかわからなくなったもの」おばが背中をさすって慰める。「彼とうまくやっていけるとは思えなかったのよ。怖くてたまらなかったし、大きな屋敷の切り盛りなんて何ひとつ知らなかったんですもの。式の前に二日間、泣き通したわ」

ジニーは床をじっと見つめたあと、祈りを捧げるように頭を垂れて目を閉じた。大きく息を吸い、クレアと目を合わせる。「わたしの母は、夫婦の夜の生活についてつっかえつっかえ早口で教えてくれたのよ。身も蓋もない表現で。あまりにもぞっとする話だったから、結婚式当日は立っていられないくらい脚が震えて大変だったわ。不安な気持ちのまま夜まで待たなければならなかったから、どんどん怖くなるばかりで」ジニーは姪の髪をうしろに撫でつけた。「わたしはそんなひどい話をしてあなたの特別な一日を台なしにしないから、安心してちょうだい。はじめての夜は、あなたたちふたりが心から待ち望んで迎えるべきものですもの。わたしはただ、ペンブルックが――」

そのとき寝室の扉がいきなり開いて、エマが現れた。いつもはバラ色に輝いている顔が白くなっている。「お母さま、とんでもないことになったわ」彼女はいまにもヒステリーを起こしそうな声で言うと、扉を閉めた。「友だちのレディ・レナから手紙をもらったの」いままでこの部屋でどんな話が展開していたのか知る由もなく、エマは兄のウィリアムとポール卿と賭けを書き込む台帳の関わる奇想天外な話を一気にまくしたてた。「クレアは明日ペンブルック卿とは結婚しないと、ポール卿が〈ホワイツ〉で賭けたそうなの」エマの目には生々しい恐怖が宿っている。

「なんですって?」ジニーが息をのんだ。

「ポール卿が負けたときに賭け金を払えるか、誰も気にしていないみたい。みんなこぞって賭けに乗っているらしいわ」エマのやわらかい声がとぎれる。彼女はクレアを見たあと、母親に視線を移した。「ウィリアムが〈ホワイツ〉にいて――」

「あの子は何をしたの?」娘の説明を待ちきれず、ジニーは立ちあがった。「ポール卿に決闘を申し込んだなんて言わないでちょうだい。まさか、違うわよね」

エマはつばをのみ込み、つらそうに声を絞り出した。「ウィリアムはクレアがペンブルック卿と結婚するほうに一〇〇〇ポンド賭けたの。でも、マッカルピンとポール卿の姿は誰も見ていないのよ」彼女は暖炉の前のお気に入りの椅子にへなへなと座り込んだ。

クレアは口の中がからからになって、体が動かなかった。

ジニーが両手を組み合わせ、関節が白くなるまで握りしめる。「ウィリアムが一〇〇〇ポンドなら、マッカルピンは二倍か、それ以上で賭けるはずよ。ああ、あの子たちったら！」

エマの目に涙が浮かんだ。「レナのお兄さまが一時間前に家へ戻って、この話を教えてくれたの。ウィリアムはポール卿を叩きのめしたくて、まだクラブにいるわ」

「すぐにセバスチャンに知らせなくては。望みがあるとしたら、マッカルピンがまだ賭けについて聞きつけていないことよ。あの子はレディ・アンソニーの舞踏会以来、ポール卿に決闘を挑みたくてうずうずしていたの。ああ、どうか手遅れになりませんように」ジニーが最後の言葉をささやくように押し出す。

クレアは立ちあがって、おばの手を握ろうとした。

「ダーリン、ごめんなさい。わたしたちは失礼するわ」ジニーは小さく頭をさげると、やわらかく抑えた声ながら断固としてクレアに言った。「横になって、少し休みなさい。あとでまた来るわね。そうしたらアイリーンと一緒に、明日のための支度をしましょう。約束するわ」

「わたしがクレアといいましょうか」エマが憂いに満ちた顔のまま申し出る。

「いいえ、あなたはわたしと来て。レナからの手紙を見たいから」エマと母親は急いで部屋から出ていった。

残されたクレアは運命がふたたび変わったのだという事実を静かに受け止め、ポケットから取り出した手紙の縁を指でなぞった。

人生は、たった五分でこうも劇的に変わるのだ。手紙を暖炉の火に投げ込み、黒い灰になっていくのを見つめる。

勢いよく燃える薪の上で封蠟《ふうろう》が泡立ち、抗議するようにかすかな音を立てた。

〝親愛なるクレアへ

これはぼくの祖母が結婚するときに身につけたものだ。これをふたりで歩む新しい人生の最初の日を祝う贈り物にさせてほしい。

アレックス〟

サマートンがシムズに案内されるのを待たずに、アレックスの屋敷の食堂に入ってきた。彼は険しい顔で、アレックスに一番近い椅子に寄りかかった。「なぜこんなことをした？」

アレックスは、きれいに粒のそろった真珠のネックレスの隣にクレアへの手紙を置いた。すでに一日を始める身支度をすませていた彼は鹿革のズボンに包まれた脚をゆったりと伸ばし、サマートンがもたれている椅子にブーツのかかとをのせた。この友人には無言のほのめかしを理解して、部屋から出ていかないまでも、もっと離れた席に移るだけの知性があるはずだ。

「ぼくは明日、結婚するんだ。式の前日くらい、あれこれうるさいやつに邪魔されない、ひとりきりの静かな朝食を楽しみたいものだな」

侮辱的な言葉を無視して、サマートンはアレックスの脚を椅子から蹴り落とした。そこに腰をおろし、アレックスの皿からベーコンの最後のひと切れを奪い取る。そして丸ごと口に放り込むと、二回嚙んだだけでのみ込んだ。「ぼくがなんの話をしているか、よくわかっているはずだ。話はもうロンドンじゅうに広まっているぞ」

アレックスは手紙の仕上げに戻った。「いったいどんな話がロンドンじゅうに広まっているんだ?」

サマートンはアレックスの皿の上の最後のトーストに手を伸ばした。「〈ホワイツ〉で、L・Pというイニシャルで出された賭けだよ。〝ペンブルック卿はレディ・クレアと結婚しない〟という内容で、L・Pはポール卿だと誰もが思っている。ここで重要なのは、〝ペンブルック卿はレディ・クレアと結婚しない〟となっていて、〝レディ・クレアはペンブルック卿と結婚しない〟とはなっていないことだ」

アレックスは肩をすくめた。「どちらでも変わらないじゃないか」

サマートンが言い返す。「まったく違うさ。ポール卿にはレディ・クレアを侮辱する意図があったと世間が受け取ると、きみにはよくわかっているはずだ。きみが祭壇の前に彼女を置き去りにして逃げるだろうとポール卿がほのめかしたのだと、世間は考えるとな。彼女がきみを捨てるというのではなく。どちらにしても呪いの噂はすでにどうしようもなく広まっているし、すでに賭けは受けつけられた。彼女が明日花嫁になれるかなれないか、無条件の二択の賭けだ」

アレックスは視線をあげた。「また呪いが関わってくるのか」

「もしぼくがこの件に関しての賭けをするとしたら、これを始めたのはポール卿ではなくきみだというほうに金を出す」サマートンは目を細めた。「自分のせいでどんなことになっているか、わかっているのか？　ウィリアム・キャヴェンシャム卿はポール卿に対抗して一〇〇〇ポンド賭けた。マッカルピンは二〇〇〇。それにマッカルピンは、血眼になってポール卿を探しまわっているという噂だ。結婚式の翌日に決闘を挑むつもりらしい」

アレックスはようやく手紙から顔をあげた。「それはなかなか興味深い展開だな。賭けはいつ締め切られる？　今日、それとも明日か？」

サマートンが椅子の背にもたれて、アレックスに辛辣な視線を向けた。それからテーブルの上にある蓋の開いたベルベットの箱に、ゆっくりと視線を落とす。「罪悪感をやわらげるために、彼女に宝石を贈るつもりか？」

「祖母が結婚するときに身につけたものだ。レディ・クレアがこれをつけたら、さぞかし美しいだろう」アレックスはネックレスを見つめた。これで目の前の友人の首を絞められないのが残念で仕方ない。「花嫁に何を贈るべきか、きみはよく知っているというわけか？」

サマートンが沈黙したので、屋敷のあちこちから響いてくる物音が際立って聞こえた。玄関ホールを歩くメイドの足音、暖炉で薪がはぜる音、時計の秒針が時を刻む音。

アレックスはとうとう我慢できなくなった。「何をしに来た？」

「欲しいものを手に入れるために、他人の人生をいいように操るのはやめろ」サマートンの声は厳しく、同情の色はまったくない。「きみのことを思って言っているんだ。気晴らしのためのゲームに他人を巻き込むより、大事なことがあるだろう。たぐいまれな女性とすばらしい人生を歩める機会なんだぞ。一度くらい人生に失望を味わわされたからといって、それを言い訳にして与えられた幸運を台なしにするな」

「いったい何が言いたい？」アレックスは声を低くした。「気をつけろよ。きみが親友だからといって、ぼくやアリスや未来の妻の名誉を傷つけられて黙っているつもりはない。ぼくがアリスのためにしていることが、気晴らしのためのゲームなものか」

サマートンは首を横に振り、くくっと笑った。その笑みにはユーモアのかけらもない。彼は立ちあがると出口へ向かった。「きみはばかだよ。ぼくに見えるのは暗い先行きだけだ。仕方がない。きみが墜《お》ちていくのは勝手だが、せめてほかの人間を道連れにしないよう祈っている」

「この先身をかためるつもりのない人間にしては、結婚についてわかったふうな口をきくじゃないか」

その挑発をサマートンは無視した。「自分をごまかしてもだめだ。いつか思い知らされるときが来る」

そんなことはアレックスもよくわかっていた。レディ・アンソニーの庭でもそうだったが、昨夜はクレアの心の強さに感服するしかなかった。そのあと家に戻って考えれば考えるほど、事実がはっきり見えてきた。結婚は絶対に延期できない。クレアが婚約を破棄するのをやめさせる方法を思いついていなかったら、彼女を取り戻すというポール卿の宣言が実現する可能性が飛躍的に高くなっていたはずだ。やつは彼女がひとりになったら、必ず求婚するだろう。

それにいまやアレックスにとってクレアは、アリスのための復讐の手段というだけにとどまらない存在になっている。こんなにもあっという間に彼女を好きになるなんて、予想もしていなかった。はっきり言って、昨晩や今朝に彼がしなければならなかったことは、厄介な手間でしかない。

アレックスは恥ずかしさを胸にクレアのもとを去った。せっかく彼女と幸せな時間を分かち合ったのに、ポール卿に吹き込まれた下品な嘘に踊らされて、台なしにしてしまった。いまはもう、〈ホワイツ〉での賭けと呪いから逃れたいという彼女の思いが、結婚式につながることを祈るしかない。それでもうまくいかなければ、ペンブルック卿の無様な姿は最新の醜聞となって人々のあいだを駆けめぐるだろう。

彼はみじめな思いを噛みしめた。自分はいったい何をしてしまったのだ？

サマートンが扉の取っ手に手をかけたところで振り向いた。「ペンブルック、ぼくの言ったことをちゃんと考えてくれ。これは早めの結婚の贈り物だ」

何時間ものあいだ、クレアは部屋の中を歩きまわりながら、いとこのマッカルピンに関する知らせが届くのを待ち続けた。おじのセバスチャンはポール卿がいつこのひどい賭けを始めたのか調べようと、あわてて〈ホワイツ〉へ向かった。

おじがようやく戻り、馬車からおりた。扉を叩きつけるように閉めた音が玄関ホールに響き渡る。彼は屋敷に入ると、船乗りも顔負けの悪態をついた。メイドや従僕たちは、主人の怒りを避けるために遠巻きにしている。ジニーが夫をなだめようとしたが、まるで効果がない。クレアはこんなに怒り狂っているおじを見るのははじめてだった。

誰もマッカルピンを見ていないし、連絡もない。彼は行き先を誰にも伝えないまま、姿をくらましたのだ。

セバスチャンは情報を求めてポール卿の父親であるサザート公爵を訪ねたのだと、その晩ジニーが打ち明けた。セバスチャンがポール卿を糾弾するときには必ず味方するという約束をサザート公爵から取りつけたあと、おじはポール卿がよく出入りしていた賭博場をまわり、息子を探したのだという。

殴り合いになったらマッカルピンがポール卿を圧倒しても、クレアは驚かない。彼女のいとこはポール卿より少なくとも一二、三キロは重いだろう。怖いのは、マッカルピンが決闘を選択した場合だ。

こんな事態になってしまったからには、予定どおり結婚するしか道はない。クレアは自分の結婚がマッカルピンの暴走を止めてくれるように心から祈った。

彼女の評判を守るために万が一いとこが命を落としたときの罪悪感を思えば、アレックスと暮らしていくほうがずっと簡単だ。


アレックスはほんの二、三時間睡眠を取っただけで大きなベッドから飛び起き、風呂とひげ剃りの支度を命じた。しかしジャン＝クロードは主人のそんな要求を予想して、すでに準備を整えていた。

自分がほっとしているのか神経質になっているのか、アレックスはよくわからなかった。結婚を取りやめたいという手紙は、クレアから受け取っていない。彼は自分のしたことの重大さをじゅうぶん承知しており、式当日にクレアがどんな顔で何を言うか、怖くてたまらなかった。そもそも最後に別れたときのことを思えば、彼女が現れなくても不思議ではなく、アレックスは胸にぽっかりと開いた穴がどんどん広がっていくような気分だった。

一時間後、正装のお仕着せを着た従者たちを従えて、アレックスはランガムホールの外に立っていた。従者たちはここで主人とその妻である新たな侯爵夫人が出てくるのを待ち、そのあとともにペンヒルへと向かうのだ。アレックスが公爵邸に入ると、いつものようにピッツが待ち構えていて、客間へと案内した。クレアの家族が結婚式をすべて仕切ってくれたのは、アレックスにとってもありがたかった。飾りつけは派手すぎず質素すぎず、心がこもったものになっている。

　広い部屋にはきわめて珍しいオリエンタルルビー色のバラと白いチューリップが、あらゆる場所に飾られていた。これだけの量をそろえるには、公爵夫人は昨日ロンドンじゅうの花屋で買い占めたに違いない。

　婚約が決まると、アレックスはジャン＝クロードとアイリーンに結婚式の衣装選びをまかせた。するとジャン＝クロードは、青いシルクの上着に紺色のシルクのズボンという組み合わせの正式なモーニングを至急注文するよう主張した。アレックスは銀糸で刺しゅうを施した赤いベストを、両手で撫でて整えた。黒いブーツは最高級のシャンパンだけが出せる輝きで、つやつやと光っている。

　アレックスは振り返って、うしろにいる参列者たちを眺めた。出席しているのは特別に招待した客と家族だけだ。母親とダフネは最前列に座っている。ふたりの喜びに満ちた顔を見てうれしさがこみあげると同時に、刺すような痛みを胸に覚えた。花嫁を必ず式に来させるために彼が取った行動を知ったら、ふたりはどんなに恥ずかしく思うだろう。

　クレアのいとこであるウィリアムとレディ・エマはアレックスの家族の横に立ち、ダフネと話している。アレックスはマッカルピンがいないことに気づいて、落ち着かない気分になった。どうやらマッカルピンは、まだポール卿を探しまわっているらしい。運がよければ、その捜索は無駄に終わるだろう。気がついたら、アレックスの計画はまるでクモの巣みたいにべたべたした網となって、彼の意図とは関係なくいろいろな人間を絡め取っている。もしマッカルピンがポール卿を見つけて血の流れる事態になれば、アレックスは一生後悔にさいなまれるに違いない。

ランガム公爵が険しい表情で横に来た。「式を始める前に話がしたい」

「なんでしょう？」もしかしたら公爵は賭けの真相を知り、式の前にアレックスの血を求めているのかもしれない。

公爵が咳払いをした。「わたしの姪は両親の死に始まり、これまで何度もつらい思いをしてきた」口元を引きしめ、額にしわを寄せる。彼は集まっている人々に背を向け、会話の様子を見られないようにした。「〈ヘイリーズ・ホープ〉に現れて、入所者たちにクレアについて質問していった者がいる。おそらく新聞記者だろう。そいつの素性とどんな記事を書くつもりかを調べるために、私立探偵を雇った」

喉にこみあげた塊を押し戻すために、アレックスはごくりとつばをのみ込んだ。

「何かわかりましたか？」

「いや、まったく。霧となって消えてしまったかのように、手がかりひとつない。式が終わったらペンヒルに向かうというきみの考えが、結局一番いいかもしれない。しばらくあの子を、口さがない連中から離しておける」

「彼女は逆境にも強く立ち向かえる女性です」

「たしかに強い心を持っているが、弱い部分もある。わたしたちはみな、そういうものだ」

公爵は拳をぐっと握った。「クレアは母親の聖書を持ち、ドレスに母親の格子柄《プレード》の布をつけて式に臨む。あの子の母親がわたしの兄と結婚したときと同じ格好だ。クレアはそうやって母親をしのんでいるんだ」公爵が目を細める。「わかってくれるかな？」

どう返せばいいか考えながら、アレックスは公爵を見つめた。相手が何を伝えようとしているのか、どうもよくわからない。

「クレアは両親が亡くなって以来、レンウッドに一度も戻っていないんだ。ペンヒルへ行ったら、そのことを覚えておいてもらいたい」ランガム公爵は妻と目を合わせてうなずいたあと、アレックスに向き直った。「結婚にはいろいろな特権が自動的についてくる。だが、幸せはそうじゃない。クレアはわたしたちにとって娘も同然だ。大切にしてやってほしい」

「彼女の面倒をちゃんと見ると、お約束します」アレックスは公爵と合わせた視線を懸命に保った。「これからはぼくが彼女を守ります」

公爵の目に浮かんでいた懸念の色が濃くなる。「この二日間、呪いの噂と〈ホワイツ〉での賭けに振りまわされて……クレアは憔悴している。もし何かあったら知らせてくれないか」

彼女と結婚できる喜びを、罪悪感がみるみるうちに覆い隠していく。しかしアレックスは懸命に自分を抑え、感情を顔には出さなかった。クレアと確実に結婚したくて取った行動が予想外の事態につながり、彼女を傷つける結果になってしまった。

サマートンが隣にやってきた。彼は公爵に会釈し、挨拶をした。「閣下」

友人がまだ腹を立てているのは見て取れたが、こうしてちゃんと結婚式に立ち会いに来てくれたという事実から、友情が伝わってきた。

ランガム公爵が上着をまっすぐに直し、レースのカフスを整える。「花嫁のところへ行かなければならないので、失礼するよ」彼はくるりと向きを変え、部屋から出ていった。

「きみの助けが必要だ」アレックスは声を低く保って、隣にいる友人に言った。

声をよく聞き取ろうとするかのように、サマートンが顔を伏せて身を寄せる。

「ぼくはずっと助けようとしているのに、きみが頑固すぎて理解できずにいるんだ」

アレックスはその非難を聞き流した。「結婚登録証に署名したら、〈ホワイツ〉に行ってぼくたちの結婚をみんなに知らせてほしい。それからマッカルピンの居場所について知っている者がいないか、調べてくれないか？　何かわかったらシムズにも連絡してくれ。いまペンヒルに向かっていて、どうすればいいか心得ている」

「ひとつ条件がある」サマートンが生皮をはぐような目でアレックスをにらんだ。「ペンヒルに着いたら、彼女に何もかも話せ」

アレックスはうなずいた。サマートンの助けがあれば、マッカルピンの居場所をつかんで悲劇を回避できるかもしれない。彼の胸に巣くった緊張が、ようやく少しゆるんだ。もう少しでクレアは彼の妻になる。

これまでアレックスは結婚式に出席した経験があまりなかった。出席したものについても細かい部分はほとんど覚えておらず、酔っ払ってばか騒ぎをするための言い訳のような催しだという印象しかない。しかし今日の自分の結婚式は、永遠に忘れないだろう。

クレアの姿が見えたとき、彼は息をするのを忘れた。雪花石膏《アラバスター》のような白い肌を輝かせた彼女をランガム公爵が連れてくる。裾と襟ぐりに本物の赤いバラをあしらった銀とアイボリーのドレスをまとった彼女ほど美しい女性を、アレックスはこれまで見たことがなかった。

先ほどまでの葛藤に代わって、クレアへの崇拝が胸にあふれそうになる。目に涙がにじみ、なんとか気持ちを落ち着けようといったん顔を伏せ、しばらくしてまたあげた。アレックスはクレアのドレスを見つめた。彼女は母親のプレードを腰に結んでおり、アイボリーと銀のドレスに紺と赤のプレードが映えていた。手に持っているのは花束ではなく聖書だ。

首にはアレックスが贈った真珠がかかっていて、繊細なクリーム色の肌をさらに引き立てていた。この結婚に対するクレアの気持ちを少しでもやわらげてくれればと思って贈ったネックレスだが、それ以上に彼への気持ちをやわらげてくれればと願わずにはいられない。

近づいてくるクレアをアレックスは見つめた。ずっと顔を伏せていたが、公爵が彼女の手を取って彼に渡すとようやく目をあげ、おじにキスをしてささやいた。「おじさま、愛しているわ。わたしがいまあるのは、おじさまのおかげです」

クレアがこちらに向き直ると、アレックスは骨の髄まで幸せが満ちるのを感じた。けれども彼女の顔を見て、畏怖にも似た気持ちは後悔に押し流された。この二日間の苦悩が、顔に色濃く表れている。疲労から目の下には青いくまができているし、体はかすかに揺れ、立っているのもやっとの様子だ。それでも彼女は手袋をはめた手を黙ってアレックスに預け、エラン大主教のほうを向いた。クレアのおばの親戚である彼が、今日の式を執り行ってくれる。

主教が式を始めると、アレックスはクレアの手を強く握った。握り返してもらえるのを期待したがその気配はなく、彼女の態度は国じゅうが凍りつくほど冷たい。

誓いの言葉を述べるとき、アレックスは部屋全体に響くように力強く声を張りあげた。隣に目をやると、クレアは頰を紅潮させて体をかたくしている。式が始まってから、ちらりとも彼を見ない。自分の番になり、彼女は怒りを押し殺しているようなこわばった声で、誓いの言葉をささやいた。

主教に促されて、彼はクレアの指に簡素な金の指輪を滑らせた。ふたりは夫と妻になったという宣言で式が終わる。夫婦としてのはじめてのキスを交わそうと、アレックスは彼女のほうを向いた。

「クレア、キスをしなくては」そう言われて彼女は向きを変え、口づけを受けた。でもそこには熱意のかけらもないことを、アレックスはひしひしと感じた。

歓声がわきあがったが、彼女は笑顔の気配すら見せずに言った。「一時間以内に出発したいわ」

アレックスはうれしくてならなかった。こうしてクレアと結婚し、みなの祝福に一緒に応えている。彼はポール卿のことも復讐のこともたやすく心から追い出すと、クレアとペンヒルへ向かう道中に思いをはせた。

結婚登録証に署名を終えたあと、クレアは着替えをしに急いで二階へ向かった。一〇分後においてきた彼女は乗馬服姿だった。上着はアイボリーの粗い織りの生地で、いま流行りの軍服調のデザインになっている。上着の前合わせの部分に結婚式で身につけていたのと同じタータンチェックの布を使った飾りボタンがついていて、スカートは慎みを守りながら馬に乗れるよう、たっぷり襞《ひだ》を取ってあった。これから狩りにでも出かけて障害物の上を飛び越えるつもりでなければ、結婚式の当日に着る服としては変わった選択だろう。アレックスは衣装に関しては従者にすべてまかせているので、お世辞にもファッションに詳しいとは言えないものの、旅行用のドレスとコートを着たほうがずっと心地よく過ごせることくらいはわかる。

アレックスはランガムホールを出た。さわやかな朝の大気を吸い込むと、不安が消し飛んで体に活力が満ちた。クレアを家に連れて帰るのだ。彼の分の荷物はすでにほとんどをシムズと一緒にペンヒルへと送り出した。シムズはロンドンの屋敷の使用人をふたりほど連れて先遣隊として出発し、いまはジャン＝クロードだけがアレックスの身のまわりの世話をしている。そして彼はてっきりクレアはアイリーンだけを連れていくと思っていたので、目の前の光景に対してまったく心の準備ができていなかった。

クレアは大型の四輪馬車を用意していて、そこにはメイドのアイリーンが乗り込んでいた。それだけでなく二輪馬車まであり、気を高ぶらせながら出発のときを待っている二頭のたくましい馬を押さえるのに、馬番の男たちが苦労していた。

アレックスは両方の家族に別れを告げると、ペンブルック家の馬車の横に行ってクレアを待った。彼女はダフネにキスをしたあと、アレックスの母親を抱きしめている。クレアと話している母の顔は、心からの喜びで輝いていた。彼の家族への別れの挨拶がすむと、クレアは自分の家族のところへ行き、まずはおばを抱きしめてキスをした。次にランガム公爵が姪の頬を両手ではさみ、額にキスをしている。クレアが何か言って公爵が笑い、彼女が伸びあがっておじの頬にキスをした。それから彼女はようやくアレックスの馬車までやってきた。

「準備はいいかな、レディ・ペンブルック？」ふたりのあいだの緊張をやわらげようと笑顔で言う。

クレアはアレックスが差し伸べた手を無視して、目を合わせることなく馬車に乗り込んだ。背中がこわばっている。彼は眉をあげた。唇の端もぴくりとあがりそうになったが、なんとかこらえた。クレアが好もうと好むまいと、これからペンヒルに着くまでの九時間は彼女の注目を独占できるのだ。

ゆったりと歩く馬に引かれて馬車が街を通り抜けるあいだ、クレアは何度もぐったりと横の壁にもたれかかっては飛び起きた。そのたびに驚いたように背筋を伸ばし、ごくりとつばをのみ込んで乗馬服を直す。でもまたすぐにまぶたが閉じていき、同じことを繰り返すのだった。

そんな様子をアレックスは向かいの席から眺めていたが、とうとう我慢できなくなった。クレアがつらそうなのに、黙って見てはいられない。すばやく席を移り、彼女の隣に座った。彼女がひとこともしゃべろうとしないので、まさか口がきけなくなってしまったのではなかろうかと思わず疑う。やがてもたれかかってきたクレアを、アレックスは両腕で包んで支えた。彼女の体からすっかり力が抜けると、片脚を背もたれに平行に座席の上に伸ばし、もう片方を床についてバランスを取った。彼女がアレックスの両脚のあいだにおさまるように位置を調整し、背中を胸に抱き寄せる。

「このほうが楽だろう？」馬車の横の壁に背中をつけ、新妻を両腕に抱きしめた。「クレア？」

クレアはぶつぶつと何かつぶやいただけで、馬車に揺られながら眠ってしまった。

あたたかくやわらかい体をアレックスに預け、まったく動かない。彼は数キロ進むたびにクレアの様子を確かめながら、田舎の領地へと向かう馬車の中でずっと体を支え続けた。その領地はもう彼だけのものではなく、ふたりのものなのだ。そう考えながら彼女の頭のてっぺんにキスをすると、ベルガモットの香りが立ちのぼってきて鼻をくすぐった。

クレアは数時間眠り続けた。アレックスが窓の外に目をやると、大所帯のわりに道ははかどっていた。

こうしてクレアを抱いていると、彼の心は深く満たされた。申し分のない出自と完璧な礼儀作法を誇る彼女は、卓越した侯爵夫人になるだろう。いまはクレアに少し反感を持たれているし、アレックスにしても彼女の過去に対する疑念が晴れたわけではないけれど、それでもいい妻を得たと思う。サマートンはこの結婚の先行きを憂いているが、アレックス自身はペンヒルに近づけば近づくほど未来は明るいという確信が強くなった。クレアがどんな不安を抱いているのだとしても、そんなものは数日のうちに追い払ってみせる。彼女には、自分がしてしまった行為の償いをしなくてはならないのだ。アレックスはそう決意すると、旅の最後を寝て過ごすために体の力を抜いて目を閉じた。

速度を落とそうと御者が六頭立ての馬に呼びかけている声で、アレックスは目が覚めた。クレアがぐっすりと眠ったままもぞもぞと動き、彼の心臓の上に手を置く。馬を交換するための最後の馬宿に到着したのだ。

しびれている脚を伸ばしたかったが、アレックスは我慢した。宿の中庭をほんのしばらく歩くためだけに、妻の眠りを妨げるつもりはない。あと一時間かそこらすれば領地に着くのだ。

馬車の扉を叩く音が響いた。

「なんだ?」クレアにすばやく目をやったが、閉じたままなのでほっとする。

アイリーンが扉を開けた。「だんなさま、最後の休憩場所に着いたら来るようにと、レディ・ペンブルックから仰せつかっております」彼女は女主人に目を向けた。口の両端をあげ、愛情のこもった笑みを浮かべる。「奥さまはずっと寝ておいでだったのですか?」

「ロンドンを出たら、長くはもたなかった」彼は左腕をクレアの腰にのせて、転がり落ちないように支えていた。「すぐにペンヒルだ。着いたら起こせばいい」

「お言葉を返すようですが、レディ・ペンブルックから必ずと申しつけられております。いますぐにお起こししなければなりません」静かな声で言ったアイリーンの顔に暗い影がよぎる。

「なぜだ？」

表情を消したメイドの顔を見て、アレックスはベネチアの仮面を思い出した。

「わたしは理由をおききする立場ではありませんので。レディ・ペンブルックのご指示に従うだけです」アイリーンは右の肩越しにうしろを振り返った。

アレックスは無頓着なふりをした。「このまま寝かせておきなさい。彼女が目を覚ましたら、ぼくが世話をする」

反論しようと口を開きかけたメイドを、彼はさえぎった。「おまえはもう、ぼくの家の使用人だ。心配しなくていい。妻の面倒はちゃんと見るから」

「わかりました、だんなさま」アイリーンは最後にもう一度だけ女主人を見てから扉を閉めた。

耳をつんざくような馬のいななきが、黄昏《たそがれ》どきの静けさを破る。アレックスは窓のカーテンを寄せた。クレアの馬のうちの一頭が乗馬用の装備をつけて、彼の馬車の横に立っていた。黒い馬は興奮して足を踏み鳴らし、いまにも駆けだしそうだ。アイリーンが御者に向かって、首を横に振った。うしろ脚で立ちあがり、息を荒くして鼻をふくらませている馬を、従僕が必死に押さえている。馬は最後にもうひと声いななくと、従僕に従った。

その様子を見ていたアレックスは、額にしわを寄せて考え込んだ。あの馬はクレアが乗るためにメイドが用意させたに違いない。そうだとすれば、妻が馬車で旅をするのに乗馬服を着込んでいた理由がわかる。彼女は旅の最後の行程で、馬車をおりて馬に乗り換えるつもりだったのだ。そんなことをする理由が、彼にはわからなかった。

やがて何分も経たないうちに、アレックスの心の内を映すかのように空が暗くなった。

7

馬車が道のこぶにぶつかって大きく揺れ、クレアは目を覚ました。拳で馬車の天井を叩き、止まるように合図する。そしてアレックスの腕の中から逃れて座席の反対の端に逃れると、馬車の速度が落ちた。両手で顔をこすって眠気を払う。馬車が川を渡る前に、ここから出なくてはならない。

アレックスが窓から外に乗り出して怒鳴った。「止まらずにそのまま行け！」命令に従って、馬車が速度をあげる。彼はクレアのほうを向いて声をやわらげた。「もうペンヒルだよ」

クレアは必死で動揺を隠し、カーテンを開けた。窓の外には、冬の眠りから覚めた青々とした草地がうねるように広がっていた。耕された黒い肥沃な大地から作物の芽が立ちあがっているのが遠くに見える。その向こうは牧草地で、木製のはしごがかけられた精巧な石造りの塀が牛と羊を分けていた。

「屋敷の使用人たちは、きみを迎えるために外で待っている。シムズと家政婦長のミセス・マローンが彼らを紹介してくれるよ」アレックスはカーテンを完全に開けて、外の景色を眺めた。「もう時間が遅いから、軽い食事を頼んで部屋へ引き取ろう。今日は長い一日だった。

着いたらすぐ、きみの部屋へ案内させる。ぼくは用事を片づけてから階上《うえ》に行くよ。大丈夫、長くはかからない」

ロンドンを出発してから何が起こったのか、クレアは必死で理解しようとした。不安の塊が胸からせりあがり、喉元でつかえる。「もう川は渡ったの?」

「数分前に。川を見たかったのか? それなら明日、連れていってあげよう。もともとペンヒルを案内してまわるつもりだったから、まず川に行けばいい」

クレアは座席の下に隠れたいという衝動を必死で抑えた。川なんて絶対に見たくない。

「大丈夫かい?」返事がないとわかると、アレックスは窓の外へ目を向けた。馬車が止まったらすぐに飛び出せるよう両脚を開いて座席の端に座っている様子から、ここに戻ってきてうれしくてたまらないのが伝わってくる。

クレアも夫と同じくらい熱心に、ペンヒルへの到着を待ちわびられればいいのだけれど。

彼女は頬をつねって赤くし、服の乱れを直して、新しい侯爵夫人として紹介されるときに備えた。手を伸ばしてアレックスの腕に触れると、彼は体をかたくした。

「おりる準備ができたわ」

「ようこそわが家へ、レディ・ペンブルック」アレックスが言った。馬車が速度を落とし、大きく円形に旋回しているアプローチの中央で止まる。彼は扉を開けると、クレアを支えるために手を差し出した。

空はまだ完全に暗くなっておらず、沈んだ日の名残でかすかなピンクや赤い色が見える。

クレアが踏み段をおりてひんやりとした屋外に出ると、刈ったばかりの秋まき大麦や甘い干し草のにおい、すがすがしい田舎の空気が迎えてくれた。堂々とした邸宅の前に立った彼女の手を、アレックスのあたたかい手が包む。目の前にはクレアを歓迎するために待っていたペンヒルの使用人たちが、ずらりと並んでいた。

屋敷はエリザベス朝様式の見事な建物だった。中央部の前面はアプローチの幅いっぱいに広がっていて、その両脇に翼が左右対称に伸びているさまは古典的な美しさをたたえている。明るい色の石とれんが造りの三階建てだ。

クレアはアレックスについて進んだ。シムズと家政婦長のミセス・マローンが最初に歩み出て、主人夫妻に挨拶をした。「おかえりなさいませ、だんなさま、奥さま」シムズがクレアに笑みを向け、お辞儀をする。

「ありがとう、シムズ。家に戻るのはいいものだな」アレックスが返す。「紹介しよう。妻のペンブルック侯爵夫人だ」使用人たちが、いっせいにあたたかい歓迎の声をあげる。アレックスは握っていたクレアの手を持ちあげ、みなに見せるために口づけた。

それからの数分間、クレアは次々に教えられる名前と顔を覚えられないまま、夢中で足を進めた。ようやくアレックスに連れられて屋敷の中に入った彼女を、ろうそくのやわらかい光があたたかく迎える。明るい色合いに仕上げられた玄関ホールは広々としていて、中央に置かれた大きなテーブルの両脇から白い大理石の階段が二階へと続いていた。

家政婦長がクレアに近づいた。「レディ・ペンブルック、奥さまのための続き部屋をご用意しておきました。よろしければ、すぐにご案内します。お疲れでしょう」

クレアの感じていたかすかな気おくれは、ミセス・マローンのやさしい表情を見て、あっという間に消えた。ミセス・マローンは小柄だが、外では使用人たちがみな彼女の指示を仰ぐために視線を向けていた。シムズでさえ、彼女の陰に控えている。

「ありがとう、ミセス・マローン」クレアは家政婦長とアイリーンのあとから、右側の階段をのぼった。彼女のものとなった続き部屋に入ると、アイリーンがすぐに荷を解き、明日の朝に必要となる衣装やこまごましたものを取り出しはじめた。アレックスがしばらくしたら来ると言っていたので、クレアは疲労をこらえ、ベッドにもぐり込んで一週間は眠りたいという誘惑に背を向けた。部屋着と室内履きの入ったバッグを持ちあげようとして、危うく転びそうになる。

「奥さま」アイリーンがあわてて駆け寄ってきた。「新居での最初の晩に、けがなどされては困ります」彼女は小さな子どもの面倒を見るように、クレアをベッドに押し込んだ。

メイドにかいがいしく世話をされても、クレアは抵抗しなかった。忙しく立ち働いているアイリーンを見つめ、最後の馬宿でどうして来なかったのか尋ねようとする。けれども声を出せないまま、ずるずると眠りの淵《ふち》に引きずり込まれていった。

アレックスは侯爵夫人の続き部屋につながる扉をいきなり開け、アイリーンを脅かしてしまった。

クレアの一番大きなトランクの上にかがみ込んでいたメイドはつんのめりそうになり、かろうじて両手でトランクをつかんだ。「やだ、誰！」アイリーンが体を起こして振り返る。「まあ、すみません、だんなさま」彼女はさほど動揺を見せず、仕事を続けた。額の上に落ちた髪を払いのけたとき、手の中にある銀色のものがきらりと光を反射した。彼女はそれを化粧台の上に置いた。

アレックスはシャンパンのボトルとグラスをふたつ持ったまま、うつぶせで眠っているクレアを見つめた。規則正しい寝息から、今夜新妻と過ごす時間はすでに終わったのだと悟った。「どうやら新婚初夜に対して、わが侯爵夫人にはぼくとは違う計画があったらしい」

アイリーンがおかしそうに声を震わせる。「そうですね、だんなさま。レディ・ペンブルックは丸二日間、眠っておられないんです。何年もお仕えしてきたからわかりますけど、奥さまは新婚初夜をだんなさまとお過ごしになりたいと何よりも願っていらしたと思います。ただ、お体がついていかなかっただけで」

「もうやすんでいいよ、アイリーン。おまえも侯爵夫人と同じくらい疲れているはずだ。何かあったらほかの者を呼ぶから、心配はいらない」

「ありがとうございます」アイリーンはお辞儀をして出ていった。

アレックスはクレアの眠るベッドに歩み寄った。髪をそっと撫でると、胸の奥からあたたかい気持ちがわき出してくる。ようやく結婚できたことがうれしくて、彼女への愛情を嚙みしめた。クレアをポール卿から守れたのだ。アリスのときとは違って。アレックスは、ようやく終わったという感慨に浸った。

クレアが目を開けて体を起こした。

「何か必要になったら、ぼくのところに来るんだよ」彼女の頭のてっぺんに唇をつけると、アレックスの体を満足感が貫いた。部屋を出ようと向きを変えたとき、きらりと光るものが目に留まった。化粧台の真ん中に、大きな金色のガラス玉と男性用の携帯用酒入れ《スキットル》が並べて置いてある。

アレックスはガラス玉を手に取って、ひんやりした表面を撫でた。クレアはウィッチボールを持ってきたのだ。明日、これを吊るす場所を探すのを手伝おう。彼女が少しでも安心できるのなら、たとえチャペルの中でもかまわない。教区牧師は反対するだろうが、妻が安心できるのが一番だ。彼は純銀製のスキットルに目を移した。ずっしりと重量感があり、前面にはMというイニシャルが彫り込まれ、首まわりにルビーがちりばめられている。キャップを開けてみると、明らかにウイスキーとわかる香りが流れ出した。

クレアは過去の婚約者の思い出の品を持ってきたのだという考えが、とっさに頭に浮かんだ。「これは誰のものだったんだい?」

小さくつぶやく声にアレックスは振り返った。しかしクレアの頭は、ふたたび枕の上に落ちていた。いったい自分はどうしてしまったのだろう? いつもは嫉妬などしないのに。彼女にはまず弁明の機会を与え、話を聞くべきだろう。スキットルはいとこのマッカルピンのものかもしれないのだ。

今日という日がこんなにも予想外のなりゆきをたどるとは思ってもいなかった。

新婚初夜に、ほかの男のスキットルを手に取っているとは。予定では、妻を抱きしめて過ごしているはずだったのに。


クレアが目を開けると、クジャクの羽根のような鮮やかな緑と青でまとめられた部屋に、明るい光が差し込んでいた。

「お目覚めですか、奥さま。もう午後ですよ。ほとんど丸一日寝ていらっしゃいましたね。コーヒーを飲まれますか？　それとも今日は紅茶がいいですか？」アイリーンのいつもと変わらぬ元気な声に、部屋の居心地のよさが増す。

「いま何時？」クレアは手足を広げて伸びをした。彼女はやわらかい肌触りのリネンのシーツとふかふかした羽根枕と上掛けに、ぬくぬくとくるまっていた。ペンヒルの何もかもがこれくらい快適なら、ここでの生活はかなり期待できそうだ。

「一時をまわっています」アイリーンは丁寧に包んで詰めてきたイブニングドレスを数着、注意深く取り出し、慣れた手つきで表面を撫でてしわを伸ばした。

「どうして起こしてくれなかったの？　ミセス・マローンに怠け者の女主人だと思われてしまうわ」

アイリーンは腰に両手を当てた。「文句を言わないでください。寝かせておくようにだんなさまに言われたんです。起きて身支度を終えられたら階下《した》へ行くと、ミセス・マローンには伝えておきました」

「ありがとう」クレアは急いで化粧台に向かった。部屋にふたりきりなので、さっそく前日のことを質問する。「昨日、来てくれなかったのはなぜ?」

アイリーンはシルクのシュミーズとストッキングを引き出しから出した。

「うかがいましたが、ペンブルック卿から起こさないように言われたんです。ヘルメスが走らせてもらえなくて暴れても、奥さまはずっと寝ていらしたんですよ。従僕がふたりがかりで、あの甘やかされた馬をようやくなだめました」

「わかってしまったと思う?」

「ヘルメスに? ペンブルック卿にですか?」アイリーンがクレアの編んだ髪を手に取って、眉を片方あげた。「いいえ、侯爵にはきかれましたが、お教えしませんでした。ご自分で話されるべきですから」メイドの声がやさしくなる。「川を渡ることへの恐怖を、あの方なら理解してくださいますよ」

クレアは鏡に映る自分の顔を見つめた。「明日、レンウッドに行くわ」アイリーンが目に警戒するような光を浮かべて、女主人の髪をほどいていた手を止めた。

「だから――いいえ、わたしはこの恐怖を克服しなくてはならないの。嵐が来るたびにどんなふうになるか、彼に知られたら? 鍵をかけて閉じ込められるか、悪くすればもっとひどいことになるかもしれない」

アイリーンはクレアの髪をとかして結いあげる作業に戻った。「ご一緒してもいいですか？」

「一度目はひとりで行きたいのよ」クレアは大きく息を吸った。反対されても、説得されるつもりはなかった。「心配しないで」

「だんなさまを連れていかれるべきですよ」アイリーンは髪のもつれに集中し、丁寧にときほぐしながら言った。「昨日、ベッドで眠っておられる奥さまを見つめていたときのだんなさまの表情をごらんになっていたら――」

「だめよ。彼には絶対に言わないで」

メイドが手を止める。

これ以上アレックスやペンヒルの人間に弱みをさらせば、いい結果になるはずがない。クレアは自分の恐怖に対するおじやおばの反応をずっと見てきた。ふたりとも彼女を愛しているし、彼女の両親の死を同じように悼んでもいる。それでも彼らは、クレアの絶望の深さをどうしても理解できなかったのだ。彼女の両親とはなんの関わりもなかったアレックスには、なおさら無理だろう。

クレアは声をやわらげた。アイリーンは力になってくれようとしているだけだ。

「自分自身で立ち向かいたいのよ。言わないと約束して」

「無理なご注文を」アイリーンは長々とため息をついた。「お昼までに戻られなかったら、探しにまいりますからね」もつれをときほぐす手を止めず、櫛《くし》でぐいと引っ張る。

「痛っ」クレアは頬の内側を噛んで、メイドに文句を言いたいのをこらえた。

「ふう、これでよしと」髪を整え終えたアイリーンはクレアをじっと見つめたあと、心配そうな表情を浮かべた。「どうか安全のために、使用人をひとり連れていってください」

クレアはメイドの助言を無視した。新生活が始まったばかりなのに、まわりにいろいろ説明しなければならないのはいやだった。ひとりで悲しみと向き合い、刻み込まれた罪悪感を消したい。

緑色のモスリンのドレスを着て、一日を始める準備が整った。一日といっても、残っている時間は長くないけれど。

クレアはミセス・マローンを見つけると、女主人としての務めに取りかかった。一週間分の献立や掃除のスケジュール、使用人の補充の必要性といった事柄を話し合う。それが終わると家政婦長はクレアを厨房に連れていき、ビュッフェスタイルの朝食のメニューや地元の名士たちをもてなすための催しについて、さらに話を続けた。

アレックスはどんなものが好きなのだろう？　彼とは食べ物や飲み物の好みを教え合ったこともないし、近隣の人々をもてなす頻度について考えをきいたこともなかった。アレックスは本を読むのは好きだろうか？　夜は何をしてくつろぐの？　彼の日々の過ごし方がわかってくるまで、クレアはほとんどの時間をひとりで過ごすつもりだった。彼女にはおばの教えに従って、屋敷を切り盛りする責任がある。

料理人とミセス・マローンが日課の仕事に戻ると、クレアは自分の続き部屋の様子を見てまわった。家政婦長に応接室を見せられたとき、模様替えをしようと思い立ったのだ。座り心地のいい椅子をいくつか配置してゆったりとくつろげる空間を作り、彼女用の居間兼書斎をしつらえる。そのとき廊下を歩いていたクレアの耳に、談笑する男性たちの声が響いてきた。

「侯爵がいきなり上品な奥さまを連れて帰るとは、まったく驚いたな」若い男の声だ。「考えられるか？　公爵の娘だぞ。ひと目見ただけで、高貴なご婦人だとわかる。母さんに手紙を書くのが待ちきれないよ。公爵の娘にお仕えするんだって、教えてやらなくちゃ。何を自慢してるのって、母さんは思うだろうな」

クレアが角を曲がると、若い男性が三人集まっているのが見えた。馬番のチャールズが、従僕のベンジャミンとジョンに向かって話している。昨夜顔を合わせたときは、舌がしびれてしまったみたいにちゃんとしゃべれず、目も合わせないまま、もごもご挨拶の言葉を口にしただけだった。

そしていま、彼らはまた昨日とまったく同じ状態に陥り、真っ赤な顔で頭をさげた。

クレアはおかしくてたまらず、三人を安心させてあげることにした。罪のないおしゃべりのために、誰も首にするつもりはない。「こんにちは。教えてくれないかしら。お母さまについてしゃべっていたのは誰？」

馬番がすぐに口を開いた。「奥さま、ベンジャミンとジョンはおれの話を聞かされていただけです。それに別に悪口を言っていたわけじゃありません」

クレアは明るく微笑んだ。「もちろん悪口だなんて思っていないわ。あなたがチャールズ？

褒めてくれてありがとう。でも、もしあなたがわたしの父を知っていたら、わたしは幸運なだけだってすぐにわかったでしょうね。父こそ特別な人間だったのよ。わたしではなくて」そして彼女は侯爵夫人として最初の指示を出した。「明日の朝、馬に乗るつもりだから、あなたにヘルメスの支度をしておいてもらいたいの」

「ありがとうございます、奥さま」チャールズが咳き込むように言い、歯を見せて大きく笑った。

「よろしくね。朝一番に出かけるから、七時までにすませておいて」クレアがもう一度笑みを見せて歩きだすと、侯爵夫人専属の馬番になったとチャールズが自慢しているのがうしろで聞こえた。

母親に手紙を書く習慣があるらしい彼を、クレアは好ましく思った。ランガムホールから持ってきたものを箱から出し、本を応接室の棚に並べると、彼女は呼び鈴を鳴らして紅茶を頼んだ。メイドが紅茶をのせたトレイと一緒に、マッカルピンからの手紙とアレックスからのメモを運んでくる。クレアはいとこの手紙を急いで開けた。

〝親愛なるクレアへ

結局ポール卿を見つけられなくて家に戻ったら、ペンブルックから手紙が届いていた。彼はモニーク・ラフォンテーヌを愛人にしていたことはないと保証してくれたよ。ぼく自身もその事実を確認した。彼女は別の男と長期の契約を結んでいる。

ポール卿が始めたひどい賭けについては、何もできなくてすまなく思っている。だが、やつはだめだったものの元従者の消息はつかんだ。ウェスティン卿のところで働いていたよ。婚約破棄といい、賭けといい、ひどすぎるやり口だ。やつは紹介状を渡して従者を解雇したのと同じ日に、スコットランドに向けて発《た》ったらしい。しかしおかしなことに、ウェスティンがその従者を雇ったのは〈ホワイツ〉での賭けが始まった前日なんだ。

式に出席できず、結婚を祝福してあげられなかった。とはいえレディ・ペンブルック、もちろんきみの幸せを祈っているよ。

マッカルピンより〟

二日間、クレアの肩にずっしりとのしかかっていた重しが消えた。マッカルピンは無事だったのだ。彼女は目を閉じ、感謝の祈りをつぶやいた。しばらくして、ようやく落ち着いた彼女がアレックスからのメモに注意を向けると、そこには挨拶も結びの言葉もない簡潔な一文が記されていた。〝八時に一緒に食事を〟と。

クレアはその晩の装いに、イタリア製のシルククレープ地の簡素な金色のドレスを選んだ。生地はやわらかな襞を作って彼女の体を包み、自然な曲線を引き立てている。装身具は母親のものだったエメラルドのイヤリングと結婚指輪だけにした。

今宵が結婚生活の本当の始まりになる。心臓がどきどきしているところから考えて、自分は緊張しているのだろう。いつもは新しい環境に対して必要以上に不安になることはないのだが、今夜はどういうなりゆきになるのか見当もつかない。正直に言って、クレアはどうふるまえばいいのか途方に暮れていた。緊張をやわらげるためには、まずはアレックスと楽しく夕べを過ごすことが出発点となるかもしれない。レディ・ハンプトンの晩餐会の夜以来、アレックスとはちゃんと話し合っておらず、ポール卿がクレアと親密な関係だったと言ったという件はそのままになっている。

食堂に向かうと、アレックスが階段の下で待っていた。秘密を教えたくてうずうずしているような、いたずらっぽい笑みを浮かべている。いったい彼はどんな秘密を隠しているのだろう？

「こんばんは、レディ・ペンブルック」アレックスは彼女が階段をおりきるまで待たずに手を取り、すばやく頰にキスをした。その口を耳まで滑らせ、彼女だけに聞こえるようにささやく。「美しい妻を持てて、ぼくは幸せだ」

心からうれしそうに笑っているアレックスの目を見て、彼女の体は即座に反応し、もっと触れてほしくてたまらなくなった。こんな簡単に反応しているようでは、夕食は楽しむどころか拷問になってしまう。

彼が体を引き、食堂までエスコートしていくためにクレアの手を自分の腕に置いた。

「夕食を一緒にとれてうれしいよ。今日は一日じゅう、きみと過ごせるときを待ちわびていた」

「あなたからのメモは、お願いというより命令だったもの」入浴に使った石けんとぱりっとしたシャツの糊のにおいに男っぽい香りが加わって、クレアを包んだ。一瞬、彼に抱きついてシャツに顔をうずめているところを想像する。レディ・アンソニーの屋敷の庭で彼と出会った夜のように。

アレックスが低く笑う。「さあ、こちらへ」彼はクレアを応接室に連れていった。そこに用意してあったシャンパンのコルクをひねり、ぽんという音とともに開ける。泡が落ち着くのを待って、ふたつのグラスに注いだ。

アレックスの目がシャンパンそっくりにきらきら輝いているのを見ると、彼のクレアへの気持ちは本物だと信じてしまいそうになる。彼がどんなゲームをしているのか知らないけれど、クレアにはルールさえわからない。彼女がポール卿に体を許したとアレックスが信じているとわかった日から、何日も経っていないというのに。それにもう結婚してしまったのだから、こんなふうにクレアにやさしくして、彼に得なことはない。

「昨日の夜、結婚を祝って乾杯しようと思ったんだ。だが、きみは眠ってしまった」アレックスが少しがっかりしているように言った。グラスを渡されると、ほんの少し指が触れ合っただけなのに、クレアの体はかっと熱くなった。「魅力的な妻に乾杯。ぼくの欲望を呼び起こすセイレーンに」

アレックスの目を見つめ、乾杯の言葉の意味を理解しようとする。けれども彼がウインクをしてグラスを口に運んだので、クレアも力を抜いて彼にならった。シャンパンがぷちぷちとはじけながら、喉を滑り落ちていく。「すてきな乾杯の言葉ね。妻なら誰だって喜ぶわ。

どこで仕入れたの？」懸命に冷静な表情を保ち、そんな自分を心の中で褒め称えた。

彼はたくましい体をしなやかに動かして自分とクレアのグラスを取ると、丁寧にテーブルの上に置いた。「ダーリン、今日は一日じゅうきみが頭に浮かんで、気もそぞろだった。今夜は夫婦としてとるはじめての夕食だから、特別なものにしたい。これから先、数えきれないほどの夕食をきみとともにできることを願っているよ」

クレアは目を伏せた。彼女の心をつかもうというアレックスの努力はなかなかすばらしいけれど、そんな簡単に屈服したくはない。

彼が身を寄せ、唇をかすめるようにキスをする。それからゆったりと体を離して、クレアの考えていることを読み取ろうとするかのように目をのぞき込んだ。

「昨日きみを見たとき、ぼくはイングランド一、幸運な男だと思ったよ。ぼくと結婚すると心を決めてくれたんだね」両手で彼女の顔を包み、親指で頬を撫でる。「レディ・ハンプトンの晩餐会のあとあんなふうに別れてから、気が気ではなかった。いまもそうだ。きみにいやな思いをさせてしまった自分が情けない。どうか許してくれ」今度はゆっくりと顔を近づけ、唇をしっかりと重ねた。

冷静にふるまおうというクレアの決意は、抱きしめられると一瞬で崩れてしまった。彼の唇のやわらかさに魅了され、あたたかさが体の隅々まで広がっていく。

アレックスは舌を絡めながら、彼女のなめらかなシルクのドレスに手を滑らせた。ヒップをそっとつかんで引き寄せ、手を上に移動させる。そして胸の頂のまわりを親指でそっとなぞると、彼女の口の中に吐息をもらした。

クレアは時間と場所の感覚を失った。アレックスの手が与えるかすかな感触に、もっと、と懇願したくなる。親指の動きに歓びが体じゅうを駆けめぐり、下腹部の奥がうずきはじめた。思わず手に体を押しつけると、彼は自分のものだと主張するように激しく口づけた。

頭に霞《かすみ》がかかったようになり、脚は力が抜けて、いまにも体重を支えきれなくなりそうだった。官能的な口づけに、レディ・ハンプトンの晩餐会の夜のキスがよみがえる。あのときクレアは、アレックスの腕の中で文字どおり溶けてしまった。彼をもっとよく知るまでは、またあんなふうになるわけにはいかない。互いに相手を信頼できるようになってからでなくてはだめだ。彼女は体を離し、欲望に満ちたアレックスの目を見つめた。

「おなかがすいたわ。あなたは？」荒く息をつきながら尋ねる。

彼も体を引いて、クレアの体の奥まで響くような低い声で答えた。「どんなに飢えているか、きみにはわからないだろうな。さあ、おいで、食事をしに行こう」

ふたりは食堂に行った。アレックスが引いてくれた椅子に座りながら、彼女の心臓はまだ激しく打っていた。今宵は試練の夜になりそうだ。彼は自分以外のすべてをクレアに忘れさせる力を持っている。少しでも触られたり話しかけられたり視線を向けられたりするだけで、彼女はとたんに落ち着きを失って、夕食を最後まで終えることができなくなりそうだった。

クレアは従僕の注いだ香りのいい白のボルドーワインを口に含んだ。アレックスが彼女の膝に腿を押し当ててきて、息ができなくなる。テーブルクロスのおかげで従僕に見られることはないが、触れ合っている部分から伝わる体温に体が震えそうだった。

アレックスがクレアの手を取った。彼女の反応を見抜いているような笑みを浮かべ、親指で指の背を撫でる。「ダーリン、大丈夫かい?」

声を出せば震えてしまいそうで、黙ってうなずいた。彼はわざとこんなふうに見つめて、からかっているのだ。親密な空気を少しでも薄めようとクレアは脚を離したが、手はそのままにしておいた。握られているのはテーブルの上で、下手な動きをすれば従僕たちに見られてしまう。

次々に料理が運ばれてくるあいだも、アレックスはクレアからずっと目を離さなかった。何を食べたか明日の朝にきかれても、答えられそうにない。神経が限界まで張りつめている。アレックスが自分の分のデザートをスプーンにのせて差し出したので、彼女はバニラソースのかかったカスタードを口に含んだ。スプーンが引き抜かれ、無意識に唇をなめると、彼の目に欲望の火が灯った。

「きみをここに迎えられてうれしいよ」アレックスが手で合図すると、従僕たちは部屋から出ていった。ふたりだけになったのに、彼が内緒話でもするように手の幅くらいのところまで体を寄せる。「じつはここに戻るのが怖かったんだ。だがきみが一緒だと、物事が違って感じられる。どの部屋に行っても、耐えがたい沈黙を感じなくなった」

「わたしたちふたりとも、人生の新たな段階に足を踏み出したんじゃないかしら」

「ぼくにとっては、きみこそ幸運そのものだ」微笑んだ彼は息が止まるほどハンサムで、クレアは思わず胸が震えた。「明日は一緒に過ごしてほしい」

「午前中はおつきあいできるかどうかわからないわ」なんとか気持ちを静めようと、首を横に振る。

「もちろんかまわないさ。きみはまだ、ここに慣れていないいんだから」アレックスは彼女の手を口元に運んだ。「では、午後はどうかな？」

シルクのように肌を撫でる彼の声にうっとりしかけて、あわてて気持ちを引きしめる。

「昨日、川のことをきいていたね。明日、一緒に馬で行くかい？」

「いいえ」自分の声の鋭さにクレアは驚いた。「つまり……わたしは――」

「悪かった」アレックスが心の奥まで見通すような視線を彼女に据えたまま、声を低くする。「いままですっかり忘れていた……川にまつわるきみの記憶を」

「いいのよ」

「きみもぼくも、思い出すのがつらい記憶を抱えている」彼はクレアの手を握った。「ピクニックに行くのはどうだい？　それなら気に入ってくれるかな？　本を読んでもいいし、ぼくがよく行く場所に案内してもいい。きみが好きなことをしよう」

彼は歓迎の気持ちを熱心に示そうとしてくれている。夫となった男性は本当にいい人なのだ。「すてきな計画ね」

アレックスが椅子から立ちあがった。今夜はお開きだという合図だろう。クレアも立って、アレックスが夕食後のポートワインを楽しむなりなんなりできるよう、彼を残して出ていこうとした。彼女自身は何か面白い本を持って部屋に引っ込み、アレックスのせいでうずいている体を早く静めたかった。

「これからどうする？」彼がきいた。

「部屋に戻って、少し本を読もうと思っているの」

アレックスは書斎の方向に目をやった。魅力的な笑みをちらりと浮かべる。

「ぼくは返事を書かなければならない手紙が二、三通ある。そのあと、きみのところに行ってもいいかな」

クレアはうなずいた。「どうぞ、お仕事をすませて」

彼はどうするつもりなのだろう？　一緒に本を読むのか、それともベッドへ連れていくのか。自分の部屋に向かいながら、クレアは先ほどのキスを思い返して鼓動が速くなった。

部屋ではアイリーンが待っていて、手早く女主人のドレスを脱がせ、寝る支度を整えた。それから部屋を出ていきかけて足を止める。

「奥さま」いやなにおいでもかいだかのように、アイリーンは鼻にしわを寄せた。「今夜、ひどく妙なことを言われたんですよ。だんなさまの従者が、毎日自分に報告をするようにと言うんです」

その要求は当然といえば当然だが、クレアは驚いた。アレックスはアイリーンを彼の使用人の中でどういう位置に置くかについて、一度も触れなかった。クレアもアイリーンも、誰かに報告をするなどということに慣れていない。けれどもクレアはキャヴェンシャム家に生まれた者として、どんな話を聞いてもメイドの前で不快さを表に出したりはしなかった。

「なんて答えたの？」

「あんたは男の風上にも置けないって言ってやりましたとも。最悪のフランス男だって。立ちあがって言い返そうとしてきたから、テーブル越しに手を伸ばして、椅子に押し戻してやりました。指図を受けるのはごめんだとはっきり伝えて、あんたが知る必要のあることはわたしから知らせるし、それがいやなら侯爵にききなさいって言ったんですよ」

クレアは青緑色のルイ一五世様式の書き物机まで行き、そこに積み重ねてある古い手紙を見ているふりをした。彼女の好きなアイリーンの力強く快活な声が、厨房でどんなふうに響いたか想像する。使用人ふたりが向かい合って座り、言い争っている様子は、見ものだったに違いない。スコットランド女対フランス男の言い合いは。アイリーンはアレックスの従者とどんな妥協もせず、いつだって一歩も引かずに受けて立つだろう。でも、そういう緊張に満ちた関係はよくない。クレアもアイリーンも、新しい屋敷での生活になじんでいかなければならないのだ。

「あなたがそうしてくれた気持ちはうれしいわ。だけど、わたしの予定を従者にも伝えてくれていいのよ」無頓着に聞こえるよう、気をつけて声を出した。

「奥さま」メイドの声は憤りに震えていた。「彼は侯爵の従者で、わたしはランガム公爵のご令嬢であるあなたさまのメイドなんです」

「いまのわたしはペンブルック侯爵の妻なの」クレアはいらだってため息をついた。「とりあえずは言うとおりにしてちょうだい。あとでペンブルック卿と話し合っておくから」

アイリーンは腕組みをしたが、声をやわらげた。「従者とわたしがやり合っている最中に、呪いがどうのこうのと言ってきた従僕がいたんです。そうしたらすぐに従者が立ちあがって、仕事に戻れと命令したんですよ。どうやらここでは、従者は敬意を払われているようですね。そのあとは、ちらちらこちらを見てくる者はいなくなりました」

「まあ、なんてこと」クレアは額に手を当てた。新しいわが家であるここでも呪いの噂をささやかれたり、彼女とアイリーンがお高くとまっていると思われたりするのは一番避けたい事態だった。

「わたしもそうできればいいいんですけどね」アイリーンがふんと鼻を鳴らす。

「なんのこと?」

「ジャン＝クロードに敬意を払えればいいってことです」アイリーンは化粧台の上を片づけはじめた。

「彼にきかれたら、なんでも答えて」クレアは大きく息を吸った。「それにここの使用人たちが衝撃を受けるような態度は慎むのよ」

アイリーンは背中を伸ばし、両手を腰に当てた。

「おやすみ、アイリーン」

メイドは最後にもう一度クレアを見つめると、部屋から出ていった。

ようやく静けさが訪れたが、クレアの頬は屈辱に赤くなったままだった。この部屋は安心して過ごせる唯一の場所になりつつある。このままでは、ここから出られなくなるかもしれない。

彼女は本に集中して、いやな気分を忘れようとした。ところがページをめくっても、最初の段落ばかり何度も読んでいる。アレックスや彼の使用人が呪いのことを強く意識しているという事実から、気をそらそうとしても無理だった。呪いとは縁が切れたのではないかという希望の光を、クレアははじめて垣間《かいま》見てしまったのだ。今夜アレックスは驚くほどやさしく、彼女は世間知らずにも、それを見た使用人たちは主人と同様に花嫁を心から受け入れるだろうと思ってしまった。

本を読むのをあきらめて、窓辺に行って窓枠を押しあげる。そよ風が運んできた春の甘い香りに、深呼吸をしてさわやかな夜気を肺に満たした。うしろで何かが動く気配がして振り返ると、アレックスが酒のボトルとグラスをふたつ持って立っていた。

「邪魔をしてしまったかな？」

彼を見て、クレアは息ができなくなった。上着とベストを脱いでくつろいだ格好になったアレックスは、目をみはるほど魅力的だ。白い麻のシャツの開いた襟元から、日焼けした肌と黒く短い毛がわずかにのぞいている。クレアは誘惑にあらがえず、広い肩から細いウエストへと視線をおろしていった。

先ほど感じた下腹部の奥で脈打つような感覚がよみがえった。「どうぞ入って」クレアは暖炉の前にふたつ置かれた青いダマスク織り張りの椅子に向かって歩きだし、心臓が跳ねるのを意識しながら、アレックスにも来るように合図した。彼女は火のそばを飛びまわる蛾《が》と同じだった。危険だとわかっているのに、その魅力に逆らえない。

彼は椅子まで来ると肩をすくめた。「ベッドへ行く前に、きみの一族が作ったウイスキーを一杯やるのはどうかと思ってね」

「わたしを酔っ払わせようというの？」

「そうだとしたらどうする？」贈り物を差し出すように、アレックスが彼女の前のテーブルにボトルとグラスを置いた。

彼女は質問を無視した。両方のグラスにウイスキーを指一本分注ぐ。ふたりはグラスを持ち、互いに向かって掲げた。アレックスはひと口で飲み干し、クレアはスモーキーなフレーバーを味わうために少しだけ口に含んだ。

彼はもう一杯注ぐと、椅子にゆったりと腰かけた。クレアも座る。「きみの母方の一族が、このウイスキーを蒸留したのかい？」

彼女はうなずいた。大麦のモルトが発酵した香りに記憶を呼び覚まされ、目を閉じる。「蒸留所には一度だけ行ったことがあるの。祖父はウイスキーができあがるたびに自慢でしょうがなくて、訪ねてきた人みんなにひと瓶ずつあげていたわ。どう、気に入った？」

「これまでに飲んだ中で最高だよ」彼は椅子の背に寄りかかって微笑んだ。「ここにはもう慣れたかな？」

「そうね、ありがとう。美しいお屋敷だし、使用人たちはとても有能でよく気がつくわ。これ以上は望めないくらいよ」

アレックスが来て、なんだか急に部屋が小さくなった気がした。彼に見つめられるとぼうっとして、自分が何をするか信用できなくなる。アレックスは意識していないだろうけれど、クレアが彼のやさしさを求めているがゆえに、彼は大きな影響力を持っているのだ。アレックスはとくに何もしていないのに、こちらが勝手に間の抜けたふるまいをしてしまう。どうにも落ち着かなくて、クレアは彼の椅子の横を通って窓辺に戻ろうとした。

ところがやさしく手をつかまれ、指を絡められてしまった。そこに目を落とすと、指が長くて力強いアレックスの手は彼女の倍くらい大きい。クレアはそのまま手をゆだねて、気持ちを静めようとした。

「きみはいろいろ考えすぎる」

クレアは目をあげて彼を見た。

「ぼくと同じだ。落ち着かないと、部屋の中を歩きまわる」低く響くその声は、緊張にかたく縮んでいた彼女の胸の内をそっとときほぐした。「昨夜きみにおやすみを言いに寄ったんだが、覚えているかい？」

「いいえ、すごく疲れていたから」

「窓のところにウィッチボールを吊るしておいたんだ」彼はベッドの上にある小さく弓形に張り出した窓を指さした。クレアが目を向けると、窓ガラスの真ん中にガラス玉がさがっている。アレックスは彼女の手に唇をつけた。「きみにはここで安心して過ごしてほしい」

ロマ族のガラス玉ごときを、彼はこんなにもロマンティックですばらしいものに変えてしまえるのだ。「あなたが自分でやってくれたの？」

彼はうなずいた。

「アレックス、そんなの使用人がいるでしょうに——」喉にこみあげた塊を咳払いで押し戻し、つかまれていた手を引き抜く。けれどもアレックスに、膝の上に引きおろされてしまった。彼はクレアに腕をまわし、唇に指先を滑らせて顎を持ちあげると、ゆっくり唇を重ねた。

アレックスはウイスキーの味がした。なめらかでスモーキーな香りと、その奥に潜む禁断の味。クレアはキスにおぼれ、自分と彼の唇のことしか考えられなくなった。熱い体を押しつけられてキスをしていると、どんなに抑えようとしても彼に応えてしまう。このまま続ければどういうことになるのかを考えず、こうして身をまかせているなんて、自制心がなさすぎる。ロンドンに理性まで置いてきてしまったのだろうか？

彼がいったんキスをやめ、頰に唇を寄せてクレアを引き寄せた。大きく息を吸い、唇を顎まで滑らせる。「クレア、いまは使用人のことなど話したくない」

いま、ふたりのあいだに起こっているものがなんであれ、あまりにも早く進みすぎていた。「あなたはわたしの言うことを信じてくれないけれど、本当にほとんど経験がないの」クレアはためらったが、もう心を隠しておけなかった。「あなたが何を望んでいるのかわからないし、自分が何を望んでいるのかさえわからないのよ」

「その答えは、ぼくたちふたりで見つけられるんじゃないかな」アレックスが彼女の手のひらに唇を押し当てる。「きみがしたくないことはしない」灰色の目が色濃くなった。「お互いに心地いいと感じられることだけをしよう。それでどうだい？」

彼女はうなずいた。

アレックスは重さなどまるでないように軽々とクレアを抱きあげ、ベッドの上におろした。彼がヒップの横に膝をつくと、クレアの心臓は激しく打ちはじめた。シャツを脱ぎ捨てているアレックスを見つめながら、抱きしめてもらいたくてたまらなくなる。あの両手であらゆる場所に触れ、愛撫してほしい。何年ものあいだ、彼女はこの日が来るのを待っていた。でも、信用されていないままではいやだ。クレアは目をつぶり、彼を止めるためにはどう言えばいいか、必死で言葉を探した。

けれども目を開けると、鑿で彫ったようにくっきりと筋肉の浮き出た胸が見え、思わず息をのんでしまった。あちこちに目を這わせているうちに、やがて胸の真ん中から膝丈《ブリーチズ》ズボンの前立ての下に続いている黒い毛の筋が目に入る。その筋を終点までたどってみたいという衝動がクレアの中にわきあがった。おそるおそる手を伸ばし、すぐに引っ込める。

けれどもアレックスがその手をとらえ、口元に持っていった。「触ってくれ。どこでも好きなところを」指先をくすぐるあたたかい息は、まだウイスキーの香りがする。

彼女はアレックスの胸に手を当て、指を広げた。肌は熱く、そっと指先を滑らせるとしなやかな筋肉がぴくりと動いた。彼は戸外で過ごしたり、体を動かしたりするのが好きに違いない。彼について知らなければならないことが山ほどある。クレアは時間をかけて胸を探り終えると、両手を彼の肩に置いた。

アレックスが彼女の上にのしかかり、腕をついて体重を支える。そして安心させるようにゆっくりと顔をおろし、唇をそっとかすめた。

体の奥で欲望が大きくなっていくのを感じながら、クレアは彼の豊かな下唇を見つめた。からかうように、アレックスが彼女の唇の合わせ目に舌を這わせる。クレアは一瞬抵抗したが、すぐに侵入を許した。ゆったりとした動きで舌が絡んでくる。

クレアは懸命にキスを返そうとして、アレックスの髪に指を差し入れた。彼の唇の動きは、まるでワルツのようだ。キスをやめてじっと見つめる彼が何を考えているのかわからず、ただ見つめ返す。いったいどうすればいいのだろう？　「わたしは何をすればいいの？」

アレックスの目にやさしい表情が浮かんだ。「今夜は、ただ感じてくれればいい。ぼくを感じてほしい。きみのあらゆる部分に触れて、味わうから」彼はたくましい体をやすやすと動かしてクレアの隣に位置を移し、シルクのローブ越しに胸を撫でた。

官能的な愛撫に、思わず彼に体をすり寄せる。欲望に支配され、先ほどまでの懸念が消えた。先端のとがった胸がうずき、無意識に伸びあがって彼の手に押しつけた。

アレックスがため息をつく。「きみは夢みたいに完璧な女性だ」

抗議の声をあげる暇もなく、彼がローブのひもをほどいた。邪魔な布を押しさげて、素肌に両手を滑らせる。クレアは体を隠そうと、必死に背中を向けようとした。

だが、アレックスが止めた。かがみ込んで頰を重ねる。「怖がることはしないよ。きみを見たいだけだ」

伸びかけたひげのざらざらした感触に、クレアは猫の舌を思い浮かべた。彼ほど男らしい人はいない。そんな彼が自分のベッドにいて、彼女が肌をさらした姿を見たいと言っている。どうすればいいかわからず、いまにも取り乱してしまいそうだった。

アレックスが顔をあげ、情熱のこもった目を向けた。「きみは美しい人だと、ずっと思っていた」

クレアは唇を噛んだ。いまの言葉はどういう意味？　実際に見て失望したという意味なら、あとで今夜のことを思い返したとき、アレックスをがっかりさせてしまったという事実しか頭に浮かばないだろう。彼が体重を移動させてクレアの上に覆いかぶさり、両手でやさしく顔を包んで自分のほうを向かせる。

彼女の目に疑念を読み取ったに違いない。「きみを見つめるぼくを見ていてくれ。そうするのは、ぼくたちふたりにとって大事なことなんだよ」そう言うと体を引いて、クレアの胸から腹部、脚の曲線へと視線をおろしていった。

アレックスが笑みを浮かべた。「想像していたとおりだ」視線を彼女の胸に戻し、先端を口に含む。おいしそうにしゃぶりながら、いたずらっぽく目を輝かせた。「きみの味は最高だ。カスタードクリームよりも甘い」

彼がにやりとすると、クレアは頭がくらくらして目をつぶりたくなった。けれどアレックスが胸を愛撫している様子に魅入られて、視線をそらせない。体の奥からくすぐったいような感覚がわきあがり、全身に広がっていく。高まった彼のものを腿に感じて、クレアは思わずあえいだ。背中をそらしてアレックスの口に胸を押しつけ、こわばりが脚のあいだに来るように姿勢を変える。素肌に感じる彼の口が、熱く焼けつくようだった。アレックスがからかうように舌で先端のまわりをなぞり、もう片方の胸を手で包み込む。

ほとんど経験がなくても、やさしく触れてくるアレックスの愛撫のすばらしさはわかった。こんなふうに胸をむさぼる彼の姿ほど官能的なものは想像したこともない。

「アレックス……」クレアは身を起こそうとしながら、豊かな黒髪に指を差し入れた。手に負えなくなりつつある欲望を静め、なんとかいつもの自分を取り戻さなくてはならない。彼の下から逃れると、クレアは上半身を起こした。「アレックス、お願い」

名前が呼ばれるのを聞いて、彼がうっとりしたようにうめく。「きみのお願いなら、なんでも聞くよ。もっと続けるかい？　それとも、もっと激しくする？　さあ、言ってくれ」

彼の表情は真剣で、クレアは心を打たれた。そうなると答えはひとつしかない。

「もっとあなたに触れてほしいの」

アレックスは彼女をベッドに横たえると、覆いかぶさって探索を再開した。彼の舌がゆるやかな曲線を描く腹部やへそをたどるのを見つめているうちに、クレアは彼が一番ひそやかな部分にあまりにも近づいていることに気づいた。止めたくて、肩を引っ張りあげようとする。だがアレックスは少年っぽい笑みをちらりと見せると、そのままさらに下へ向かった。自分の内側で嵐のように渦巻いているものを静めようと、彼女は必死に身をよじった。

アレックスがそんな場所を見たいと思っているなんて信じられない。やわらかな茂みに覆われた部分に彼が口づけるのが見えると、クレアは鋭く息を吸い、ベッドからおりようともがいた。

アレックスがヒップをつかんで押さえ込む。「クレア、暴れないでくれ。きみを傷つけはしない」彼は欲望にけぶった目を向け、探索の続きに戻った。驚きのあまり、彼女はぴくりとも動けなくなった。

「きっときみも気に入る。約束するよ」アレックスは野生の獣のように、視線で彼女を麻痺させた。興奮で目が光っている。けれどもすぐに表情をゆるめ、ゆったりとした笑みを浮かべた。そして茂みをそっとかき分け、クレアの中心を見つけた。彼がうめいて目を閉じる。

「ああ、きみは濡れている」

そう言うと顔をさげ、秘密の場所に口をつけて味わいはじめた。クレアは思わず跳ねあがった体を上掛けをつかんで支え、アレックスの与える圧倒的な感覚にひたすら耐えた。彼はゆっくりと時間をかけて指を中に入れ、穏やかなリズムで抜き差しを始めた。そのあいだも唇や舌で愛撫するのをやめない。いつのまにかクレアは腰を持ちあげて、自分を彼に押しつけていた。もっと触れてもらいたい、もっともっと彼が欲しいという思いが、急速にふくれあがっていく。

もうこれ以上、甘い攻撃に耐えられそうになかった。「アレックス、お願い……」必死に浅い呼吸を繰り返しながら懇願する。かつてない感覚に息をするのも苦しいのに、彼は舌で駆り立てるのをやめようとしない。

そしてついには口を親指に代え、より強い刺激を与えはじめた。もっとも敏感な場所を、クレアがはじめて経験する動きでこする。

アレックスが目を光らせた。「ああ、達しそうなんだね」媚薬《びやく》のような言葉と声が、彼女の体を操っていた。「この瞬間を何日も想像していた。きみに歓びを極めてほしいんだ。さあ、いってくれ、クレア。ぼくのために」

彼の指がクレアをどんどん高く押しあげていく。歓びが隅々まで広がり、やがてつま先から体の中心へとのぼっていった快感が爆発し、目もくらむような光となって全身を駆け抜けた。頂点を越えた彼女は、しばらくふわふわと漂っていた。

やがて心臓がゆっくりと静まり、体にふつうの感覚が戻ってきた。

アレックスが隣に横たわっても、クレアは動かなかった。彼がキスをして、唇の敏感な場所を探るようにゆっくりと動かす。差し入れられた舌は彼女自身の味――ぴりりとした禁断の味がした。

彼はクレアの顔にかかった髪をかきあげ、目を合わせた。「わかるかい？　これがきみの味だよ。きみだけの味だ」まぶたを閉じる。「おいしかった」

彼女は体を転がしてアレックスと向き合った。彼は少しずつ、こちらの防御の壁をすり抜けてくる。でもクレアが前にそれを許したとき、アーチャード卿は亡くなってしまった。同じことがアレックスにも起こらないと、誰が言えるだろう。

彼が唇を滑らせて顎を過ぎ、喉元へとおろしていく。「妻を愛させてほしい」

クレアは身を引き、急いで彼と目を合わせた。「もっと時間が欲しいの」

アレックスがブリーチズのボタンをはずしていた手を止めた。急に静まり返った部屋で、ふたりは見つめ合った。近づいた距離が一気に開く。彼は目を細めた。「なぜだ？」

「無理なのよ。いまのは間違いだった。まだ早すぎるわ」クレアはシーツを体に巻きつけた。急いでベッドからおり、アレックスと向き合う。ああ、どうすれば彼を拒否できるのだろう？　本当は欲しくてたまらないのに。

アレックスはベッドの端に座ってクレアを見つめた。視線を彼女に据えたまま、ちらりともそらさない。「理由を教えてくれないか？」

勇気を出そうと、短く息を吐く。「あなたはわたしを信用していないから。それに呪いのこともあるし」

彼はそうすれば反論を払えるというように片手で顔を撫でおろし、ため息をついた。

「もちろんきみには、いやだと言う権利がある。だが、聞いてくれ――」

「アレックス、どうかわかって。わたしはこの結婚がうまくいってほしいと、心から思っているわ」クレアは頬が熱くなり、じっとしていられずに部屋の中を行ったり来たりしはじめた。「婚約発表のあとの行き違いをちゃんと話し合わないと。それに……ほかのことも」

「というと？」

前回男性と親密な関係になったとき、その人は亡くなってしまった。前回レンウッドに近づいたときは、両親を失った。このふたつの事実をどう考えればいいのだろう？　クレアはベッドに近づき、アレックスの前に立った。

「クレア」彼がささやく。「話してくれ」

「ごめんなさい」

「謝らなくていいんだ。今夜を台なしにしてしまったのは、よく考えない発言をしてしまったぼくの責任なのだから。それにきみをベッドへ連れていく前に、ちゃんと話し合うべきだった」彼は勢いをつけて立ちあがった。口をきつく結んでいる。

「いいえ、そうじゃないのよ。わたしが――」

アレックスが手をあげてさえぎる。「呪いなんてないんだよ、クレア。きみだってわかっているはずだ。それからぼくがきみを信用していないという話だが、今夜ここへ来たとき、ぼくの心にはなんの疑念もなかった」彼はのろのろとシャツを拾った。「きみの心の準備ができたときに、そう言ってもらうのが一番いいと思う。きみがここになじんで気持ちが落ち着くまで待つよ」

彼は永遠にも思えるあいだクレアを見つめていたが、やがて何も言わずに部屋を出ていった。扉の閉まるかちりという音が室内に響く。

そもそもアレックスをベッドに入れてはならなかったのだと、クレアは激しく後悔した。結婚についても、夫婦の営みについても、夫というものについても、彼女は何も知らない。それなのに進むべき方向を示してくれるコンパスもなしに新しい生活に乗り出そうとして、これまで人生に取りついて離れなかった呪いに、またしても足をすくわれてしまった。彼女の幸せをことごとく奪う力を持った呪いに。

無視しようとすればするほど真実が浮かびあがる。自分はひとりぼっちだ。この結婚で、この家で、この部屋で。先ほどアレックスが示してくれたような親密さを、クレアはずっと求めてきた。何よりも。でも絶対に失いたくないものができたいま、簡単に手を伸ばせないでいる。どうすればいいのかわからず、心もとなさが暗雲のように垂れこめた。いま彼女の頭上にあるのは、ウィッチボールだけではないのだ。

アレックスがクレアの目を見つめ、手や唇で愛撫してくれたとき、大切にされ、守られている気がした。誰かに求められる存在になったのだと感じられた。だからこそ夢がかなうと信じることを、一瞬自らに許してしまったのだ。

自分には危険を冒す勇気があるだろうか？　呪いがペンヒルを襲うかもしれない。そうなったらどうすればいいのだろう？　アレックスを失ったら？

理性のある人間なら、クレアは精神病院に収容されるべきだと考えるだろう。自分でも、ときどきそう思う。それでも彼女は人生で失ったものを簡単に忘れ、次に進むことができない。

呪いなど存在しないと考えるだけの知性は持っている。それに今回は前とは違う。アレックスは彼女を愛しているわけではないし、クレアも彼を愛していない。信用されていないという事実を無視して彼をベッドに迎え入れるのは簡単だったはずだ。甘い時間を過ごすあいだ、親密になった男性をふたたび失うことなどないと確信しているふりをして、アレックスが彼女を信じて大切にしてくれていると思い込むのは。

やりきれない思いがこみあげ、熱い涙が頬に流れた。窓の外に目を向けて、そこに興味を引かれるものでもあるように暗い空をひたすら見つめる。

このままではいけない。明日は気持ちを切り替えてレンウッドに行き、つらい過去と向き合おう。もし天が味方してくれれば、呪いを永遠に追い払えるかもしれない。


アレックスはクレアの部屋とつながっている扉に寄りかかっていた。妻に歓びを与えたことで興奮した体は高ぶったままで、寝室をあとにした彼に異議を唱えている。ほとんど説得しなくても敏感に反応してくれた美しい妻は、想像以上にすばらしかった。

クレアはほとんど経験がないと言っていたが、それが本当かどうか判断するのは難しい。ためらいがちではあったものの、あれほどの情熱を返してくれたのだから。絶頂に達したとき、彼女の体はアレックスの指を激しく締めつけた。

だがそのあとクレアが見せた表情は、レディ・アンソニーの屋敷の庭で目撃したものと同じだった。目を見開き、胸をせわしなく上下させていた彼女の姿は脳裏に焼きついている。動揺は見せかけではなく、ほとんど恐怖に近いものだった。

それにクレアがアーチャードとの関係について告白してくれたとき、アレックスは愚かな反応をして彼女の苦悩を深めてしまった。自分はいままでも、彼女の言葉を信じきれていないのだろうか？　いや、そんなことはない。

それにしても、いまいましいのはポール卿だ。あの男の狡猾《こうかつ》な言葉のせいで、妻のベッドから追い出されるはめになった。自分とクレアが分かち合ったものの前には、そんなことが入り込む余地はないはずなのに。

そもそも今夜ふたりが分かち合ったものは、なんだったのだろう？　アレックスは目を閉じて、彼女の感触を思い出した。もう長いあいだ女性とベッドをともにしていない。だから最初は、欲望を解消したいという思いをほかの感情と混同しているだけだと考えていた。しかしいまではもう、疑いようのない真実にたどり着いている。自分は妻に本物の愛情を抱くようになってしまったのだ。

クリームのように白くやわらかな胸と熱く濡れた秘所を思い出すと、下腹部がさらにこわばって激しく脈打った。仕方なく、自ら処理するために手を伸ばす。

妻の部屋から、静かにすすり泣く声が聞こえてきた。クレアの体に触れた喜びを思い出そうと目をつぶり、高まりを握った手を上下させても、脳裏には絶望に打ちのめされていた彼女の瞳しか浮かばなかった。彼のものは快楽を拒否し、やがてかたさを失った。

おそらく自分は正気を失ってしまったのだろう。

8

革砥《かわと》の表面に剃刀《かみそり》の刃を当ててこする音が、静かな部屋に響いている。アレックスはいつものように、わずかに伸びたひげをやわらかくするための熱いタオルを顔にのせて座っていた。毎朝、そしてときには夜にも、ジャン＝クロードは主人の入浴前に剃刀の刃の準備をする。クモの糸さえ簡単に切れるくらい鋭く研ぎあげなければ、この従者は満足しないのだ。

ふだんは静けさの中で進行する儀式なのだが、今朝は従者の憤慨した声が沈黙を破った。

「昨夜わたしが自室に引きあげようとしていたら、あの腹立たしいメイドが突然話をしたいと言ってきたんです」

「アイリーンのことか？」

ジャン＝クロードはアレックスの顔の上からタオルを取り、短くうなずいた。

「あの女は偉そうに、わたしが彼女の女主人の情報を手に入れようとしているのを、だんなさまはちゃんとご存じなのかときくんです。わたしはだんなさまに忠誠を誓っている身だと、はっきり言ってやりましたがね。どんな情報でも仕事中に得るものはだんなさまのためで、それ以外の目的などありえない、と」

アレックスは眉を片方あげた。「それで彼女は納得したのか？」

「あのメイドがどんなにお高くとまっているか、もうお話ししましたっけ？　スコットランド人ですから気取っているんですよ。厨房でもみんな、〝気取り屋〟と言っています」

アレックスは口もきけないほど驚いていた。彼の従者は慎重な性格で、ふだんは思うところをなかなか外に出さないのだ。興奮しているいまのジャン゠クロードには、ひげ剃りをまかせないほうがいいかもしれない。クラヴァットの糊がきつくなるくらいならいいが、剃刀で傷をつけられるのはごめんだ。

「ゆうべもっと早い時間に、彼女に侯爵夫人の予定をいつも前もってわたしに報告するようにと伝えていたんです。いまの状況では、そうするのが一番いいと思いまして」ジャン゠クロードが両手をだらりと落としたが、幸い剃刀はアレックスの顔から離れたところを通った。

「彼女は激怒しました」

「なぜそんな情報をおまえが知る必要がある？」

「奥さまには、お仕えしても大丈夫な使用人をおつけしたかったからです。そのことはシムズとミセス・マローンとも話し合いました」従者はタオルを取り、剃刀をぬぐった。「奥さまの予定がわかっていれば、割り当てがうまくできますから」

「いったいどういうわけで、そんな面倒なことをしなければならないんだ？」いまやアレックスは、従者との会話に真剣に集中していた。

「使用人たちのあいだに、レディ・ペンブルックについての噂が広まっているからです。昨日の夜は、とうとうアイリーンに面と向かって呪いのことをきく従僕まで出てきてしまって」ジャン＝クロードが背筋を伸ばす。「すぐに部屋から出ていかせようと思ったんですが、もう遅すぎました。アイリーンはその男につかみかからんばかりでしたよ」

「まったく、なんということだ」アレックスはつぶやいた。だからクレアは昨夜、あれほどかたくなだったのだろうか？　彼自身の行動がまずかったのはもちろんだが、使用人が呪いを恐れていることを妻が感づいていたのだとしたら……。これから使用人たちの忠誠を勝ち取るのに、彼女は相当苦労するだろう。「ぼくが対処する。その従僕をぼくのところによこせ」

「それだけではありません。使用人たちはアイリーンに千里眼の力があると思っているんです。スコットランド人だというだけで」いつもはきまじめな従者の表情が苦々しくなる。「わたしに言わせれば、あの女は魔女ですがね」

「彼女とは仲よくやれと、わざわざ言わなくてはならないのか？」アレックスの従者とクレアのメイドが反目し合っているのは、家庭内できょうだいが喧嘩《けんか》をしているようなものだ。「互いに協力して、やっていってくれ」

ジャン＝クロードはこわばった顔でうなずくと、主人の首に剃刀を当てた。どうやらこのまま剃刀をまかせても大丈夫だと、アレックスは判断した。

これからの日々は忙しくなる。クレアとはともに行動し、侯爵と新妻に求められている務めをふたりで協力してこなしていかなければならない。アレックスは村の住民や小作人たちに、早く彼女を紹介したかった。領地の人々といいつながりを持てれば、彼女のペンヒルでの立場も安泰になる。

顔の上を剃刀の刃が滑るのを感じて、アレックスは詰めていた息を吐いた。ゆうべのクレアの表情が忘れられない。何かにおびえているようだったが、彼を恐れているのではないことをアレックスは心から祈った。早くクレアと話し合って、ポール卿の主張をめぐる行き違いを解消しなければならない。屋敷を離れてふたりで過ごせば、アレックスの不用意な行動によって生じた溝を埋め、この件を終わったことにできるだろう。

そう考えているうちに、クレアと過ごすのを午後まで待てなくなった。これから馬で遠出をして、ふたりだけで楽しもう。家政婦長にはクレアと一緒に片づけたい仕事があるのかもしれないが、それはまた別の日にすればいい。彼女と過ごす時間が何よりも大切だ。アレックスはジャン＝クロードに妻の居場所を探させているあいだ、ミセス・マローンにふたり分のピクニックランチを用意させた。バスケットにはゆでたウズラの卵、鶏の胸肉、チェリーのタルト、オレンジ、それにさまざまな種類のチーズなど、気軽に食べられるごちそうがいっぱいに詰められた。彼の手でクレアの口に運び、ワインと一緒に楽しむのに完璧な品ぞろえだ。

きみを喜ばせたくて、わざわざ用意させたのだと言えば、彼女の好意を取り戻せるだろうか？　自分にはこれくらいしかできない。昨夜はクレアを喜ばせようとして泣かせる結果になってしまったが、今朝になって考えると彼女が正しかった。クレアの信用を完全に得ないうちに、ベッドをともにしようとしてはならなかったのだ。

ジャン＝クロードが額に深いしわを刻んで戻ってきた。「だんなさま、侯爵夫人はお屋敷周辺にいらっしゃいません。奥さまの馬が一頭、いなくなっています。アイリーンは奥さまの居場所を明かすのを拒否しました」

アレックスの体を血が重く脈打ちながら駆けめぐりはじめた。

「妻のメイドをいますぐここに連れてこい！　アレスに鞍をつけておけ。今朝彼女を見た者がいないか、きいてまわるんだ」

「かしこまりました」ジャン＝クロードが階段を駆けあがり、侯爵夫人の私室へと向かう。アレックスは手袋をぎりぎりと握りしめた。クレアがどこにいるか白状するまで、メイドの首を絞めあげてやる。昨晩の光景が頭に浮かび、不吉な予感がふくれあがった。クレアは傷つき、不安定になっている。呪いのせいで逃げ出し、けがをするようなことになったら？　彼女の乗馬の技術がどれほどのものかはまったく知らない。

メイドが階段の上に現れると、アレックスは怒鳴った。「彼女はどこだ？」

アイリーンが目を見開いて、身を守るように手すりを握った。

「言え」アレックスは要求した。

その声の険しさにメイドはびくりとしたが、しっかりした足取りですばやく階段をおり、彼の待つ玄関の吹き抜けにおり立った。「奥さまは今朝、お約束があって出かけられました」

「場所はどこだ？　誰と会う？」矢継ぎ早に質問を繰り出し、メイドに詰め寄る。

アイリーンの呼吸が荒くなり、胸が大きく上下した。それでも彼女は足を踏ん張って、顎をあげた。「レンウッドです。わたしがお迎えに行きます」

「ここにいろ。ぼくが行く」アレックスは厩舎《きゅうしゃ》に向かおうとしたが、アイリーンが駆け寄って行く手をふさいだ。この愚かな女は、彼をさらに怒らせようというのだろうか？

「お願いです、だんなさま。どうかお願いします。奥さまにやさしくしてさしあげてください」メイドの顔を涙が流れ落ちている。

アレックスはその懇願を無視した。彼の問いにすぐ答えなかったことが腹立たしく、昨夜つらそうに泣いていたクレアを放っておいた自分にも怒りがこみあげた。彼はアレスにまたがると、隣の領地へと急いだ。アイリーンの態度は、彼がこれからレンウッドで目にする光景が快いものではないことを示している。クレアがまだそこにいることを、彼はひたすら神に祈った。

屋敷の入り口に着くと、若い馬番のチャールズがいた。クレアが馬宿で準備をさせていた牡馬と、自分が乗ってきた馬の番をしている。アレックスは若者に近づき、アレスからおりて手綱を渡した。

チャールズが小さく頭をさげる。

「レディ・ペンブルックは中か？」ふだんは動揺にわれを失うことなどないのに、いまは喉に綿でも詰め込まれたように息をするのが苦しい。

「そうだと思います、だんなさま」チャールズは視線を落とし、神経質に地面を足でこすった。「出すぎたまねだとわかっていたんですけど、奥さまを追いかけてきたんです。おひとりで行くと言い張られたんですが、ここらをどれくらい知っておられるのかわからなかったもので。昨日レディ・ペンブルックは、おれにすごくやさしく話しかけてくださったんです。でも、今日は静かでした。そのことをだんなさまにお伝えしたほうがいいと思って」

「静かというのは、どういうことだ？」

チャールズは顔を心配そうに曇らせながら、懸命に説明した。「誰にも話しかけないし、まったく笑わないんです。おれは昨日のうちに、何時までにどの馬に支度をさせておくか奥さまに言われていました。だから今朝、お供したほうがいいかきいたんです。でも、奥さまはひとこともしゃべらずに行ってしまいました」

アレックスは屋敷の中に向かいつつ、自分に腹が立って仕方がなかった。クレアが新しい生活に慣れ、彼といても安心だと思えるようになるまで、ゆっくり時間をかけるべきだったのだ。アレックスはかたく決意した。彼女を見つけたら、けっして放さない。

玄関ホールを抜け、大階段を駆けあがって私室のある二階へ向かう。端から順に扉を開けていったが、どの部屋も喪に服してでもいるように、すべての家具が埃よけの白い布で覆われていた。

最初の寝室を見つけると、アレックスは人が隠れられそうな場所を思いつくかぎりすべて調べてまわった。しかしどこにも人の気配はなく、彼はどんどん奥へと進んでいった。心が麻痺したようになり、体だけを機械的に動かす。やがて二階の部屋はすべて調べ終わった。

一階におりると、気味が悪いほどの沈黙を破って、かすかな泣き声が聞こえてきた。アレックスは急いで向きを変え、図書室と書斎を通り過ぎて広い舞踏室を横切った。奥にある出口を抜けて狭い廊下に入る。そこは天井まである北向きの窓のおかげで明るかった。すぐにアレックスは、多くの肖像画が飾られた細長い部屋の入り口をくぐった。するとクレアがいた。大きな肖像画の前の床に座って、丸くなっている。ひときわ大きなすすり泣きが聞こえ、彼は声もかけずに急いで駆け寄った。ブーツのかかとが木製の床を打つ音が、部屋に大きく響く。

消えてなくなりたいとでもいうように膝を抱えて小さくなっているクレアは顔を伏せ、泣き声だけがもれていた。アレックスに気づいたそぶりは見せず、抱きあげられても抵抗も抗議もしなかった。

「ああ、クレア」彼はささやいた。「いったい何があったんだ?」天井を仰いで目を閉じる。クレアが無事だったことが、ただひたすらありがたかった。そのまま近くのソファに座ると、彼女はひとりぼっちで助けを待っていた子どものように、ぐったりとアレックスの胸にもたれた。

どうやって慰めればいいのかわからず無力さを痛感しながら、アレックスはクレアを抱きしめていた。一四年間レンウッドへは戻っていないと言っていたから、ここに来るはずだと予想するべきだった。彼女は両親をしのぶためにここへ来たのだ。彼女の心に声を届かせたいという思いが、突きあげるように胸の奥からわいてくる。

「ぼくはここにいる」彼はささやき、咳払いをしたが、クレアに声が聞こえている様子はない。「大丈夫だ。ぼくがついている」彼女の頭のてっぺんにキスをして、やさしく抱え直す。肖像画を見つめながら、何時間にも思えるあいだ彼女の背中をさすり続けた。

とうとうクレアは疲れきって泣けなくなり、彼の腕の中で大きく息を吐いて体を震わせた。部屋がしんと静まり返る。アレックスはソファにもたれた。シャツもベストも彼女の涙が染みとおって、胸に張りついていた。ずっと彼女を抱えていた腕はしびれている。クレアを見つけた瞬間に、彼女の身の安全に対する懸念は消えていた。大きな牡馬を乗りこなせるのだから、熟練した乗り手なのだ。いくら彼が間抜けでも、クレアが両親を悼むためにここへ来たかったのだとわかる。

彼女が口を開くまで、それからしばらくかかった。涙の跡が残る顔と腫れあがった赤い目をしたクレアは、まるで悪魔と一三ラウンドを戦ったあとのように見える。アレックスは乱れて落ちた髪を彼女の耳にかけ、その手を首のうしろに滑らせた。親指で頰をやさしくこすり、涙の残りをぬぐう。そのやわらかな肌に触れることが、空気を吸うのと同じくらい、いまの彼には必要だった。手に顔を寄せてきた彼女に、絶対に捨てたりしないと伝えたくてたまらない。

「アレックス……」きつく目を閉じたクレアは、悲しみと心の痛みに顔をゆがめている。

彼はクレアの顔に当てた手に力をこめた。周辺の住民は誰も、彼女の両親が命を落とした事故について詳しいことを知らない。しかも公爵夫妻が亡くなったあとすぐ、領地は閉鎖された。「事故の晩のことを話してくれ」

クレアは彼の腕の中で身を震わせ、少ししてから答えた。「いままで誰にも話したことがないの。おじにさえも」

アレックスはそれ以上せかさなかった。何を話し、何を話さないかはクレアが決めるべきだ。ふたたび悲しみに押しつぶされてしまいそうな気配がないか、彼女の顔を探る。

けれども自分を取り戻したクレアは強く、そんな彼女を見てもアレックスは驚かなかった。彼女は立ちあがり、家族の肖像画の前に行った。「わたしが五歳のとき、父がこれ以上家族が増える前に三人だけの肖像画が欲しいと言って、描かせたものよ。両親はなかなか子どもに恵まれなかったの。わたしが生まれたあと、母が次の子を身ごもるまで三年かかったし、その子は結局流産してしまった。跡継ぎを作ろうとして頑張りすぎたんだろうって、おじはふたりをからかったわ。その作業にはすばらしい恩恵が伴っているんだと、両親は言い返していたそうよ」

「きみのご両親は正しい」アレックスの言葉は、妻からかすかな笑みを引き出した。

「わたしはその話が大好きで、大きくなってからも何度もせがんで聞かせてもらった」クレアは肖像画に目を戻した。「画家は母とわたしの姿を生きているように写し取ったと、父は思っていたの。少なくとも、おじはそう言っていたわ。だから父はもう一枚同じものを描かせて、母への贈り物にしたのよ」

アレックスは立ちあがって、彼女の横に行った。「もとの絵はどこにあるんだい？」

クレアが大きく息を吸う。ふたたびつらそうな表情が浮かんだが、なんとか涙は抑えていた。「もとの絵はランガム家の代々の領地、ファルモントにあるの。でもわたしのことを考えて、飾らないでくれているのよ。子どもの頃、悪夢にうなされていたわたしを見て、おばがしまっておくほうがいいだろうって。ここに来たのは、それが理由でもあるわ。父と母をわたしたち一族のあいだに戻してあげたい――」彼女は自分を抱きしめた。「わたしのせいで、ランガム家のどの屋敷にも両親の痕跡がまったくないの。存在しなかったんじゃないかと思うくらい」

クレアの顔に生々しい心の痛みがのぞく。これほどまでつらい思いをしているのだ。彼女の苦しみを取り除くために、アレックスはなんでもいいから殴りたい気分だった。

「わたしはレンウッドとつながっている。ここはわたしに、自分が何者かを思い出させてくれるわ。祖母から母へ、母からわたしへ受け継がれたものだから、わたしも娘に――」彼女はしゃくりあげ、唇を噛んだ。「でも、いまは……たぶんほかのことに使ったほうがいいんでしょうね」

アレックスはクレアの手を取って、肖像画を見あげた。彼女の言うとおり、細部も色も生きているように描き込まれていて、幼い少女のクレアは母親と手をつないでいる。かすかに笑みを浮かべた公爵は、静かな自信を漂わせたハンサムな男性だった。大切なふたりの女性を見つめる彼の目に浮かぶやさしい表情を、画家はよくとらえていた。

だがこの絵でもっとも印象的な人物は、あたたかい人柄のうかがえる公爵夫人だった。画家をまっすぐに見つめている古典的な美人の目からは、幸せがあふれんばかりに伝わってくる。公爵夫妻が愛し合っているのは、誰が見ても明らかだった。ふたりのあいだに通う感情は見る者の胸にひしひしと伝わり、幸せな家族の親密な場面を垣間見た気分になる。

クレアは母親にそっくりだが、髪の色は同じ赤でも彼女のほうが濃い。クレアもレディ・ハンプトンの晩餐会では、母親である公爵夫人と同じ充足感を漂わせていた。

肖像画にこれほど魅了されている自分に驚いて、アレックスはクレアを見た。

「ほかの絵も見せてくれないか？」

彼女は隣の絵の前に足を運んだ。「ここにある絵はみんな、母方の一族を描いたものよ。この絵は祖父なの」

アレックスは絵の男性をじっと見つめた。楽しそうに目を輝かせた、大柄でたくましいスコットランド人が、こちらを見つめている。彼はマクドナルド氏族のタータン柄のプレードとキルトという伝統的な衣装を身につけ、銃を抱えて馬にまたがっていた。手に持っているスキットルは、ペンヒルに着いた夜にクレアのナイトテーブルの上に置いてあったものとそっくりだが、イニシャルは読み取れない。

「きみのおじいさんは何者なんだい？」

「名前はファーラン・マクドナルド。友人たちはマックと呼んでいたわ。祖父は母が結婚したとき、絵に描かれているあのスキットルを渡したのよ。いいウイスキーを飲めば、物事はみんなうまくいくんだと言って」クレアは目を閉じ、ごくりとつばをのみ込んだ。「あなたと結婚したとき、あのスキットルを持ってきたの。わたしたちを助けてくれることを願って。母が生きていたら、わたしが結婚するときに祖父と同じことを言ってくれたんじゃないかしら――」声が割れ、彼女は窓のほうを向いた。

アレックスは絵の前からさがり、握っていた手を引いてクレアを抱き寄せた。このまま彼女を放したくなかった。「ああ、クレア」

「事故のあと、両親の姿を見るのははじめてなのよ。顔を忘れかけていたわ」彼女は沈んだ様子でそう言うと、震える息を吐いた。「両親を忘れる子どもなんて、想像できる？」

彼はクレアに腕をまわし、離れていかないようにした。一瞬抱きしめてから、目を合わせる。「きみは忘れてなどいない。思い出すためにここへ来たんじゃないか。次はぼくも一緒に来させてほしい」アレックスは彼女のウエストに手を添え、馬たちが待っているところへといざなった。心が安らかに静まり、こんなことは考えるのも、ましてや言うのも面はゆいが、家族としての連帯感に包まれる。

アレックスはクレアにどうしたいか尋ねないまま、チャールズに命じた。

「侯爵夫人の馬をペンヒルまで連れて帰ってくれ。ミセス・マローンとアイリーンに、ぼくたちはすぐに戻ると伝えるように」

こんな状態のクレアをひとりで馬に乗せるのは絶対にいやだった。そして、アレックスの判断が正しかったことはすぐに証明された。前にいるクレアの体がぐらりと揺れて倒れそうになったのを、彼は危ういところで受け止めた。流れるような動作で抱き寄せ、手際よくアレスの上に押しあげる。すぐに自分もまたがり、両脚のあいだに彼女をおさめた。

彼はクレアの両脇に手をまわして手綱をつかんだ。こうして腕で囲っていれば、彼女が落ちることはない。体を寄せ合っていると、今朝アレックスをとらえて放さなかった激しい苦しみが嘘のように引いていく。彼は耳元でささやいた。「ちゃんときみを見つけた」

クレアは何も言わなかった。

手綱で合図を送ると、馬はペンヒルに向けてゆったりとした足取りで進みはじめた。クレアと出会ってまだほんの少ししか経っていないのに、どうしてこれほど強い感情を覚えるのだろう？　理屈では説明がつかない。彼女の毅然とした態度と、それと相反する傷つきやすさに、なぜか心を揺さぶられてしまう。とにかく説明がつこうがつくまいが、彼女を抱きしめるとしっくりくるのは否定のしようがなかった。

ペンヒルに着くと、ミセス・マローンとアイリーンが外に出て待っていた。

「ああ、おかわいそうに」アレックスがクレアを馬からおろすと、アイリーンがやさしく髪を撫でた。

「ミセス・マローン、侯爵夫人の面倒を見てもらえるか？」

家政婦長が静かな声でクレアを慰めながら、屋敷の中に連れていく。

アレックスはアイリーンに向き直った。「話を聞かせてくれ」

メイドが目を見開く。

「アイリーン、さっきぼくは何もわかっていなかった――」クレアのうしろ姿に目を向ける。

「信用できないとおまえに思わせてしまうふるまいだったかもしれないが、そういうつもりはなかったんだ」

アイリーンはまったく動じずに彼を見つめた。「わたしは奥さまが一三歳のときからお仕えしてきましたので、レンウッドへ行くのが奥さまにとってどれだけ大変なことか、よくわかっていました。ですから、だんなさまかわたしを一緒に連れていってくださいと、今朝もお願いしたんです。しつこく言いすぎて、奥さまをかえって不安にさせてしまいましたけれど。だんなさまが行ってくださって、本当によかったです」

アレックスはアイリーンに対する気持ちがやわらぐのを感じた。彼女はクレアを心から案じている。「彼女のところに行ってよかったと、ぼくも思っている。彼女がまたご両親を悼みに行こうとしたら、ぼくに知らせてくれ。一緒に行けば、心の痛みを少しでも軽くしてあげられるかもしれない」

同意のしるしにアイリーンは頭をさげた。「そういたします。奥さまがそうしないでくれとおっしゃるとき以外は。だんなさまを軽んじるわけではありませんが、わたしはまず奥さまに忠誠を誓っておりますので」

「ぼくがレディ・ペンブルックによかれと願う気持ちが、おまえの忠誠心と矛盾すると考えているのか？」アレックスは全身を緊張させて、相手の答えを待った。

メイドは彼が夫としてどれほどのものか判断するように、真正面から見つめた。

「わたしの母がよく言っていました。気持ちよく半分にできないのなら、最初から分けないほうがましだと」含みのある言葉を残し、アイリーンは女主人の様子を見に行ってしまった。

しばらくして、クレアは気分がよくないので一緒に夕食をとれないという伝言をアレックスによこした。図書室に運ばせたひとり分の軽い夕食は焼け焦げた紙のように味気なく、アレックスはトレイを押しやって仕事を片づけようとしたが、集中できなかった。

椅子の背に寄りかかると昼間の出来事がよみがえり、クレアの悲嘆の深さに胸が締めつけられた。一四年前の事故に対する悲しみはいまも生々しく、圧倒的な力を保っている。一方アリスが亡くなったときのアレックスの悲しみは同じように大きかったものの、いまは最初の身を切るような鋭さを失って、だいぶ穏やかになっていた。妹の死の原因となった男に復讐するという目的があったから、悲しみにおぼれずにすんだのかもしれない。

中途半端な関わり方ではだめだというアイリーンのたとえ話が、アレックスの心に沁《し》みた。ふつうの状況なら、クレアが毎日何をやっているか彼は詮索しない。しかし今朝の出来事のあとでは、放っておくのは無理だった。

彼女の中の何かが、アレックスの心に訴えかけてくるのだ。妻に対してこんなふうに愛情を持つようになるとは、まったく予想していなかった。結婚なんて便宜上のものだと思っていた。跡継ぎを作るという義務を果たすまで、何人か子どもを作る。娘が生まれたら、クレアにはその子を社交界にデビューさせるといった別の務めもできるだろう。だがとにかく跡継ぎである息子さえできたら、妻とは互いに干渉せず、別々の生活を送るようになる。それが理想的な結婚だと考えていた。でもクレアと出会ってまだ少ししか経っていないのに、アレックスはそんな結婚には同意できなくなっていた。

何よりも驚いているのは、クレアと一緒にいるときに感じる心からの喜びだ。今夜は彼女と過ごせないのが寂しく、とうとうアレックスは様子を確かめるという言い訳のもとに、彼女の寝室を訪ねてみることにした。昨夜あんななりゆきになってしまったことを思うと入れてもらえないかもしれないが、それでも試してみずにはいられない。

数分後、彼はクレアの部屋につながる扉を叩いていた。ずうずうしく見えないように、本を抱えている。

「どうぞ」

アレックスは入り口から身を乗り出した。「気分はよくなったかな?」

クレアはうなずいた。暖炉の前にふたつ置かれた椅子のひとつに脚を引きあげて座り、膝の上には本がのっている。

寝室には心地よい静けさが漂っていた。暖炉の火がときおりはじける音だけが響いている。彼女がアレックスを歓迎しているのかどうかは、判断するのが難しかった。緑色の目に警戒するような表情を浮かべている以外、なんの反応もない。

いちかばちか、きいてみることにした。「少し一緒に過ごさせてもらってもいいかい?」何をしに来たのかわかるよう、本を持ちあげてみせる。

クレアはふたたびうなずき、読書に戻った。

こうして同じ部屋にいるだけのささやかな時間が、アレックスは心地よかった。ふたりとも言葉を発しないまま静かに読書を楽しみ、三〇分ほどが経過した。自分に対するクレアの評価をこれ以上さげるまいと決めていた彼は、そこで切りあげようと彼女の前に行って頭のてっぺんに口づけた。「おやすみ」

「その前に謝らせてちょうだい」

アレックスは彼女の椅子の前に膝をついた。「謝る？」彼のほうこそ、ゆうべのふるまいや山ほどの軽率な行動を謝らなくてはならないのだ。罪悪感に胸がちりちりと焼かれていた。

クレアは黙ったまま結婚指輪を左右にまわしていたが、やがて本を横に置いた。

「昨日、マッカルピンから手紙が来たの」

彼はクレアの両手を取って握りしめた。目をのぞき、何を言おうとしているのか探ろうとする。「彼は無事だったのか？」胸に冷たいナイフの刃を差し込まれたような気分だった。もしアレックスの始めた賭けのせいでマッカルピンが不幸な事態に陥っていたら、その結果は考えたくもない。ランガム公爵の怒りもさることながら、妻であるクレアの心の痛みはどんなに大きいだろう。そうなったら、自分はとても生きていけない。

彼女がうなずき、長々と息を吐く。「家に戻ったんですって」

アレックスは目を閉じて、神に感謝の祈りを捧げた。「そうか、ほっとしたよ」大きく息を吸うと、火と硫黄のにおいが一気に鼻腔に満ちた。復讐にクレアを利用したために、地獄の火が迫ってきているかのようだ。

「マッカルピンは、あなたがモニーク・フォンテーヌと関係を持っていないということも知らせてきてくれたのよ」クレアはつばをのみ込み、かたい決意を浮かべて彼と目を合わせた。彼女がどんなに居心地が悪い瞬間もこの気持ちの強さで切り抜けるのを、アレックスは前にも見ている。「結婚の取り決めについて話し合ったとき、なんの根拠もなくあなたの名誉を疑う発言をしてしまって――」

「もう忘れたよ」クレアに謝られるなんて耐えられない。あの発言は、アレックスの取った行動に比べればたいしたことはない。許しを請うべき人間がいるとすれば、クレアの言葉を疑い、策略を弄して結婚に追い込んだ彼だ。ふたりのあいだが修復できないところまで行く前に打ち明けようとアレックスは口を開いたが、どうしても言葉が出てこない。黙って彼女の両手を握る。真実を打ち明ける前に、クレアにもっと信用してもらわなくては。

彼女が大きく息を吐いて目を閉じた。「ありがとう。じゃあ、あなたさえよければ、もう寝るわね」

アレックスは扉を開けて自室に戻ったが、そのあいだも良心はいますぐ足を止めて彼女に打ち明けるべきだと大声で叫んでいた。

それを無視できるだけの経験を積んでいることを、彼は神に感謝した。

早朝の日の光が、きらきらと金色に輝きながら朝食室に差し込んでいる。軽い足取りで入っていったクレアは、しんと静まり返っている部屋を見て、明るい気分が一気にしぼむのを感じた。

このあいだ廊下で会った従僕のひとりが、できたてのココアのポットを持って入ってきた。「おはようございます、奥さま」彼は奥の上座の席の右隣にある椅子を、女主人のために急いで引いた。

従僕が椅子を押し込むのに合わせて、クレアは腰をおろした。「おはよう、ベンジャミン」

「紅茶とココアのどちらになさいますか？」

彼女は微笑んだ。「どちらもいらないわ。前の日までに別のものをお願いしなかったら、朝はいつも何も入れないコーヒーにしてちょうだい」

若者はごくりとつばをのみ込んだ。「料理人にそう伝えます。お好みのものをご自分で取り分けていただく朝食は、用意ができております。もう召しあがられますか？」

「いいえ、まだいいわ。ところでペンブルック卿は、今朝はどこにいらっしゃるのかしら？」さりげなく聞こえるように注意しながら尋ねる。

「ぼくはここだよ。ちょうどいいときに帰ってきたみたいだな。きみと一緒に食べられる」

アレックスが部屋に入ってきた。

振り返ったクレアは息が止まりそうになった。朝の乗馬から戻ったばかりで泥はねのついたブーツを履き、髪を風で乱したままの彼は、くらくらするほど男らしい。きれいにそろった白い歯をのぞかせた輝くような笑みに、彼女も微笑み返した。

直接テーブルの上座に向かうと思ったアレックスが立ち止まってクレアの頬にキスをしたので、彼女は思わず息をのんだ。このちょっとした愛情表現をベンジャミンに見られたと思うと恥ずかしかった。

「おはよう、ダーリン」アレックスはささやいたあと、声を大きくして従僕に言った。「ぼくにもコーヒーを」ベンジャミンがうなずいて出ていく。

アレックスは座ってからもクレアに体を寄せ、親密な雰囲気で会話を続けた。「きみのように育ちのいい女性が、なぜブラックコーヒーなどという柄の悪い飲み物を覚えたのかな？　ごまかしはなしだよ。本当のことを教えてくれ」

彼女はためらいがちに微笑んだ。「コーヒーが好きな理由を話したら、公爵の娘にあるまじきおてんばだと思われてしまうわ」

アレックスが楽しげに少年っぽい笑みを浮かべる。「それはぜひ聞かせてもらわなくては」

彼の表情を見てクレアもうれしくなり、大きな笑みを浮かべた。「子どもの頃、家庭教師にしょっちゅう厩舎に連れていかれたの。彼女は父の秘書と逢引きをするためにわたしを置いて屋敷に戻り、いつも何時間も戻ってこなかったわ」

「そのあいだ、きみは何をしていたんだい？」彼女の頬に、さわやかなペパーミントの香りのするアレックスの息がかかった。

「馬番頭がかわいそうに思ってくれて、乗馬の練習が終わると必ず自分の部屋に連れていってくれたの。焼きたてのビスケットやケーキがいつもたっぷりあって、ビスケットをコーヒーに浸して食べるとおいしいって、そこで教えてもらったのよ」一瞬、目を閉じる。「おいしかったわ」

アレックスがさらに身を寄せた。「それから？」

「食べ終わると、彼は乗馬用の道具の手入れや修理の仕方を教えてくれた。だから家庭教師が戻ってくる頃には、わたしはいつも泥だらけで」

口の両端をわずかにあげ、彼はやさしく苦笑した。「そんな家庭教師は首にするべきだったのに」

クレアはうなずいて目を見開くと、芝居がかった口調で話を締めくくった。

「子ども部屋に戻るあいだじゅう、顔を真っ赤にした家庭教師に、なんておてんばなのって怒られ続けたわ。これが、わたしが朝にコーヒーを飲むのが好きな理由よ」

憤慨したように、アレックスは片方の眉をあげてみせた。「きみの言ったとおりだ。とても公爵の娘とは思えないおてんばだったんだな」ふたりは見つめ合い、同時に吹き出した。

クレアがふたたびしゃべりはじめる前に、彼は彼女の手を取って唇に押し当てた。

「だが、きみは侯爵の妻としては完璧だ」

彼の生き生きと輝く灰色の目はユーモアに満ちていて、見ているだけで楽しくなる。愛情のこもったやさしい言葉に、クレアは頬が熱くなった。

そのときベンジャミンがコーヒーを運んできて、魔法みたいなひとときは終わった。

「馬に乗ってきたのね。朝の日課？」

「ここにいるときは、ほとんど毎日乗る。今日は大麦の穀物庫が壊れたと小作人が知らせてきたから、様子を見に行ったんだ。明日も行かなくてはいけないんだが、きみも来ないか？

ペンヒルをどこもかしこも見せてあげたいんだ」アレックスが彼女の手を握った。「きみがこのあたりに来なくなってから何年も経っているが、いまも美しい場所だよ。ぼくの意見にはひいき目が含まれているとはいえ、きみにもその美しさを味わってもらいたい。きみとはすべてを分かち合いたいから」彼は握った手をなかなか放さなかった。

うれしさがこみあげて、クレアはうなずいた。「ありがとう」

ふたりは旺盛な食欲で朝食をたいらげ、それぞれの一日の予定から食べ物の好みまで、あらゆる話題についてくつろいだ会話をした。どちらも燻製《くんせい》のニシンとキドニーパイは大嫌いだということで意見が一致したあと、クレアは気が重い話題を持ち出した。

「昨日のことについて話したいの」やっとの思いで口にしたものの、苦しくてたまらない。拷問台にあがるほうが楽なくらいだが、どうしてレンウッドであんなふうになってしまったのか、彼にはきちんと話す必要がある。

アレックスが口の中の食べ物をのみ込んだ。立ちあがってベンジャミンに出ていくように指示したあと、自分の椅子を彼女の椅子と向かい合う位置に移動させる。

従僕が部屋を出て、重い扉がかちりと閉まると、新しく得たばかりのクレアの自信はあっという間にどこかへ消えてしまった。つばをのみ込むことさえ難しく、ましてや声などまったく出ない。気持ちが完全にくじける前になんとか言葉を押し出そうと試みるものの、どう言えばちゃんと自分の気持ちを伝えられるのか、見当もつかなかった。

それでも彼女は息を吸うと、なんとか話しだした。「レンウッドでは、やさしくしてくれてありがとう。昨日は悲しみにうまく対処できなくて、おぼれてしまったの。これからはあんなふうにならないと約束するわ」

なんとか、言わなければならないことは言えた。あとはアレックスの返事を待って、もっと当たり障りのない話題に変えよう。そして少ししたら朝食を終わりにして、ヘルメスに乗りに行くのだ。

アレックスは簡単にひとこと返すか、黙ってうなずくだけだろうと彼女は思っていた。けれども彼はクレアの両手を取って頭を垂れ、握った手を親指でそっと撫でた。

「クレア、きみが子どもの頃にくぐり抜けなければならなかったようなつらい経験を、ぼくはしたことがない」彼の指の動きは傷を癒す薬のように肌に沁み渡った。このままアレックスに話を聞いてもらいたいという思いが、クレアの心にわきあがる。「幸い、母はまだ生きているからね。だが、父は何年も前に亡くしている。父とは貴族とその跡継ぎという間柄にしては、かなり親密な関係だった」

思いもしない返答に、クレアは喉が締めつけられた。アレックスの低い声が体に響く。

「だから父が亡くなったと知ったとき、心にぽっかり大きな穴が開いて、二度とふさがらない気がした。そのとおりだったよ。穴はふさがらなかった。でも、変化はした。穴を抱えたままぼくは変わり、自分に穴があることを受け入れるようになった。穴はいまやぼくの一部で、これから先もそうであり続ける。しかしアリスの死は……まだ傷が癒えていない。それでも痛みは日々減ってきている。ぼくたちは愛した人の思い出を大切にするために、毎日を精いっぱい生きなければならないんだと、ぼくは信じているんだ。ぼくたちがいまのぼくたちであるのは、彼らがいてくれたおかげだから」

クレアはアレックスの手を握り返しながら、悲しみを彼から隠そうという気持ちが消えていくのを感じていた。彼も同じように愛する者を失い、同じ心の痛みを経験している。彼ならわかってくれる。両親の死に対するクレアの悲しみは彼女だけのものだけれど、アレックスはそれも含めて丸ごと彼女を受け入れてくれた。これまでクレアは、おじ夫妻と昔のランガム家の執事、ミスター・ジョーダン以外には悲しみを必死で隠してきた。

だからアレックスのやさしさは心に沁みた。この贈り物は一生忘れないだろう。

「クレア、ご両親の思い出をどんなふうにしのぶかを決めるのは、きみの権利だ」アレックスは一瞬目を閉じて、首を横に振りながら続けた。「だが昨日きみの姿を見て、心が張り裂けそうになった。ぼくにはきみが、両親の死をなんとか理解して立ち直ろうともがいている小さな女の子に見えた。きみを慰め、守るのは、夫であるぼくの務めだ。だから礼なんて言わないでくれ。ぼくはただの夫以上の存在になりたいんだ。昨日は友人としてきみのもとに駆けつけた。友人といっても、その他大勢じゃない特別な友人だ。そしてぼくたちは〝特別〟というのがどういうものを意味するのか、まだお互いに手探りをしている。でもどんな友人にせよ、とにかくぼくはきみのそばについていたかった」

クレアは呆然としていた。アレックスは彼女が期待していたより、あるいは認めたいと思っているより、はるかにやさしい。いったいどう応えればいいのだろう？　混乱しつつも希望が頭をもたげ、ともすれば表に出てこようとする。何かとても貴重なものが、自分たちの手の届くところにあるのだろうか？　彼と一緒にすばらしい関係を築ける機会が、すぐそこに転がっているの？　何度も期待しては裏切られてきたその可能性に目を向けるのが怖い。

いま、アレックスはおぼれかけたクレアの前に投げられた一本の綱のように目の前にいて、手を伸ばしてつかむように促している。可能性はあるのだと信じたい。彼の言うことに偽りはないと信じたかった。「アレックス、ありがとういう以外、言葉が見つからないわ」

彼はあたたかい目でクレアを見つめ、唇を重ねた。

アレックスは先ほどふたりで飲んだコーヒーのように、誘惑に満ちた禁断の味がした。体を離したまま手を握り合っているだけのキスは心地よかった。彼の感触を味わい、彼とともにいる瞬間を堪能する。そしてこのときクレアは、余計なことを考えずにアレックスを信じてみようと決意した。

この先に落とし穴があるのはわかっていたが、心は抗議の声をあげず、彼女は真っ逆さまに恋に落ちたのだった。

9

夕食後、アレックスはクレアと一緒に図書室へ行き、自分用にウイスキーを注いだ。この数日でかたまってきた一日の過ごし方に、彼は満足していた。まず、クレアと一緒に朝食をとる。それから馬で領地をまわり、午後は手紙の返事を書いたり、領地に関する帳簿をつけたりして過ごす。彼女の存在は静かな領地での生活に新たな活気をもたらし、去年一年間の悲しみをやわらげてくれた。

クレアが本棚のあいだを自由に歩きまわっているのを見て、アレックスはうれしかった。彼女の顔から日々緊張の色が消えつつあるのを感じる。ここまで、ゆっくりと時間をかけてふたりの生活のペースを築いてきた。彼はクレアの信頼を得られるまで、いくらでも待つつもりだった。彼女がここをわが家だと感じ、心から安心できるようにするために、できることはそれしかない。

「興味を引かれる本があったかい？」

「そうじゃなくて、あなたがどんな本を読むのが好きか知りたいのよ」クレアが楽しそうに目を輝かせているのを見て、アレックスは息が止まりそうになった。自分が彼にどんな影響をおよぼしているか気づかずに、クレアは本棚の探索を続けている。

彼女のうしろに行き、耳たぶの横にやさしく唇をつけた。「きみに秘密を教えてあげよう。この部屋は何も語ってくれない。真実を知りたければ、書斎の隅にぼくが作ったお気に入りのスペースに行かなければだめだよ。そこにはぼくの好きな本をすべて集めてある。人には見せられないようなものも含めて」

クレアから漂ってくるベルガモットとサンダルウッドの香りに、アレックスはうっとりした。クレアの声の抑揚を聞き、彼女の秘密をひとつひとつ教えてもらいながら、何日でも過ごしたい。ふたりでベッドにいるところを想像して脈が速くなる。クレアに触れてほしいが、いまこうやって彼女とのあいだに築きつつあるもののほうがはるかに大切で、体の満足を得るためだけにそれを壊す危険は冒せない。

アレックスは彼女の耳をそっと噛んだ。「そこでなら、ふたりで何日も楽しめるよ。きみがどんなに想像をたくましくしても思いつかないようなものを見せてあげよう」本棚に両手をついて、クレアを閉じ込める。首筋にキスをして、そっと歯を立てた。「いつかぼくと一緒に読んでみるかい?」

「ええ」クレアがささやく。彼女は腕に囲まれたまま向きを変え、アレックスに抱きついた。うれしさのあまり、思わず声をあげそうになった。何日も一緒に過ごして、クレアがはじめて自分からキスをしたいというそぶりを見せたのだ。彼女を味わいたくて、アレックスはすぐに身をかがめた。「鍵をかけて閉じこもろう。誰にも邪魔されないように」

そのとき、閉じた扉に重いものがぶつかる音が大きく響いた。続いて男のうめき声が聞こえる。

「きみはここにいろ」アレックスは何が起こっているのか見当もつかなかったが、それがなんであれ、クレアには近寄ってほしくなかった。

部屋を横切って扉を開けると、馬番のチャールズと最近働きはじめたロイドという従僕が床の上で取っ組み合っていた。ロイドの顔には血と汗が飛び散っている。その顔に向かってチャールズが拳を振りあげ、それが従僕の左目に命中した。

「このろくでなしめ！」チャールズがロイドのシャツをつかみ、がくがくと揺さぶる。「あの方が呪われているだなんて、もう一度口にしてみろ。おれが殺してやる――」

「もういい」アレックスは馬番の襟をつかんで引きあげ、男たちを引き離した。

そばにはミセス・マローンとシムズが呆然として立っており、すぐにジャン＝クロードとアイリーンも駆けつけた。切れた唇から流れる血を拭いているロイドを、チャールズがにらみつけている。

「いったい何事だ？」見たところ喧嘩の勝者であるチャールズに、アレックスは険しい顔を向けた。

「ちょっとした意見の相違です、だんなさま」チャールズはにやりとしたが、目は笑っていない。「ですが、もうわかり合えたと思います。そうだよな、ロイド？」

ロイドは息を整えようと、大きく胸を上下させている。

どちらも争いを続ける気はなさそうなので、アレックスはチャールズを放した。「ふたりとも書斎に来い」

「わかりました」チャールズが応える。

ロイドもうなずいた。

馬番と従僕は距離を取りながら、シムズに付き添われて書斎へと向かった。

「誰かけがをしたの？」

アレックスはさっと顔をあげ、図書室の入り口を見た。クレアが両手を握り合わせ、いつもはピンク色の頬を白くして立っている。穏やかな表情だが、緑色の目にだけちらりと懸念がのぞいていた。

アイリーンがわれに返り、駆け寄った。「奥さま――」

クレアが手をあげ、メイドが口をつぐむ。

「あなた」アレックスの妻の声は冷静で落ち着いていた。「どうして彼らは喧嘩をしていたの？」

アレックスは息を吐いた。たったいままで夫婦のひとときを楽しんでいたというのに、いまいましい呪いが引き起こしたいさかいに割り込まれるとは。「ぼくにもわからない」

「では、わたしはもう部屋へ引き取らせていただくわね。アイリーン、あなたはミセス・マローンを手伝って、けが人の手当てをしてちょうだい」クレアはアレックスに向かって小さくうなずくと、背筋を伸ばした。そして使用人の殴り合いなど日常茶飯事だとでもいうように、それ以上ひとことも言わずに私室のある二階へあがる階段へと向かった。

アレックスは彼女が階段に行き着く前につかまえ、そっと腕をつかんだ。「おそらく、男同士のちょっとした競争意識というところだろう」

「きっと、あなたの言うとおりね」クレアは短くそれだけ言うと、階段をあがっていった。

アレックスは書斎に向かった。妻を動揺させたふたりを厳しく叱責しなければならない。

部屋に入ると、シムズがすぐに扉を閉めた。アレックスは大きく息を吸い、机に置いてある吸い取り紙の束の上で両手を握った。「チャールズ、まずおまえの話を聞こうか」

馬番がごくりとつばをのみ込む。「こいつが奥さまの……悪口を言うのを聞いてしまったんです。とうてい許せるものじゃなかったんで、やめろと言ったんですが、ちっとも聞かなくて」

「ロイド」アレックスは従僕を促した。

「まず申しあげますが、こいつは奥さまをものすごく好いているんです」従僕はチャールズをにらんだ。「いきすぎなくらいに。それで、おれが奥さまは部屋にウィッチボールを吊るしているんだと言ったら、怒りだして」

アレックスは眉をあげた。「それだけか?」

ロイドはうなずいたが、チャールズは動かない。

「ミセス・マローンとアイリーンが厨房で待っている」従僕が部屋を出るまで、シムズが付き添った。アレックスはチャールズに向き直った。「おまえは残れ」

チャールズは頭をさげた。「もし首になるんでしたら――」

「誰も首になどしない」アレックスは机のうしろの椅子に腰をおろし、チャールズにも座るように合図した。「使用人たちのあいだで呪いの噂が広まっているのか？」

チャールズの顔が赤くなる。「少しだけです。見つけるたびに、おれがやめさせてきましたから。だけどロイドは言うことを聞かなかったんです」

アレックスは手をあげて言った。「いまからおまえは侯爵夫人付きになってくれ。ぼくが妻に付き添えないときは、おまえがそばについていてほしい。彼女が乗馬に出かけるとき、村に行くとき、ロンドンに行くときも、ただ庭を散歩するときも、必ず一緒に行くんだ。いいか、例外はなしだぞ。呪いなんてばかげた話で、妻を動揺させたくない。わかったか？」

「はい、だんなさま」

「では行って、傷の手当てをしてもらえ」

扉が閉まった。アレックスは椅子の背にもたれて目を閉じた。今晩の出来事で、ようやくここまでクレアとのあいだに積みあげてきたものが台なしになった。拳を壁に叩きつけたい気分だが、いまはそんなことをしている場合ではない。自分にはやるべきことがある。

呪いなど存在しないと、妻に納得させるのだ。

クレアは首まわりに黒いフリルがついた濃い金色のブロケード地のお気に入りの部屋着を、腰の部分できゅっと絞った。そこに、アレックスの部屋につながる扉を叩く鋭い音が響いた。

答える間もなく本を持った彼が入ってきて、クレアの前に立つ。

それからいきなり向きを変えていつも座る椅子まで行くと、どさりと腰を落として首のうしろをこすった。「クレア、話し合わなくてはいけないことがある」

これまで何年間も人々に陰口を叩かれ続けているクレアにとって、感じていることを表に出さないのはさほど難しいことではなかった。けれども本当は、ウィッチボールやそれが象徴するものを、イングランドで一番高い場所にある城の胸壁から投げ捨てたい気分だった。それだけではない。足を踏み鳴らして大声で叫びたい。ペンヒルに来ても呪いから逃れられないなんて、この世はなんと不公平なのだろう。

内心の動揺とは裏腹に冷静な顔で静かに立ちながら、クレアは詰めていた息を吐いて目をしばたたき、荒れ狂う思いを静めた。

「彼らが喧嘩をしていたのは……」アレックスがこの会話に居心地の悪さを覚えているのは明らかだった。

「わたしたちふたりとも、どういうことだったのか承知しているはずよ」

彼は椅子から立ちあがり、部屋の端まで行ったり来たりしはじめた。アレックスはクレアと同じくらい、あの喧嘩に動揺している。もしかしたら彼女よりも。

「こういうことを止めるのはあなたでも無理よ。わたしはもう何年も、噂に悩まされているんですもの。だから信じて。解決策があるなら、とっくに見つけているわ」〝呪い〟という言葉をどうしても口にできなかった。なんていやな言葉なのだろう。彼女は化粧台の前まで行って椅子に座り、化粧水の入った瓶の蓋を開けた。「彼らを首にしたの？」

「そうしてほしいかい？」アレックスの声も、内心の動揺を見せずに落ち着いている。「クレア、きみが望むとおりにするよ」

「いいえ。あの従僕とはまだ話したことがないけれど、チャールズはとても感じがいいわ。レンウッドへもついてきてくれたのよ」彼女は眉を片方あげた。「ここだけの話だけど、彼はたいした密偵にはなれないわね。こっそりついてきているみたいだったけど、すぐにわかったもの」

アレックスのくぐもった笑い声が部屋に広がる。「そうかもしれないが、彼はきみにとても忠実だ。大丈夫、いまにすべてうまくいくよ」

「お願い、そんな約束はしないで」動揺はまだおさまっていなかったが、クレアは懸命に見た目の落ち着きを保った。

アレックスが化粧台の横に来て、彼女の手を取る。「さあ、火のそばで一緒に座ろう。そこでは遠すぎる」

彼はクレアの手を持ちあげ、やさしく唇をつけた。「ペンブルック侯爵は結婚したら侯爵夫人を小作人たちに紹介して、幸運を分かち合うのが伝統なんだ」

「さっきみたいなことがあっても、そうしたほうがいいと思う？　小作人たちを怖がらせたくないわ」

「まじめな話だよ」アレックスはまだ彼女の手を握ったままだ。

クレアは手を握り返した。「では、どうするの？」

「結婚したとみなに知らせるために、食べ物を詰めたバスケットを届けるんだ。明日は一緒に村へ行って、必要なものを手に入れよう。全部で二五家族だ。彼らについてはミセス・マローンが詳しく知っている」

「すてきな伝統ね。楽しみだわ。バスケットはいつ届けるの？」

「明日の午後か、あさってかな」アレックスは体を寄せて、彼女の頬に口づけた。「みんなにきみを見せびらかすのが待ちきれないよ」

彼の唇が肌をかすめる感触に、クレアは体が熱くなった。アレックスを求める気持ちを無視するのは、どんどん難しくなっている。もしかしたら今夜は一緒にいてほしいと頼んでもいいかもしれない。

「じゃあ、もう寝るよ」アレックスが立ちあがった。「眠れそうかい？」

「ええ、もちろん」クレアは、このまま出ていこうとしている彼に対する失望を押し殺した。アレックスがクレアの顔をじっと見る。一瞬、彼が何か言うつもりかと期待した。

「おやすみ」彼はささやいた。

扉が閉まると、クレアはくずおれるように椅子に座った。今夜こそ、ここにいてほしいと頼むべきだった。アレックスは繰り返し、やさしさを証明してきた。いったい自分はそれ以外に何を求めているのだろう？　呪いはけっして消えないのだ。今夜のことで証明されたように。

「アレックス、一緒にいて」クレアはささやいた。

アレックスは軽い足取りで馬車に向かった。これからふたりで村へ行くのだが、クレアは先に来てすでに待っている。彼は目の前の光景を、心を躍らせながら見つめた。妻は美しい。同行する従僕と楽しそうに話している彼女の肌は、自然な色つやに生き生きと輝いている。

同行する従者たちが、四頭立ての馬の準備を忙しく進めていた。今朝のクレアの口は端がさがっているよりもあがっているほうが多く、明るい気分でいるのがわかる。使用人同士の呪いをめぐっての喧嘩を彼女がまだ引きずっているとしたら、よほどうまく隠しているとしか思えない。

「おはよう、あなた」クレアはチャールズの手を借りて馬車に乗り込む前に、アレックスのほうを見た。笑顔も声もあたたかい。

「おはよう、妻よ」彼もすぐに乗って扉を閉めると、馬車を出すように合図した。「きれいな花のような頬をしているところを見ると、よく眠れたみたいだね」

クレアがいたずらっぽく目を輝かせ、わずかに首をかしげて彼を見つめた。裾に真珠を縫いつけた青緑色の簡素なモスリンのドレスと、それに合わせたアイボリーのスペンサージャケットがよく似合っている。「ええ、たしかにそのおかげもあると思うわ。あと、今朝は早起きして、ヘルメスでひとまわりしてきたの。ものすごい勢いで駆けさせたりしていないし、チャールズもついてきてくれたから、心配しないで」

「乗馬を楽しめたのならよかった」チャールズはちゃんと指示どおりにしたようだ。アレックスはほっとすると同時に、チャールズをクレア専従にした自分の思いつきのすばらしさに満足した。今日の生き生きとした様子からすると、彼女はこれからもペンヒルのあちこちに探検に出かけるだろう。「きみが夕食前にひと休みできる時間には帰ってこられるようにするよ」

笑みのにじんだクレアの声に、彼は甘く豊かな味わいの蜂蜜を思い浮かべた。

「気を遣ってくれてありがとう。でも、今日は元気いっぱいなの。地元の村へのわたしたちの支援の気持ちを示すために、今日は村の酒場で夕食をとるんだと思っていたわ」

アレックスは眉をあげた。「もっと早く言ってくれていればそうしたんだが、残念だな。今日は領地のことで、やらなければならないことがあるんだ。その計画は別の日にしてもらってもいいかい？」

「それならわたしを村に置いて、あなたは先に馬車で帰って。チャールズを一緒に行かせるから、彼に折り返し村まで戻ってもらうようにすればいいわ。そうしたら彼に連れて帰ってもらえるから」

クレアは明るくひたむきな様子で、彼の反論を封じた。そこでアレックスは彼女の気を変えさせるべく最高に魅力的な笑みを作り、別の方向から攻めてみた。「今日の午後は、小作人たちに届ける二五軒分のバスケットに何を詰めるか、きみと話し合いたいと思っていたんだ。前に約束したピクニックをしながらでもいいね。そうすれば、明日からバスケットを届けられる」

アレックスは、誰にも邪魔されずにふたりきりで過ごす時間が欲しかった。珍しい動物でも見るように、クレアが首をかしげて彼を見た。何か楽しいことでも思いつのか、目を見開く。レディ・アンソニーの舞踏会でも、クレアは同じ表情を浮かべていたそしてアレックスはいまでもこんな彼女を見ると、胃がひっくり返りそうになる。

村での滞在を短く切りあげさせたくて、彼は最後の手段に訴えた。「きみのような女性が楽しめるものは、村にはそんなにないんだ。買い物をできる店がないと、妹はいつも文句を言っている。馬車が戻ってくるのを待つあいだ、きっと退屈してしまうよ」

「そんなふうに警告してくれるなんて、やさしいのね。でも、やることはたくさんあるわ。まず肉屋に行って、小作人全員分のスモークハムがあるか確かめたいの。それからお菓子やおもちゃ、もしあれば新鮮な果物なんかも子どもたち用に買いたいわ。ミセス・マローンに子どものいる家は何軒か、年はいくつか、聞いてきたのよ。だから村じゅうを一軒一軒すべてまわって、どんなものが手に入るか見てみるつもり」

これほど慎ましい心からの要望を、どうしてだめと言えるだろう。アレックスは彼女の望んだ一日がそれぞれにとって退屈なものとならないよう、祈ることしかできなかった。彼はただ、クレアと一緒に過ごしたいだけなのだ。できればふたりだけで。だからもし彼女がこうすることを心から望み、それで楽しいというのなら、アレックスもうれしかった。

村で過ごす一日を思って興奮している妻を見て、自分がばかみたいににこにこしていることにアレックスは気づいた。今日、彼女がいまの表情のままずっと過ごしてくれたら、外出は大成功だ。

馬車が止まると、アレックスは芝居がかった大げさな仕草でクレアに手を差し伸べた。外におり立った彼女は、太陽にキスされたかのようにぱっと顔を輝かせた。ロンドンからペンヒルに来たときとは大違いだ。

そこはこぢんまりした村だったが、生活に必要なものはすべてそろっていた。雑貨屋、肉屋、鍛冶屋、それに生地や縁飾りを始め裁縫に必要な各種のものを扱う小さな店もある。その店の窓辺には、既製のドレスまで数着ぶらさがっていた。ほかにも診療所や事務弁護士の事務所、教会、地元の酒場などが通りに並んでいる。

アレックスはクレアを連れて雑貨屋に入った。店主のブラウン夫妻が、丁寧なお辞儀でふたりを迎える。「領主さま、ようこそいらっしゃいました。今日は何をさしあげましょう」

アレックスは小さくうなずいて挨拶を返した。「おはよう、ミスター・ブラウン、ミセス・ブラウン。妻のペンブルック侯爵夫人を紹介するよ。今日は小作人の家に届けるバスケットに詰めるものを買うために寄らせてもらった」

クレアは侯爵夫人らしく、堂々とした声で挨拶した。「はじめまして」

ミセス・ブラウンがお辞儀をする。「おはようございます、奥さま。ご来店いただけて光栄です。ご結婚おめでとうございます」

クレアは笑みを返した。「ありがとう、ミセス・ブラウン。すてきなお店ね。バスケットに詰めるものだけでなく、お屋敷用にもいろいろ買いたいと思っているの。もしかまわなければ、何を買うか決める前にざっと見せていただきたいのだけれど」

妻が魔法でも使ったかのようにブラウン夫妻を魅了するのを、アレックスはじっと見つめていた。彼女は砂糖の品質や手に入る小麦粉の種類について、ミセス・ブラウンの意見を聞いていた。ミセス・ブラウンは生き生きと顔を輝かせながら一五分間ほぼひとりでしゃべり続け、持っている知識をあますところなく披露している。

クレアは熱心に耳を傾けながら、アレックスを見て片目をつぶった。彼は楽しい一日の輝きがさらに増した気がして、ウインクを返した。

午前中もなかばを過ぎた頃、ふたりは肉屋に入った。ハロルド・ハイギンボトムは拳がハムほども大きい筋骨たくましい男で、エプロンには彼の仕事の証と言えるものが飛び散っている。妻はこの大男をどう扱うのだろうとアレックスが考えているうちに、クレアが自分から自己紹介をした。

「おはよう、あなたはミスター・ハイギンボトムかしら。わたしはレディ・ペンブルックよ。お店に入るだいぶ前から、すばらしい燻製肉のにおいがしていたわ」そう言いながら、店主に歩み寄る。

ミスター・ハイギンボトムがお辞儀をしないのは、明らかに大きくて丸い腹部のせいだった。だが公平に言うならば、彼はそうしようという努力を見せなかったわけではなく、クレアに向かって小さくうなずいた。

肉屋の目はずっとクレアに据えられていたが、どうやらアレックスの姿も視界の端にとらえていたらしく、挨拶をしてきた。「おはようございます、ペンブルック卿。なるほど、嘘じゃなかったようだ。ブラウンたちがさっき走ってきて、レディ・ペンブルックの訪問予定の一覧にうちも入っていると教えてくれましてね」ミスター・ハイギンボトムはめったに見せない歯のない笑顔をクレアに向けた。「うちのかみさんを除いて世界一美人の奥さまに、何をさしあげましょうか」

アレックスは口をぽかんと開けた。けれども大人としてそのままではいけないと思い出し、気まぐれなハエの羽音がしたこともあって、ようやく口を閉じる。クレアはとんでもなく気難しい男まで手なずけてしまった。

「ありがとう。あなたの奥さまの次だなんて、光栄だわ」彼女は声を立てて笑った。「ところで、そのハムはいくつ用意できるかしら？」

クレアと肉屋は何をどれだけ買うか話し合うために、店の奥へ引っ込んだ。彼女はミスター・ハイギンボトムの作ったハムを味見して褒めちぎると、それを三〇本注文した。バスケットに一本ずつ入れる分と、ペンヒルの屋敷用に五本。ミスター・ハイギンボトムは侯爵夫人への特別な厚意として、注文の品を明日には屋敷まで配達すると約束した。

肉屋を出ると、アレックスはクレアに促されて村の診療所に向かった。若い医師のウェイド・カムデンが、外で彼らを出迎える。

「おはようございます、ペンブルック卿」カムデンがアレックスに挨拶した。

アレックスはクレアの背中に手を添えて紹介した。「レディ・ペンブルック、ドクター・ウェイド・カムデンだ」

クレアが一歩前に出る。「お会いできてうれしいわ」

「こちらこそ光栄です」カムデンはお辞儀をした。

さっそくクレアは診療所について質問を始めた。診察の範囲、助手はいるのかどうか、この村ならではの必要性といった疑問を次々にぶつけていく。医師のほうも彼女の真摯で好奇心あふれる態度に応え、真剣に説明していた。

先月しりぞいた前の医師のあとを継いで診察をしているのだと、カムデンが説明している。エディンバラ大学で医学をおさめた長身の若い医師は、アレックスとほぼ同じ年頃だ。

黄褐色の髪に親しみやすい顔のカムデンがクレアに対する態度はやさしく丁寧だった。彼のような医師がペンヒルの近くで開業してくれたのは幸運だった、とアレックスは思った。

「ここでの診療活動に関して夫やわたしでお手伝いできることがあったら、遠慮なく言ってくださいね。ペンブルック卿は何よりもまず、領地に住む人々のことを気にかけていますから」クレアがアレックスに目を向け、彼は思わずその澄んだ緑色の瞳に見とれた。「寛大な夫は、ペンヒルの一部である小作人や村人たちの生活をよりよくしていこうと、いつも心を砕いているんですよ」

すぐそばで彼を褒め称えるクレアを見ているうちに、アレックスの視線はその唇に引きつけられた。医師との会話に割って入り、村じゅうの人々の前でキスをしたいという思いで頭がいっぱいになる。やさしく美しい彼女は明るい光のようだ。かすかに紅潮した頬を見つめているうちに、彼はくらくらしてきた。

いますぐクレアを連れてペンヒルに戻らなければ、後悔するようなことをしでかしそうだった。たとえば、すばやく抱き寄せて物陰に引っ張り込み、唇をむさぼってしまうというような。アレックスは頭を振って妄想を追い払った。まだ村じゅうをまわっていない。

「ドクター・カムデン、また会えてよかった。時間を割いてもらって感謝するよ。お邪魔した」

クレアはアレックスを見あげ、医師に別れを告げた。外に出ると口をとがらせたが、すぐに彼がどういうつもりなのかわかったというように微笑んだ。「まだドクターとのお話は終わっていなかったのに」

「時間を取りすぎては悪いだろう。これから往診があると思うよ」

彼女は一瞬考え込み、すぐにまた微笑んだ。「ドクターが患者さんのところに行くのを邪魔するつもりはなかったの。あなたが切りあげてくれてよかったわ」

クレアが納得してくれたので、アレックスはほっとした。うまくいけば、これから教区牧師にちょっと挨拶したあと、酒場に行って昼食をとる時間がある。そのあとはなるべく早くペン屋敷に戻りたい。だがアレックスの食欲は、クレアが若い医師ともっと話をしたいのでペンヒルに招待したと言うのを聞いて、失せてしまった。そんな大事なやりとりを、なぜ聞き逃してしまったのだ？　彼女が妻としての役割を堂々とこなしているのがうれしくて、警戒心がおろそかになっていたに違いない。

いつものアレックスなら、ありえない失態だった。

ほかの店主たちや教区牧師との顔合わせをすませ、最後の店でおもちゃや菓子やリボンをたっぷり確保すると、ふたりはエールで喉を潤しながら食事をとるために酒場へ入った。いつにも増してにぎわっているのは、アレックスの妻のせいだろう。まるで村じゅうの人間が彼らと昼食をとることに決めたようだ。〝公爵の娘〟という言葉が耳に何度も入ってくる。

妻はみなの心をとらえたらしい。

クレアはたぐいまれな女性だ。彼女は誰に対しても心を開いて話しかけ、相手の心をつかんでしまった。昨日あんなことがあったから、彼女が村の人々にどう対応するか心配していた。だが、そんな必要はなかったのだ。アレックスはクレアを妻として紹介するのが誇らしく、村人たちが彼女を受け入れている様子がうれしかった。そして村での予定をすべてこなしたいま、屋敷に戻るのが待ちきれない。早く彼女の注目をひとり占めしたい。

その権利をようやく得たのだから。

続く二日間は忙しく過ぎていった。クレアとアレックスは小作人の家を一軒一軒まわり、結婚を知らせるバスケットを渡した。バスケットにはミセス・マローンと料理人が、食料貯蔵庫にしまってあったフルーツ入りのパンや焼きたてのケーキやリンゴをあふれんばかりに足してくれた。これにはどの小作人も大喜びで、あたたかい声で礼を言ってくれたのだった。

クレアにとっては、彼らからの祝福の言葉がどんな結婚の贈り物よりもうれしかった。

最後のストダード家に着くと、小さい子どもがふたり飛び出してきて、馬と戯れはじめた。クレアは彼らのために、ミントキャンディやジンジャーブレッド、リボンやおはじきなどをバスケットに足しておいた。

アレックスの力強い両手が彼女のウエストをつかみ、軽々と馬からおろす。彼はクレアの手を取って、ぎゅっと握った。

ふたりが戸口までたどり着く前に、ミセス・ストダードが呼びかけてきた。赤ん坊のメアリーを抱えている。「ようこそいらっしゃいました、領主さま、奥さま。アダムもすぐに戻ってきます。ロビーに畑まで呼びに行かせましたから。どうぞ、お入りください」

家の中は居心地よく、パンを焼く甘い香りにクレアはつばがわいた。直射日光の当たる暑い戸外からひんやりとした室内に入って、ほっとひと息つく。今朝アレックスと馬に乗ったとき西からの風を感じ、まばらに散る雲に気づいた。だが、どちらも暑さをやわらげる役には立っていない。

「あなたとメアリーちゃんの今朝の調子はいかが？」クレアが赤ん坊の赤い頬を指の背で撫でると、熱のせいで熱かった。

「まだ本調子じゃありません。ドクター・カムデンのところに連れていきたいんですけど、今週市場でお金を作ってからじゃないと無理なんです。とくに悪くなっているようには見えませんし」

クレアは赤ん坊をあやした。「抱っこさせてもらってもいいかしら?」

ミセス・ストダードがお茶の支度をしに別の部屋に行ってしまうと、アレックスがクレアの横に来た。「そうやって赤ん坊を抱いているきみは魅力的だ」彼は赤ん坊の熱い頬に、そっと指を滑らせた。

クレアの頬がほてる。「ぼくたちも、自分たちの赤ん坊を作ったほうがいいんじゃないかな?」

「しいっ」彼以外に聞こえないよう、声を潜めたまま続けた。「先週ミセス・ストダードに会ったとき、赤ん坊はもっとひどい状態だったのよ。まだ小さいから心配なの。ドクター・カムデンに診ていただきたいわ。もしかしたら、ただの発熱ではないかもしれないもの」

アレックスは彼女が抱いている赤ん坊に笑いかけた。「わかった。ペンヒルに戻ったらすぐ、ドクターに使いを出して往診してもらうよ」

「よかった……ほっとしたわ」小作人とその家族に対する彼のやさしさと心遣いに、クレアの心臓がとくんと大きく動いた。アレックスとの赤ん坊を思い浮かべると、いつものように切望で体が震えてくる。クレアがどれほどその赤ん坊を抱きたいと思っているか、彼には想像もつかないだろう。

ストダード家の人々に別れを告げ、ふたりはペンヒルへの帰途についた。一日が終わりに近づきつつあるいま、太陽は厚さを増した雲にさえぎられ、ほとんど見えない。

クレアの肌には汗がにじんでいるが、アレックスはうだるような暑さには慣れているらしく、服にはしわひとつなくこざっぱりしている。空っぽになった荷馬車を走らせている彼は、地元の名士たちをもてなすためにこれから応接室に足を踏み入れるところだと言われても、まったくおかしくなかった。クレアはスペンサージャケットを脱ぐことにしたが、途中で袖が腕に引っかかってしまった。

彼女のおかしな姿にアレックスが笑いだし、馬たちに呼びかけて馬車を止めた。

「脱ぐのを手伝おうか?」ぴったりした細身のジャケットを、丁寧にクレアの体からはがす。そして身を乗り出して、白いドレス姿になった彼女の唇にキスをした。「小作人やその家族のためにきみが本当に熱心に頑張ってくれて、ぼくは心を打たれたよ」

クレアはため息をつくと、きちんとたたんだスペンサージャケットを膝の上に置いた。

「わたしがこの二日間をどんなに楽しんだか、あなたにはわからないでしょうね。小作人は熱心に働く人たちばかりだし、あなたの考えたいろいろな改良は、そんな彼らの成果をさらに高めている。あなたの領地がこれほど豊かな収穫をあげているのも、まったく不思議じゃないわ」

その称賛の言葉にアレックスは喜んだようだった。身を寄せてきて尋ねる。

「きみはなんの香りをつけているんだ? ベルガモットに何か混ざっているのかな」

クレアの頬に血がのぼった。「じつはオレンジとサンダルウッドなのよ。父のお気に入りだった香りで、ロンドンの調香師が父に作っていたのとまったく同じ配合で作ってくれているの。わたし専用に」

アレックスはおくれ毛をクレアの耳にかけたあと、指を滑らせて首筋を撫でた。

こんなささいなことをしゃべり続けるのはどうかと思うのに、彼女の舌は止まらなかった。「あなたがいやじゃないといいのだけど。マッカルピンとウィリアムには、男みたいな香りだって、いつもからかわれていたから」焦っているのを隠すために短く笑う。

彼の目に面白がるような表情がかすかに浮かんだ。「ぼくにとって、この香りはもうきみの一部になっている。そして美しいぼくの妻はとても魅惑的だ」アレックスは頭をさげ、すばやくキスをした。「さあ、家に帰ろう」

彼の微笑みは、クレアに明るい未来を約束してくれていた。

クレアはあたたかい風呂に浸《つ》かり、吹きつける風が窓の隙間を通り抜ける細い音に耳を傾けた。彼女はペンヒルのすべてを楽しんでいた。ここに来てからの二日間でさまざまな人々と関わりを持ち、大きな家族のような彼らとのつながりを実感している。ミセス・ストダードと赤ん坊のメアリーから、ぶっきらぼうなミスター・ハイギンボトムにいたるまで、小作人や村というものは、彼女の過去やレンウッド、それにいまはペンヒルを象徴する存在だ。常識的に考えれば、彼女はあとで失望せずにすむように守りをかため、心を開かずにいるべきだろう。それなのに、もう彼らを家族のように感じてしまっている。

夕食用の服に着替えたクレアは窓辺に行った。遠くに雲ができつつある。湿度を増した空気が重く、ざわざわと心が波立ち鳥肌が立った。恐れがマントのようにずっしりと重く体に張りつき、嵐の予感に窓辺から動けない。腕の毛が逆立ち、五感のすべてが警告を発していた。けれども恐れには屈するまいと自分に言い聞かせ、彼女は階下に向かった。

夕食の前に待ち合わせようとアレックスに言われていた書斎に入る。この部屋は濃い色の美しい羽目板が四方に張りめぐらされていて、羽目板の端から天井までは紺色のシルクの布製の壁紙で覆われている。アレックスの好みが色濃く反映されていて、クレアは足を踏み入れるたびに感嘆せずにはいられない。

部屋の奥には本棚がいくつか連なり、彼女はそこから革装の本を一冊取って見つめた。ロバート・バーンズの詩集だ。

扉が開き、クレアは顔をあげた。アレックスが執事との会話を終わらせて入ってきた。そのまま、まっすぐに机に向かう。「もし猥褻《わいせつ》な本がないかと探しているのなら、そこにはないよ」彼女に目を向けないまま、アレックスは引き出しを開けた。「そこには耕作や家畜の飼育といった刺激的な話題についての本を集めてある」

「そうなの？　わたしが取った本は詩集だったわ。間違えて紛れ込んだのかしら。それとも自分の書斎をよく把握していないの？」クレアはからかった。

「ぼくの支配がおよぶところにあるものは、すべて把握している。いつだってね」アレックスは彼女が持っている本に向かって顎をしゃくった。「バーンズの詩集がそこに置いてあるのは、彼の詩の多くが農耕の気高さをうたっているからだよ」

茶目っ気たっぷりの声音から、彼が陽気な気分であることがわかる。クレアは結婚を完全なものにする最終段階に踏み出す準備ができたともう少しで言いそうになって、思いとどまった。今夜は嵐が来そうな気配が漂っているから、危険を冒さないほうがいい。夕食のあとにちょっと散歩に出て、雲の様子を見てみよう。

「シェリーを飲むかい？」アレックスがきいた。

「いいえ、今夜はいいわ」

彼が近づいてきて、クレアの額に軽く口づけた。「理由をきいていいかな？」

どう答えよう？　寝ているときに嵐が来た場合に備えて意識をはっきりさせておきたいのだと言っても、彼には理解できないだろう。

アレックスは返事を待たずに、クレアの両手を取った。「ぼくたちの結婚の滑り出しは、けっして順調とは言えなかった。だがぼくとしては新たな気持ちでやり直したいと思っているし、きみもそれに同意してくれることを願っている」彼が宝石箱を差し出した。「これはぼくたちの未来への約束だ」

中には大きなオパールのネックレスが入っていた。大きさも色もコマドリの卵そっくりで、それを星のように輝くダイヤモンドが取り囲んでいる。輪の部分は大きさ順につないだダイヤモンドでできていて、留め金はサファイアだ。

声もなく、クレアはその美しいネックレスを見つめた。「どうして――どうしてこれをわたしに？」

「きみが頑張ってくれたからだよ。疲れを顧みず、小作人たちのために尽くしてくれた。小作人も屋敷の使用人も村の住民も、ぼくと同じように新しい侯爵夫人に感銘を受けている。

それはぼくにとって、とても大きな意味を持つことなんだ」アレックスはやさしく見つめながら彼女の手に唇をつけ、それからそっと頬ずりした。クレアの手に、ほんの少し伸びかけたひげのざらつきが伝わる。「ぼくたちはペンヒルとその住人を何よりも大切にしたいと思っているときみがカムデンに言ったとき、世界だって征服できる気がした」

アレックスの目に感謝の念が浮かんでいるのを見るのははじめてだ。クレアは彼に身を寄せた。「ありがとう」

「ぼくこそ礼を言うよ。きみほど熱心にぼくの活動に関わってくれるパートナーも、完璧な妻も、どこにもいない。ふたりでペンヒルにたしかな足跡を残し、誇りを持って息子に受け渡そう。レンウッドは同じように娘へ」アレックスは大きく息を吸い、窓の外に目をやった。しばらく何か迷っているかのように、黙ってクレアの手をもてあそぶ。やがて彼は手を一度握りしめ、目を合わせた。「それから謝罪の気持ちでもある。きみの言葉を疑ったことや、それによってきみにぼくとの結婚に疑いを抱かせてしまったことに対して、本当にすまなく思っている」息を吐き、彼女をじっと見る。「きみはぼくが人生から得た最高の贈り物だ」

この瞬間、ふたりの結婚は変化した。アレックスは彼女を信じてくれたのだ。ふだん、彼が謝ることはほとんどないに違いない。その彼が謝ってくれた。クレアはそれ以上迷わずに謝罪を受け入れた。ふたりの未来を築いていくには、これでじゅうぶんだ。前へ進むべきときが来た。

クレアは伸びあがり、彼の頬にそっと唇をつけた。アレックスが顔の向きを変え、唇を合わせる。彼とキスをするたびに、身を寄せたいという衝動は強くなった。

「だんなさま、奥さま、失礼します」シムズがためらいがちに咳払いをした。「家令《スチュワード》が小作人と一緒に戻ってきました。小さい穀物庫のひとつが火事になったようです」

アレックスはうなずき、残念そうに微笑んだ。「ごめんよ、行かなくてはならない。すぐに戻るつもりだが、遅くなったら先にやすんでくれ」

穀物庫の火事は、大勢を巻き込むものになりうる。周囲の建物に燃え広がれば貯蔵されている穀物が消失するし、原因によっては多くの死傷者が出るかもしれない。

彼が戻るまで、クレアは気が気でないだろう。「気をつけてね」

最後にもう一度彼女の手を握ると、アレックスは部屋を出ていった。

クレアはシムズに、今後の情報をすべて伝えるように頼んだ。二時間後に外へ出てみると、北のほうで黒い煙が暗い空へもくもくと立ちあがっている。まだ西風が吹いているのがいやな感じで、火事はすぐにおさまりそうになく、彼女は寝つけそうになかった。でも、もし嵐が来て雨がたっぷり降れば、それで火が消えるかもしれない。今夜のなりゆきが不安な中で、それだけがわずかな慰めだった。

屋敷の周囲を歩きまわるあいだ、アレックスのことばかりが頭に浮かんだ。彼は自分とペンヒルを頼りにしている人々を助けようと、いつも奔走している。

クレアは屋敷に戻ったが、今晩は長い夜になりそうだった。そこでいつもより早く部屋に引き取って、アレックスが帰ってくるまでアイリーンにいてもらうことにした。

ところが部屋に戻ってみると、アイリーンは熱があって赤い顔をしていた。いまにも倒れそうな哀れなメイドの姿を見て、クレアは覚悟を決めるしかなかった。アイリーンに早く寝るように告げる。今晩はひとりで乗りきるしかない。

頭上で雷の音がとどろき、クレアはびくっとして目を覚ました。ベッドの上で身を起こし、アイリーンを探す。けれどもここはペンヒルで、ひとりぼっちで寝室にいるのだとすぐに思い出した。数秒と置かず、ふたたび割れるような音が響き、そのあと恐ろしいほどの沈黙が彼女を包んだ。額に汗が浮かび、体がいつもどおり抑えようもなく震えだす。

沈黙を破って、また雷鳴が響いた。でも、まだ遠い。あわててベッドをおりようとしたクレアの脚に、上掛けが絡みついた。まるで巨大な巻きひげが、彼女を逃がすまいと締めあげているようだ。もがけばもがくほど、きつく絡みつく。川を見おろしていたあの晩のようにおぼれるのではないかという恐怖が体じゅうに広がるが、あのときと違って助けてくれる父親はいない。クレアはようやくベッドから抜け出すと窓辺へ走った。

稲光が空を走り、一瞬明るくなった空の下に風に揺れる木々の輪郭が浮かびあがる。次に走った稲妻はまっすぐ下に伸びて、四本に分かれた。

次に雷鳴が響くまでの時間を数えると四〇秒だった。クレアは衣装戸棚まで走り、両開きの扉を開けた。手が激しく震え、新しいブーツをなかなかつかめない。必死で時間を数える。恐ろしい災厄に見舞われるまでどれだけ時間が残っているか、知らなくてはならないのだ。

嵐が来たときに備えて麻のシャツと鹿革のズボンをはいて寝たので、着替えは必要ない。結局、今夜は最悪の悪夢となってしまった。窓辺に戻って目をつぶり、外を見る勇気を奮い起こす。

目を開けると、あたりは真っ暗だった。けれどもすぐ西の空に、稲妻がかすかな線を描く。三〇秒後、どーんという音が大気を震わせた。

クレアは吐き気に胃がけいれんするのを感じた。両親が命を落とすことになった恐ろしい状況には、絶対に陥るまいと決めている。何年も前、悲しみに暮れたおじは彼女の両親が亡くなった事故の生々しい詳細をジニーに打ち明けた。もちろんクレアに聞かせるつもりはまったくなかったのだが、彼女はおじから見えない場所にいて耳にしてしまった。クレアの父親は、スカートが馬車の残骸にはさまれていたために妻を馬車から救い出せなかったのだ。ひっくり返った馬車から妻を外に出そうと父親が懸命に試みているとき、怒濤《どとう》のような川の水がふたりをのみ込んだ。つまりふたりは、たっぷり布地を使った重いドレスのせいで命を落としたのだった。

クレアはブーツを履こうとして、片脚でバランスを取った。論理的ではないと言われようが、嵐のときにはブーツを履かなければならない。それなのに、いくら両手で引っ張りながら右脚をブーツに押し込もうとしても、うまく入らない。そのまま勢いよく尻もちをついたあと、彼女は間違いに気づいて履きかけたものを脱いだ。ブーツ用の靴下をはいていないのだ。でも、それがどこにしまってあるのかアイリーンにきいていなかった。心臓が激しく打つのを感じながら、クレアは窓辺に立った。必死で空を見あげるのは三度目だ。脚を乾いた状態のままあたたかくしておくのに、どうしてもブーツがいる。嵐のときは、必ず履かなければならない。

クレアは大きく息を吸って吐いた。そのまま深呼吸を数回繰り返したが、あたりが静まり返っているのに気づいてやめた。こそりと動くものもなく、わずかな風さえない大気は、不吉な予感をはらんで重い。左に目を向けると、稲妻が地面に到達した瞬間が見えた。彼女はふたたび数えはじめた。一、二、三、と数えて二〇まで行ったところで、雷鳴がとどろく。

靴下は自分で見つけられそうになく、残された時間は少なくなっていた。今晩をなんとか乗りきりたいなら、アレックスのものを借りるしかない。

ブーツを片手にふたりの続き部屋をつなぐ廊下を走り、彼の衣装室に入る。クレアは手の届く場所にある引き出しを片っ端から開けはじめた。最初の引き出しにはたたんだクラヴァット、二番目には剃刀などの小物が入っていて、クラヴァットを留めるピンやカフスボタンがきちんと並べられた引き出しもある。そしてようやく、ブーツ用の靴下がしまわれている引き出しを見つけた。

彼女は必要なものを取り出すと、自分の部屋に戻ろうと向きを変えた。ところが大きさを増した雷鳴がとどろいて窓と壁が揺れ、その震えがクレアの体にも伝染して、歯がかたかたと鳴りはじめた。

恐慌をきたしそうになり、彼女は鍵のかかっていない扉を開けてアレックスの部屋に入った。

ブーツと靴下を左手に持ったまま、どうしたらいいか必死で考える。庭に面した壁は、床から天井まである大きな窓になっていた。クレアは眠っている彼の呼吸の音に耳を澄ました。もはや動揺を抑えきれず、頭が働かない。誰かが窓を開けっぱなしにしていた。カーテンは寄せられているものの、そのまま風にあおられて空中に広がり、まるで宮廷用のドレスの下につける張り輪を入れてふくらませたペチコートのようだ。完全にわれを失いそうなのをこらえ、アレックスのベッドに向かう。ベッドの端に座って嵐が過ぎるのを待とうと考えたのだ。彼が眠っていても、そのそばにいるだけで気持ちが落ち着くに違いない。

クレアをだますように、低くごろごろいう音だけが暗い夜に響く。息を吸うと雨の気配がした。いつ降りだしてもおかしくない。

目もくらむ稲光が空を照らし、何本にも枝分かれして地面に刺さる。一瞬明るくなった空に、雷雲がどんどん近づいているのが見えた。五秒後に雷鳴が部屋にとどろき、床が震える。

彼女を正気につなぎ止めていた細い糸がついに切れた。すぐに次の稲妻が空を切り裂くと、頭に霞がかかって何も考えられなくなり、アレックスに近づくこともできずに立ち尽くした。

そのとき突然クレアは押し倒され、部屋に彼女の悲鳴だけが響き渡った。

10

アレックスは雷のとどろきで目を覚ました。稲光が部屋を一瞬照らし、雷鳴が響き渡る。人の姿を目にしたのはこのときだった。彼はすばやく近づくと、侵入者を床に組み伏せた。叫び声が響く。

相手はうつぶせに倒れた。アレックスはその腕を背中にひねりあげた。女性特有のやわらかく華奢な腕は抵抗するそぶりも見せない。

「やめて」小さく、子どものような震える声があがった。

稲妻が立て続けに炸裂《さくれつ》し、部屋に閃光《せんこう》が走る。アレックスは驚いて、つかんでいた腕を放すと、彼女は恐怖に目を見開いていた。長く編んだ髪がシャツの前で絡まっている。そのシャツは男性用で、裾はバックスキンのブリーチズにたくし込んであった。

アレックスは立ちあがった。「クレアなのか？　悪かった」

彼女は呼吸を整えるように、深く息をしていた。ふいに言葉がもれる。「助けて」

彼はクレアに腕をまわして抱きしめた。「どうしたんだ？　けがをしているのか？」

稲妻の光が部屋に満ちると、彼女は震え、何かよくわからないことを懇願した。その目には深い恐怖の色が浮かんでいる。

「ダーリン、どうしたんだ？　話してくれ」答えを待たずに、アレックスはクレアの頬にキスをした。

彼女は恐ろしげに顔を引きつらせている。

「いいかい、大丈夫だ。ぼくがついている」アレックスは言い聞かせた。膝を折り、腕の中でもがくクレアを抱きあげる。ベッドの脇に立って彼女だけを寝かせようとしたが、肩にしがみつかれて一緒に倒れ込んでしまった。「どうしてほしいんだい？」

「やめて」

肩を握りしめているクレアの首筋を、彼はやさしく撫でた。「何をやめるんだ？」

雷鳴がふたたびとどろき、彼女がすすり泣いた。

「嵐が怖いのか？」レディ・アンソニーの庭で出会った夜もクレアは嵐を恐ろしがっていたが、なんとか恐怖を押し殺していた。雷が鳴るまでは。いまようやく、あのとき彼女がアレックスの腕に身をまかせた理由が明らかになった。クレアを落ち着かせるため、なだめるような声でささやく。「ベッドの天蓋を閉めよう。そうすれば静かになる」

「行かないで！」彼女はおびえていた。レディ・アンソニーの舞踏会の夜よりも怖がっている。クレアは窓から目をそむけた。何か言おうと口を開くが、言葉にならない。目にはアレックスがこれまで見たこともないような深い苦悩をにじませている。その様子に、彼は以前部屋に迷い込んできた黒い小鳥のことを思い出した。その鳥はなんとか外へ出ようと必死に飛びまわっていた。

「ぼくがカーテンを閉める。いいね、クレア。そうすればふたりきりになる。これでもう心配ないだろう?」アレックスの声は落ち着いていたが、内心では彼女をどう慰めればいいかわからなかった。

クレアは息を弾ませて、胸を激しく上下させている。ベッドのまわりの天蓋を閉めきるまで、アレックスはずっと彼女の目を見つめていた。ふたりは暗闇に包まれた。彼はゆっくりと慎重にクレアの横に戻った。離れようとする彼女を抱きしめ、腿の上に座らせる。どうするか、アレックスはじっくりと考えた。彼はクレアの頭に顎をのせ、彼女はアレックスの胸に顔をうずめている。嵐から気をそらさなければならない。

「クレア、村人たちとぼくは、真夜中までには火を消し止めることができたんだ。幸い、けが人もいない。おやすみを言おうとしてきみの部屋に立ち寄ったが、きみはもうぐっすり眠っていた」

反応がないので、さらに語りかけた。「今夜はどうしていたんだい?」

「散歩をして、それからベッドに入ったの」アレックスの胸に顔を押しつけているので、声がくぐもって聞こえる。

彼は顔を近づけ、頬に口づけた。「目が覚めたのはいつ?」クレアの背中をやさしくさすり続ける。同じ動きを繰り返し、そのリズムで彼女を落ち着かせようとした。

「わからないわ。一時間くらい前かしら」またもや雷鳴が響き渡ると、クレアが身を震わせた。嵐は徐々におさまりつつあるようだ。「わたしをひとりにしないで」

はじめて会った晩におびえていたのと同じくらい、彼女の声は弱々しかった。

「どこへも行かないよ」アレックスは耳元でささやくと、クレアを強く抱きしめた。「なぜ男物の服を着ているんだい？」言い争いはしたくなかったので、彼女がロンドンの店に注文した服なのかどうか確かめたい気持ちは抑えた。詳しいことは明日でいい。アレックスは耳の下の敏感な部分に口づけながら、答えを引き出そうとした。

気持ちをこちらに向けさせていれば、彼女を落ち着かせることができるだろう。アレックスは背中を撫でながら、さらに抱き寄せた。ブリーチズをはいていても、彼の妻は官能的な女性だった。胸のふくらみが押しつけられているのを感じると、我慢するのがいっそうつらくなる。今夜は何もせず、ただ彼女を抱きしめているだけだとしたら、頭がどうかなってしまうかもしれない。

クレアの吐いた息が胸をくすぐる。「理由を話したら、わたしは精神病院へ送られてしまうわ」

「まさか。そんなことはしないさ。きみはいい仕立て屋を選んだと感心しているんだ。よく似合っているよ」声をやわらげる。「きみはおびえているんだろう。そのわけを知りたいだけだ」

「今日みたいな夜に着る服をあつらえてくれる仕立て屋がロンドンにいるのよ」もう隠しきれないと観念したような声だった。

アレックスはクレアの耳たぶをやさしくつねり、なだめるようにそっとキスをした。ああ、彼女が欲しくてたまらない。だが、そんな考えを押しやった。クレアは彼を必要としているのだ。

アレックスは、彼女が男性用の衣類を購入しているというマカレスターの報告を思い出していた。「服と同じように、きみのブーツもぴったり合っているのかい？」雰囲気をやわらげようと、軽い口調で言う。

「〈ホビー〉であつらえたのよ」それはふだんよりもかすれた声で、挑むような響きがにじんでいた。その声がどれほど官能的に聞こえるか、クレアはわかっていないのだろう。

「さすがにぼくの侯爵夫人だ」耳を愛撫するように顔を寄せながら、アレックスはささやいた。「なぜ今日のような夜に必要なんだ？」

「嵐の中では、夜会服やドレス、ローブなどを着ていると足を取られてしまうでしょう。それがいやなの」

「どういう意味だ？」アレックスには理解できなかった。

「身動きが取れないのよ。あなたにはわからないわ」

レンウッドでの出来事のせいで、おびえているに違いない。「ご両親の事故に関係があるのか？」

「これ以上は話せないわ。あなたはどうして裸なの？」クレアが尋ねる。

ほっとして、アレックスはため息をついた。彼が何も着ていないのに気づくということは、いくらか落ち着いてきたのだろう。「寝るときはいつもこうなんだ。気に入ったかい？」一晩じゅうこうしているのなら、なんとしてもイエスという答えを引き出したい。猫をかわいがるように、彼女の首筋を撫でて耳に軽く口づける。

「ええ。あなたはとてもあたたかいわ」

甘美な勝利感がアレックスの体を駆けめぐった。クレアの息遣いも落ち着き、彼の首筋に顔がすり寄せられる。「気分はよくなってきたかな？」

「ええ。でも、もう少し抱きしめていて」

アレックスは彼女の体をしっかり抱いた。嵐が遠のくにつれ、雷鳴もかすかになる。クレアの鼓動もゆっくりになってきた。服について問いただすのはひとまずあきらめよう。

彼はクレアのシャツの下に手を差し入れた。触れられて驚いたかのように、彼女の肌が震える。手の動きを穏やかにして、胸の下の繊細な肌をゆっくりと愛撫した。彼女と今夜ひとつになれないとしたら、この先、生きている価値もない。

クレアが体を離した。彼に向き合って座り、羽根がかするようなやわらかさで唇を触れ合わせる。

アレックスは暗闇の中で彼女の顔を見つけた。そっと撫でながら、編んである髪をほどく。豊かな髪は湿気が多いせいでカールしていた。彼は指で丁寧に髪をすいた。両手で彼女の顔を包み、唇にキスをする。

穏やかでゆっくりしたキスだった。焦る必要はないとクレアにわからせたい。だが唇を開いた彼女の抵抗しがたい魅力に、アレックスは引き込まれた。うめき声をもらし、舌を絡めてむさぼるようにキスをする。その深く激しい動きにクレアも応えた。

アレックスは顔を離し、彼女の顎の下から首筋にかけて唇でたどった。やわらかく、いい香りのする肌を探索し、口づけながら耳元まで戻る。それから耳たぶに唇をつけ、ささやいた。「レディ・アンソニーの舞踏会で出会った夜からずっと、きみがこうしてぼくのベッドにいるのを想像していたんだ、クレア」

暗がりの中、彼女はアレックスの唇に唇を重ね、彼の手を取って胸元へいざなった。かすかな吐息――アレックスがこれまで聞いた中でもっとも甘美な音をもらし、さらにキスを求めてくる。

ふたりに迷いはなくなった。疑念や不安はすべて消し飛んでいた。アレックスはベッドのヘッドボードを背にクレアを座らせた。ブリーチズのボタンを不器用にはずして脱がせようと引っ張るが、途中で腰に引っかかってしまう。ボタンに手をやると、まだふたつ残っていた。彼女の気をそらそうと、あらわになった部分を愛撫する。その肌はまるで蝶の羽のようになめらかだ。ようやく、ゆっくりと引きおろすことができた。その下には何も身につけていない。クレアのほてった体が発する甘いにおいに、アレックスは動きを止め、しばし目を閉じた。官能的なムスクと混じり合う彼女の香りに包まれ、欲望にのみ込まれそうになる。

ゆっくりとふくらはぎをさすり、腿のほうへ進んだ。今夜はたっぷり時間をかけるのだ。何も怖くないと伝えるために。彼が与えられる歓びのすべてを味わわせてあげたい。

「アレックス」クレアが彼の手を取り、手のひらにキスをした。

今夜、彼女のどんなささいな感触や口にした言葉も、すべて記憶に残ることだろう。クレアの声の響き、わが愛する女性のささやきを、けっして忘れはしない。アレックスは身を乗り出して唇を重ねた。クレアを腕に抱きしめ、口だけでなく、彼女が与えてくれるものすべてをむさぼるかのようにキスをする。もし許されるのなら、彼女の魂さえも奪ってしまいたい。

アレックスがシャツの下に手を入れると、クレアは腹部をこわばらせた。シャツを脱がせるときだけキスを中断して、胸のふくらみを愛撫する。それに応えるかのように、彼女はあえぎながらアレックスの名前を呼び、体を弓なりにした。

血液がどくどくと激しく流れ、体が熱くなる。思いを遂げるべく、アレックスはクレアを腕に抱えると、ベッドに横たえた。上に覆いかぶさり、肌と肌を密着させる。誰にも渡さないとばかりに胸の先端を口に含み、彼女が声をあげるまで舌で愛撫する。クレアの息遣いがどんどん速まり、その切なげなあえぎ声に、彼はもっと攻めたくなった。

「お願い……」彼女が体を押しつけてくる。

「触ってくれ、クレア」アレックスは肩に置かれていた彼女の手が胸に触れるのを感じた。その感触に体がかっと燃えあがり、うめき声をあげる。

「クレア、抱きしめてくれ。今夜はずっとふたり一緒だ」

息を荒らげ、彼女がアレックスの腹部やヒップをまさぐった。アレックスは彼女の腿を開かせて、ひそやかな場所に触れた。やわらかい襞を開き、濡れそぼった部分を探る。いますぐにすべてを奪いたいという衝動と必死で闘いながら。

クレアがあえぎ、さらに体を押しつけてくる。彼を求めているのだ。

親指で敏感なつぼみをこすり、彼女が着実に絶頂へ近づけるように愛撫を続けた。

「とてもすてきだよ」クレアの耳元に口を近づけてささやく。

彼女の体が大きく震え、長いあえぎ声が体の奥深くからもれた。

「さあ、いくんだ。ぼくがついている」クレアが快感の渦に完全にのまれつつあるのを感じ、アレックスはやさしく促した。

あまりの歓びに耐えきれないかのように、彼女が身もだえした。突然アレックスに強く抱きついて、こわばった体を押しつけてくる。叫び声をあげるクレアに、彼はむさぼるようなキスをした。自分のものにするのが待ちきれないと言わんばかりに。

歓喜に震えた彼女の体が落ち着くと、アレックスはもう待てなかった。「スウィートハート、きみとひとつになりたい。いますぐに」

クレアを抱き寄せると、彼女の脚を自分の腰にまわさせて、ゆっくりと身を沈めた。少しずつ、慎重に。熱く脈打っている部分に、彼のものが締めつけられる。ふたりの腰がぴったり密着するまで、奥へ奥へと誘われた。天にのぼる心地の、まさに神々しい体験だった。彼女のなめらかな肌とシルクのような髪はとても優美だ。こんな瞬間が訪れようとは、これまで夢にも思ったことがない。

彼女がはっと息をのんで沈黙したので、アレックスはなんとか動きを止めた。「クレア?」じっとしているのは苦しいが、先を続ける前に彼女の様子を確かめる必要がある。

クレアがわずかに力を抜き、指先で彼の頬をなぞった。「少しだけ時間をちょうだい。慣れていないのよ」

激しく息をつきながら、アレックスは彼女の横の枕に額を押しつけた。この先一生このままでいなければならないとしたら、最高に甘美な拷問となるだろう。彼は待った。

「ダーリン?」クレアにキスをする。自ら求めるような甘い口づけに、アレックスと同じくらい、彼女が高まっているのを感じる。

「続けて」クレアがあえぎながら言った。

何度も突きあげながら、アレックスは自分が達しようとしているのを感じた。一定の動きを保つと、目もくらむほどの欲望が体じゅうを駆けめぐる。クレアの熱が彼を包み込み、けっして放さないとばかりに締めつけた。アレックスの動きに応えて彼女が腰を浮かせる。ついに絶頂に到達すると、彼は首をのけぞらせて、まるで永遠とも思えるほど長く強烈な快感に酔いしれた。歓びが全身の神経の末端にまで広がる。

体に感覚が戻ってくると、アレックスは彼女の隣に頭を休めた。ふたりは荒い息のまま、ともに巻き起こした嵐を静めようとした。彼は何よりもまずキスをして、クレアが応えるまでやめようとしなかった。ゆっくりと唇を離して顔をあげ、厳粛な口調で断言する。

「きみはぼくのものだ」

天蓋に覆われたベッドには静けさが満ちていた。クレアの両肩をしっかりとつかみながら、穏やかに二度キスをする。それからカーテンを開けてベッドをおりると、化粧台の上に置かれた水に布を浸した。絞った布を手にベッドへ戻り、クレアの顔をそっと拭く。彼女が身をよじった。

「スウィートハート」

クレアがしぶしぶという様子で彼のほうを向く。アレックスは手で顔を撫でてから、体をぬぐってあげた。それが終わると隣に横になった。彼女を静かに抱き寄せ、頭を自分の胸にのせて上掛けを引きあげる。

クレアの頭に顎をつけて、左右にそっと動かしながら言った。「眠るんだ。今夜はぼくがそばにいるから」

「あなたもわたしのものなのね」彼女がささやく。

すぐに寝入ってしまったようで、規則正しい小さな寝息が聞こえてきた。

アレックスのほうは、一緒になって無邪気に眠ることはできなかった。今夜の出来事や、それがふたりの関係におよぼす影響をここで分析するつもりはないけれど、クレアの口から答えを聞かなければならない疑問が頭から離れない。

自分のベッドに女性がいるのにも慣れていなかった。結婚してからはクレアの寝室のベッドを使い、気分次第で自室に戻っていた。今夜は違う。クレアがこのベッドにいるのは驚くほど自然なことだった。

夜中に何度か目を覚まし、アレックスは彼女をやさしく愛撫した。クレアは彼の胸をそっと撫で、そのまま胸元に手を置いている。相手を欲しいと思う気持ちが互いに満ちるまで、焦る必要はないとアレックスは感じた。夢うつつの中で何度も繰り返し、ふたりは愛を交わした。

明け方にクレアを抱きながらも、彼女が恐怖におびえ、嵐で取り乱していたのを忘れるのは難しかった。彼女は恐ろしさにわれを失っていた。アレックスがそばにいたから落ち着いたものの、ひとりだったらどうしていたのだろう？

人前でそんな状況に陥ったら、社会生活から抹殺されるも同然だ。ペンヒルにこもっていても、呪いの噂はクレアについてまわる。もしこの地所や村で、穀物庫の火事は彼女の呪いが原因だという噂が広まったり、嵐におびえる様子が具体的に知られたりすれば、その話は数日でロンドンに届いてしまうだろう。そうなれば社交界で格好の餌食になるのは間違いない。アレックスの妻を笑い物にしようと手ぐすね引いて待つ者たちから、どうすれば守ってやれるのだ？

今夜、明らかになったような事情のせいで、クレアは結婚相手にふさわしい女性として見なされていなかったのだろうか？　自分の横で眠っている女性が、男の服装をしてすくみあがっていた娘と同一人物だとは、アレックスには思えなかった。

あれこれ考えると眠れない。ランガム公爵がクレアには弱い部分もあると言ったのは、嵐への恐れを意味していたのだろう。そう考えれば、結婚に際して公爵が口にしたことも納得がいく。公爵は彼女が抱いている恐怖の大きさを理解しているのか？　アレックスに愛想を尽かされるのを恐れて、詳細を語らなかったのだろうか？

先に事情を知っていても、自分の決断は変わらなかったはずだとアレックスは信じようとした。しかし、彼はけっして世間知らずな男ではない。この件については昼間に改めて考える必要がある。クレアは小作人や村人たちを魅了し、見事に対応していた。以前もいまも、称賛に値するような仕事上のパートナーであることは間違いない。問題は、この夜がクレア以上に彼自身を変えてしまったかどうかだ。

気持ちがようやく落ち着くと、アレックスは眠りに落ちた。


夜が明けて、隣村まで届きそうな勢いでさえずる小鳥たちのコーラスでクレアは目を覚ました。昨夜のような嵐が訪れるのは、本格的な春が始まったしるしだ。体を伸ばすと、いままで存在すら気づかなかったような筋肉が悲鳴をあげる。彼女の体に腕をまわし、放さないと言いたげにウエストに手を置いたまま寝ている夫を目にして、クレアの充足感はしぼんでいった。アレックスは思いやりのある恋人と言えるだろう。クレアの思いは彼の情熱とぴったり重なり合い、彼女は実際に経験しなければ知りえないことを体験した。

ゆうべの出来事は、相手に対するお互いの強い思いを見事に表していた。嵐への恐怖感のせいで、あのように激しい行為におよんだわけではない。アレックスの細やかな心遣いによって彼女の気持ちがほぐされ、あんな反応を引き起こしたのだ。

昨夜のふるまいをどう説明しようかと考えると、幸せな気持ちに影が差した。太陽の光の下では、昨日のような恐怖感は無意味に感じられる。けれども風がうなり雷がとどろく夜は、まさに悪夢だ。アレックスは彼女の頭がどうかしていると思い、今後、雨がぱらつきだしただけで部屋に閉じ込めようとするだろうか？　恐慌をきたすような気質は、通常の社会ではおかしいと思われるの？

理解されようがされまいが、嵐のときは男性用の服装をせずにはいられない。クレアにとって、恐怖がおさまらないときには正気を保つための慰めが必要だからだ。昨夜には両親が亡くなった晩を思い出さずにはいられなかった。暴力的な嵐のせいで。

思わず身震いすると、アレックスが眠ったまま彼女の体にまわしている腕に力をこめて、落ち着かせようとしてくれた。首のうしろにかかる彼の息を感じる。

アレックスを起こさないよう、彼女は慎重に向きを変えた。心ゆくまで彼の寝顔をじっと見つめる。今朝のように、安全なわが家にいて、夫の腕の中で目覚める静かな朝というものを、クレアは長いあいだ夢見てきた。言葉では言い表せないほどすばらしいひとときだ。何物にもまさる、想像した以上の瞬間だった。アレックスはこれまで出会った中で、もっとも立派でハンサムな男性だ。そんな彼に夢中になってしまうのはおかしな話だろうか？　わずかに口を開いている寝顔と伸びかけたひげを見ると、胸がどきどきする。

「もう堪能したかい？　それとも、目をそらせないほど何かぼくにおかしなところでもあるのかな？」アレックスが眠そうな声でそう言ったので、彼女は心臓が口から飛び出しそうになった。

本能が命じるまま、クレアは彼に身を預けた。たくましい腕に抱きすくめられながら、肌に触れるアレックスの体を意識する。彼の胸に顔をうずめていると、愛を交わした残り香が鼻をかすめ、彼女はさらにぎゅっと体を押しつけた。アレックスの手がヒップを引き寄せるとかたくなったものが腿に当たり、彼女は顔を赤らめた。

「ぼくの身にもなってくれ。思わせぶりにぼくの横を通り過ぎるきみを見て、仕事などしていられると思うかい？　思春期に逆戻りしたようで、自分を制御できないよ」

クレアは彼の胸に口づけた。見あげると、アレックスは眠そうに微笑んでいた。

「おはよう、ダーリン」彼がしっかりと目覚めのキスをする。

「おはよう」クレアは夫を抱きしめた。彼のやさしい言葉遣いが好きだ。自分がこの男性と結婚しているなんて、いまだに信じられない。

「よく眠れたかい？」

「少しは」そこで黙り込み、いたずらっぽく眉をあげる。「もしあなたに邪魔されなければ、もっとたっぷり寝られたはずよ」

「大丈夫か？」アレックスがささやく。

クレアの頬が恥じらいで熱くなった。「ええ……大丈夫」

アレックスはからかうようなことを言うのだろうと彼女は思っていた。頭上の天蓋をじっと見つめる彼を目にして、心に落胆の影が忍び込む。

「ゆうべは何があったんだい？　ご両親の事故を思い出してしまったのか？」

完璧とも言える朝なのに、クレアは恥ずかしい気持ちでいっぱいになった。それが身を守る唯一の方法であるかのように、彼の胸にじっと頭をのせたままでいた。アレックスのぬくもりを感じながらふたりきりでいることで、もっと親密さを感じられるはずだった。それなのに、彼女はひどく困惑していた。

「ぼくはいままで……」アレックスが低い声で先を続けようとした瞬間、鋭いノックの音が隣室とつながる扉に響いた。

「だんなさま」ジャン＝クロードの声が響いた。「申し訳ありませんが、奥さまがいらっしゃらないと、アイリーンが心配のあまり取り乱しています。奥さまをお見かけになりましたか？」

「こちらには入るな」アレックスが命じる。「妻はぼくと一緒だ」

色恋に手慣れた男のように、彼はふたたびクレアを自分のたくましい体に引き寄せた。「そして、ぼくはこの美女をしばらくのあいだ手放すつもりはない」低いささやき声で言う。彼女の耳元から首筋に軽くキスをし、耳たぶを甘く噛んだ。「いますぐきみが欲しい」

ジャン＝クロードが扉の外で応える。「承知しました、だんなさま。アイリーンにそう伝えます。ところで、執事との打ち合わせのお時間です。小作人たちを集めて、穀物庫を再建する準備が整っています」

アレックスは残念そうにうなり声をあげ、彼女の頬にキスをしてから言った。

「すぐに身支度を整える」

彼は妻の顔を自分のほうへ向けると、瞳をのぞき込んだ。「ゆうべは……」そう言ってから口ごもる。「きみをひとりにしたくなかったが、村人たちはぼくを頼りにしているんだ」アレックスは前かがみになって、彼女を抱きしめた。「できるだけ早く戻るよ。本当に。まだ話も終わっていないしね、ぼくの奥さん」

クレアの額にすばやくキスをすると、彼はベッドを出た。ぬくもりが急激に失われていくのが感じられる。

全裸になっても平然とした様子で、アレックスはクレアにガウンを差し出した。

「これを着るといい。夕方には戻るから、夕食を一緒にとろう」

振り返ることなく、扉は開けたままにして、アレックスは衣装室へ入っていった。クレアはシルクの黒いガウンをまとった。ジャン＝クロードの前を通り過ぎるときに顔が赤くなるだろうと思うのは屈辱的だった。アイリーンのもとへ足早に向かうクレアを見て、従者はかすかに微笑んだが、すぐに裸で立っている主人の支度に集中した。

アイリーンに手伝ってもらいながらモスグリーンの乗馬服に着替えると、クレアは階下へおりていった。

昨夜の嵐がまるで嘘のような晴天だ。野原を横切り、穀物庫への近道をチャールズに案内してもらう。被害は大きいけれど、壊滅的というほどではない。ジャケットもベストも着ずにシャツの袖をまくりあげて小作人たちと作業に当たっているアレックスを目にすると、クレアは立ち止まってじっと眺めた。いまやここにいる人々はすべて、アレックスも含めて、彼女の人生の一部だ。自分はもう呪われたレディ・クレアではなく、領地とそこに暮らす人々を心から大切にしている侯爵の妻という、新たな立場になったのだ。

この朝、クレアはアレックスとペンヒルに対する責任をしっかりと自覚した。昼には作業にいそしむ人々のために食事の準備をさせ、屋敷のメイドたちを給仕に当たらせた。アレックスが見守る中、クレアも手伝った。夫に昼食を運ぶと、彼の口元に他人にはわからないような笑みが浮かんだ。アレックスがそばにいると、いつものようにそわそわしてしまう。

レンウッドに住む、古くからの小作人のミスター・ランダーズがアレックスを呼んで、新しい穀物庫の設計図について説明した。ふたりは間に合わせのテーブルに設計図を広げて検討している。アレックスが見取り図を指し示すと、ランダーズがうなずいた。

アダム・ストダードがクレアの横に来て、アレックスのほうを見ながら話しはじめた。

「領主さまの迅速な判断がなかったら、昨晩の火事は大惨事になっていたでしょう。あの方が嵐の中でずっと風向きに注意を払い、どこから消火すればいいか指示してくださったんです。それがなければ炎が強まって爆発を起こし、倉庫だけではなく人の命も失うことになっていたかもしれません。ペンブルック卿は村人全員から尊敬されています」

「そうなのね。ありがとう。夫の評判がいいと聞いても驚かないわ」

「もちろん、奥さまもですよ、レディ・ペンブルック。ご夫妻がうちのメアリーを助けてくだされたと妻から聞きました。夜にドクター・カムデンが往診してくださり、娘はすっかり具合がよくなりました。現金を手に入れ次第、すぐに治療代をお返しにあがります」

話を聞き終わると、クレアは深呼吸をした。ついに自分の居場所ができたと感じる。

「ミスター・ストダード、ドクター・カムデンの治療代をメアリーへのお祝いとして受け取ってもらえないかしら？　あの子はわたしにとって特別なの。ペンヒルに来て、はじめて抱っこした赤ちゃんなのよ」

ミスター・ストダードは顔を輝かせてにっこりした。「寛大なお言葉をありがとうございます、奥さま」帽子を軽くあげて言う。「そろそろ仕事に戻ります」

クレアは昼食の片づけを手伝いにテーブルのほうへ行った。

「ちょっといいかな、クレア？」アレックスがまわりの人々から少し離れて立っていた。人には聞かれたくない話があるようだ。

クレアはいぶかしげに夫のほうへ行った。「何かしら、あなた？」

「昼食を届けてくれるなんて、すばらしい考えだ。ちょうど休憩が必要だった」彼は目を見つめながら身を寄せてきた。「ぼくの力になってくれて、礼を言うよ」

「その必要はないわ。わたしがそうしたかったの」

「昨夜の嵐のせいで、きみには無理かと思った……」アレックスがミスター・ランダーズを見てうなずく。おくれ毛をそっと耳にかけてもらい、彼女は胸がどきどきした。「作業に戻らなくては。もうすぐ屋敷に帰るよ」

その晩、クレアは薄いシルクのネグリジェとそろいのローブを身につけてアレックスを待った。これは初夜のために用意したもので、レースと真珠で贅沢に縁取りがしてある。真珠がついているので寝にくいけれど、わざとそうしてあるのだった。彼はこの飾りを見届けたら、すぐに脱がせようとするだろう。これまで着る機会がなかったものの、今夜、夫をその気にさせるのにちょうどいい。遅くなった初夜みたいなものだから。

アレックスの部屋とつながっている扉が開いて、彼が入ってきた。ウイスキーのボトルとグラスを手にしている。クレアの姿を見ると足を止め、頭のてっぺんからつま先までゆっくりと眺めてから顔を見た。オオカミのような笑みを浮かべながら。

「ようこそ、あなた」クレアは微笑んだ。「来てくれてうれしいわ」

「ぼくのために、それを着てくれたのかい？」アレックスが近づいてくる。いまにも彼女に飛びかからんばかりだ。「今夜は眠るつもりがないようだね」

11

クレアは〝アリス・オーブリー・ホールワース〟という名前が彫られた銅板の埃を丁寧に払った。エリザベス様式の霊廟《れいびょう》の中はひんやりとして薄暗く、鉛枠のガラス窓から差し込む日の光とは対照的だ。その一条の光は天からの特別なはからいのように、レディ・アリスの名前を照らしていた。

ペンヒルに到着してすぐに、クレアはこの建物を発見した。気分がふさぐときにここへ来ると、帰る頃にはいつも安らいだ気持ちになれる。秋と冬の名残の落ち葉を取り除いてから、先代の侯爵の棺《ひつぎ》の上にユリの花を供えた。レディ・アリスのほうには、それよりも大きな花束を手向ける。この若い女性がきっと喜んでくれているだろうと思いたい。

クレアは頭を垂れた。これまでのところ、呪いとそれに伴ういやな出来事に煩わされてはいない。チャールズと従僕が喧嘩して以来、使用人たちのあいだで何か言われている様子はないとアイリーンから聞いている。クレアはつきまとう噂を気にすることなく、自分らしくふるまい続けることができるだろう。

深呼吸をして、彼女は今日一日の仕事に集中しようとした。サマートン伯爵が明日到着し、ドクター・カムデンも夕食に招待してあるとアレックスが昨日の夜に言っていた。屋敷内のあれこれや来客を迎える準備について考えていたはずが、いつのまにかアレックスを思っている。ここ数日で数えきれないくらい彼と愛を交わし、クレアはだんだん心も許すようになっていた。いくら用心していても、彼女が好むと好まざるとにかかわらず、心は勝手に動いてしまう。

ペンヒルへ帰ろうとして、日差しの強さに目がくらみ、クレアは手にしたバスケットからのぞいている白い花びらを見つめて目を休めようとした。ドレッサーの上に置くのにちょうどいい量のユリの花だ。

「すみません！」

霊廟のほうを振り返ると、馬で駆けてきた若い男性がゆっくりと止まった。

「ペンブルック卿はご在宅でしょうか？」男性は馬からおりると、帽子を取ってお辞儀をした。

ウエーブのかかった茶色い髪は長く、ロンドンの洗練された男たちに比べるといかにも流行遅れだった。身につけている服は、その反対だ。上着やベストは高級な生地で、ブーツはクレアが持っているのと似た、明らかにミスター・ホビーの店のデザインだった。

男性があわてて首を横に振る。「失礼しました、きちんとした自己紹介もせずに。ぼくはジェイソン・ミルズです。ミスター・ジェイソン・ミルズと申します」もう一度お辞儀をすると、すぐに顔をあげて尋ねる。「侯爵閣下はどちらに？」

クレアは相手に笑顔を向けた。彼は見るからに緊張して、興奮してもいるようだ。

「侯爵は執事と一緒に地所をまわっています。すぐに戻るはずです。屋敷のほうへまいりましょう。何か冷たいものでもさしあげますわ」

彼女が歩を進めると、ミスター・ミルズも歩調を合わせてついてきた。

「お心遣いをありがとうございます。ここにお住まいですか？」

「ええ。わたしはペンブルック侯爵夫人です」

ミスター・ミルズが彼女を凝視する。「あなたが侯爵夫人ですって？　閣下はご結婚されたのですか？」

「ええ、そうよ。驚かれたようね」ミスター・ミルズがどこに住んでいるか知らないが、幸いにもクレアの呪いの噂は耳にしていないようだ。

「そんなことはありません、レディ・ペンブルック。じつは長いあいだこの地を離れていましたもので。時の流れを感じます」ミスター・ミルズはうつむいて頭を振っている。「レディ・ダフネや……レディ・アリスはご結婚されたのですか？」

立ち止まって用件をきこうとした矢先、アレックスがアレスを駆って全速力で丘をのぼってきた。まさに人馬一体と言える、ぴったりと息が合った動きだ。その様子にクレアはいつも驚かされる。

アレックスがミスター・ミルズの馬から距離を置いて止まった。「レディ・ペンブルック、お客さまかい？　紹介してくれないか」

　クレアが口を開くのを待たずに、ミスター・ミルズがアレックスのほうへぎこちなく一歩踏み出し、きちんとした礼儀作法を思い出しながらといったふうに丁寧にお辞儀をした。「ペンブルック卿、閣下にお会いしたくてやってまいりました」彼は真剣な顔で帽子をくるくるとまわしている。草の上を進んでアレックスの前に立ったときには、その緊張感は頂点に達していた。

　アレックスは顔色を変えずに、目の前に立つ男をじっと見ていた。「どこかでお目にかかったかな？」その声には傲慢な響きが感じられる。

　クレアはふたりに近づくと、アレックスの腕に手を置いた。その感触に彼が妻のほうを見た。「あなた、こちらの方はミスター・ジェイソン・ミルズとおっしゃるの。わたしを送ってくださって……」

「ぼくも霊廟へ行こうとしたんだが、遅くなってしまった」アレックスは声をやわらげてクレアに告げてから、すぐに若者のほうをにらみつけた。「きみは姿を消す前、宿屋の馬番ではなかったか？」片方の眉をあげる。「だいぶ出世したようだな」

「おっしゃるとおりです、閣下。だから戻ってきたのです。ペンヒルを離れたあと、ローワーカナダ（カナダの元英国植民地）へ行き、毛皮貿易でささやかながら財産を築くことができました。それを機に輸出業を営んでおります。二日前にイングランドへ戻り、すぐにこちらにまいった次第です」

　アレックスはいぶかしげな目をしたが、肩の力を抜いた。クレアの手に自分の手を重ねてぎゅっと握る。それに応えて彼女も夫の腕に置いた手に力をこめた。

ミスター・ミルズが咳払いをした。帽子をくるくるまわすのはやめ、拳をかたくして、つばをしっかりと握りしめている。「閣下、いまのぼくには一万ポンド以上の財産があり、仕事が順調にいけば来年には倍になると思います」

アレックスは隣に立つクレアにずっと手を重ねていた。体が自然に動いただけか、意図的なのかはわからないが、彼女は励ますように寄り添った。

「それはすばらしい」アレックスが緊張をゆるめた。「なかなかの成功だ。投資家を探しているのなら、ぼくにできるのはサマートン伯爵に紹介状を書いてやるくらいだが。彼は新しい投資先をいつも探しているからね。ビジネスに関する洞察力はロンドンでも評判だよ。われわれも投資をまかせているんだ」

ミスター・ミルズは笑顔になったが、首を横に振った。「いままでこんなに緊張したことはありません。話が伝わりにくくて申し訳ない。閣下」真剣な顔になって言葉を継ぐ。「ぼくはレディ・アリスに結婚を申し込むために来たのです」

その言葉に殴られたかのようにアレックスはあとずさりしたが、妻の手は放さなかった。彼女は夫の腕に置いた手に力をこめた。

「なんだって?」アレックスがささやくように言う。

「驚かれるのも当然です。ぼくがひと財産を築いて帰ってきたら結婚することを、アリスと、つまり、レディ・アリスと話し合っていたのです。もし彼女がぼくと結婚したら、何ひとつ不自由はさせません。貧しい生まれですが、ぼくは一生懸命働きますし、もっと成功してみせます。彼女を女王のように扱うとお約束します」ミスター・ミルズの目には揺るぎない決意が宿っていた。「お許しいただけようがいただけまいが、ぼくは彼女と結婚します。でも、侯爵閣下からの祝福はとても意味があるのです。アリスはいつも閣下を最大限に称え、心から慕っていました」

アレックスは何も言わなかった。それどころかミスター・ミルズに背を向けてアレスのほうへ歩いていくので、クレアはあわてて口を開いた。「ミスター・ミルズ、すみません。夫は……」

「謝る必要などない」アレックスがゆっくりと言う。五、六メートル離れて立ち、手には火打石式拳銃を手にしていた。撃鉄は起こしてある。グリップをしっかりと握りしめ、ミスター・ミルズの心臓をまっすぐに狙っていた。「答えはひとつだ。妹との結婚は許さない」

「どういうことです?」ミスター・ミルズの顔から血の気が引いている。

「おまえを殺す前にひとつききたい。なぜ妹のもとを去った?」

若者は恐怖に目を見開いている。「妹さんとぼくのような馬番との結婚など、けっして許されないとわかっていました。なので、ひと旗揚げたかったのです。手紙を投函するのは難しかったのですが、何通かは送りました」そこで声が小さくなった。「はっきりおっしゃっていただければ、ぼくは立ち去ります。彼女を愛しているんです」

「妹を愛しているだと?」アレックスは凍りついたように立ち尽くし、一言一句、言い聞かせるように話しはじめた。「一年ほど前に妹が亡くなったときには、ぼくだって彼女を愛していた。侯爵家の令嬢という立場にふさわしく、最高級のベルベットと白いサテン、上質なレースで飾られた優美なベッドに眠らせた。グレーの大理石でできたわが一族の寒い納骨堂でも冷えないように、マホガニー材の棺は安置されている」

「彼女が亡くなった?」ミスター・ミルズは苦悩の表情を浮かべると、すぐに体にも痛みが貫いたかのように胸をつかんだ。「彼女に会いに行ってもかまいませんか?」

「だめだ」アレックスは息を吸い込んだ。「おまえを殺し、妹は天国で眠る一方で、こいつは地獄に落ちたのだと思うのがいまから楽しみだ」彼は一歩踏み出した。

夫のこんな一面をクレアは目にしたことがなかった。毅然としつつも、取りつかれたような表情だ。もし彼女が止めなければ、たった一発の銃弾でこの若い男性の命だけでなく、自らの人生をも奪ってしまうだろう。

アレックスが引き金に指をかけた。

とっさにクレアは銃口の前に身を投げ出した。「だめよ、アレックス!」ふたりの男性からは手の届かない、ちょうど真ん中に立って叫んだ。

「邪魔をするな。この男が何をしたか、きみは知らないんだ」アレックスが近づくと、彼女も前に進み出た。ふたりのあいだは二、三メートルしか離れていない。

「もしあなたが彼を撃ったら、あの人だけじゃなくてわたしも死ぬわ。あなたが殺人罪で裁判にかけられたら、わたしはひとり残されてしまう。レディ・アンソニーの舞踏会で会ったとき、わたしを置いていかないと約束してくれたじゃない」クレアは緊張感に負けそうになっていた。脚が震えはじめたがしっかりと地面を踏みしめ、夫をまっすぐ見据えながら小さな声を振りしぼった。「彼だって悲しんでいるのよ、アレックス」

アレックスは目をそらさずに、銃口はミスター・ミルズのほうへ向けたまま言った。

「ここからさっさと出ていけ」

すぐに若者は馬にまたがり、来た道を全速力で戻っていった。

クレアはアレックスに駆け寄ったが、彼はくるりと背を向けてしまった。

「屋敷に戻っていろ」その低く響き渡る声は、まるで夜通し鳴り続ける雷の前触れのようだった。彼は拳銃を投げ捨てると振り返りもせずに、アレスの手綱を取って森の中へ歩いていった。

夕食はクレアひとりだった。目の前に並んだごちそうは手つかずだ。あれから何時間も経つのに、アレックスはまだ帰らない。厩舎を確認したが、アレスも馬房に戻っていなかった。三品目の料理が給仕されると、彼女は従僕をさがらせて、夫の書斎で待つことにした。

暖炉に火を入れたので、燃える炎のあたたかさに癒されるはずだった。それなのに体から冷気が離れない。アレックスの居場所や、彼がいま何をしているかがわかるまで、このまま打ち震えているしかないのだろう。

「奥さま」クレアと同じくらい心配そうにシムズが入ってきた。「何かお持ちしましょうか？」

「いいえ、大丈夫よ。もうさがっていいわ。わたしがペンブルック卿の帰りを待っているから」クレアは少したためらったが、きいてみることにした。いまさら気にしても何も変わらない。「こんなことは以前にもあったの？」

「ありません、奥さま」執事は首を横に振った。

「ありがとう。もし何かあったら知らせてちょうだい」クレアはソファの背に頭をもたせかけた。

グラスが触れ合う音に彼女は目を覚ました。暗闇に目を慣らそうとまばたきをする。暖炉に炎はなく、燃えさしがくすぶっているだけだった。毛皮のブランケットが体にかけられている。

「起きたのか、ぼくの眠り姫」アレックスが机に軽く腰かけ、デカンターとふたつのグラスをそっと置いた。「きみも飲むかい？」

「大丈夫なの？」安堵したものの、彼のそっけない様子が気になる。

アレックスはその問いかけに答えず、ウイスキーを注ぐ音だけが沈黙を破った。強い香りが部屋を満たす。彼はひと口飲むと、机をまわり込んでクレアにグラスを渡した。それからデカンターを手に取って、ソファの端に座る。

「どこへ行っていたの？」ささやき声できいた。

彼は手で顔をさすりながら、大きく息を吐いた。「自分の中に巣くう悪魔と、犯した過ちに向き合っていたんだ」二杯目のウイスキーを口にする。「アリスの行為を理解していたつもりだったが、それも間違いだったと今日判明した」

わずかな光の中で、アレックスの首の筋肉がこわばり、ぴくりと動いて液体が喉を落ちていくのがわかった。クレアもウイスキーを飲んだ。

彼は腕をソファの背もたれの上に伸ばした。落ち着いているように見えるものの、ふたりのあいだに漂う空気から感じられるのは、その逆だった。「きみはミルズをかばったりするべきじゃなかった。けがをしたり、もっとひどいことになっていたりしたらどうするんだ？」グラスの中身を飲み干す。

クレアは深く息をついた。この話し合いがどんな方向へ行こうと、彼に取りついているものを理解しなければならない。「あなたがミスター・ミルズを傷つけ、その痛みを背負って生きていくはめになるのを見過ごすわけにはいかないわ」

「ぼくを助けたとでも思っているのか？」感情のない声からは、彼が何を考えているか読み取れない。

「どうしてあの人を撃たなければならないの？」アレックスが醸し出している雰囲気は恐ろしかったが、彼女はさらに踏み込んだ。「わたしに話して」

「あいつは撃たれて当然のことをしたんだ。そして何より、ぼくにはあの男を罰する義務がある」まるで体に痛みを感じているように、ゆっくりとソファの背もたれに身を預ける。

「妹を埋葬した日をけっして忘れることはできない。納骨堂の空気は冷えびえとして、家に連れて帰ってやりたいと本気で思った。あんな暗いところにアリスをひとりにするなんて、愚かに聞こえるかもしれないが論外だった」アレックスは大きく息をすると、またウイスキーを注いだ。「ぼくはそれほどまでに絶望していたんだ」

「わたしも両親が亡くなったときには同じように感じたわ」声が震えた。弔問を受ける準備を整えられた両親の遺体のそばに、クレアは五日間も寄り添っていた。これは恐ろしい間違いで、どうかふたりが目を覚ましてほしいと心から祈りながら。こんな運命に陥るなんて、自分はいったい何をしたのだろうといつも考えていた。おそらく呪いはあのときから始まったのだ。それでこれまでの人生の説明がつく。

クレアは呼吸を落ち着かせた。これは夫の悲しみであり、彼女のことではない。

アレックスがこちらに近づいてきたが、すぐに離れた。「父の棺が目に入ってはじめて、ぼくはわれに返った。父はアリスのすぐ右側に眠っていた。存命中に家族みんなをいつも支えてくれていたように、亡くなったアリスを見守っていると思えたんだ」そう言って、またウイスキーをひと口飲む。

「そう考えられれば、残されたわたしたちも少しは安心できるわね」クレアは腕を伸ばして彼の手を握った。

アレックスが彼女の手を唇に持っていく。クレアの心がやわらぎ、ふたりの距離も縮まった。

キスをするのではなく、まるで自らを痛みから解放しようとするかのように、アレックスは彼女の肌に何度も唇を滑らせた。ひとしきりそうしてから、クレアの手を握ったまま自分の膝の上に置いた。「父が生きていたら、あんなことはけっして起こらなかった」

次の言葉を待ったが、アレックスは物思いに沈んでしまったようだ。さらに身を寄せて尋ねる。「いったい何が起こらなかったというの？」

沈黙がおりて、ふたりのあいだに壁が立ちはだかったように感じられた。ようやく彼が口を開く。「アリスはぼくの机に手紙を残していた。妹は……」大きく息を吸い込み、思いきったように続ける。「身ごもっていた。こんな辱めには耐えられないと言い残して、自らの命を絶ったんだ」声は落ち着いていたが、その言葉のひとつひとつにアレックスの苦痛がにじんでいた。

背負ってきた苦しみを打ち明けられて、クレアは彼の苦悶をまざまざと感じた。

「ああ、アレックス」彼の手を取って口元へ持っていく。

彼もクレアの手を握った。「妹は誰も責めないでほしいと言って、ひとりの男の名前を書いていた。ぼくはすぐにその男が相手だと思った。だが今日、正しい行いをしていると思っていた若者から真実を聞かされたんだ」

胃に締めつけられるような痛みを感じたが、クレアはなんとか深呼吸をした。アレックスには彼女が必要だ。抱きしめようと身を乗り出したものの、彼が立ちあがった。

「もうやすんだほうがいい。今日は長い一日だった。それに、ぼくにはまだ片づけなければならないことがいくつかある」アレックスがろうそくを灯すと、部屋が明るくなった。「まだもう少し寝られないんだ」

「わたしもご一緒しましょうか?」

「今夜はひとりにしてくれ」彼はクレアを見つめた。「母とダフネはこの話をまだ知らないし、ふたりには聞かせたくない」

「もちろん、わたしは誰にも言わないわ」離れたくないと思いながら、アレックスの横に立つ。もしひとりで悲しみに沈んでしまったら、彼はどこかへ行ってしまうのではないかと恐ろしかった。「ここにいましょうか?」

アレックスは首を横に振ると、机のほうへ行った。「ぼくは軽蔑に値するような男になりさがってしまった。家族を守れないような男に。機会があったにもかかわらず、妹を救えなかったんだ」彼の目には絶望の色がありありと浮かんでいた。あたかも体に痛みを抱えているかのように。

とっさにクレアはアレックスに近寄った。彼の言葉、行動、態度のすべてが自暴自棄に感じられる。妻として夫を癒すことができるのであれば、なんでもしたい。これは義務感ではなく、アレックスがひとりで悲嘆に暮れなくてもいいように慰めになりたいという心からの気持ちだった。彼女自身も、両親が亡くなったときにそうした心遣いに支えられてきたのだ。これが夫へのせめてもの思いやりだった。

「クレア、きみの体は冷えきっているし、夜も遅い。アイリーンもさがらせてやらなければならない」アレックスは机の上の書類に目を通しはじめた。「何度も言わせないでくれ。ひとりになりたいんだ」

自分は本当に呪われているのだと、クレアは思った。


だんなさまとお客さまがお待ちです、とアイリーンが伝えに来た。クレアがおりていくと、アレックスが番犬のように階段の下に立っていて、サマートン伯爵とドクター・カムデンはふたりで話し込んでいた。

アレックスの目は、彼とクレアとのあいだに漂うよそよそしさに気づいたようだ。彼女が書斎を離れて以来、ふたりは顔を合わせていなかった。昨夜アレックスから事実を打ち明けられて動揺はまだおさまっていないけれど、平静を装って客人に関心を向ける。あたたかい笑みと丁寧な挨拶をするドクター・カムデンのおかげで、ぎこちなさはすぐに消えた。

「レディ・ペンブルック、ひとり身のわたしにとって、夜はいつも患者の診察か、何か読んでいるかのどちらかなのです。今宵はそんな寂しい医者がまさに必要としている機会ですよ」

彼のぎこちないユーモアにクレアは笑顔を見せた。客が歓迎されていると感じさせるのが招いた側の務めだと、おばのジニーから教えられている。サマートンに挨拶をしてから、ドクター・カムデンへの応対に戻った。

四人は優美な装飾の食堂で席に着いた。従僕が最初の皿を給仕してから、クレアはテーブルの長さを改めて認識した。アレックスを見つめると、燃えるような目で見返された。彼は陰気でよそよそしく、中世の城にしつらえられたガーゴイルのようだ。この数日でわかり合えたと思った男性が今夜ははるか遠くにいて、彼の感情だけがクレアのまわりで渦巻いているように感じられる。苦しみを乗り越えるために、アレックスには時間が必要なのだ。だからこんなに距離を感じてしまうのだろう。

クレアの前に座ったサマートンは、大英博物館で新しく始まったエジプト展についての感想を尋ねたりして、会話を盛りあげようとしてくれている。すぐにクレアと客人たちは、芸術の定義について話に花を咲かせはじめた。アレックスはひとりで孤立したように黙って座っている。

ドクター・カムデンが口にした質問を無視して気まずい沈黙が流れるほど、アレックスの不機嫌は度を越していた。クレアが話題を変えようとした矢先、シムズが入ってきた。

「ドクター、ブリッグの息子が来ています。事故があったようで、母親が……」

「レディ・ペンブルック、申し訳ありませんが失礼しなければならないようです。おもてなしをありがとうございました」ドクター・カムデンが立ちあがる。

クレアは彼を見送るために玄関ホールまで出ていった。アレックスとサマートンは食堂に残っていた。彼女が戻ると、ふたりの姿はなかった。ひとりになったので自室に戻り、日課にしている家計用の帳簿の整理を手早くすませる。対応すべき用事もとくにない。彼女は家族用の居間へ行こうとして、アレックスの書斎の前を通りかかった。

ふたりの男性が笑い合っている声が扉の外にも聞こえてくる。サマートンはアレックスの機嫌を直すことができたのだろう。夫の楽しげな様子にクレアも感化されたのかもしれない。

おやすみなさい、とひとこと挨拶しておこうと思った。

背筋をしゃんと伸ばしてから、手をあげて書斎の扉をノックしかける。握った手が重い木製の扉に触れると少し開いて、室内の会話がはっきりと聞こえてきた。

「ペンブルック、きみはすっかり夢中なんだな。彼女を愛しているんだろう」サマートンの笑い声が低く響いている。「今夜のきみは、カムデンやぼくが彼女を会話に引き込もうとしているときだけでなく、何を言ってもむっつりと黙っていた。あの気のいい医師がきみの奥方を診察することになったら、ひと苦労だろうな」

ふたりが陽気にしゃべっていたので、先ほどまでちょっとした仲違いに悩んでいたクレアの心が軽くなった。彼女が望みうるすべて、そして何よりも欲しいと思っていたもの――自分を愛してくれる夫――が目の前に存在している。立ち聞きはよくないけれど、その場から離れることができなかった。

「そんなにいじめないでくれ。もうわかったよ」アレックスのうなるような声が廊下に響いてくる。

「それならいい。きみが例の件にこだわるのをやめさせようとしたんだ。残念ながら失敗だったが」サマートンの声が沈んだ。「彼を殺《あや》めるなんていけない。そんなことをすれば、アリスや残された家族は噂話の餌食になってしまう」

「では、どうすればよかったんだ？　あの若者はぼくの前に立って、アリスとの結婚を申し込んできた。その表情から、彼がおなかの赤ん坊の父親だとわかったよ」アレックスは声を低くした。「彼は村の宿屋で馬番として働いていたんだが、頻繁にペンヒルに出入りしていた。妹と一緒のところを見たこともあったが、おかしなところは見受けられなかった。納屋に住みついた子猫と遊んだり、厩舎の仕事をしたり。ここで働き口を見つけたいと考えているんだと思った。いったい全体、ぼくはなぜこんな間違いをしてしまったのだろう？」

「本当のことを彼女に伝えたのか？」サマートンがぶっきらぼうにきいた。

アレックスは扉の隙間からでも聞こえるような、大きなため息をついた。

「本当のことを伝えるどころか、ちゃんと真実を理解しているかどうかさえ怪しいんだ。昨日あの若者に会って以来、自分がしでかした過ちにどう向き合えばいいのかわからない」

サマートンが声をやわらげて言葉を継ぐ。「正直になって、彼女にすべてを打ち明けるんだ。結婚生活を続けるにはそれしかない。そのあとのことは、また改めて考えればいいじゃないか」

ふたりの会話を聞きながら、クレアの胸の奥底に恐怖がじわじわと広がっていった。

アレックスは、彼女がこれまで耳にしたこともないような苦しげな声で話しはじめた。

「アリスの復讐のために結婚したなんて、どうやってクレアに言えばいいんだ？　いままでかたく信じてきたことが間違いだったなんて、どう説明できる？　賭けをして勝ったのも、すべてぼくが仕掛けた罠で、彼女は何も落ち度のない犠牲者だなんて。恋人がいたという噂が流れたって、ぼくは彼女と離婚するつもりはない。別居するなど考えるだけでいやだ。ロンドンへ行ってポール卿にぼくの罪を告白したら、もうここには戻れないかもしれない」言葉を切り、声を震わせて続ける。「なぜアリスは、彼を責めないでくれなどと書いたんだろう?」

クレアはまるで永遠に息ができなくなってしまった気がした。中身をくり抜いて外殻だけを残したように、体の中が空っぽになったかのようだ。よろめいて床に倒れたりしないよう、全身に力を入れた。アレックスと顔を合わせなくては。彼女は深呼吸をすると、手で覆っていた顔をしっかりとあげて部屋に入っていった。

最初に彼女に気づいたのはサマートンだった。「レディ・ペンブルック」

振り向いたアレックスの顔には、信じられないという表情が浮かんでいた。混乱して頭がいっぱいだったが、クレアは余計な考えを追い払った。先ほどから感じている恐れに全身が絡め取られてしまったようだ。

「すべて話して」ふたりのあいだの沈黙が緊張をはらむ。冷たい恐怖が体の奥に流れ込んだ。

「クレア……」アレックスが祈るように目を閉じた。

「ぼくはそろそろ失礼するよ」サマートンが扉のほうへ足を向ける。

クレアは手をあげて制した。「いいえ。彼が何も言わないなら、あなたから説明していただきます」サマートンは立ち止まったが、彼女と目を合わせようとはしない。顔には罪悪感が浮かんでいる。恐ろしい真実を細部まで知っているのだ。クレアはアレックスを見た。

「アリスの復讐をするためにわたしと結婚したですって? いまは離婚か別居を考えている

のね？」

彼が抱きしめようと近づいてくるが、クレアは体を引いた。まるで目に見えない手に導かれているように、欠けていたパズルのピースがはまっていく。

「クレア、この話はふたりだけのときにしよう」彼女が簡単にあきらめると思っているかのように、アレックスがそっけない口調で言った。

「いいえ。いますぐに聞かせてほしいわ」失望の軽いため息がもれる。「わたしと結婚するなんて、よほどアリスを大切に思っていたんでしょうね」

アレックスの灰色の目は苦悶の色をたたえていた。彼が深く息を吸い込んで言う。

「クレア、そんなふうに言わないでくれ」

声を震わせるまいと、彼女は痛みに耐えた。「レディ・アンソニーの舞踏会での出来事にも納得がいくわ。ポール卿のせいだと、どうして気づかなかったのか不思議ね。あなたは彼のことを話していたのに」体のいたるところを突き刺すような痛みを隠すため、苦しげな笑い声をあげる。「彼が結婚しようとした女性なら、誰でもよかったんだわ。あなたには関係ないのよね。〝公爵の娘や姪であっても、洗濯係のメイドであっても〟かまわないのよ」非難をこめて、レディ・アンソニーの舞踏会で会ったときに彼が口にした言葉をぶつけた。

クレアはふたりの男性の横を通り、彼女の一族が製造しているウイスキーの入ったデカンターが置いてあるサイドテーブルへ行った。クリスタルのグラスに指二本分を注ぎ、一気に飲み干す。蒸留酒特有の強い焼けるような痛みを喉に感じると、話を続ける勇気がわいてきた。途方もなく長い時間待ったように感じたが、アレックスが何も答えないので、彼女は矛先を変えた。「サマートン卿、あなたはわたしの夫からどんな話をお聞きなのかしら？」

伯爵が首を横に振る。「レディ・ペンブルック、ご夫妻の個人的な話に立ち入ってしまい、申し訳ない」

ふたりそろって黙り込まれ、クレアが抱えていた痛みが激しい怒りに取って代わった。「あなたはすでに詳しくご存じなのだから、この話が個人的なことでないのは明白だわ」彼女はアレックスのほうに顔を向けた。「ほかに誰が知ってるの？」短い言葉で、突き放したようにきく。「あなたはわたしが呪われていると信じているのを利用して、結婚話を進めたのよね。ハニーカット卿と彼の妹も、この計画の一部だったの？」

「いや、違う」アレックスが声を荒らげた。「ぼくたちが見つかったのは偶然で、どうしようもなかったんだ」クレアのほうへ歩を進める。「きみがひとりで醜聞に巻き込まれるなんて耐えがたかった」彼はささやくような声で続けた。「クレア、いまならぼくの人となりもわかっているだろう。きみを守ろうとしていたんだよ」

彼女が手の届かないところまでさがると、アレックスは両腕をおろした。ゆうべからずっと続く、困惑した顔をしている。クレアはつばをのみ込むと、あたかも彼の告白を食べて口が穢《けが》れたかのように感じられた。ペンヒルに来てから慈しみ、愛しはじめたすべてが奪われてしまった。

「あなたはわたしを守ってなどいないわ」呼吸ができずに息が詰まった。恐慌をきたしそうなのを懸命にこらえる。真実が自分に与える衝撃の大きさから逃れられない。「〈ホワイツ〉で汚らしい賭けをしたのはあなただったのね。L・Pというのはペンブルック卿《ロード・ペンブルック》のイニシャルなんでしょう？」

アレックスは彼女を見つめたまま、何も言わなかった。

これほどまでに腐りきった真実があるのだろうか？　クレアは結婚にいたるまでの出来事を心の中でひとつひとつたどってみた。レディ・ハンプトンの晩餐会の時点では、クレアが結婚を待ってほしいと思っていたのをアレックスは知っていた。〈ホワイツ〉で賭けの対象にされたのがきっかけで、逃げ場がなくなってしまった。家族を守りたいというクレアの気持ちを、彼は最大限に利用したのだ。

「社交界の人たちは、わたしを呪われていると笑い物にしてきた。あなたはそれよりもっと卑劣な人間よ」自分が侮辱されているとわかって体は震えていたが、声には動揺が表れていないのに驚いた。「わたしは運に見放された女性として、ばかにされていた。物笑いの種にされてきたのよ」これ以上ないほど軽蔑するように口をゆがめて言う。「あなたはマッカルピンとウィリアムの命を危険にさらした。いったいなんのために？　わたしのせい？　憎しみを晴らす道具としてわたしを利用しておいて、真実を打ち明ける高潔さや勇気も持ち合わせていないのね」クレアは背筋をぴんと伸ばすと、部屋をあとにした。

廊下に出て扉を閉めてからはじめて、痛みで心が押しつぶされそうになった。くだらない嘘を自分に言い聞かせていたなんて、愚かにもほどがある。どうして見破れなかったのだろう？　アレックスはクレアがポール卿と結婚するのを阻止しようと、唐突に彼女の人生に入り込んできた。慎重に話を進めるようにと忠告されたのに、いとも簡単にアレックスと、彼が約束するおとぎばなしを信じてしまった。

ふたりが愛し合って結婚したのでない場合、相手を尊敬し、互いに関心を持ち続けることで夫婦はうまくいくのだろう。少なくとも、アレックスはクレアに関心があった。復讐を果たすために必要だったから。

階上の踊り場で足を止め、クレアは心を落ち着かせた。もうこれ以上、アレックスに操られるのはごめんだ。地獄の苦しみかもしれないけれど、社交界に顔を出して最新の噂に耳を傾けよう。そのあとではじめて、ポール卿がクレアと恋人だったという噂を広めているせいで、どれほど自分の評判が傷ついているかを見極めればいい。

クレアはロンドンにいる家族のもとへ帰ることにした。彼らなら守ってくれるだろう。彼女はキャヴェンシャム家の人間だ。この苦難も乗りきれるはず。今夜を最後に、呪いと嘘、復讐に見切りをつける。これからはずっと望んできたように生きるのだ。もしそれが夫や家族に恵まれない人生だったとしても、あるがままを受け入れよう。幸せや夢をかなえる方法は、ほかにもあるはずだ。

自室に戻ると、クレアはアイリーンを呼んだ。いつこの屋敷を離れるかが決まると、頭も回転しはじめた。忠実に働いてくれているチャールズも連れていくことにした。なんとしても、アレックスとサマートンに見つからないようにしなければならない。ふたりに関わり合っている時間はない。ためらいも見せずに、クレアは夫の寝室へとつながる扉の鍵をかけた。

もし今夜アレックスが彼女のもとに来たら、苦痛に耐えられないだろう。アレックスが書斎で話していたのを耳にしたことで、彼が負った心の傷は深すぎてクレアには受け止めきれないのがよくわかった。心が真実の重みに耐えられなくなり、彼女は嗚咽《おえつ》をもらした。結局のところ、誰でもよかったのだ。アレックスがクレアと結婚したのは、彼女がポール卿と婚約していたからにすぎない。

アイリーンがやってくると、クレアは今夜のうちに終えなければならないことを詳しく伝えた。明日の夜までにはロンドンへ戻るつもりだ。


サマートンが咳払いをした。「ペンブルック、すまなかった」

「ぼくが悪かったんだ。きみが忠告してくれたにもかかわらず、聞き入れようとしなかった」意気消沈して、アレックスは書斎で立ち尽くしていた。クレアのもとへ行き、説明すべきなのか？　彼女は話を聞いてくれるだろうか？　打ちのめされたような表情をしたあと、嫌悪感をあらわにした顔が目に焼きついて離れない。

「もし彼が決闘を申し込んできたら、ぼくには介添え人が必要だ。きみに頼み……」胸のつかえを隠すように、アレックスはわざと軽く咳をした。

「もちろん引き受けるよ。そんな事態になると思うか？　ポール卿が戦いを挑んでくるとは思えないが。彼はもうすぐ父親の相続人になるんだ」

「ぼくが彼の立場だったとして、相手の誤解のせいでクレアを失ったら？　答えは言うまでもない。今夜はこれで失礼するよ。妻と話し合わなくては」

「何もかも正直に話すんだ」サマートンは部屋を出ていくアレックスに言葉を送った。

サマートンの言うことはすべて的を射ていたので、なおさらアレックスは腹が立った。結婚前に全部打ち明けておくべきだったのだ。クレアはアレックスのたくらみとその意図を知る権利があった。自分がなぜ彼女の問いかけに答えられなかったのか、わからない。

彼女に疑いのまなざしを向けられて、アレックスは言葉を失った。アリスと同じように、クレアも失望させてしまった。こちらの思いとは裏腹に、彼女はもうアレックスに関するすべてがいやになったのだろう。

妹の死の真相が判明して動揺していただけでなく、彼は今夜、みじめな嫉妬にもさいなまれていた。クレアへの思いが強いほど、途方に暮れてしまう。昨夜も彼女が書斎を出ていくと、追いかけて慰めたいという衝動を抑えるのに意志の力を総動員しなければならなかった。夕食の席ではカムデンにパンチを食らわせたり、サマートンに飛びかかったりしないように全力で自制した。ふたりはクレアを笑わせ、楽しい冗談を言って、彼女の瞳を輝かせていた。クレアを喜ばせることができるのは自分だけだと信じたい。ほかの男にはしてほしくない。あの魅惑的な緑色の目には、自分だけを見つめていてほしい。

視線を伏せてテーブルを見つめていたあの瞬間、アレックスのねたみと羨望の矛先がすべて友人と若い医師に向けられてしまった。彼自身がふたりを招いておきながら、不愉快な態度で接していたのだ。なんとひどい男だろう。

高潔なことをなしとげようとしたのに、なぜこれほどまでに忌まわしい結果になってしまったのだ？　アレックスのせいでクレアは深く傷ついている。彼女をいかなる危害からも守ってやろうとしていたが、無様に失敗してしまった。彼女を大切にしようとしながら、ことあるごとに間違いを犯した。アレックスにはもう、自分が何者であるのかすらわからなかった。

クレアを腕に抱きしめたい。彼女に理解してもらい、許してもらいたい。この罪悪感を手放したい。さまざまな思いが絡まり合い、心が痛んでずきずきする。

アレックスは彼女の部屋へ走った。扉を四回ノックしたが、何も聞こえない。

「クレア？」呼びかけに応えるのは沈黙だけだった。ノブをまわしても動かない。一瞬、扉を蹴破ろうかという考えがよぎる。だめだ。そんな自分勝手で野蛮な行為は、かえって彼女を怖がらせるだけだろう。朝になってから、すべてを話そう。ひと晩よく眠れば、冷静な頭で話し合うことができるはずだ。

ひとりで寝ることに対して、アレックスはもはやまったく魅力を感じなくなっていた。

翌朝、アレックスは朝食室に入っていった。クレアは屋敷の中のどこにも姿がない。サマートンは珍しく静かだった。

「彼女を見かけたか？」アレックスの声には切迫した響きがあった。

サマートンが首を横に振る。アレックスを哀れんでいるのが明らかに見て取れた。

準備された朝食を皿に盛りつけると、アレックスは腰をおろして食べはじめた。クレアを探すには、しっかりと食事をとっておかなければならない。食べ終わったら、厩舎へ行ってヘルメスがいるかどうか確かめよう。馬がいなければ、クレアは朝の乗馬に出かけたのだろう。彼女を見つけるまでは、ペンヒルをしらみつぶしに探すつもりだった。

シムズが姿を見せ、ゆっくりとアレックスに近づいてきた。「だんなさま、このようなものが玄関ホールのテーブルの上に置かれていました」

まるで死刑宣告書を手渡されたかのように、アレックスは一瞬躊躇したものの、クレアの直筆で彼の名前が書かれた封筒と小さな木箱を受け取った。それはアザミの模様が入った、彼女の封筒だった。アレックスがペンブルック侯爵夫人の印章を贈ってからも、彼女は封印にアザミのものを使っていた。

アレックスは丁寧に封筒を開けた。

〝侯爵閣下へ

お互いのためにも、わたしがロンドンに戻るのが最良の選択でしょう。この先の長い人生を考えるにあたり、家族のもとでしばらく暮らすつもりです。発つ前にミセス・マローンに指示を与えておきました。

わたしへの用件につきましてはランガム公爵の秘書にご連絡ください。

ご自分のなさったことについて、心安らかで平和な気持ちでいられるよう、お祈り申しあげております。

クレア・ペンブルック〟

アレックスはその手紙を三度読み返しながら、この六時間のあいだに起こったことを理解しようとした。木箱を開けると、粉々になったウィッチボールが入っていた。

「手紙にはなんと書いてあるんだ？」サマートンが尋ねる。シムズは一礼をすると、ふたりの邪魔をしないように部屋から出ていった。

「彼女はロンドンへ行ってしまった」どうにか気持ちを抑えて答える。けれども本当は、自分が引き起こしたこの騒動への怒りを大声でぶちまけそうになっていた。

箱を目にしたサマートンがきいた。「それはなんだ？」

「彼女からぼくへの贈り物だったんだ」このガラスのかけらはまさに、彼女からの信頼を愚かにも軽んじていたアレックスを象徴している。

「ペンブルック、大変なことになったな」サマートンがかすれた声で言う。「彼女を追いかけるべきだ」

「クレアのもとへ行く前に、片づけなければならない用件がある。彼女に償う時間がまだあると思っていたんだ」

「ぼくも一緒に行こう」サマートンの声には罪悪感を伴った同情が感じられた。

その言葉は空に消えてしまったかのようだった。聞こえるのはサマートンが席を立ち、椅子が床をこする音だけだ。

クレアからの手紙を読んだ衝撃のあまり、アレックスはしばらくそのまま動けなかった。彼の行為に関する真相を打ち明けず、クレアへの本当の気持ちを伝えることができなかったせいで、彼女は去ってしまった。

自分はいったい何をしてしまったのだろう？

午後遅くになる頃には、有意義な結婚生活を思い描いていたクレアの無邪気な夢は難破船のように粉々に打ち砕かれていた。ロンドンへ向かう途中、アレックスとともに人生を歩み、ペンブルック家に自分の居場所があると信じていた自分を大声でののしった。自らの行為について口を閉ざしていたアレックスを思い出すだけで、息が詰まるほど腹立たしい。レディ・ハンプトンの晩餐会やベッドの中での彼の演技力は、とんでもなくすばらしかった。達人の域に達するような芝居を計画し、完璧なまでに演じてみせたのだ。

ランガムホールに帰ると、クレアは〝青色の間〟のソファにくずおれた。そこには懐かしい心地よさは感じられなかった。自分の隣に腰かけて求婚するアレックスの面影が忘れられない。

ジニーとセバスチャンが急いでやってきた。おばがクレアをぎゅっと抱きしめ、両頬にキスをする。「あなたが帰っているとピッツから聞いたときには信じられなかったわ。ちゃんと顔を見せて、ダーリン」

気持ちをあらわにはしないが妻と同じくらいにあたたかく、おじもクレアの頬にキスをしてくれた。「いったいどうしたというんだ？」

家族というのは、どんなにうまく隠していても問題があるとわかるものだ。取り乱さずに最後まで話せるように願いながら、クレアは大きく息をついた。ロンドンに戻ってくること自体が自尊心を傷つけられる行為で、結婚してたった二週間で夫から離れる理由を説明するのはなおさら屈辱的だった。

「おじさまもおばさまも、どうか座って。わたし、彼のもとを去ることにしたの。アレックスのもとを去ることにしたのよ」ほかの誰のためでもなく、自分のために同じ言葉を繰り返す。「お願いだから、話を聞いてちょうだい。でないと、わたしはこの問題を乗りきれないわ」喉が締めつけられるようだったが、クレアは続けた。「昨日の夜、サマートン卿がいらしたの。アレックスとわたしはその前夜に口論をして、まだ仲直りができていなかった」言葉を切り、あふれそうになる涙をこらえる。「おやすみの挨拶をしに行ったとき、聞いてしまったのよ。彼がわたしと結婚した理由は、家族の恥をすすいで、復讐をするためだったと」

「まあ、なんてこと。先を続けて」ジニーは驚きに目を丸くすると、励ますようにクレアの手を軽く叩いた。

「彼の行為について説明を求めたわ。でも、何も話してくれなかった。だからこれまでのことを見直してみて、答えがわかったの。この結婚はポール卿に復讐するためだったのよ」

歯を食いしばるおじの目には怒りの炎が燃えていた。おばは胸に手を当てている。

感情を表には出さず、クレアは続けた。「しばらくのあいだ、ここにいさせてもらえないかしら。アイリーンと従僕をひとり連れてきたわ」声を震わせることなく、なんとか話し終えることができた。

セバスチャンの目がやわらいだ。「ここに住むのに、わざわざ頼んだりする必要はない。ジニーもわたしも、おまえを娘のように思っているのだから。いつでも帰ってくればいいんだ。ここはおまえの家なんだよ」やさしい仕草でクレアの顎に手をやり、顔をあげさせる。おじの指のぬくもりを感じて、彼女は力を抜いた。おじは彼女の顔を左右に軽く傾け、傷がないかどうか確認した。「クレア、何も心配することはない。彼はおまえを傷つけたか？　殴ったりはしていないか？　意に沿わないことをさせたり……」

ジニーが立ちあがり、驚いたように手を口に当てる。

「いいえ、大丈夫よ。誤解しないで。彼はわたしの体を傷つけたりしないわ。それどころか、ペンヒルに着いた当初はとても気遣ってくれたの。わたしがひとりでレンウッドを訪ねたときも、彼が迎えに来てくれたのよ」クレアは目を閉じて、肖像画の飾ってある部屋でアレックスの愛情に包まれながら抱きしめられたことを思い出した。「わたしが取り乱したときにも、あの人はやさしく思いやりにあふれていたわ」

「ペンブルック卿に話を戻しましょう」おばが落ち着いた声で言う。「詳しく説明してちょうだい。いったいなんのための復讐なの？」

「わたしにも、よくわからないの」アリスの秘密を公にはしたくなかったので、クレアはどう言おうか迷った。「彼はわたしを愛してくれていると思っていた。でも実際には、彼が〈ホワイツ〉で賭けを募っていたのよ」

おじ夫妻がクレアには理解しがたい表情になった。ジニーが左眉を吊りあげる。

「それは本当なの？」

「彼は否定しなかったわ……」とうとう声が震え、涙があふれ出てきた。「どうすればいいのかわからない。わたし、なんてばかなのかしら。彼を愛してしまったの」

クレアはおばの腕の中に飛び込んだ。

「もう安心して、スウィートハート」姪の背中をやさしく叩きながら、ジニーがささやく。響きだけは穏やかな声で、セバスチャンが言った。「クレア、わたしはあいつを文字どおり八つ裂きにしてやるぞ」

12

ロンドンに来て二日経ってからようやく、アレックスはこの街とサマートンの小言に耐えるだけの気力が回復した。忙しい、と言えば聞こえはいいが、実際には妻の一族が製造している最高級のウイスキーを飲みふけっていたので、招かれざる客であるサマートンを相手にして、持ち前の洗練された会話術に磨きをかけようともしなかった。さらに気に入っていた気晴らしは、まっすぐに立ってぐるぐるまわる天井を見あげながら、自らに対して嫌悪感を抱くことだった。

サマートンに視界をさえぎられて、書斎が回転するのを感じられなくなった。

「もうじゅうぶんだろう、ペンブルック」友人が顔をしかめ、アレックスからそむける。「きみは下水みたいなにおいがするぞ。ロンドンに戻ってから風呂に入ったのか？」

アレックスはサマートンにぐっと近づいてクラヴァットをつかもうとしたが、あと数センチのところで届かなかった。それとも、もっと距離があったのだろうか？　距離感すらわからない。「出ていけ」

サマートンは目を細め、アレックスの視線をよけた。この男はいつからこんなに醜くなったのだろう？　彼のどこに女性が惹かれるのか理解できない。

「こんなことは、もうたくさんだ」サマートンがうめくように言う。「ぼくは子守をするような年ではないし、きみだって、もう子どもじゃない。こんなありさまだと奥方と仲直りもできないし、きみの人生も立て直すことができないぞ」

部屋の中が静まり返った。アレックスは目を閉じて静けさを味わおうとしたが、全身に染み込んだ痛みが戻ってきた。クレアが出ていき、喪失感で胸が押しつぶされそうだった。

アレックスはうなり声をあげたが、彼を厨房へ連れていこうとして近づいてきたサマートンの怒りを甘く見ていた。ウイスキーがなくなりそうだから、サマートンを利用してシムズのところからもう一本持ってこさせればいい。厨房に足を踏み入れると、水を張ったオーク材の浴槽が目に入った。

「今日は洗濯の日か？」浴槽の横にシムズが直立しているのを見て、アレックスは当惑した。サマートンが少し膝を曲げ、振り向きざまにアレックスを投げ飛ばした。抵抗する間もなく、浴槽の中に放り込まれる。

水の冷たさに、酔いがかなり醒《さ》めた。「おい、なんてことをするんだ！」口調と同じような勢いで、厨房の石張りの床に水がはねる。「くそっ、自分のしたことがわかっているのか？」

サマートンが高価な懐中時計を出して時間を確かめる。「もうこれ以上、大切なことは引き延ばせないぞ。時間が経てば経つほど難しくなるんだ。彼女に会いに行け！」その怒鳴り声はあまりに大きく、アレックスはしばらく耳が聞こえなくなるほどだった。

耳がもとに戻った頃には、サマートンはすでに姿を消していた。申し訳なさそうな様子でシムズが戸口に立っている。「だんなさま、わたしの一存でサマートン卿にお願いしたのです。奥さまのお宅からのウイスキーの残りを、しばらくサマーハウスに保管していただけないかと」忠実な執事の顔には、心配のあまり深いしわが刻まれていた。

アレックスは頭を振って水を払い、ため息をついた。サマートンは鼻持ちならないが、言っていることは正しい。これで二度目だ。まず自分の足元からきちんとしなければならない。

「おまえには感謝している。ただし、今度あの口の悪いろくでなしをこの屋敷に入れたら、おまえを首にして紹介状も持たせずに放り出してやるからな」

シムズが眉根を寄せる。「お言葉ですが、口の悪いろくでなしはあなたさまのことかと」

執事は上着の襟元を正した。「ほかにご用はございますか、だんなさま?」


ペンブルック侯爵夫妻が別れたという話はロンドンですぐに広まった。そのためクレアは開き直って、ジニーとエマと一緒に、こちらに戻ってからはじめて公の場に姿を見せる日を決めることができた。彼女はレディ・ダウニング主催の舞踏会を選んだ。三〇〇人ほどが参加する中規模の集まりだ。アレックスとの仲や呪いの噂についてきかれるのにびくびくしなければ、いろいろな人と話をするのにはうってつけの会だった。今夜は彼の行動によって引き起こされた被害の度合いをはかる、いい機会だ。

馬車の中でジニーが身を乗り出し、安心させるようにクレアの膝を軽く叩いた。

「居心地が悪いと感じたり、ランガムホールへ帰りたくなったりしたら、いつでもわたしに言うのよ。マッカルピンとウィリアムも参加して、あなたとエマから目を離さないようにしてくれているわ」

クレアは思わず笑みがこぼれるのを感じた。「わたしは大丈夫よ。今夜はずっとエマといることにするわ。わたしにしつこく近寄ってくるのは、わたしのハンサムないとこたちを紹介してほしいと思っている若い女性たちだけだと思うから。今日は付き添い人《シャペロン》みたいなものね」

「あなたも楽しむべきよ。セバスチャンにダンスのお相手をさせるわ」おばが宣言するように言う。

主催者に挨拶をすませると、クレアはエマと一緒に彼女の友人たちの輪に入った。ほとんどが顔見知りで、人いきれに疲れを感じたときにだけシャペロンの集まる一角へ行けばよかった。

政治仲間と話し込むおじのセバスチャンをクレアは待っていた。すると、どこからともなくサマートン伯爵が姿を現した。「踊っていただけませんか、レディ・ペンブルック？」

「喜んで」一瞬躊躇したが、受け入れた。

公の場で夫の友人からの申し出を断ったりしたら、あっという間に噂に火がついてしまう。ハンサムなサマートンにエスコートされてフロアに出る。楽団が曲を奏ではじめるのを耳にするとクレアの心は苦しみの声をあげた。結婚してからはじめて踊るワルツの相手が夫ではないなんて、悲しすぎる。この夜のひとときに抱いていた小さな満足感がしぼんでいった。しゃれた男性の流行が目まぐるしく変化するように、彼女の気分もすぐに変わってしまう。サマートンからアレックスにクレアが苦痛と孤独を感じていると伝えてもらう必要はないし、そんなことはしてほしくもない。

「今夜は寂しそうですね。ペンヒルでは、お別れの挨拶ができずに残念でした」サマートンの笑顔は魅力的だが、アレックスの腕の中で感じるような胸のときめきや高揚感はない。

偏見にとらわれずに、クレアは伯爵を注意深く観察した。金髪で北欧系の鼻筋がまっすぐ通った顔立ちは、今夜の男性客たちの中では間違いなく一番ハンサムだ。目の色は彼女のドレスのような青緑色。ふたりが踊るのを目にして、まわりの女性たちがいっせいに感嘆のため息をもらした。誘ってほしいと言わんばかりの表情で、しきりに扇を動かしてサマートンの気を引こうとしている。

そんな天使のように高貴な外見にも、クレアの心は動かされなかった。この数日で自分の気持ちがよくわかった。アレックスを愛している。どれほど懸命に努力しようと、この気持ちは止められない。

「その気になれば、あなたはここにいるどんな男性でも魅了できますよ」サマートンの声は罪深いほどに魅惑的で低く、まるで女性の心をとろけさせるためにあるようだった。「お元気でしたか？」

「もちろんです」相手のたくらみを見抜こうと、彼のやさしい目をじっとのぞき込む。

「ペンブルックがこちらに来ています」サマートンが言った。

「ダンスに誘ったのはそれが理由ですの？　彼があなたを使者か密偵として送り込んだのかしら？」クレアは人目を気にしてかすかな笑みを浮かべていたが、甘い言葉に惑わされないように警戒していた。

「いつもそんなにはっきりとものを言うのですか？」屈託のない笑顔を見せるサマートンは、いっそうハンサムに見える。「ペンブルックがあれほどまでに泥酔しなければならない理由が、よくわかりました」

「女性を惹きつけるために、ゆっくりとした話し方を日常的に練習していらっしゃるのね」残念ながら、そんな手には乗らない。「わたしの質問に答えていないわ。アレックスに頼まれたんですか？」

美しい瞳にかすかな苦痛の色がよぎる。「いいえ。ぼくの一存です。正直に言わせていただいてもいいでしょうか？」

クレアはうなずいた。

「あなたがペンヒルを去って以来……ペンブルックは酒浸りなんです。あなたを失った苦しみが耐えがたくて」

サマートンの言葉に彼女は全神経を傾けた。それと同時にかすかな希望も見いだしていた。アレックスへの本当の気持ちをあらわにしたくないので、何も返答はしない。これ以上、利用されるのはごめんだ。

サマートンが息をついて続ける。「彼のあんな様子は見たことがありません。妹を亡くしたときでさえもです。あなたが耳にされたのは……」

「サマートン卿、あなたのお気持ちには感謝します。ダンスも楽しませていただきましたわ」これ以上彼の話を聞くと、ようやくふさがった傷口がまた開いて、舞踏室の床を血で染めてしまうだろう。ワルツの曲はまだ続いており、周囲では男女が踊っていたが、クレアは片方の手を相手の肩からおろして、もう一方の手も引こうとした。

その手をサマートンがぎゅっと握りしめる。「続きは外にしましょうか？」クレアの返事を待たずに、開け放たれた扉から彼女をバルコニーへ連れ出した。

舞踏室の熱気とペンブルックの友人と一緒にいるクレアに対する好奇の目から逃れ、夜風が心地いい。彼女は欄干にもたれた。長方形の小さなプールに、明かりの灯ったろうそくが浮いているのが遠くに見える。すぐ下には、ロマンティックな光景を楽しみながら美しい夜の中を歩く男女の姿がちらほらあった。彼らの行き先はダウニング卿ご自慢の有名な装飾庭園《トピアリーガーデン》へ続く、ひとけのない小道に違いない。こんなふうに暗い中で夜景に見とれていれば、入り乱れる感情を隠すことができるだろう。クレアはサマートンの話を聞いてから、おじを探すことにした。

「彼は酒を飲みすぎて、何もできません。酔いつぶれて自分の殻に閉じこもっている。あなたに対する彼の愛情は深いのです」サマートンがささやいた。彼はクレアの横に立って、石の手すりに腕をのせている。

彼女は信じられないとばかりに首を横に振った。この伯爵の言葉が真実であればと願うけれど。

「わたしにすべてを打ち明ける機会はあったのに、彼はペンヒルでは何も言ってくれませんでした。あなたはありもしないものを見ているんです。もし配偶者が復讐の道具に使うだけのためにあなたを選んで結婚したら、どう感じますか？　断言しますけど、それは結婚生活を支える土台にはなりません。どうして彼は来ないんです？」喉にこみあげる痛みをぐっとこらえる。

「レディ・ペンブルック」サマートンが強い口調になる。「ぼくはあなたのご主人を一五歳の頃から知っています。彼の使命は父親から認められるような男になることでした。先代の侯爵は、跡継ぎには完璧しか求めないようなひどく厳しい人物だったんです」

クレアは胸が締めつけられた。けれども遠くに見える噴水に集中しながら、アレックスのふるまいを説明するサマートンの話を聞いて新たに心が乱されるのを抑えようとした。

続けるか否か迷っているかのように、サマートンが大きく息をついた。「聞いていただきたいことがあるのですが」庭に目をやり、クレアの返事を待っている。

「どうぞ、おっしゃって」こちらを向いた彼の目は、紛れもない孤独感をたたえていた。

「一五歳のとき、ある晩ポール卿について愚かにも地元のパブへ行ったんです。われわれは全員、イートン校の同級生でした」サマートンは庭のほうへ目をやった。

沈黙が続き、クレアは彼が話を続けるのかどうか不安になった。

「ばかなあいつはトランプを使った賭けにはまって……すぐに二〇〇ポンド以上も負けてしまいました」

「それからどうしたの？」この話のどこがアレックスと関係あるのだろう？

サマートンの目は悲劇を語っていた。「ポール卿が負けた金を支払えないとわかると、勝ったほうの男は激怒しました。ポール卿は一週間以内には返すからと、ぼくに借金を清算してくれと泣きついてきたんです」まるで自分の話が信じられないかのように、首を横に振っている。

クレアの目を見つめて、サマートンは深く息を吸い込んだ。「彼の約束は信じられると愚かにも考えて、ぼくは借用書に署名してしまった。翌週になってもポール卿から金は返ってきませんでした。問いただしても、いつも〝明日返す〟と言うばかりで。とうとう、ぼくは父に泣きつかなくてはなりませんでした」彼は静かに笑ったが、その声は苦痛に満ちていた。「父は自らやってきて、借金をきれいにしてくれました。そしてぼくをろくでなし呼ばわりして、勘当したのです」

「お父さまにきちんと状況を説明したんですか？」

「しようとしましたが、父は激怒していたので、それもかないませんでした」高らかに笑う声には苦い響きがあった。「その月にぼくは倒れてしまった。ペンブルックが寮の階段の吹き抜けにいるぼくを見つけてくれました。熱でもうろうとしていたんです。彼は医者を呼び、休日にはペンヒルの屋敷に招いてくれたおかげで、ぼくは快復できました。あなたのご主人の助けがなかったら、ぼくは死んでいたでしょう」

クレアは両手で胸を押さえた。「あなたが助かってよかったわ」

「自分でもそう思いますよ。それ以来、父には一度も会っていません」サマートンは彼女のほうを向いて、その手を取った。「ペンブルックはぼくが投資事業を始められるように、資金を貸してくれました。彼はいいやつなんです。友人として頼みます。彼にもう一度機会を与えてやってください。あなた方はふたりで幸せになるべきです」クレアに向かって小さく軽くうなずく。「彼はあなたに会いに来るでしょう」舞踏室へは戻らずに、サマートンはバルコニーの階段をおりるとプールの前を通って、夜の中に姿を消した。

クレアはひとりになった。サマートン伯爵がアレックスに対して忠誠心を持っているのは明らかだ。彼女は背筋を伸ばして顎をあげた。サマートンの話を聞いたからといって、アレックスが彼女の人生と夢を利用したのを正当化することはできない。たとえ、それがアリスのためだったとしても。

人はいま手にしているものを大切にするべきだと、クレアは人生の早い時期に学んでいた。すべては一瞬で消えてしまう。彼女は家族を持つという自分自身の夢を、心と一緒にペンヒルに置いてきた。

そこに痛みも置いてくることができたなら。

ドレスを整え、頰を軽くつねってから笑顔を作る。また今夜も不愉快な時間をひとりで乗りきらなければならない。見さげ果てた社交界の人々に、まわりを取り囲まれながら。

昨夜の舞踏会では、クレアは大勢とダンスを楽しんだ。ステップに集中していれば何も考えずにすむ。屋敷に戻ってベッドの中にひとりでいると、時間が永遠に過ぎないように感じられた。アレックスのことばかり考えていたので、彼が夢にまで出てきて眠れない。アレックスは元気だろうか？　飲酒はやめただろうか？　彼への愛を捨てられれば、もっと気が楽になるのに。恐ろしい真実が心臓をわしづかみにする。どれだけ懸命になっても、彼の深い香り、表情豊かな目、顔を少し傾けて微笑む顔が忘れられない。アレックスから逃れられない。もし仮に彼がクレアを愛していたら、きっと会いに来てくれるだろう。

翌日、彼女はエマと一緒にレディ・バーリントンのガーデンパーティーに行った。飲み物を取りに行く途中、レディ・アメリア・グッドポープとレディ・ジョーゼット・ディンフォードのそばを通った。ふたりはエマと同じ年に社交界へデビューし、風向きがすぐに変わるこの狭い世界を上手に渡っている。話に夢中になるあまり、クレアが近づいてきたのにも気づかない。

レディ・アメリアが扇で口元を隠しながら、レディ・ジョーゼットに顔を寄せた。

「彼女を見た？　どうしてペンブルック卿のもとを、たった数週間で去ったのかしら？　彼はまさに夢が現実になったような人だわ。呪いの噂は本当だったのね」

「ばかげているわ。彼女が〝誓います〟と言った瞬間に呪いは消えたのよ。これ以上、何があるの？」レディ・ジョーゼットのゆがめた唇は猫の尻尾を思い出させた。「わたしの兄は〈ホワイツ〉で賭けて、かなりもうけたらしいわ。彼女がペンブルック卿と結婚してくれたお礼を、直々に言いたいくらいなんですって」

クレアは彼女たちのほうへ行こうとしたが、冷静に考えてやめておいた。エマを探さなければならないのだから、おしゃべりで貴重な時間を無駄にはできない。あのふたりは、クレアがアレックスの計画の駒にすぎないとあざ笑っているわけではないのだ。

クレアは飲み物などがふるまわれているテントに入ると、エマの姿を探してあたりを見まわした。パーティーに戻ろうとした矢先、胃袋が縮みあがるほど驚いてしまった。エマが木の下で男性と立ち話をしていた。その相手はポール卿だった。

「エマ、レディ・レナが探していたわよ」クレアはエマのそばへ飛んでいくと、挨拶もせずに言った。

「すぐに行くわ」エマがポール卿のほうに向き直る。「近いうちにお邪魔して、論理学と哲学の本を見せていただいてもいいかしら？」

「レディ・ペンブルックに付き添ってもらうといいでしょう」ポール卿はそう言いながらも、エマから目を離さない。「お探しになっている本の初版があると思います」

「まあ、本当？　クレア、一緒に行くと言って、お願いだから」エマは目を輝かせている。

ウィリアムの言っていたのは、まさにこれだった。本のことになると、彼女はなんとしても手に入れたがる。ポール卿がエマに乗り換えたという噂が立つとしても、本人は気にならないらしい。

「それについてはあとで話しましょう」クレアは慎重に言った。

「では、ごきげんよう、ポール卿。近々おうかがいできるのを楽しみにしています。本に関心をお持ちの方と話すのは、いつも楽しいものね」

彼が優雅に一礼する。「ぼくにも楽しいひとときでしたよ、レディ・エマ。ミスター・ベンサムの作品を勧めてくださって、ありがとうございます。それでは、またお目にかかるときまで」

この数週間で、ポール卿は自分のやり方を取り戻していた。その装いは非の打ちどころがなく完璧だ。

エマが人の集まるほうへ戻るのを見届けると、クレアは鋭い目つきでポール卿を見た。いったい彼の何を見て、夫にふさわしいと思っていたのだろう？「あなたは女性相続人を物色しているんでしょう。エマがその候補に入っていないことを切に願うわ」

「こんばんは、レディ・ペンブルック。再会できて、あなたもうれしくてたまらないはずだ」含み笑いをしながら軽く頭をさげ、からかうように言う。

「わたしを挑発して怒らせ、ひねくれた満足感を味わうつもりね」ポール卿がクレアと、またはあろうことかエマと一緒だという噂が流れるのはごめんだった。もし彼がエマを都合のいい女性相続人だと考えているなら、それは間違いだ。クレアはなんとしてもふたりを引き離すつもりだった。その場を立ち去ろうとして向きを変える。

「待ってくれ、クレア」彼が声をやわらげた。「きみとぼくはとてもよく似ている。きみが思っている以上にね。ふたりとも、ペンブルックのたくらみの犠牲者なんだ」

クレアは振り返った。「たくらみですって？　たくらみが得意なのは、あなたのほうでしょう」

ポール卿が近づいてきて声を落とす。「ペンブルックから妹のたわごとを聞いたなんて言わないでくれ。そんなくだらない話を真に受けないだけの分別が、きみにはあるだろう」

クレアは一歩も引かなかった。「あなたはなんだってやってのけるわ」

「アリスを知らないとは言わないよ。まったく！　ペンブルックとぼくは友だちだった。彼を裏切ろうとしたことなど一度もない。ベッドで目が覚めると、彼女がぼくの隣にいたんだ。ひどく取り乱しながら、彼女はぼくに打ち明けた。助けになろうとしたが、だめだった」

「何が言いたいの？」サマートンの話と、ポール卿とアレックスに何かあったのをそれとなく聞いていたので、好奇心がかきたてられた。

ポール卿がのけぞって高笑いした。「きみの夫は常軌を逸しているよ。ぼくはペンヒルに滞在中のある晩、泥酔して眠り込んでしまった。目を覚ますとアリスが隣にいた。彼女は身ごもっていて、その子どもをぼくに押しつけようとしたんだ。妹の嘘を信じたのが、ペンブルックの不幸の始まりだ」

その言葉に、誰かから蹴られたように膝から力が抜けていった。「そんなことを言わないで」

「もしきみが疑っているのなら言うが、彼女とは寝ていない。それは断言するよ」ポール卿があきらめたように息を吐く。「ぼくが父親ではないと言っても、彼は信じなかった」

その話を聞いて、クレアはよろめいた。ポール卿がとっさに支えてくれる。まるで悪夢のようだった。

「きみが尋ねるべきなのは、彼がどうやってぼくが賭博場で負けた金額を知り、なぜその同じ晩にきみを助けようと姿を現したかということだ」

「どういう意味？」密猟者の罠にかかった野ウサギのように動けない。

「不運なアリスの仇を討つためだけに、彼はぼくを陥れて、きみを奪ったんだ。われわれが交わした婚姻継承財産設定書の署名も乾かないうちに、ペンブルックは賭博好きなぼくが無制限に金を借りられるように貸し手に指示をしていた。彼が手に入れたかったのは、ぼくときみの結婚に関する情報だ。あいつは助けるふりをして、ブーツでカブトムシを踏みつけるように、ぼくを破滅させようとしたんだ」

クレアはまっすぐに立っていられるよう、木にもたれかかった。ほかでもなく、復讐劇の犠牲者であるポール卿から真相を聞かされるとは。

「ぼくを助けるために、彼が一番に要求したものを教えてやろうか？　きみとの婚約破棄さ。レディ・アンソニーの舞踏会で、ぴかぴかの甲冑《かっちゅう》を身にまとった騎士のようにペンブルックが現れただろう。彼は自分の動機が高潔だと信じていた。利用する相手など、つまりきみのことさえ頭になかったんだ。ぼくと同じく、きみも彼の被害者なんだよ」

「やめて。アレックスはあなたの頭に銃を突きつけたわけじゃないでしょう。あなたもわたしもそれはわかってる。あなたはわたしも含めて、すべてを捨てたのよ。わたしがあなたの恋人だと言いふらすなんて、彼に助けてもらったことを感謝しないといけないわ」

「謝るよ。そんなことを言いふらすべきではなかった」ポール卿は目を閉じると、首をゆっくり横に振った。「誰もぼくが失ったものの大きさを知らない。金のためじゃない。ランガムホールで言ったことは本当だ。ぼくはきみと結婚したかった。社交界で知られるずっと前から、きみを見そめていたんだ」その声は気味が悪いくらいにやさしく、まるで愛撫のようだった。「クレア、ぼくはきみにとって、そしてぼくたちの子どもたちにとって、すばらしい男のはずだ」

「お願い、やめて」身を守ろうとするように、指で結婚指輪に触れる。

深いため息をつき、ポール卿が続けた。「ぼくはほかの誰よりも深くきみを愛せる。ペンブルックにそんな愛はない。あの干からびた心では、きみを愛することなどできはしない」

彼女は凍りついたようにその場に立ち尽くした。くずおれずにいる自信はない。

「あなたにもわたしにも、過去は変えられないわ。もうすんでしまったことなのよ」立ち去ろうとしたが、ポール卿に腕をつかまれた。

「クレア、あいつと別れるんだ。彼の嘘はもうたくさんだと、世の中に知らしめればいい。きみにふさわしい人生を、ぼくに与えさせてくれ」低くかすれた声で彼が言う。

「新しい復讐計画なの？」ポール卿から離れ、その忌まわしい言葉がこれ以上誰も傷つけないように祈る。「あなたをまったく信用できないわ。あなたの愛なんて願いさげよ」

「拒否する前にちゃんと考えてほしい。別れる前にもうひとつ。〈ホワイツ〉であのひどい賭けが行われた日には、ぼくは仕事でリースへ向かっていたんだ」

クレアは庭をそぞろ歩く招待客たちに目をやった。人々の笑い声や話し声が溶け合い、耳鳴りのように聞こえてくる。

「そのうちにレディ・エマを連れてきてくれ。きみに会えたらうれしいよ」そう言って、ポール卿は頭をさげた。「ぼくの行動が思いがけずきみを傷つけてしまった。本当に申し訳ない、クレア」

言葉が宙に漂い、彼が立ち去るのを見送るのもつらい。レディ・バーリントンのパーティーに集まった人々の誰も、クレアの傷ついた心が一瞬にして粉々に砕け散ってしまったのを知らなかった。彼女は血の味を感じるほど強く唇を嚙んでいた。

明るい月を見あげる。アレックスの復讐劇のせいで、クレアの人生は丸ごとひっくり返ってしまった。真っ赤に熱せられた火かき棒を胸に突き立てられても、いま感じているほどの痛みはないだろう。

アレックスとならうまくやっていけるかもしれないという小さな望みを持ち続けていたけれど、もうそれもかなわない。彼にとって、クレアは取るに足りない存在だ。サマートンとの会話の中に真実を聞いてしまった。本心では彼女との別居を考えていたのだ。人々の輪の中に戻ろうと歩きながら、クレアの心の中では激しい感情がせめぎ合った。最後には痛みが大きなしこりとなって、魂の奥底の彼女だけが知っている小部屋に押し込まれた。これが呪いの一部であるとは思っていない。そんなふうに考えるだけで、痛みとアレックスに支配されることになってしまう。

長いあいだ社交界の残酷な噂に翻弄されてきたけれど、その恩恵もあるようだ。感情を隠す方法を身につけることができた。気持ちのいい夜だというふりを、簡単にできるようになった。そうするしかないときもあるのだから。

きれいに形を整えられたツゲの木の陰に隠れるようにして、アレックスは敷地の端で待っていた。永遠に終わらないかと思うほど長い時間、ポール卿が毒を吐き続けてクレアの関心を引きつけていた。

夕方から夜になり、体になじんだロンドンの湿気の多い空気が冷たくなってきた。それもアレックスには気にならない。彼の注意はすべてクレアに向けられていたからだ。彼女はいろいろな招待客と言葉を交わしていたが、必死でまくしたてていたポール卿と話していた時間が一番長い。人の中を動きながらも、クレアはつねにエマから目を離さなかった。

ポール卿はクレアにすべてを話したに違いない。アレックスは目を閉じて息を止め、なんとか罪悪感を抑えようと虚しい努力をした。彼自身がクレアに伝えるべきだったのだ。

とくに興味はなかったものの、アレックスはレディ・バーリントンのガーデンパーティーへの招待状を受け取っていた。貴族としての彼の地位と称号から考えて、出席を要請されるのは当然だった。アレックスが姿を現していれば、ポール卿はクレアと距離を置いていただろう。またもや自分の誤算だ。しかも、彼女と仲直りする絶好の機会になったはずなのに。

ここ数日、アレックスはクレアに関する記事が載っていないか、ゴシップ紙の社交欄を調べていた。彼女は毎日のように囲み記事で取りあげられている。ロンドンの人々はクレアがどんな催しに参加し、何を着て、誰とワルツを踊ったかを知りたくてたまらないらしい。アレックスは悲しげに微笑んだ。ペンブルック侯爵夫人はひとりでいても注目の的なのだ。夫や夫婦関係に左右されることはない。社交界ではペンブルック侯爵夫妻が一緒に暮らしていないと知られているものの、その理由は暴露されていなかった。ありがたいことに醜聞にもならず、呪いについて書き立てている記事もなかった。

サマートンには感謝しなければならない。何日間も酒浸りだったアレックスを立ち直らせてくれたのだ。酩酊《めいてい》状態から脱すると、妻を家へ連れて帰るのに必要な準備を整えるのに時間はかからなかった。じきにランガムホールを訪問するつもりだ。クレアと会って、サマートンとの会話の内容について謝り、すべてを説明して、戻ってくれるように頼もう。彼女をふたたび腕に抱きしめるまで、あきらめる気はない。

ロンドンに着いてすぐにクレアと会うべきだった。自己憐憫《れんびん》におぼれ、自らの行為をどう説明するか考えあぐねているあいだに、貴重な時間を無駄にしてしまった。いまとなっては、ポール卿の言ったことにも対処しなければならない。ミスター・ミルズをどうするかも考える必要がある。

クレアについて考えると喉が締めつけられた。アリスを失ったアレックスの悲しみを、彼女は理解してくれる。実際のアリスが彼の思っていた妹とは違うとわかったときも、慰めてくれた。クレアは彼が大切にしているもの――家族とペンヒル、そこに暮らす人々――を尊重してくれている。彼女の人となりと仕事に対する倫理観も、アレックスとぴったり合う。ベッドでの相性もすばらしく、彼はクレアを自然に絶頂へ導くことができる。

答えはひとつしかない。

彼女を取り戻すか、その努力をしながら命果てるかだ。

「ミスター・ミルズ、ペンブルック卿がお見えです」若いメイドが、広くはないがきちんと整頓された書斎に案内してくれた。彼女は足早に立ち去ろうとして、アレックスとぶつかりそうになった。

彼の来訪の知らせにジェイソン・ミルズがどんな反応を示すか観察する。ミルズは送り状や帳簿に囲まれながら、オーク材の机に向かっていた。彼に比べれば、メイドのあわてぶりなどたいしたことはない。

「ペンブルック卿?」急に立ちあがろうとしたので、座っていた椅子がうしろに倒れた。ミルズは用心深く、アレックスの手に視線を向けた。

目の前に立つ若者には、いろいろききたいことがある。アレックスは静かに腕をあげて、銃を持っていないことを示した。信用していいものか半信半疑な様子で、ミルズはじっと見つめている。ここで真相をつかめれば、これからの行動を算段しやすくなる。ジェイソン・ミルズはアリスにとって大切な存在だった。この訪問が終わる頃には、彼を通して妹のことがもっとよく理解できるようになるといいのだが。

「どうぞおかけください」ミルズは大きく息を吸い込むと、倒れた椅子をもとに戻した。机の前に置かれた椅子のほうへ、軽くうなずいてみせる。

「ありがとう」この若者にどんな慰めの言葉をかければいいだろう？　先日は彼を追い払ってしまったが、どうすればアリスの死をふたりで悼むことができる？「わかってほしいんだが、ぼくは話をしに来た。話したいだけだ」

ミルズがためていた息を吐き出した。

「ペンヒルできみにひどい態度を取ったのを償いたい」髪をかきあげ、アリスの話をどう切り出そうか考える。「もしあのとき妻がいなければ、ぼくたちはふたりとも、今日ここにいられたかどうかわからない」

若者が眉根を寄せる。「ぼくのしたことを心からお詫《わ》びします。アリスの死は……」

「妹が亡くなって、きみもぼくと同じくらい打ちのめされているだろう」

悲しみの影がミルズの顔をよぎった。「ブランデーを召しあがりますか？」

「いや、遠慮しておく」この数日間で、アレックスがもっとも避けたいのがアルコールだった。

ミルズがうなずく。目に浮かぶ苦痛の色と、かたく引き結んだ唇から、彼がまだ悲しみに打ちひしがれているのがわかった。アレックスは胸を切り裂く痛みを感じて、大きく息を吐き出した。もしクレアを失い、二度と会えないとなったら、自分は立ち直れないだろう。ミルズがそんな痛みを胸に抱えているとしたら、この男を助けるためになんでもしよう。

「アリスの件で、ここに来たんだ」アレックスは言った。

「彼女が亡くなったなんて信じられない」ミルズは椅子の背もたれに身を預けた。「最期のときを教えてもらえませんか?」この会話から安らぎを得ようとするかのように、アレックスに注意を向ける。「苦しんだのですか?」

アレックスは目をしばたたいた。アリスが命を絶った状況を打ち明けるべきかどうかは問題ではない。そんなことは生きたまま人間の皮をはぐのと同じで、単なる拷問だ。

「肉体的には苦しまなかった。ある晩ベッドに入って、そのまま目を覚まさなかった」

「彼女のもとを離れるべきではありませんでした。ひと財産を築きに外国へ行くなんて論外です。そんなことをしなければ、もっと彼女と一緒にいられたのに」

「どうやってアリスと……知り合ったのか、教えてくれないか?」脳裏に昔の光景が浮かんだ。妹が無邪気に納屋へ入っていき、その数時間後、顔を輝かせて出てきた。

「村の鍛冶屋が馬番に払う金額の倍を侯爵閣下が支払っていると聞いたのです。それで雇ってもらいたくて、仕事が終わってから厩舎の管理人を手伝いに行っていました。妹さんに出会ったのは最初の週です。干し草置き場の上の階にいた猫を助けようとしていました」ミルズの目に涙があふれた。「ぼくは手伝いを申し出ました。ひと目ぼれしたんです。彼女はまだ生きていたはずなんだ、もしぼくが……」

「ミルズ、われわれが何を言おうと、あとの祭りだよ」ああ、クレアがそばにいてくれたら。彼女なら、うまい慰めの言葉をかけてくれるはずだ。「ぼくたちのどちらも、アリスの選択を阻止できなかっただろう」

「選択ですって？」ミルズがアレックスの目をまっすぐに見た。

どのように話を続ければいいかわからない。

「閣下？」

アレックスは吐く息が震えているような気がした。ミルズには真実を知る権利がある。

「アリスは……アリスは身ごもっていて、自殺したんだ。手紙を残して」

静まり返った部屋にミルズの椅子がきしむ音が響いたが、低い悲しげな嗚咽がそれに取って代わった。「身ごもっていた？」両手に顔をうずめている。「ぼくはなんてことをしてしまったんだろう。彼女を殺してしまった」

「いや、きみじゃない」つぶやくように言った。

「あなたはぼくを撃ち殺して当然です。ああ、いっそのこと……」

「いいか、ミルズ。ぼくも同じように考え、あらゆる理由で自分を責めた。だがそんなことをしたって、どんな答えも理由も見つからない。アリスが選択したことなんだ」

若者はつばをのみ込んだ。「旅の様子を知らせる手紙を何通か送りました。いつも一見しただけではわからないように、つなげれば〝あいしてる〟という言葉になる文字の下に線を引いていました。ふたりの仲があなたにばれたら、ぼくの帰国前にアリスが結婚させられてしまうと思ったからです」

「賢いやり方だな」アレックスは口の両端をあげた。「心配する必要はなかったんだ。妹の結婚を急がせるつもりはなかった」

「彼女が生き返るなら、ぼくは悪魔にこの身を捧げてもいい。彼女を守るためなら、すべてを投げ出します」ミルズの頰をゆっくりと涙が伝う。「何よりも一番に彼女を愛していました」

その言葉に、アレックスの心が新たに痛みはじめた。アリスに対するミルズの献身は無償の愛だ。クレアに対して、アレックスも同じことをするだろう。彼女のためならすべてを失ってもいい。だがこの若者に感化されていなかったら、自分はこうした真実を理解するだけの知性と心を持ち合わせていただろうか？

亡き妹の復讐に凝りかたまって、アレックスはずっと目の前の現実を見ていなかった。サマートンからの説教や拒絶が啓示のように思える。これまではそれに気づけなかった。ひどく傲慢で愚かな人間だった。そして宇宙の采配か、どういうわけかわからないが、アレックスは最高の恩恵を受けて、引きずっていた痛みから解放された。クレアに出会い、救われたのだ。

彼は復讐にとらわれて時間を浪費してしまった。アリスが亡くなった悲しみを癒すほうに目を向け、ダフネと母をもっと慰めてやるべきだった。クレアとふたりの結婚生活をもっと慈しむべきだった。破滅ではなく、人生をともに歩みながら築きあげていこうと考えれば、こんなふうにはならなかったのだ。この一年ずっと曇っていた視界が晴れるのを、アレックスは感じた。

心持ちが変わった理由はただひとつ。

クレアを愛している。自分が持てるものすべてを彼女に捧げたい。彼女がいない人生では、まわりのすべては不毛な荒れ地みたいなものだ。生きる意味がなくなってしまう。

アリスの死によってミルズが失ってしまったのは、まさに生きる意味だ。彼女の死は、忘れようのない衝撃をこの若者に与えた。

ミルズは天井を見つめている。苦悶に満ちた目がアレックスの心に焼きつけられた。

「アリスに愛されることで、ぼくはよい人間になれました。彼女はぼくをとても信頼してくれたんです」

「そんなすばらしい経験ができただけ、幸運なことだ」胸が苦しい。まるでロープで体を締めつけられているようだ。ミルズが感じているのと同じ慰めを、クレアは与えてくれていた。もう一度、彼女の愛を取り戻せたら、ふたりが携えているものをけっして見失ったりはしない。

打ちのめされたように、ミルズが大きく息を吐く。

アレックスは前のめりになり、手を差し出した。「アリスはきみと出会えて幸せだった。ぼくはそう確信している」

「ありがとうございます、閣下」

「きみを助けたい。友人のサマートン卿は財務と投資の魔術師なんだ。彼の仕事仲間やビジネスパートナーを、きみに紹介してくれるだろう。イングランドに帰国したいま、彼の助けがあれば仕事がやりやすくなる。どうかそうさせてくれ。アリスもきっと、ぼくにきみを支援してほしいと望んでいるはずだ」

ミルズが立ちあがって、差し出された手を見た。消耗しきった顔つきから悲しみの表情に変わっている。「ひとつ条件があります」

「言ってくれ」

「ペンヒルへ行って、愛する人の墓にまいらせてもらえるでしょうか？」

アレックスは息が詰まり、若者の声に響くやさしさに涙があふれた。「きみが行くと伝えておこう。好きなだけペンヒルの屋敷に滞在すればいい」

「ご親切にありがとうございます」

「ぼくにも条件があるんだ」アレックスは言った。

ミルズが小首をかしげる。

「ぼくの過ちを許し、ぼくをきみの友人だと思ってほしい」

笑顔とまではいかないが、うなずくミルズの表情は明るかった。

「サマートンがきみからの連絡を待っている」アレックスは彼と握手した。「失礼する前にもうひとつ。ありがとう。きみは今日、ぼくにとても大切なことを学ばせてくれた」

妹はこの男を愛していた。けれども結婚前に身ごもったことを受け止めきれないほど若く、兄に助けを求めることもできなかった。ダフネには同じ思いをさせたくない。妹とその幸せをもっと考えてやろう。

一番大切な気づきは、アレックスがクレアを、すなわち妻をどれほど愛しているかだった。彼女は希望を与え、もう一度、人を愛せると教えてくれた。もう復讐にかまけて、一秒たりとも無駄にしたりはしない。もっと大事なことがある。彼がどれほどクレアを愛し、彼女の幸せを願っているかをわかってもらうのだ。

ミルズを訪ねたあと、アレックスは細部まで身だしなみを整えてランガムホールへ向かった。もう二度とクレアの追及を避けたりしない。彼女は自分の妻だ。帰ってきてくれと頭をさげよう。

到着するとすぐに、ピッツが玄関で出迎えた。執事の冷たい応対は、アレックスを待ち受けているものを予言していた。

黄色を基調にした内装の客間に通されると、彼は部屋の中を行ったり来たりしながらクレアを待った。自分がどれほど彼女を愛しているか理解してもらうまで、帰らないつもりだった。

少しするとランガム公爵が入ってきた。マッカルピン卿とウィリアム卿がうしろに続いている。三人の表情は暗く、目は怒りに燃えていた。その様子はまるで軍隊の行進だ。もっと正確に言うなら、絞首台に向かって進んでいるかのようだった。

彼らの態度にもアレックスは驚かなかった。「ごきげんよう、公爵閣下。クレアの件でまいりました」

間を置かずに最初の一撃が飛んできた。ランガム公爵は怒りに燃えると恐ろしい男だ。貴族院で舌鋒《ぜっぽう》鋭く相手を攻撃するところは見たが、わが身に起こったようなことは想像していなかった。顎に右の拳を打ち込まれるとは。

その強打にアレックスは倒れた。

一瞬、わけがわからなかった。四つん這いになり、視界をはっきりさせようと頭を振る。なんとか立ちあがると、抵抗せずに責めを受け入れた。ランガム公爵は新たに拳を繰り出して、まっすぐに腹部を狙った。殴打の衝撃で、肺から空気がすべて抜けた。

息を吸おうとあえぐアレックスに向かって、公爵がようやく口を開いた。

「わたしの姪を、すなわちキャヴェンシャムの人間を利用しておいて、ただですむと思っていたのか？　ペンブルック、もう歓迎されていないことはおまえでもわかるだろう。ピッツが玄関まで案内する」

アレックスはあえぎながら声を絞り出した。「閣下、ぼくは妻を迎えに来ました。連れて帰りたいのです」クレアと一緒でなければ、ここを離れるわけにはいかない。

なんの躊躇も見せず、公爵がアレックスのクラヴァットをつかんで殴りかかった。拳が左頬を直撃する。

アレックスはのけぞった。体勢を立て直すが、顔の感覚が麻痺している。金属のような味が口に広がった。

「セバスチャン、やめて!」ランガム公爵夫人が叫びながら客間に駆け込んできて、夫の腕をつかんだ。

「ジニー、この男がクレアと話すのは許さない」公爵の声が部屋じゅうに響き渡る。

神々しい姿が視界に入ったのでアレックスが顔をあげると、クレアが目の前に現れた。一瞬、彼は息をするのも忘れた。彼女は記憶にあるよりもずっと美しい。もしその顔に少しでも触れることができたなら、何も思い残すことなく死ねるだろう。アレックスはハンカチを出して口元の血をぬぐった。意識をはっきりさせようと頭を振る。

彼女をじっと見つめながら、ほかの人たちは無視して妻に語りかけた。

「クレア。ぼくが悪かった……」言葉を切り、口の中ににじむ血をのみ下す。「ふたりだけで話せるだろうか?」

「ジニー、彼女を連れていけ。いますぐだ!」公爵が怒鳴った。

クレアが前に進み出る。「アレックス?」その声はやさしく、まなざしは心配そうだった。どちらもまるで天からの贈り物のようだ。

「早く!」公爵が叫ぶ。

公爵夫人がクレアを部屋から連れ出してしまい、すべての望みが絶たれた。アレックスはたじろいだ。顔の左半分がごっそりと落ちてしまったような感覚だ。クレアを取り戻すのは、思っていたよりも難しそうだった。

「ペンブルック、この件はわたし自身に対する侮辱と受け取っている。わたしはクレアにおまえとの結婚を勧めてしまった」

アレックスは喉にたまった血を吐き出した。小さな声を発するのも痛かったが、なんとか公爵に聞こえるように言う。「お言葉を返すようですが、クレアはぼくの妻です」

怒りがまだ絶頂に達している公爵は怒鳴った。「こんな不始末をしでかしたおまえが彼女に会うことは許さない。弁護士に書類の隅から隅まで一語一句精査させて、法的手段に訴える準備をする。おまえからなど何も受け取りたくないとクレアが思っているなら、わたしがどんな援助でもするつもりだ。彼女はもうおまえの庇護のもとにはない」それだけ言い放つと、公爵は部屋を出ていった。

マッカルピンとウィリアムが相手になっても、状況は好転しなかった。ふたりが下そうとしている制裁をアレックスは受け入れるつもりだった。だが沈黙があまりにも長く続くので、彼は口を開いた。「ぼくを痛めつけようとしているんだろう？」

「ペンブルック、まずは父の気がすむようにしてもらった」マッカルピンの声は低かった。「ぼくは〈ホワイツ〉での賭けで、かなりの額をもうけさせてもらったよ。だが、おまえはぼくのいとこと家族を汚そうとした。おまえを八つ裂きにして犬に食わせてやる。殺しはしないが、いっそのこと息の根を止めてほしかったと思うのは間違いない」

ウィリアムの言うことはもっと残酷だった。「兄の気がすんだら、ぼくが存分に楽しむ番だ。夜になったらおまえの命を奪ってやろう。もちろんぼくは正当防衛だ」

ふたりは振り返りもせずに部屋を出ていった。キャヴェンシャム家の応対は驚くべきものではなかったが、ランガム公爵からクレアとの面会を禁じられるとは予期していなかった。もし彼らの介入なしにふたりきりで話せたら、帰ってくるように説得できたはずなのに。

もう一度妻の心を取り戻すため、きちんと会わなければならない。もっと新聞を端から端まで読む必要がある。舞踏会やいろいろな集まりに顔を出そう。ランガムホールの近くに住んでいるというのは、またとない偶然だ。見張るには好都合だった。


床に横たわるアレックスを放っておくのは、これまでの人生で一番つらいことのひとつだった。彼のもとに駆け寄り、傷の手当てをしたい衝動に負けそうになった。でもそんなことをすればおじの怒りに油を注ぎ、もっとひどい暴力が振るわれていただろう。アレックスがあれ以上、耐えられるかどうか疑わしい。

彼の顔とベストには大量の血がついていた。息を切らし、苦しそうだった。肋骨《ろっこつ》が折れていたらどうしよう？　窓から彼の姿をひと目見ようとしながら、クレアは心配で息が詰まった。アレックスは屋敷を出ると、上階を見あげた。クレアは動かずにじっとしていたが、アレックスは彼女の部屋がどこかは知らない。彼はクレアをまっすぐに見つめ、腫れた顔で不器用に微笑んだ。

エマがウエストに腕をまわしてクレアを引き寄せる。「顔をあんなに痛めつけられても、あなたのだんなさまはハンサムだわ。少なくとも鼻は折れていないみたいね」

「彼は大丈夫かしら?」

「そうね、きっと大丈夫よ。ひとりで歩けるんだもの」エマはクレアを隣の居間へ促した。

「お買い物に行かない? 本を買いに」彼女があわてて言い添える。

「また今度にしましょう」口には出さないが、クレアはアレックスが来てくれたのがうれしかった。ランガムホールを訪ねるということは、何か考えがあってのことだろう。けれど、クレアは自分自身の心をあざむいていた。彼女だけは、ふたりの結婚が本物だと信じていたのだ。

居間に入ると、マッカルピンとウィリアムが立っていた。マッカルピンがクレアの手を取る。「彼は大丈夫だよ」

クレアはいとこたちから離れ、夫の姿を最後にひと目見ようと窓に近づいた。ウィリアムが横に立ち、同じ方向を見る。彼はクレアの顎をあげ、自分の青い目を見つめさせた。「どうしてほしいか言ってくれ。ぼくがやるから。彼がきみを傷つけることは二度とない」

「もうじゅうぶんよ。自分がどうしたいかはわからないけれど、彼が痛めつけられるようなことはたくさんだわ」クレアは三人のいとこたちの顔を見た。

「クレア」ウィリアムがたしなめるように言う。「きみにはあきれてしまうよ」

「〈ヘイリーズ・ホープ〉へ行きましょう。キャプテン・クックの第一回目の大航海記を買ってあるの」エマはクレアの腕を引っ張った。「ミスター・ネイピアから、その本を持ってきてほしいと言われているのよ。あなたも連れてきてって。気分転換になると思わない?」

マッカルピンがクレアのもう片方の腕を取った。「ぼくたちもおともしよう」

およそ一〇分後には、四人は慈善団体の大きな木製の扉をくぐっていた。そこに暮らす人々との交流を楽しんでいると、絶え間なく張りつめていたクレアの心が少しやわらいだ。彼らの話に耳を傾け、アレックスと彼がランガムホールに来た意味については考えないようにした。

ウィリアムはけっしてクレアのそばを離れようとしなかった。彼女にこのひとときを満喫してもらおうと、みなに自分たちの子どもの頃の武勇伝を語りはじめる。笑い声があまりに大きかったので、マッカルピンとエマがいったいなんの騒ぎかと見に来た。ふたりもすぐに加わり、ウィリアムに負けじと話しはじめた。

クレアはその輪を離れ、孤児院への寄付を募る手紙を書いた。ノックの音に顔をあげると、ウィリアムが満足そうな笑みを浮かべて立っていた。時計をちらりと見て驚く。なんと二時間も手紙を書くのに集中していたのだ。

「ありがとう、ウィリアム。今日はここへ来てよかったわ」

「きみのおともはいつでも大歓迎だよ」彼が首をかしげて言う。「きみが席を立ったのは、ぼくの話がつまらなかったからじゃないだろうね?」

クレアは満足げに大きく息を吐いた。「その反対よ。すてきな出来事がたくさんよみがえってきたの。あなたやあなたの家族と暮らしはじめてからの思い出が」

「彼を愛しているのかい？」ウィリアムはいつも率直だ。

彼女はうなずいた。いまはこれが精いっぱいだった。

「あの男には、ぼくがまだ知らない面があるんだな、きっと」

屋敷へ戻ると、クレアはアイリーンに頼んで、今夜は社交界の集まりには欠席したいとおばに伝えに行かせた。慈善団体を訪問してせっかく気持ちが少し安らいだので、舞踏会に出て気を遣うのはいやだった。

今宵は家族と一緒に過ごしたい。〈ヘイリーズ・ホープ〉で味わった心の平安も、寝支度を整えているうちに消えてしまうだろう。そうしてまた、アレックスのことを考えてしまうのだ。

13

翌朝、アレックスはハイドパークの乗馬用道路《ロットン・ロウ》へ行くクレアのあとをつけた。公園の周囲を大まわりして時間を稼ぎながら、謝罪の言葉を考える。家族からの邪魔が入らない貴重な機会だった。

深呼吸して心の準備を整えると、アレスを駆ってロットン・ロウへ向かった。だが、公園の全景が見えてくると思わぬ光景を目にして馬を止めた。馬に乗ったクレアがポール卿と楽しそうに話している。

アレックスは用心深く霧の中から姿を現した。クレアが急いで手綱を引いて逃げる。その横にはチャールズがついていた。全速力で追いかけるためにアレスに拍車をかけようとして足を引いたが、すぐに考え直した。クレアはなぜポール卿と一緒にいたのだ？

顎を引きつらせ、冷たい目でにらみつけながら、アレックスはポール卿のほうへ近づいた。ランガムホールを訪ねたときに負った顔の傷がまだ癒えていないので、少しは相手を脅す役に立つかもしれない。

ポール卿がアレックスの全身をくまなく眺めた。「見事な青あざだな。奥方を訪問したときの土産か？　その派手な色のおかげで、ふだんよりも顔立ちがよく見えるぞ」

「ぼくの妻に近寄るな」

ポール卿は笑ったが、その耳障りな声には愉快そうな響きはほとんどない。

「おまえの妻はぼくといるほうが好きなんだ。変わらない物事もある」彼は頭をかしげると、自分の臆病な馬を横に動かした。「おまえはぼくとクレアの人生をもてあそぶべきじゃなかったんだよ、ペンブルック。その報いで生涯不幸に陥るのはそちらのほうだ」

ポール卿がいまのアレックスのみじめさをじゅうぶんに理解していたら、満足していたことだろう。「すでに起こったことはもう変えられない。前を向いて進むしか……」喉からは言葉が最後まで出てこなかった。「アリスに起こったことを誤解していたとわかったんだ。おまえと妹のあいだに何があったかを曲解していた」

「借用書が返ってきたのはそのせいか？」ポール卿は薄笑いを浮かべながらも、目に浮かんだ苦悶は隠せていなかった。「これですべてを水に流せるとでも思っているのか？」

「いや」こんな短い返事ではなくきちんと説明すべきだったが、アレックスにはできなかった。「夕方までにウィローハウスの権利書も返却する」

「おやおや、誰かさんはようやく正しい行いを始めたようだな。だが残念なことに、おまえはいつも遅いんだ」朝日がポール卿の意地の悪い表情を浮かべた顔を照らす。「ぼくはおまえの妻にレディ・バーリントンのパーティーで会って、一緒に暮らそうと言った。今朝はそのことについて詳しく話していたんだよ」

「そんな話は信じない」そんなきわめて不愉快な結果を考えるだけで、全神経がざわめく。戦いが終わろうとも、クレアをあきらめはしない。

「みんなのために議会に離婚を申請してくれ。ぼくはクレアと結婚して、彼女がずっと望んでいた人生を与えてやるつもりだ。彼女がぼくの恋人だと触れまわるのも躊躇しない。どちらの父親も公爵だから、ぼくたちが醜聞でつぶされることもない」ポール卿は鋭い目でアレックスをにらみつけている。「二年もすれば、ぼくたちふたりは社交界の頂点に君臨して、不名誉な出来事など忘れ去られているさ」

ポール卿の真剣な顔つきを目にして、アレックスの心に怒りがわいてきた。

「地獄を見るぞ。ぼくはそんなことは絶対に許さない。決闘で決着をつけるべきかもしれないな」

「おまえが教えてくれたように、ぼくもひどく苦しむおまえを見て楽しむことにするよ」ポール卿は手袋を引っ張ってしっかりとはめた。

「おまえが妻に近づくのをぼくが許すなどと思っていたら、精神科病院にぶち込まれることになるぞ」

「いまに見ていろ」ポール卿は白い去勢馬をゆっくりと走らせた。ふいに手綱を引いて止まり、馬の向きを変えてアレックスに対峙《たいじ》する。「この計画を実行に移すにあたって、おまえはぼくの墓穴を掘った。どうせなら、もうひとつ掘るがいい。自分用にな」帽子のつばを軽くあげてから、彼は走り去った。

悪意に満ちた言葉がアレックスの心に刺さる。彼は詰めていた息を大きく吐き出した。ポール卿の言ったことが少しでも本当だとしたら、どうすればいい？　クレアがあの男との人生を望んでいるとしたら？　そんなことは考えるのも耐えられない。

クレアはヘルメスを止まらせ、大きく息をついてから小さな木立の中に身を隠した。自分の人生が虚無の井戸に落ちていこうとしている。ひとりの男性は彼女を恋人にしたいと言う。もうひとりは家族の不名誉をすすぐ復讐のために、妻でいてほしいと思っている。われを失わずにいるにはポール卿から逃げて、いつあふれてもおかしくない涙を見せないようにするしかなかった。

小鳥のさえずりを耳にして気持ちが落ち着くと、クレアは避けようのない真実を受け入れた。もうけっして否定できない。彼女はアレックスを愛していて、彼を求める気持ちを抑えるのは不可能なのだ。孤独にのみ込まれてしまいそうだった。

胸が締めつけられ、涙がこみあげる。息をするのもままならず、すすり泣きが止められない。意に反してしゃくりあげるような激しさになり、まわりの世界が崩れ落ちた。体の奥底から絞り出すように嗚咽をもらすと、それは苦悩と憐憫に満ちた笑いに変わった。最初は悲しげだったが、笑いが止まらなくなり、ヒステリックな響きを帯びてきた。胸の痛みをやわらげようと、クレアはヘルメスに寄りかかった。感情を抑えきれず、彼女は短い草の生えた地面に座り込んだ。

「クレア、いったいどうしたんだ？」立ちあがろうとしたところに、アレックスの声が聞こえてぎょっとする。

「アレックス？」彼はどこから来たのだろう？　クレアは手袋で頬の涙をぬぐった。やわらかい革はほとんど涙を吸ってくれない。急いで立とうとしたために、ブーツで乗馬服の裾を踏んでよろけてしまう。顔から地面に倒れ込み、顔面を強打するのを覚悟したが、そうはならなかった。気がつくと、彼女はアレックスの腕の中にいた。彼に抱き止められた安心感に、暗い世界が色を取り戻したように感じる。至上の幸福を感じたが、それもアレックスの顔を見るまでのことだった。

彼はクレアの体を眺めてから、目を見つめた。アレックスの顔が赤くなり、左頬のあざが黒ずんでくる。彼女はとっさに身を引いた。

「彼の申し出を受けるつもりなのか？」彼の目には荒れ狂う嵐のような怒りが燃えていた。

「誰の？」

「ポール卿だ」アレックスが小鼻をふくらませる。「ぼくはきみと離婚などしないぞ」

「わたしこそ、そんなやり方でわたしの家族とあなたの名誉を汚したりしないわ」すべての感情が怒りとなり、ペンヒルでの言い争いなど取るに足りないもののように思えた。「わたしはあなたみたいなことはしない。そんな言いがかりはもってのほかよ」

彼は驚いたようにクレアをまじまじと見た。「いったいどういう意味だ？」

怒りがどんどんふくれあがる。「嘘、偽り、陰謀……もっと続けましょうか？　わたししたちの結婚は、あなたの策略と復讐のため以外の何物でもないのよ」

驚きの表情のまま、アレックスがゆっくりと近づいてきた。

「きみはそんなふうに思っているのか？　ペンヒルでのすべてが嘘の上に成り立っていたと？」

猟師に見つかったヤマウズラの群れが散り散りに逃げるように、クレアの怒りは粉々になった。思いが口からあふれ出る。「ペンヒルで過ごした数週間は、まるで夢がかなったかのようだったわ。あんな生活をずっと望んでいたのよ」必死で抑えている涙がこぼれないように、作り笑いをした。

「クレア、ちゃんと聞いてくれ。きみは誤解している」アレックスは彼女の言葉を否定するように首を横に振った。

「わたしはあなたを心から信頼していた。わたしの心と魂を捧げたのはほかの誰でもなく、あなたなの」彼女はつばをのみ込んだ。「誰にも打ち明けたことのない秘密を、あなたには話したわ。それは……」あなたを愛していたからよ。その言葉までは口にできなかった。本心を気づかれないように、なんとか平静な声を出す。「そんなことはどうでもいいわ。あなたはポール卿を破滅させることしか頭にないんでしょう」

以前には自分から相手に対して、ペンヒルにいたときほど心を開いたことはなかった。でも結局は自分の力で得たものといったら、クレアの真実を知らずに婚約と結婚を画策した男性と一緒になったということだけだ。恥ずかしすぎて打ち明けられない秘密が、まだばれていないのが幸いだけれど。

「わたしたちのあいだにどんな関係があるのか、もうわからない」クレアは息を吸い込んで、最後まで話を終えようとした。「理解していたつもりだけれど、真実がわかって……」

「クレア、やめてくれ」彼女の言葉に傷ついたかのように、アレックスがあとずさりする。

持てる力を振りしぼり、クレアは彼の目を見た。「わたしがあなたにとって大切だったのは、仇を討つ武器として使うためだったのよね。わたしの財産目当ての結婚話だったと言われたほうが、まだ受け入れられたでしょうに」レディらしからぬふるまいだが、彼女は鼻をすすった。「貴族社会では、そんな縁談はよくある話だもの」涙がこぼれないように、顔をしかめてまばたきをする。「わたしは本当におばかさんだったわ。ふたりの新生活に財産は関係ないと思っていた。じつはそれより、もっとひどかったのね。わたしたちの結婚は憎しみと復讐の上に成り立っていたんだから」

「きみを傷つけるつもりはけっしてなかった」アレックスが両手で彼女の頬を包み込んだ。「ペンヒルではきみとぼく、ふたりの生活を築いていたんだ。将来の、そして未来の家族のために。きみは幸せじゃなかったのかい？」クレアを説得するように、抑揚のある低い声で語りかける。

「ほんの一瞬は幸せだったわ」脈が速くなり、顔が熱くなった。「男性を信用して失う。こんなことを何回繰り返せばいいの？」目を閉じて、混乱と屈辱を振り払うかのように頭を振った。「これまでずっと、心が引き裂かれてもなんとか立ち直ってきたわ。今回ばかりは、そんなことができるかどうかわからない」

アレックスが顔を近づけ、彼女の目をのぞき込んだ。「頼むからやめてくれ。頭がどうかなりそうだ。もう眠ることも、考えることもできない。なぜ彼と一緒だったんだ？」消え入りそうな、弱々しい声だった。

「振り向いたらポール卿がいたのよ。わたしの言葉を疑うのなら、チャールズにきいてちょうだい」新たに勇気がわいて、決意が再度かたまったかのように、クレアはアレックスから離れた。「ポール卿はあなたをからかっているのに、あなたが信じているだけよ」

「それは違う。もし彼の言うことを信用していたら、ぼくはここにいない」アレックスは手で顔をこすり、傷に触れて眉をひそめた。

「痛むの？」とっさに手を差し出したが、すぐに引っ込める。

アレックスが笑い声をあげたものの、目は笑っていなかった。「こんなのは痛くない」自分の中の葛藤を抑えるように黙り込む。ようやく口を開いた彼は、子どもを諭すような声で言った。「ランガムホールに戻って荷物をまとめるんだ。きみをペンヒルへ連れて帰る」

夫の要求を耳にして、クレアが無力感とともに抱いていた不満が爆発した。

「自分で言ったことがわかっているの？　自分の行為を説明したり、謝ったりする気はまったくないのね。自らの過ちを見つめることすらできない。いったいどうすれば、あなたに命じられただけでわたしがペンヒルへ戻ると思うほど傲慢になれるの？」いらだちをこらえて平静を保とうとしたが、無理だった。「もう自分自身が何を望んでいるのかわからないわ。

いずれにしても、わたしの居場所はロンドンよ」

アレックスがクレアの顎をあげさせた。一瞬、心がうれしさに悲鳴をあげる。彼はキスをしようとした。「ぼくに償わせてくれ。もう一度、機会が欲しい」

彼の声の響きに気がゆるみ、クレアは唇が触れるのを待ってしまったが、正気に戻って顔をそむけた。馬具が触れ合う音がして、ふたりはわれに返った。馬に乗ったチャールズがヘルメスの手綱を握っていた。この馬番はずっとやりとりを聞いていたに違いない。彼は顔を赤らめ、視線を合わせずに馬からおりた。

先に口を開いたのはアレックスだった。「気をつけていてくれ。彼女が街に出るときには、けっしてそばを離れるな。さあ、馬に乗るのを手伝うんだ」

それから彼はクレアのほうへ身を寄せて、耳元でささやいた。「ぼくはあきらめないよ、レディ・ペンブルック」

チャールズに助けてもらい、クレアは馬に乗った。相反する気持ちがせめぎ合い、優雅な動きで馬にまたがるアレックスを目にして胸がときめくことに戸惑う。

まるで冥界の番犬、ケルベロスから逃げるように、彼女は拍車をかけると急いで公園をあとにした。けっして振り返らなかった。

クレアはあたりに漂う甘いバラの香りに包まれた。ピッツが大きなアレンジメントを慎重に運んでくる。さまざまな色合いのピンクと赤のバラが五〇本はあるだろう。

ジニーが驚きの声をあげた。「まあまあ、同じ色でもこんなにたくさんの違った風合いがあるのね、ピッツ。エマへのお花なの？」

「いいえ、奥さま。レディ・ペンブルックです。この小さな包みも」彼はカードと箱をクレアに手渡した。「バラと一緒に届きました」

カードにはアレックスの男性らしい筆跡でクレアの名が記してあった。彼女はバラのかぐわしい香りを深く吸い込みながら、思い出に浸るのはあとにして言った。「ありがとう。従僕にわたしの部屋へ運ばせておいてもらえるかしら」

執事はうなずき、手配をしに階下へおりていった。

クレアはしばらくバラを見つめていた。香りがよく、色に深みのある豪華なアレンジメントだった。まるで情熱と欲望、称賛を伝えたいと言わんばかりの。これが足早に消えていく自分の空想でないことを祈るばかりだ。

おばがささやく。「その箱をお部屋で開けていらっしゃい。セバスチャンに言う必要はないわ。あとでわたしにはちゃんと報告してね。カードの内容まではきかないから」すべてわかっていると言いたげな明るい笑顔だった。

クレアは寝室へ急いだ。バラが運ばれてきたので、扉に鍵をかける。もう一度香りを吸い込んでから、窓台に腰かけた。カードを見て胸がどきんとする。封筒を開けて中のカードを取り出すと、アレックスの香りがした。

〝許してくれ。A〟

小さな箱を手に取って、クレアはその重みを味わった。ゆっくりとリボンをほどいて蓋を開ける。中には紺色のベルベットの小袋が入っていた。その中身を目にして、はっと息をのむ。ピンクサファイアとダイヤモンドでできた、美しいアザミのブローチだった。宝石が放つ輝きが部屋じゅうに満ちる。

彼女はブローチをベルベットの袋の中に大切にしまった。これまでの出来事を何度も考えてみたけれど、ひとつの疑問が頭から離れない。アレックスはなぜこんなことをするのだろう？　彼のポール卿に対する態度と、クレアをペンヒルへ連れ戻したいという要求は、彼女には相容《あいい》れないものだった。クレアを傷つけたことを帳消しにするのに花と宝石を贈ればいいと思っているなら、アレックスは彼女が考えている以上に傲慢な男だ。

彼の行動をもっと詳しく分析しなくてはいけないと焦りながらも、それとは裏腹にクレアの鼓動は落ち着いていた。アレックスが彼女を必要としていると思っていいのだろうか？　償うべきだと思っている彼女の本心を理解したのか？　次々と心の声がわきあがってくる。

結婚生活をうまくいかせようとすれば、彼女は一連の出来事をすべて受け入れる必要があるだろう。

クレアはみじめな気持ちにさいなまれて生活するのにうんざりしてきた。日帰り旅行でもして、田園地方の景色を見ながら新鮮な空気に包まれたい。そうすれば気分も軽くなるだろうし、少なくとも抱えている問題からは距離を置ける。

チャールズの手を借りて二頭立て二輪馬車に乗り込むとき、クレアは空に輝くまぶしい太陽に目を細めた。顎の下で結んだボンネットのリボンが、心地よい風に吹かれて揺れている。

「よろしいですか、奥さま?」座席の端に座ったチャールズがきいた。

「ええ、いいわ」古くからの友人に会えるのが待ち遠しい。馬の手綱が引かれ、馬車が前に進みはじめた。

一時間ほどして、レイトンのはずれ近くにある小さいが手入れの行き届いた田舎家に到着した。クレアは美しい庭と草原が広がるのどかな景色に見入った。澄みきった田園の香りを吸い込むと、ふいにペンヒルの静けさが懐かしくなる。

「チャールズ、村の宿屋へ行って昼食をとっていらっしゃい。三時になったら迎えに来て」

「かしこまりました、奥さま」そう言いながらも、彼はクレアが田舎家の玄関へ向かうのを見守っていた。

扉が細く開くやいなや、ルーシー・ポーターがうれしそうな笑顔を見せた。

「まあ、レディ・クレア! うれしいお客さまだわ! どうぞお入りになって」彼女は家の中に向かって叫んだ。「ロジャーおじさん! どなたがいらっしゃってると思う?」クレアを立たせたままにしているのに気づき、あわてて言う。「さあ、どうぞ。お嬢さまがいらっしゃるとわかっていたら、お茶の準備をしておいたのに」

クレアはルーシーを抱きしめた。「お邪魔じゃないかしら、ルーシー? 街の喧騒から、ちょっと逃れたくて」

ルーシーは笑顔で目を輝かせている。「ロジャーおじさんはうれしさのあまり、お嬢さまをひとり占めしてしまうでしょうね」

チャールズのほうに、もう行ってもいいと軽くうなずいてから、クレアは中に入ってボンネットを脱いだ。ランガムホールから持ってきたバスケットをテーブルの上に置く。

「ミスター・ジョーダンのために料理人が用意してくれたの。彼の好きなものが詰め合わせてあるわ。わたしが夕食を気に入らないときに、こっそり持ってきてくれたチーズのスコーンとか」

「ルーシー、レディ・クレアがいらしているんだって？　早くお連れしてくれ」別室から声が聞こえてくる。

案内されるのも待たずに、クレアは書斎へ入っていった。そこには懐かしい顔があった。彼女を迎えようと頭を傾けている。クレアは彼の手を取って、しっかりと握った。

「ミスター・ジョーダン、わたしはここよ」両親に仕えてくれていた執事の顔を見てはじめて、クレアは心の安らぎを感じられた。ロジャー・ジョーダンは三代にわたってランガム公爵に仕えてきた。視力を失って役目をしりぞくまでの四八年間だ。その忠実な働きぶりに対してキャヴェンシャム家からじゅうぶんな退職金が支給されていたが、クレアはさらに援助を続けていた。

「お嬢さま、どうぞおかけになってください。ご結婚されたとピッツが手紙で知らせてくれました。いろいろなお話を聞くのが楽しみです」いまでもミスター・ジョーダンの低い声を聞くと、彼女の顔に笑みが浮かぶ。

ルーシーが紅茶とチーズのスコーンをのせた小さなトレイを持って入ってくる。

「お嬢さま、お茶を注いでいただけますか？　わたしは村の集まりに行かなくてはいけないんです。ご一緒したいんですが、仕立て屋の予約を断れなくて。もし気を悪くされて、ドレスを縫ってもらえなくなったら困るので」

「遠慮なく行ってきてちょうだい。あなたが帰ってくるまで、ここでおしゃべりしているわ」

「ロジャーおじさん、はしゃぎすぎてはだめよ。すぐに戻るから」そう言い残すと、ルーシーはあわてて出かけていった。

「お元気だった？」クレアは古くからの友人に向き直ると、あたたかく懐かしい気持ちに包まれるのを感じた。

ミスター・ジョーダンの目は生き生きしており、いまでも執事のような立ち姿だった。だが、腰をおろす動作はぎこちなくなっている。この一年間で、だいぶ体が弱ったようだ。椅子の上に落ち着くまでに時間がかかった。「ええ、おかげさまで幸せに過ごしています。毎日が楽しく、とくにお嬢さまが訪ねてくださるのがうれしくて」彼のあたたかい笑顔にその場がなごみ、彼女の心も晴れた。彼はクレアが必要とするときにいてくれる、真の友人だった。

四時間かけて、クレアは家族の様子を詳細に語った。アレックスとの結婚についても話したが、仲違いについては何も言わなかった。心やさしい友人を心配させるのは忍びない。レンウッドを訪問したときに起こったことも、全部聞いてもらった。ミスター・ジョーダンは彼女の両手をずっと握り、最後まで話せるように勇気づけてくれた。

話を聞いてもらうことで、クレアの気持ちはすっきりとしてきた。すべてミスター・ジョーダンのおかげだった。この訪問は彼のためというよりも、クレア自身に必要だったのだ。チャールズが扉をノックする音で、どれほどの時間が経っていたかにはじめて気づいた。彼女は別れの挨拶をすると、またすぐに来ると約束した。

帰る途中で、弁護士のところに立ち寄った。ミスター・ジョーダンのことは〈フィッツシモンズ&ウォルターズ弁護士事務所〉にまかせている。クレアはミスター・フィッツシモンズに、ミスター・ジョーダンとルーシーのことを気にかけておいてくれるよう頼んだ。経済的な援助が必要な場合には、すぐに知らせてほしいと伝える。両親の事故のあと、ミスター・ジョーダンずっとそばにいてくれた恩は返しきれない。クレアが気にかけているかぎり、彼に不自由はないだろう。

14

夜明けにアレックスのもとへマカレスターからの書状が届いた。クレアがレイトンで訪ねた男性の住所と名前が短く記してある。ルーシー・ポーターという名前の元家政婦が所有する家だ。その家政婦はサザート公爵の屋敷で働いていたらしいので、公爵の次男であるポール卿をよく知っているに違いない。彼女の年老いたおじであるロジャー・ジョーダンと一緒に暮らしているという。ミスター・ジョーダンは先代のランガム公爵、つまりクレアの父親に執事として仕えていたから、クレアと知り合いなのだった。

ポール卿とのつながりがあると知って、アレックスはサーベルで貫かれる以上の痛みを感じたが、その苦痛にはとらわれないようにした。問題が切迫しているいま、自己憐憫と疑念におぼれている暇はない。ロンドンにひとりで滞在しながら、クレアとアリスのことをいろいろ考えた。彼は妹を理想化して純真無垢《むく》だと思い込んでいたが、クレアにはその反対のことをしていた。疑いを理由に、自分の行動を正当化していたのだ。

大急ぎでアレスに鞍をつけて準備させると、アレックスはレイトンへ向かった。

口元を引きしめて、こぢんまりした田舎家の前に立ちながら、隠された秘密をすべて聞き出すまでは一歩も引かないと彼は心に誓った。大切なのは、クレアを失うつもりはないということだ。ジェイソン・ミルズのおかげで、自分がどれほど彼女を愛しているかわかった。妻を説得して、家に連れて帰らなければならない。

扉をノックして待っていると、女性が応対に出た。彼女はアレックスを外で待たせたまま、戸の陰で家主に客人の来訪を告げているようだった。ふたたび女性が出てきて、彼を中へ案内する。

「侯爵閣下、ミスター・ジョージ・ジョーダンがこの書斎でお待ちしています。ご用がありましたら、ベルを鳴らしてください」閉まった扉の前で女性は言った。

背の高い老人が机につかまりながら、頭を傾けて立っていた。目は澄んでいるが、こちらを見てはいない。窓の外に視線を向けている。

アレックスは書斎に入り、机の前まで行った。「ペンブルック卿です。お手数ですが、少しお時間をいただければと思います」

その男性はアレックスではなく、部屋にひとつだけある窓をじっと見つめている。わずかに頭をさげて、手を差し出した。「どうぞおかけください。失礼ながら、ようやくお会いできましたな。あなたさまとわたしには、たくさんの共通点があるようです」

別の方向を見ながら頭を傾けている様子から、彼は目が見えないのだとアレックスは気づいた。「昨日は妻がこちらにお邪魔したようですね。ぶしつけで申し訳ないが、彼女とどんな関係で、なぜここにやってきたのかお聞かせ願いたい」

ミスター・ジョーダンがうれしそうに笑う。「もちろんです。レディ・クレア、つまりレディ・ペンブルックの美徳をじゅうぶんに褒め称えるのは難しい。あなたさまは寛大な、すばらしい女性と結婚されました。あの方は外見だけでなく、もっと大切な魂と慈悲の心を受け継いだ、まさにキャヴェンシャム家の一員です。もしお嬢さまのお父上が生きておられたら、イングランドじゅうでもっとも娘を誇れる父親だったでしょう。いまは天国でご自慢に思われているに違いありません」少しのあいだ思案してから、彼は話を続けた。「公爵閣下だけでなく、公爵夫人もお嬢さまを愛しておられました。あのようなご家族にお仕えできて、わたしは幸せでした」

アレックスが口を開く前に、ミスター・ジョーダンが続けた。「レディ・ペンブルックが昨日いらした理由は、どうぞご本人からお聞きください」

そんなふうに拒絶されるとは予期していなかった。アレックスは無礼な受け答えをしないように自分を抑えた。クレアと結婚して以来、それは難しい場合もあるが、落ち着いて待ったほうが得られることが多いと気づいていた。「教えてください、あなたは誰なのですか？」

「わたしは第四代ランガム公爵、すなわちレディ・ペンブルックのおじいさまの頃からの執事です。だんなさまがお亡くなりになっても、お嬢さまのお父さまにあたる第五代公爵が、わたしをそのまま置いてくださった。屋敷が変わっても、公爵家とともに移りました。レンウッドが気に入られたのは、レディ・ペンブルックのお母さまの影響です。公爵夫妻が出会い、恋に落ちた場所だったのです」

アレックスは気持ちをゆるめた。この老人にこちらからも話を聞かせて、何を引き出せるか探ってみよう。「レディ・ペンブルックとぼくが結婚してから、短いあいだですがペンヒルを訪れました。レンウッドは彼女にとって思い出深い場所のようですね？」クレアがひどく動揺したことは話す必要がないだろう。

アレックスの言葉の真偽をはかるように、ミスター・ジョーダンがこちらをまっすぐに見る。

アレックスも無言で、断固として譲らなかった。相手が秘密を打ち明けるかどうか待った。答えを聞かずに帰るつもりはない。

元執事はアレックスの人間性を見るかのように鼻をつんとあげていたが、うなずきながら言った。「そのご質問はレディ・ペンブルックに直接なさってください。友人の信頼を裏切るわけにはまいりません」

「ぼくの妻は何か問題を抱えているのですか？　なぜ彼女はあなたに金を渡しているんです？」口から質問が転がり出た。「ランガム公爵家はあなたの引退にあたり、じゅうぶんな退職金を支給しなかったんですか？」

ミスター・ジョーダンが声を荒らげる。「侯爵閣下、わたしは公爵夫妻がお亡くなりになったとき、あなたさまの奥さまと一緒にいました。それがわたしたちの関係です。ときどき、ここを訪ねてきてくださるのです」

話し合いからは何も得られそうにないので、アレックスはここに来た目的を変更した。

「ミスター・ジョーダン、お願いです。妻を助けたいんです」

年老いた元執事が眉をあげる。

手で顔をこすりながら、アレックスは大きく息を吐いた。「正直に言って、助けが必要なんです」

「レディ・ペンブルックはレンウッドへおひとりで行ったそうですね。もう二度とそんなことはないようにしていただきたい」ミスター・ジョーダンは肩の力を抜いた。「彼女のご両親が亡くなったときに何があったか、まだ聞かされていないんですね？」

この老人はクレアに敬意を抱いている。彼女の話をするときには、その声に騎士のような威厳が感じられた。

「ええ、聞いていません。恐ろしい事故があったとは言っていましたが、詳しいことはまだ何も」

「あなたさまとレディ・クレアとのあいだに何があるのかは存じません。しかし、あなたさまの声に戸惑いの響きがあるところを見ると、おふたりとも結婚生活に違和感を抱いていらっしゃるようだ」

このぶしつけな老人に本当のことを打ち明けざるをえなかった。そうしなければ話が進まない。「ぼくの行為と態度のせいで、結婚生活が順調な滑り出しというわけにはいかなかったんです。ぼくは償いたいのですが、どうすればいいのか……。助けが必要なのですよ」大きく息を吐く。「彼女に戻ってきてほしいんです」

「あのような女性はめったにいません」元執事はそこで口をつぐみ、机の上で手を組み合わせた。うつむいて頭を振り、顔をあげてアレックスの目を見つめる。「お嬢さまが子ども時代に経験したのは、大の男ですら正気を失ってしまうような出来事です。いずれにしても、直接お聞きになるのがよろしいでしょう」

アレックスは立ちあがった。帰ってから考えをまとめたほうがいい。「お時間をどうもありがとうございました」

「お待ちください。最後にひとつ、お話があります。お金についてですが、あなたさまのおっしゃるとおりです。ランガム公爵家からはじゅうぶんにいただいていますが、レディ・クレアが年に一五〇ポンドを援助してくださっているのです。理由はわかりませんが、ありがたく思っています」

アレックスは眉をひそめた。思ってもみなかった告白だ。この男性は金を受け取ることに罪悪感を抱いているらしい。

「そのお金は口座に蓄えてあります。わたしが亡くなったら、レディ・クレアのお子さまに引き継がれるよう、すでに指示してあります。一シリングも手をつけておりません。もしお嬢さまがわたしに借りを感じているとしたら、それは間違いです。わたしのほうこそ、ご恩があるのですから」老人はひとり微笑んだ。「定期的にわたしを訪ね、老人の相手を楽しんでいるふりをしてくださっている」

アレックスはミスター・ジョーダンの手を取って握った。「あなたがそんなふうに思っていてくれてよかった。彼女はまさに天からの贈り物です。ぼくにはもったいない女性だ。だが、なんとしても戻ってきてほしいと思っているんです」

ミスター・ジョーダンがぎこちない動きで立ちあがる。「お嬢さまには幸せになってほしいと願っていますよ」

感情がこみあげ、鉄の輪が巻きつけられたように喉が締めつけられたが、アレックスは言葉を絞り出した。「ぼくも同じ気持ちです。ありがとうございます。クレアがあなたに渡しているお金を、どうか受け取ってください。ぼくが支払いますから。ひとりの男が借りを返していると考えてください。あなたは妻がおじのランガム公爵のもとで暮らすまで、彼女を安全に守ってくれた。あなたに引き続き、ランガム公爵がぼくのために彼女を庇護してくれていた。ぼくはおふたりにお礼のしようがない。どうか、お金はおさめてください」

「大切な女性だとわかってもらえてよかったです」ミスター・ジョーダンが頭をさげた。

かつて、恐ろしい悲劇が妻の身に起きた。それがどんな出来事だったのかを知りたい。けっして明かそうとしない元執事は腹立たしいが、その忠誠心には感じ入った。ミスター・ジョーダンはクレアを慈しんでいて、なんとしても守ろうとしている。傷つき、打ちのめされた老人の顔からは、彼自身もその悲劇からまだ立ち直れていないのが見て取れた。それほどの出来事がクレアにどれだけ影響をおよぼしているかは、想像にかたくない。

アレックスはいとま乞いをすると、ロンドンの屋敷に記録的な速さで戻った。今夜はなんとしてもクレアに会いに行こう。新聞と招待状をくまなく見て、彼女の関心を引きそうな社交界の集まりを探す。唯一あったのが、マーティンズ家で開催される退屈な音楽会くらいだった。今夜、クレアはおそらくランガムホールにいるだろうと思われる。どうやって彼女に近づけばいいのだろう?

アレックスはジャン＝クロードに風呂の準備をするように言いつけた。夜の闇に隠れるにはぴったりの暗い色合いの楽な服に、長い黒のマントを着る。

裏道を抜けてランガムホールに着くと、アレックスは屋敷の中の明かりが消え、住人が寝支度をするまで厩舎の陰で待った。クレアに会いたいという気持ちが募るあまり、ふだん持ち合わせている善悪の感覚が麻痺していた。夜の静寂に包まれると、彼は建物の構造を調べはじめた。ピッツに見つかって騒がれるのだけは、なんとしても避けたい。ランガム公爵に懲らしめられるのは、どんな男でも一回でじゅうぶんだ。

クレアの部屋は三階で、家族棟に近かった。バルコニーをひとつずつ確認すると、建物の一番端の、路地に面した窓がひとつ開いている。れんが造りの壁にはツタが一面に絡まっているが、アレックスの体重を支えることはできない。別の方法がすぐ頭上にあった。クレアの寝室を見張るように葉を茂らせているオークの木をのぼればいいのだ。

一番下の枝まではすぐに到達した。そこからさらに上へあがるのが大変だったが、アレックスは下方の枝に足をかけて、クレアの部屋のほうへ進んでいった。脚を伸ばすと手すりに届いたので、勢いをつけてバルコニーに飛び移る。

物音を立てないように窓から忍び込むと、褒美が待っていた。左側の小さな奥まったアルコーブに置かれた巨大なベッドで、クレアがぐっすり眠っている。アレックスは静かに椅子を持ってきてベッドの横に置くと、アルコーブのアーチ形の入り口を仕切るカーテンを閉めた。マントと上着、そしてブーツを脱ぐ。

クレアを起こさないように気をつけながら、アレックスはかがみ込んで額にキスをした。彼女の秘密をすべて聞き出すまでは帰らない覚悟だ。クレアはすぐ横にいる。彼は椅子にくつろいだ姿勢で座り、この数週間に感じていた疲れが肩から抜けていくのを感じていた。

眠りからゆっくりと覚めて目を開けると、ベッドのそばに置かれた椅子で人が寝ていた。背もたれに預けた頭を傾けている独特の姿勢から、アレックスだとすぐにわかった。彼が何か言いたげにうめき声をあげ、椅子に沈み込む。アイリーンにここまで案内されたとは考えられない。ロンドンに着いてからずっと、彼女が悪態をつく以外でアレックスの名を口にすることはないのだから。クレアは眠っている彼をよく見ようと近づいた。

静かな息遣いがしんとした部屋に響いている。アレックスは脚を伸ばして椅子に座り、ぐっすりと眠っていた。暗がりの中でその顔立ちはいつもより若く、傷つきやすそうに見える。

アレックスとサマートンの会話を立ち聞きし、本人がこれまでの行為を認めて以降、クレアには裏切りを水に流して彼を許せるかどうかわからなかった。アレックスと彼の子どもを持つ夢をあきらめると考えただけで、呼吸が浅くなってしまう。まだ時間は短いものの、結婚してアレックスが彼女の人生に深く入り込んでしまっているので、永久に忘れるのは難しい。彼はクレアの新しい姿を垣間見せてくれた。アレックスと一緒なら、彼女は悲しみで魂が空っぽになった人間ではなく、ひとりの完璧な女性としていられる。

彼は親切で、クレアが元気なときにはふざけるのも好きだ。彼女の心が疲れているとわかればやさしさで包み込んで守ってくれる。何度も繰り返し、呪いなど信じないと言ってくれた。ベッドで一緒にいるといつも、これまで想像したこともないような感情を味わわせてくれる。彼がいるからこそ、魅力的で官能的な、求められる女性でいられるのだ。

ときどき空想することがある。もし両親が生きていて、レンウッドに住んでいたら、アレックスとふつうに恋に落ちることができたかもしれない。けれど、そんなことを考えても現実は変わらない。これまで何年ものあいだ、違う運命をたどった場合の人生を想像して、多くの時間を無駄にしてきた。

小さなため息をつくと、クレアはベッドからおりて窓の外の静かな通りに目を落とした。家族の名誉を重んじる気持ちから、アレックスはすべてを画策したのだ。彼の取った行動を見るかぎり、その決断にクレアは無関係で、家族の一員ですらないのがはっきりとわかる。

かすかに空気が揺れるのを感じ、クレアはアレックスがうしろに立っているのに気づいた。彼の腕はあたたかかった。彼女を抱きすくめながら、一緒に窓の外を見ている。レディ・アンソニーの舞踏会で出会ったときのように、アレックスが耳元に口を近づけた。彼に包み込まれ、その感触にクレアは体を震わせた。

「クレア、ベッドに戻ろう。きみを起こすつもりはなかったんだ。会いたかった」彼女の頰にキスをして、ゆっくりと唇へ向かう。「ずっとこうしたかった」そうささやく唇を肌に感じて、クレアはつばをのみ込んだ。「きみに会えなくて寂しかったよ」

「誰かに入れてもらったの?」軽く咳払いをしてアレックスから離れようとしたが、かえって強く抱きしめられた。「どうやってここまで来たの?」

「誰も入れてくれないから、窓の外の木をのぼってきたんだ。もう少しだけ、ぼくの腕の中にいてくれ。きみの体は冷たい」

アレックスが腕の力をゆるめ、彼女は一瞬戸惑った。だが、彼の策略に乗ってはいけないと肝に銘じた。「何をしに来たの?」

「空が雲に覆われて暗くなってきたから、きみがぼくを必要としているんじゃないかと思ったんだ」

あまりのばかばかしさに、体を離して彼の顔をまじまじと見る。前日はまれに見る青空で、日差しがたっぷりあった。「空には星が輝いているわ」

「天気は変わりやすい」アレックスは頭を左右に倒しながら首をもんでいる。「あの椅子はぼくのような身長の男は言うまでもなく、犬のベッドにもならないな」

彼の甘く少年っぽい笑みに、クレアは思わず息をのんだ。つかのま、ペンヒル――ずっと夢に見ていたような夫との理想の生活――に戻ったかのようだった。頭に浮かんだイメージを消そうとして、首を横に振る。彼女の人生は、もう別の方向へ舵《かじ》を切ったのだ。

「まだ震えているじゃないか。ベッドへ戻ろう」

「話をそらさないで」クレアは胸の前で腕を組んだ。

アレックスは彼女の腕をほどき、手を取ってベッドのほうへ連れていった。「きみの選んだ話題についていくらでも話すから、まずはベッドに戻るんだ」寝具類を整えてクレアを寝かせる。クレアの体をしっかりとくるむと、自分の仕事に満足したようにベッドの端に腰をおろし、片方の足は床についたまま、反対側の脚を折って羽毛の上掛けにのせた。それから彼女の両手を握る。暗闇の中でも、アレックスの目の強い輝きは隠せない。クレアの額を視線で射抜いて考えをすべて見透かそうとするように、顔をじっと見つめている。「きみがペンヒルを去ってからはじめて、気持ちが落ち着いたよ」やさしいまなざしになっても、彼の繊細さは隠せなかった。「愛している」

その言葉にクレアは息が詰まった。これがずっと聞きたかったのでは？　彼は愛を告白するためにやってきたのだろうか？　「そう言ったら、わたしがあなたをベッドに招き入れるとでも思っているの？」

アレックスが首をかしげて見つめる。「いや、そんなつもりじゃない。ぼくたちはまず話し合う必要がある」

クレアは目をぎゅっと閉じた。ペンヒルでは、彼女はアレックスをベッドへなかなか誘えずに、夫との貴重な時間を無駄にしてしまった。傷つくのが怖かったからだ。いまはどうだろう？　隔たりを埋める機会があるとすれば、完全に許せなくても彼と向き合う必要がある。アレックスをベッドと彼女の心に受け入れなければならない。お互いの腿がリネン越しに触れていて、アレックスの熱くなった体と彼を欲して震えるクレアの体が感じ合えた。

「話は明日の朝にすればいいわ」

上掛けをはねのけて、彼女は腕を伸ばした。アレックスに対する強い欲望が体を貫き、心に火がつく。彼はクレアのベッドにいるべきなのだ。

アレックスは横に来ると、腕の中に彼女を抱きすくめた。彼の力強さと美しさにはいつも驚かされる。クレアは身をまかせた。ふたりの目に見えない絆は損なわれてしまったかもしれないけれど、いまでもけっして無視できない力を持っている。胸と胸、脚と脚を合わせながら、彼女は全身をアレックスに包まれた。この前に抱きしめられてから、ずいぶん経つ。彼の香りがとても懐かしい。

愛していると言われてから、ほかのすべてはささいなことに思えた。お互いへの不信感や呪いさえも。明日のことはわからない。今夜は夫が欲しい。

アレックスが彼女のヒップを引き寄せて、体をぴったりと合わせる。クレアはなんの抵抗もせずに、彼の動きにならった。

「あなたが来てくれてうれしいわ」

「ぼくもだ」彼は体を少し離し、頬にキスをした。それから首筋に唇を這わせて、顎の下の敏感な肌を軽く噛む。「きみには慰めが必要で、ぼくはそれを与えてあげたいんだよ、クレア」

彼女はアレックスの頭に手をやり、唇を重ねた。彼の舌を味わい、じらし、互いにあえぎ声をあげるまで愛撫する。これまで一度も、人に対してこれほど心を開いて受け入れたことはない。

キスを中断すると、アレックスが彼女の瞳を見つめた。「月明かりに照らされるきみは息をのむほど美しい。このつややかな肌に匹敵するのは、最高級の南洋真珠くらいだろう」

あがめるように額に口づけ、彼女の手を取る。手のひらに唇を押し当て、その手を自分の胸に押しつけた。

アレックスをもっと味わいたくて、彼女はふたたび唇を重ねた。彼もそれに応えてむさぼるように求めてくる。クレアの髪に手を差し入れて両手で頭を抱え、自分のほうへ引き寄せた。アレックスの舌が彼女の口をまさぐるが、あえぎ声とうめき声からすると、クレアのほうが彼を圧倒していた。互いの体に飢えていたかのように、ふたりのキスは止まらなかった。激しく息をついて、アレックスが唇を離す。クレアは彼の目を見つめながら、脱いでほしいと言わんばかりにシャツを引っ張った。アレックスは立ちあがってシャツを脱ぎ、ズボンも脱いでベッドに戻ると、彼女にその体を捧げた。彼はクレアから愛撫されるために存在するのだ。

アレックスの胸に手を滑らせたとたん、そこの筋肉がかたくこわばった。胸の片方の突起にキスをして軽く嚙むと、彼がため息をもらして歯を食いしばる。胸を指でなぞりながら、下腹部の手前で引き返して、同じ動きを繰り返した。彼がうめき声をあげる。

「ぼくが」アレックスが言った。「今度はぼくがきみを愛する番だ」彼はクレアが身につけているローブをすばやく脱がせて床に落とした。月明かりが窓から差し込み、ふたりを銀色の光で照らす。顔を寄せてキスをするアレックスに、彼女も胸を押しつけた。

彼の喉元に唇をつける。どくどくと脈打っていて、アレックスが彼女を強く欲しているのは間違いない。彼の手が胸のふくらみを包み込む。

クレアはうつぶせになった。「アレックス」警告するようにささやく。今夜は彼女がすべてを思いどおりにするのだ。

「うん……?」上に重なると、彼は髪を横へやって首のうしろを軽く嚙んだ。「きみに名前を呼ばれると、なんとも甘い響きに聞こえる」

アレックスは両手をクレアの脇について、キスの襲撃を続けた。ヒップの丸みに頰を滑らせ、ひげでなめらかな肌を刺激する。こうしたすべてに、いまこの瞬間にも全部投げ出してわれを忘れたいと彼女は思った。

クレアの体をくまなく記憶しようとするように、彼が指でなぞる。動きを止めてささやいた。「きみの秘所は最高にすてきだ。こうしてほしいかい?」舌先をくぼみに押し込む。「気に入ってくれると思うんだが」

彼女は身を震わせた。うしろから奪われるという刺激的な想像をなんとか払いのける。体を起こして膝立ちになり、アレックスと向き合った。彼は胸のふくらみを手で包み込み、先端を舌で愛撫した。快感に全身の血が熱くなり、クレアは叫び声をあげた。体はもっと求めているけれど、強引に彼を引き離す。「今夜はわたしの言うとおりにするのよ。横になって」

アレックスは命令に従ったが、ベッドの真ん中に横たわるときにも体を触れ合わせるのは忘れなかった。体じゅうの肌がほてり、触ってほしくて仕方ない。クレアは彼の下腹部のあたりにまたがった。「わたしが上になるわ」

「ぼくを殺そうとしているんだな、クレア」アレックスがささやいた。

男性の証を握り、秘めやかな部分へといざなっていく。そこはすでに熱く濡れそぼっていた。目を閉じて、こわばりの先端をそっとこすりつける。これだけでも快感だけれど、もっと欲しい。

「クレア、もう待てない」彼が懇願する。「きみの中に入りたい」

彼女はゆっくりと身を沈ませた。アレックスと完全に重なると、どこまでが彼の体でどこからが自分のものかわからなくなる。欲望と情熱が全身を駆けめぐった。ふたりして疲れ果てるまで動き続け、このままアレックスの上で頂へのぼりつめたい。別れているあいだずっと、彼のすべてが恋しかった。

アレックスが歓びの声をもらし、クレアは吐息でそれに応えた。ゆったりと上下に動き、腰をくねらせる。体の中心を快感が貫いて全身に広がるように、身を深く沈めて何度も彼を締めつけた。

アレックスは彼女のヒップを支える。「胸を触ってごらん」

クレアは動きを止め、目を大きく見開いた。彼の瞳はまさしくそれを望んでいる。快感を解き放つため、彼女は激しく腰を動かしながら胸をまさぐった。先端を指でつまみ、動きを速めていく。もうすぐだ。クレアは首をのけぞらせて、胸のふくらみを握りしめた。

乱れる彼女の姿を見つめながら、アレックスもリズムを合わせて腰を突きあげる。クレアの中で収縮しはじめて、上体が前のめりになった。

アレックスが手を伸ばして秘所の敏感な突起をさすり、彼女を絶頂へ導こうとする。

「さあ、いくんだ」

目を閉じて、クレアは歓喜の渦にのみ込まれた。強烈な快感に何度も貫かれて体じゅうを震わせる。ようやくすべてがおさまると、アレックスの胸に倒れ込んだ。これほどまでの激しさで人と関わったことはない。頭で考えるのはやめにして、解き放たれたあとの気だるさに身をまかせる。

アレックスの腕に抱きしめられ、冷えていく肌が彼のぬくもりであたたまった。彼はクレアの体をやさしくベッドに横たえた。膝をあげさせて、ゆっくりと中に入っていく。目はじっと彼女を見つめていた。「きみはぼくを魔法にかけてしまった。いくら愛し合っても足りないんだ」

彼がクレアの片脚を自分の肩にかけると、熱いこわばりがさらに奥深くまで入った。胸がいっぱいで何も言えず、彼女はその刺激的な快感に身を預けて息をあえがせた。アレックスの腰の動きが徐々に速くなっていく。彼が絶頂に達しようとするのに合わせて、クレアは彼のものを締めつけた。その感覚は絶妙だった。目を閉じてアレックスの動きに集中する。全身の筋肉をこわばらせながら、彼はクレアの名前を叫んで精を放った。

アレックスが彼女の上に倒れ込み、彼の肩で唇がふさがれる。ふたりは激しく息を乱していた。いままでこれほどの歓びを感じたことはない。その力強さに、全神経が麻痺してしまったかのようだ。

体が落ち着くと、アレックスが腕をついて彼女の首、顎、耳にそっとキスをした。それから唇を重ねてキスの甘さを味わいながら、クレアは彼が与えてくれた満足感に浸った。

「ぼくの妻、ぼくのかわいい妻よ」アレックスが彼女をやさしく抱きしめた。「愛している」ゆっくりと手を肋骨からヒップまで滑らせる。顔から首筋、肩、胸へと羽根が触れるようなキスを降らせた。「この夜が終わってほしくない」

クレアは甘くため息をついた。たくましい筋肉の輪郭とやわらかな胸毛の感触にうっとりしながら、手を腹部まで這わせる。

「馬車の事故があった夜のことを聞かせてくれ」彼が髪に口を寄せてささやいた。

クレアの手の動きが止まる。「どうして?」

「きみを助けて守りたいんだ」アレックスはヒップに当てた手に力をこめ、唇に軽くキスをした。「できることなら、そのつらい記憶をぼくも一緒に分かち合いたい」

思いやりあふれる言葉に鼓動が速くなる。彼の腕の中で、クレアは体の力を抜こうとした。過去の出来事を話せば、お互いにもっと心を開けるかもしれない。ペンヒルで言い争いになった夜についても切り出せるだろう。体を許すことができたのだから、あの晩のことも話せるはずだ。どうなるかはわからないけれど、ふたりの亀裂を修復しようとしなければ、一生後悔するに違いない。

今夜のアレックスは彼女を思いやってくれている。彼を信じてみよう。クレアは記憶を解き放った。「ある日、両親とわたしは激しい嵐の中を馬車でレンウッドへ向かっていたの」

彼は肘で頭を支えながら、クレアに視線を据えている。

アレックスはすべてを知りたがっているけれど、彼女には誰にも打ち明けていない話があった。これまで一度も。そうしなければ出来事の重さに押しつぶされてしまい、なんとか正気を保つことすらできなかっただろう。「レンウッドへ続く橋を渡っているとき、その橋が崩落してしまった。わたしに聞こえたのは叫び声と、木材が裂ける音だけ。まるで幽霊が泣き叫ぶように不気味だったわ」

彼がクレアの首のうしろに手をまわして支えた。視線はけっしてそらさなかったが、ひとことも発しようとはしない。アレックスの手を感じられたおかげで、記憶の中に心がおぼれてしまうことはなかった。

「母はわたしを脇に抱え、父は外の様子を確かめようとしていた。何が目に入っていたにせよ、父には川に落ちるとわかっていたんでしょう。母とわたしに覆いかぶさって、抱きしめてくれたわ」

アレックスがこめかみにキスをする。「さぞかし怖かっただろうね」

彼女はうなずいた。「すべてがあっという間だった。落ちると同時に何かかたいものに打ちつけられたの。凍るような冷たい水が入ってきて、早く脱出しなければならなかった。一瞬で水没した馬車は水の流れに破壊されて、わたしは両親から離れてしまった」混乱して言葉に詰まり、ごくりとつばをのみ込む。「息ができなくなったわ。どこを向いても真っ暗なの。どれくらいそうしていたのかわからない。とにかく父がわたしを見つけてくれて、川岸にあげてくれた」

「それからどうしたんだ？」彼は姿勢を変えて、クレアの顎をあげさせた。

彼女は指先で唇をさすり、何も答えなかった。

「クレア？」

「それだけよ」これ以上何か言うと、心が張り裂けそうだ。クレアは仰向けになって天井を見あげた。今夜のこの話だけでも感情が麻痺してしまう。もう何も感じない。

「事故に巻き込まれた本人ではなく、まるで傍観者のように話すんだね」アレックスが静かに言った。

「無理だわ……ほかに話すことなんてない」

「すべてを知りたいんだ」彼はクレアを引き寄せた。まるで守るように、頭を腕で抱きかかえる。「心の準備ができてからでかまわない。全部話してほしい」

アレックスは姿勢を変えて、自分の胸にクレアの背中をもたせかけると、ウエストに腕をまわした。何も言葉を交わすことなく、ふたりは眠りに落ちた。

昨夜から、アレックスは目が冴えてよく眠れなかった。夜明けの光が差し込むと、ペンヒルで感じたのと同じ満足感に包まれた。クレアを起こさないように注意しながらキスをして、身支度を整える。ふたりは離れられない運命にある。彼女はアレックスをベッドに迎え入れ、両親が亡くなったときの恐ろしい体験を話してくれた。彼を信頼しはじめてくれているのだ。クレアが戻ってくれたら、必ず幸せにすると誓う。アレックスは彼女に悲しみに向き合う勇気を与えられる。クレアも同じことを彼にしてくれるだろう。

「どこへ行くの？」クレアがベッドで身を起こそうとしていた。

「おはよう」アレックスは彼女の唇にキスをした。それから上着に袖を通したが、マントは着ないことにした。早朝から使用人たちを驚かせるのは忍びない。「着替えをしに家へ帰ってから、もう一度ここに戻ってくる。通用口から出ていくよ。もう木のぼりはたくさんだからね」

「行かないで……」彼女がささやき、声を詰まらせる。「もう少しここにいて。わたしのために」

懇願されると気持ちが折れて引き戻された。「どうしたんだ？」

「どこにも行かないでほしいの。さようならなんて言いたくない。お願い、わたし……」

「戻ってくるよ。約束する」アレックスはベッドに腰をおろすと、彼女を抱きしめた。もう少しここにいて、クレアの気持ちを落ち着けよう。「今日の午後にいくつか予定が入っているんだ。仕事の話で、ミスター・ジョーダンの件について弁護士に相談がある。きみの予定は？」

その言葉を耳にするやいなや、クレアが体をこわばらせた。恋する女性の顔から、冷たいれんがの壁を思わせるような表情に変わる。

「ミスター・ジョーダンですって?」彼女はベッドの反対側にまでさがってアレックスの顔を見た。顔に表れた不信感がすべてを物語っている。彼が白状する前に、真実を知ってしまったのだ。

アレックスは自分を呪った。昨夜のうちに話しておけばよかった。彼女にすべてを打ち明けろというサマートンの言葉をまたもや思い出す。「話せばわかる。説明させてくれ」

「どうやって彼のことを知ったの?」

そのとげとげしい声が、ナイフのように胸に突き刺さった。心に不安が広がるのを感じながら、首のうしろをさする。「非難するのはあとにしてほしい」深く息を吸い込んだが、出てきたのはため息だった。「きみを尾行させて、誰がレイトンに住んでいるかを調べた。ぼくはてっきり……いや、ぼくの考えなど関係ない」

「わたしが誰か男性とレイトンで密会しているとでも思ったの?」クレアがとがめるように言う。「なんてこと。わたしがポール卿と会っているんじゃないかと疑ったのね」

「違う」アレックスは彼女の手を取って握りしめた。「信じてくれ。レイトンがきみにとって大切な場所なのは知っていた。なぜそこに行くのか知りたかったんだ。ミスター・ジョーダンに会って、有意義な話し合いができた。きみが感謝のしるしとしてお金を渡していることを彼から聞いたんだ」なんとか説明しようとする。

クレアの緑色の目は暗い沼のようになっていて、表情が読めなかった。

「彼がきみのそばにいてくれたことに、ぼくも感謝している。きみと同じように、彼の役に立ちたいんだ。年金を支払うのを肩代わりしようと思った……きみのために」その言い訳は彼自身の耳にも薄っぺらで浅はかに響いた。なんということだ。クレアは彼の思考さえも混乱させる力がある。彼女の突き放すような冷たい視線から、アレックスの話に説得力がないのは一目瞭然だった。

クレアはまつげが頬に触れそうになるほど目を伏せて、シーツのしわを伸ばしている。

「あなたの口からはっきりと聞きたいわ。どうしてレイトンへ行くわたしを尾行させたの?」彼女は立ちあがってローブを着た。アレックスを見つめる緑色の目が光る。それが涙のせいなのか、怒りのせいなのか、あるいはその両方なのかはわからない。

彼は親切にしてもらった相手に泥棒を働いているような気分だった。アレックスが答えなければ、ふたりはけっして彼の過ちを乗り越えられない。

「レディ・アンソニーの舞踏会で出会う前に、私立探偵に依頼してきみのことを調べさせた」

「レディ・アンソニーの舞踏会の前ですって?」彼をにらみつける目が大きく見開かれる。「ミスター・ソーンリーが〈ヘイリーズ・ホープ〉に訪ねてきたのは、あなたの差し金だったのね」

「彼の本当の名前はマカレスターというんだ」

「だから、おじはその人を見つけられなかったんだわ。わたしはいままでずっと、『ミッドナイト・クライヤー』紙にレディ・クレアの暴露記事が掲載されるのかと気が気でなかったのよ」クレアは笑い声をあげたが、それは冷淡な響きで、何かがおかしいから笑っているのではないとわかった。「あなたの探偵は会った人全員にわたしの呪いについて質問した。つまり、あなたがわたしの呪いについて知りたかったのよね」その声は明らかにアレックスを非難していた。彼はクレアを裏切ったと。

深呼吸して、アレックスは首を横に振った。彼女を二度と失うつもりはない。

「ぼくは呪いのことなど信じていないし、真に受けたこともない。結婚する前に相手に関する情報をすべて知りたかったんだ。きみがレイトンの弁護士を雇っていて、半年に一度支払いをしているとわかった。そして最近、レイトンでは年老いた執事を見舞っていると知った。彼が疑問に答えてくれるのではないかと思ったんだ」

「これがあなたへの答えよ」クレアは扉まで歩いていった。開ける前に低い声でささやいたが、そこには聞き間違えようのない苦悶の響きがあった。「あなたはわたしが呪いから逃げることのできる最後の砦《とりで》を奪った。〈ヘイリーズ・ホープ〉にはひどい噂もおよんでいなかったのよ。あなたが……」咳払いをする。「探偵を送り込むまではね。わたしがどれほど傷ついたか想像できる、誰かが呪いについて調べまわっていると知って？　しかも、わたしの母が残してくれた慈善団体で」怒りが増すにつれて声が強く、話し方は速くなった。「まずはわたしを結婚させるように策を弄して、次に〈ホワイツ〉で賭けをくわだてた。そしていま、探偵にわたしの人生すべてを汚させたのよ。疑いや嘘にまみれながら暮らすことなどできないわ。昨日の夜、わたしは自分の気持ちを素直に示した。あなたにはじゅうぶんではないようだけれど。じゅうぶんだと思われることなど、けっしてないのよ」

アレックスは彼女の手を握ろうとした。「聞いてくれ、クレア」

彼女がアレックスの手から逃れる。彼が涙に気づいたのはそのときだった。

「わたしは自分にできるすべてを捧げたわ。あなたを信頼し、慰め、魂までも差し出した。どうすればあなたを幸せにできるかわからない。そんなことができるとさえ思えないわ」

アレックスは恐慌をきたしそうになった。クレアに駆け寄って話を聞いてもらいたい。引き止められる前に、彼女は部屋を出ていこうとした。

「わたしは……」目を閉じて平静を保とうとするが、声には落胆の響きがあった。「もう疲れたわ、アレックス。自分がじゅうぶんではないことに。いまのわたしには、誰のことも満足させられないのよ」

「クレア、行かないでくれ」

「しばらくロックハートへ行くわ。距離を置きたいの。今後については書類を作成しましょう。孤児院を設立したらスコットランドに居を構えて、あちらから連絡します。エディンバラにも施設を作るつもりだから」彼女はアレックスに背を向けると寝室から出ていった。階段のほうへ向かっている。

廊下に誰かいるかもしれないとも考えず、アレックスは追いかけた。ランプに照らされた彼女は跡形もなく消えてしまう妖精のように見える。「クレア、そんなことはしないでくれ」

彼女は突然立ち止まると、アレックスのほうへやってきた。まるで彼の顔の造作、筋肉、しわまでも記憶に刻もうとするかのようにじっと見る。「わたしにあれこれ指図しないでくれる？」

その言葉にアレックスは体の内側が引き裂かれるようだった。「ぼくはきみの夫なんだ。きみを愛している」

「わたしを疑っているのに、愛せるわけがないでしょう」彼女は顔をしかめ、ぎゅっと目を閉じた。「ああ、両親を失った夜のことまで話すなんて、なんてばかだったのかしら。あなたに気を許して、個人的なことまで打ち明けてしまった。いつもあなたから疑いのまなざしで見られながら暮らすなんて、できないわ」

アレックスはクレアを傷つけ、ふたりの結婚生活を台なしにしてしまったことで、いまにも叫びだしそうだった。なんとか説得しなければならない。

「クレア、きみを助けたい」

彼女が近づき、手を伸ばしてアレックスの顔を撫でる。「人として、自分を恥じていることがあるわ。わたしはあなたにできるかぎり伝えたのよ。あなたはもっと聞きたいと言うけれど、わたしには無理なの」クレアは目を閉じた。

アレックスは彼女の手に顔を押しつけた。彼女に触れたくて仕方ないが、抱きすくめて怖がらせたくない。「どんな話であろうと、ぼくは気にしない。きみをずっと愛しているんだ」

「わたしの秘密……」クレアが静かな声で続ける。「いまのままが一番いいのかもしれない。わたしたちが別れたら、呪いはあなたに届かなくなるんだから」

思いきって手を伸ばし、彼女に触れた。「呪いなんてない。ぼくに何もかも打ち明けてくれ。きみを助けるから。約束する」彼女のやわらかな肌を触りたいという欲望――いや、必要性――に圧倒されそうになる。

クレアはおびえたように一歩さがり、首を横に振った。「わたしがずっと、何よりも欲しかったのはあなたよ。あなたはわたしの夢だった。レディ・アンソニーの屋敷で出会った夜まで、あなたを見ることもままならなかった。ゆうべから、あなたと一緒にペンヒルへ戻れたらと思っていたわ……」咳払いをする。「でも、いまは違う」

これまでの人生で、アレックスには懇願した経験はなかった。だがいまなら、クレアのそばにいられるのなら、悪魔に魂を売ってもかまわない。「きみを愛している」

小さなつぶやきが口からもれたが、その言葉は廊下に吸い込まれるように消えた。

クレアは階段をおりていってしまった。

アレックスはその場に立ち尽くしていた。聞こえる音といえば、頭の中にこだまする彼女の言葉だけだ。〝わたしがずっと、何よりも欲しかったのはあなたよ〟ランガム公爵の腕が肩にまわされたときはじめて、アレックスは自分の悲しみに気づいた。

「ペンブルック、家に帰れ。おまえは生涯消えないほどの傷をわたしたちに残したんだ」公爵は彼を階下へといざなった。

15

クレアはアイリーンの驚いた表情を無視しようとした。彼女は親が与える餌を待つひな鳥のように、口を大きく開けている。呆然としているメイドにレンウッドからエディンバラ郊外にあるロックハートの屋敷へ運ぶものを矢継ぎ早に指示する。

翌日、来週、そして来月の予定がクレアの頭の中で、恐ろしい勢いで調整されていた。アレックスと自分の心の苦しみから、一刻も早く逃れなければならない。

「何人でもいいから人を雇って、この引っ越しをできるだけ迅速に進めたいの。おじさまにレンウッドにある肖像画をロックハートへ運ぶ手はずを整えていただくわ。わたしのドレスはいつまでに梱包できるかしら？　ミセス・マローンに連絡して、ペンヒルからわたしの本を送ってもらう必要があるわね」クレアは振り向いた。「アイリーン、わたしの話を聞いているの？」メイドの態度にいらだつことはめったにないけれど、今日ばかりは忍耐力を試されたくない。

「はい、奥さま。ただ、ロックハートへ行くのは五年ぶりですから、いろいろ思い出そうとしていました。申し訳ありません」

おばのジニーがやってきた。太陽光線と同じようにノックもせずに入ってくる。

「ダーリン、ここを離れるんですってね」

「おはよう、おばさま。ええ、そうなの。エマのためにもここにいようと思ったのだけど、状況が変わってしまって。今日の午後にもおじさまと会って、この結婚をどうするのが一番いいか話し合うつもりよ」

「アイリーン、レディ・ペンブルックにお茶かコーヒーを持ってきてあげたら?」

「かしこまりました、奥さま」アイリーンが答える。

クレアの心に自責の念がよぎったが、ここを出ていくという気持ちは変わらない。アイリーンをロンドンに残していけば、計画を早く進められるだろう。自分は先に出発して、荷造りと残務処理はアイリーンにまかせる。すばらしい案だ。従者も新たに雇えばいい。ひとりでロックハートへ向かうことが、徐々に現実味を帯びてきた。

「おばさま、わたし、ロックハート近郊に孤児院を設立するつもりなの。〈ヘイリーズ・ギフト〉という名前をつけようと思っているわ。設立記念式典のときには、おばさまもおじさまと一緒にいらしてね」クレアはチェストを開けて顔をしかめた。どうしてこんなにたくさんストッキングがあるのだろう? 「使用人の中で、わたしのメイドとして付き添ってもらえる人はいるかしら? アイリーンはしばらくこちらにいるから。彼女がエディンバラに来たら、ランガムホールの使用人はすぐにお返しするわ」

「彼を愛していないと、わたしにはっきり言ってちょうだい。そうすれば、すぐにこの部屋から出ていくわ」ジニーが冷静な声で言った。

クレアは縫い取り飾りのついたピンク色のストッキングを握りしめたまま、荷造りの手を止めた。

「彼が先日ランガムホールに来たときの、あなたの表情」おばがやさしい声で言う。「スウィートハート、あなたは彼を愛しているわ」

せっかくつかんだ心の平和を、おばに乱されたくない。毎週の清掃の予定を話し合うような気持ちを思い出して、クレアは冷静な声で言った。「ええ、そうね。だけど愛していても、どうしようもないときがあるのよ。彼といても先が望めないの」

「うまくまとめた答えね」ジニーの口元に弱々しい微笑みが浮かんだ。「ペンブルック卿にあなたの気持ちを伝えたの？」

「努力はしたわ。彼には彼の考えがあるのよ」

「まず自分の問題を解決しなければ、幸せな結婚生活も望めないわ」おばは小柄な女性にしては大きなため息をついた。「間違っているんじゃないかしら。あなたがスコットランドに行ってしまったら、ふたりで仲直りすることもできないのよ」

クレアはストッキングをベッドの上に放り投げた。「話し合うことなど何もないわ。彼はわたしを利用したうえに、わたしに愛人がいると思って探偵に尾行させたの。わたしは自分の人生を生きていく。それだけよ」彼女は手袋をまとめた。作業に集中して、おばの的を射た発言をやり過ごす助けになることなら、なんでもよかった。

「あなたひとりの人生じゃないのよ」

「もうやめて。引っ越し準備を終わらせないと」アイボリー色のシルクのストッキングを手に取ると、ベッドの上にまた放る。もう一足手に取ろうとして、手が止まった。クレアは肩を落とした。「彼がわたしに求めているのは……わたしが与えられないものなのよ」

「どんなもの？」ジニーがささやく。

頭が混乱しているので思わず告白しそうになるが、頰の内側を嚙んで我慢した。

「彼が知りたいのはわたしの個人的なことで、両親とあの事故の……」

「ようやく打ち明けられる相手が現れたと考えてはどうかしら？」おばがクレアの肩を抱いた。「お互いが必要として欲するものを与え合うというのを学ぶ、いい機会よ。あなたならできるわ。ペンブルック卿は誠実そうな――」

「いまは無理よ」クレアは体を離した。

「ふたりのあいだに何があったのか確かめなくてはだめね。あなたの口から聞きたかったけれど、わたしは彼に会いに行くつもりよ」

「どうぞご自由に」クレアは叫んだ。ベッドの上にはストッキングの山ができていた。

「だんなさま、ランガム公爵夫人が書斎でお待ちです」シムズが名刺を手渡した。

「ありがとう」これでクレアの問題について誰かと対立するのは最後になるよう願いながら、アレックスは廊下を歩いていった。サマートンに始まり、ランガム公爵、そして公爵夫人だ。

最悪な始まりの朝を締めくくるには完璧な状況と言える。

　ランガム公爵夫人の姿を目にして、アレックスはこの訪問が叱責だけに終わらないように感じた。夫人は心配そうだ。握手をしながら、アレックスは冷静な声で挨拶した。

「ようこそ、閣下夫人」

　ロンドンではまだ多くの人が眠っているような時間にお邪魔して申し訳ないといった挨拶も抜きにして、公爵夫人は来訪の目的を切り出した。「わたしが来た理由はおわかりでしょう、ペンブルック卿」青い目が彼の瞳をじっと見つめる。「クレアはどうしてロックハートへ引っ越すと言いだしたの？　公園へ乗馬にでも行くみたいに冷静にふるまっているのはなぜかしら？」

　キャヴェンシャム家の人間と向き合うよりも、野生馬の群れに踏みつけにされるほうがましだった。すでにクレアによってアレックスの心は粉々に打ち砕かれている。

「閣下夫人、ぼくも途方に暮れています」

　大西洋の突風にあおられて砕け散ったかのように、公爵夫人の忍耐は限界を超えていた。

「この結婚を立て直したいのなら、わたしに何もかも話してちょうだい。公爵や婚姻継承財産設定、婚姻無効なんていうばかげた話はすべて、わたしがうまくおさめるわ。いまはクレアを止める手段が必要なのよ。あなたが何も言えない、もしくは話すつもりはないというのなら、互いの頑固さが引き起こす結果を甘んじて受け入れなさい」

　あまりの驚きにアレックスは何も言えなかった。公爵夫人はまるで、臨戦態勢にある戦いの女神のようだ。身じろぎひとつせずに彼の答えを待っている。

「どうぞおかけになってください」クレアのおばが自分の味方になってくれるとは思ってもみなかった。驚きが徐々に広がる。申し出を素直に受けるだけの分別を、アレックスはまだ持ち合わせていた。

公爵夫人が机の前に置かれた椅子に座ると、彼も机に向かって腰をおろした。

「話が長くなりそうですね。お茶でもいかがですか？」

夫人の表情がやわらぐ。まるで友人に会いに来たかのように、やさしい笑顔で言った。

「いいえ、結構よ。それよりも、話が終わってからお茶より刺激の強いものをいただくほうが、気分をすっきりさせてくれると思うわ」

アレックスの浅はかな策略を含め全部の話を聞き終えても、公爵夫人はじっと床を見つめたままだった。「レンウッドで両親が亡くなったとき、クレアに何があったか知っているの？」

「どういう意味ですか？」

「嵐に耐えられないとか、レンウッドに対する感情については聞いた？」

「すべては知りません」彼は背もたれに体を預けた。「あの夜に起こったことを、全部は語ってくれないんです」

「あの子がどれほど深く傷ついているか、セバスチャンとわたしにもわからないのよ」夫人は大きく息を吸い込むと、悲しみに顔を曇らせた。椅子から立ちあがり、部屋の中を行ったり来たりしはじめる。そうしたほうが話をしやすいようだった。

「御者や従者、従僕たちは無事に岸にあがることができて、何時間もずっと公爵一家と馬車を探したの。助けも呼んだわ。一家を見つけられないまま、その日は終わってしまった。翌朝、望みが出てきたのよ。深いぬかるみから抜け出そうとしているクレアが見つかったの。馬車は転覆して川の急な流れにさらわれてしまい、公爵が一キロほど下流で彼女を助けたのよ。それからクレアの母親を——マーガレットを助けに戻った」公爵夫人は口ごもり、アレックスのほうを向いた。「あの子はひと晩じゅう、激しい嵐の中で両親を待っていた。マーガレットの裾が広がったドレスが車輪に絡みついて動けなかったのではないかと、セバスチャンは推測しているわ。公爵は彼女を助けようとして水に潜り……」

恐ろしい話に動揺しているのを隠すように、アレックスは椅子に座り直した。なんということだ。彼の大切なクレアが川岸でひとり、両親をずっと待っていたなんて。

「翌日になって捜索が再開されると、夫妻の遺体が見つかった」公爵夫人の声はささやきに近かった。「その週にレンウッドを襲った嵐は容赦ないものだったわ。小川も大きな川も氾濫して、地所に行くこともそこから出ることもできなかったの」

「ぼくもあのときのことは覚えています」アレックスは夫人が話を続けるのを待った。

公爵夫人の表情が悲しみから苦痛へと変わる。その先の話はもっと悲惨で、目から涙があふれた。「かわいそうなあの子は泣くこともできず、遺体が安置されている客間にずっといたのよ。夫妻の姿は変わり果てて……」そこで咳払いをする。「使用人たちが遺体に覆いをかけようとするとクレアが叫びだし、なだめようがなかった。ミスター・ジョーダンが昼夜を問わず彼女に寄り添ってくれていたわ。クレアはそこから動こうとしない。そのあいだもずっと、雷鳴と稲光はやまなかった」

妻が幼い少女で、ひとりぼっちでいるところをアレックスは想像した。感情がこみあげ、腹部を強打されたかのように痛みを感じる。彼女が家庭や家族に固執するのも無理はない。両親の死を目の当たりにし、助けが来るまで何時間もひとり残されていたのだ。そのあいだの苦しみを想像しただけで、アレックスは打ちのめされた。顔が濡れているのに気づくと、それは彼自身の涙だった。

「五日後にようやく、セバスチャンがなんとか川を渡ることに成功したわ。屋敷に駆け込んで、クレアを腕に抱きあげたの」公爵夫人のなめらかな頬が涙で光っている。「あの子はけっして涙を流さなかった」彼女は頭をがっくりと落とした。

「閣下夫人、クレアは恐慌状態にある子どもだったんです。彼女が悲嘆に暮れるのを目にしたことがあります。彼女は深く傷ついているんです」アレックスは一瞬、口ごもった。「親を失うと、われわれは心に傷を負ってしまいます。心に傷を抱えていても、クレアは損なわれたりしない」

公爵夫人は涙を拭くと、弱々しい微笑みを浮かべた。

「ぼくの行動からは理解できないかもしれませんが、あなたの姪御さんを心から愛しています」

夫人はアレックスの目をじっと見つめた。「彼女をスコットランドに行かせてはだめよ」

「そんなことはさせません」軽い気持ちで交わす約束ではない。クレアを取り戻すのだ。

「ありがとう、ペンブルック卿」公爵夫人は手を伸ばして、彼の腕を励ますように叩いた。

「先ほど話していた飲み物をいただくというのはどうかしら？　そうだわ、クレアの母親の実家が作っているウイスキーはある？」

その日の午後、セバスチャンはクレアを書斎に招いて扉を閉めた。大きく息をすると、机の端に腰かけて彼女と向き合う。「おまえが旅支度を整えている最中だというのは知っている。だが、噂がひどくなる前に話し合わなければならない」おじは手で顔をこすった。彼女の問題は公爵にも大きな打撃だ。

「ありがとう。わたしにはどんな選択肢があるのかしら？　おじさまは弁護士から何か聞いてらっしゃる？」クレアは平静な声を保ち、自分の弱さが露呈しないようにした。アレックスとの婚姻無効や永続的な別居を考えているという事実に、胃がけいれんしそうになる。

呪いは本当だったのだ。

「それが簡単なことではないんだよ、クレア。難しい話だ。婚姻無効の申し立てを支持する理由がほとんどない。ペンブルックの生殖機能に問題があれば……。だが、それはないだろう。彼の姿を今朝早く、寝室の近くで見かけたからな」

「はい」クレアはうつむいて頬が赤くなるのを隠した。

セバスチャンが咳払いをする。「まあ、それはいいとして。血縁関係が近いわけでもないから、この理由は使えない。彼は精神的にも問題ない。わたしの意見は少し違うがね」おじは表情をゆるめて、首を横に振った。「弁護士たちは婚姻継承財産設定も隅から隅までくまなく検証しているが、婚姻を破棄する根拠に乏しいんだ」

「彼が嘘をついている箇所などは見つからないの？」

「こちらに勝ち目はない。弁護士たちはあらゆる角度から書類を読み込んでいる。全部の記載事項を分析しているんだ。このまま続行すれば、おまえが物笑いの種になるだけだ。ペンブルックが訴えられたら、貴族院を始めとして、すべての人間が彼の味方をするだろう」おじはロンドンでも最高の法律家たちを雇っている。婚姻無効の正当な理由を挙げられるのなら、彼らがすでに見つけているはずだ。

「おまえはポール卿の犠牲になるところをペンブルックに助けられた、と賢明な人々は言うだろう。彼がおまえを呪いから救ったと言う人もいるかもしれない」おじがうんざりしたような顔で言う。「あの賭博好きの浪費家と結婚していたらどんな人生になっていたか、考えたことはあるか？　ペンブルックはある意味、わたしが誰にも、とくにおまえには味わってほしくないような地獄からおまえを救ったんだ」声をやわらげる。

「離婚はどうかしら？」クレアは無意識に言ってしまった。

「だめだ！　絶対にいかん。ペンブルックは議会に嘆願書を提出して、おまえの不義による離婚の権利を主張するだろう。そんなことは許さない。もしおまえが妊娠していたらどうする？　彼はその子どもは婚外子だと言うに決まっている。エディンバラで一生を過ごすにしても、出会う人々全員がおまえに背を向けるんだぞ」

「何か方法があるはずだわ」涙がひと粒、ドレスの上に落ちた。それ以上こぼれないように、クレアはぐっとこらえた。

おじが抱きしめてくれる。「もしこの結婚を破棄することを許したら、わたしはおまえに損害を与え、兄の名誉を汚すことになってしまう。ペンブルックにおまえを渡さないと言ったときには、怒りにわれを忘れていた。クレア、おまえは彼の妻なんだ」彼は姪を放すと、じっと目を見つめた。「わたしの忠告を聞きなさい。ペンブルックとやり直す方法を考えろ。仲よく暮らせと言っているわけじゃない。ふたりで生きていけばいいんだ」

「おじさまは何もわかっていない」クレアは深く息を吸い込んだ。「彼を愛するのはつらすぎるし、愛していないふりをするのもつらいのよ。この苦しみからどうすれば逃れられるのかしら？」選択肢が消えていくたびに苦悩が増していく。

「わかっている。彼はすべてを台なしにした。この結婚生活における自分の道を見つけるんだ。それしかない。どんな結婚であろうと同じなんだよ。彼と暮らすことを考えるのも、それほど悪い話ではないかもしれないぞ。あまりにも犠牲が大きいと思えば、離れて暮らせばいい。そんな例は山ほど見てきた。おまえは幸運なほうだ。少なくとも、やりたいことをやりたいときにできるだけの財力があるのだから」

「考えてみるわ」クレアは涙を拭いて、部屋を出ていこうとした。

「妻とわたしと一緒に夕食をとろう。そのあとはわれわれとレディ・ダルトンの舞踏会へ出席しないかね？」

「ありがとう。エマにも予定をきいてみるわ」

「クレア……以前におまえはわたしの娘だと言ったが、それは本当だ。レンウッドであの嵐の日に抱きあげたときから、おまえはジニーとわたしの家族になった」

こぼれ落ちそうになる涙に目を潤ませて、クレアは笑顔を見せた。「絶対に忘れないわ。わたしがすべてを失ったあと、おじさまとおばさまはわたしに家と家族を与えてくれた。ふたりを心から愛しているわ」

「おまえの両親の肖像画をファルモントの屋敷に飾ろうと思うんだが、どうだろう？」

「それはすてきね、おじさま」

「では、そうすることにしよう」公爵は頰を赤く染めていた。クレアのほうには顔を向けずに、もう行っていいとうなずいてみせた。

書斎を出ると、肩の重荷が軽くなったように感じた。ファルモントを訪ねれば両親に会える。どんな未来が待っていようとも、クレアは恵まれている。愛する家族がふたつもあるのだから。

「クレア、急いで、お願いよ。次のダンスの約束をしているから、遅れたくないの」今夜のエマは特別に身だしなみに気を遣っている。誰かの気を引きたいのだろう。ふたりは主催者のダルトン伯爵夫妻に挨拶をする列に並んでいた。

「レディ・ペンブルック」伯爵がクレアの手を取り、軽く頭をさげた。「ペンブルック卿はすでにお見えですよ。最初のダンスを彼と踊るように伝えてくれと頼まれました」まるで重大な秘密を打ち明けるかのように、身を乗り出してささやく。「もっとも、わたしがその栄誉にあずかれるなら話は別ですが」

「ありがとうございます、ダルトン卿」クレアは笑顔を見せたが、アレックスが待っていると聞いて胃が重くなった。ふたりが以前に同じ舞踏会に出席したときには、彼女の呪いの話でもちきりだった。今夜はどうなのだろう？

伯爵夫人が扇で夫の腕を軽く打った。「まったく、しょうがない人ね。あなたと踊るのはわたしよ」クレアのほうを向いてウインクする。「ご出席いただけてうれしいわ」

「ありがとうございます」クレアはふたりから離れてエマの横へ行った。「帰ったほうがよさそうだわ」

「ばかなことを言わないで」エマは何も気にしていないようだ。「いつまでも隠れることはできないわ。この機会に、彼の影響などまったく受けていないところを見せたらどう？　それにこれはスコットランドへ発つ前の最後の舞踏会なのよ」彼女はいとこの手をぎゅっと握った。「幸運を祈っていて。今夜は本を二冊、手に入れようとしているの。ひとつはミスター・ベンサムの随筆の初版本よ。でも、わたしの最初のダンスのお相手は新刊の回想録について話したがっているの。わたしのコレクションにぴったり。アンジェラ・タルトの日記よ」

「アンジェラ・タルトって誰？」

「一八世紀の資本主義者よ。ある意味ね」エマはまるでクリスマスの朝のような、明るい笑顔を見せた。

「事業のこと？」クレアは問いかけたものの、ふと目をそらした隙にエマの姿は消えていて、目の前にあるのはヤシの鉢植えだけだった。エマは階段を駆けおりて、友人たちの輪の中に入っていく。クレアもあとをついていったが、身を隠すように舞踏室の端のほうにいた。フラワーアレンジメントや、そろいのお仕着せを着てシャンパンのトレイを手にしている従僕たちのあいだを縫うように動く。アレックスの姿を見つけたら、彼の視界に入らないようにできるだろう。でもエマが友人たちと一緒なのか、踊っているのか、つねに目を光らせていたので、それもなかなか難しかった。ラトゥーレル卿や誰かわからない秘密の相手とダンスをするのは認めよう。それが終わったら、ランガムホールへ帰るのだ。もしクレアの運がよければ、アレックスに見つかる前に、ここを離れられるだろう。

短い休憩が終わると楽団が新しい曲を奏ではじめた。エマが見つけたダンスの相手は古くから家族ぐるみのつきあいがある男性だった。これで今夜の心配事がひとつ減った。舞踏室には人が増え、耐えがたいほどの熱気に包まれている。クレアはこの機会に外へ出た。空模様を確認せずにはいられない。先ほどまでは弱い東風が吹いていたけれど、いまでは西風に変わっている。

ひとけのないバルコニーの端まで歩いて新鮮な空気を吸った。視界の端に、近づいてくる人の姿をとらえる。

挨拶をしようと振り向くと、アレックスが立っていた。

口の両端をあげて、かすかな笑みを浮かべている。彼は物憂げな目つきでクレアの腰に手をまわし、ゆっくりと撫でた。「ぼくからの贈り物を受け取ってくれたんだね」目を輝かせてブローチを見てから、彼女をじっと見つめる。

クレアはブローチに手をやった。彼の笑顔に優柔不断な心がとろけそうになる。

「もういいだろう？」アレックスが頭を傾け、こちらへ身を乗り出してきた。

距離を保とうとして一歩さがる。彼は接近しすぎのうえに魅力的すぎた。

「何がいいの？」

「許してくれないか？」その視線はクレアの心の奥を探ろうとしているかのようだ。

深く息を吸い込む。「アレックス……」

それ以上言わせまいと、彼はクレアの唇に手を当てた。「答えなくていい」表情をゆるめて、引きつった笑みを浮かべる。「その代わりにぼくと踊ってくれるかい？」アレックスが彼女の手を取った。

クレアの体じゅうの筋肉から力が抜ける。この男性はどうすれば彼女がノーと言えなくなるか知っているのだ。クレアはうなずいたが、すぐに後悔した。今夜も最後には砕け散った心の破片を拾い集めることになるのだろう。

集まった人々にふたりでいるところを見せつけるように、アレックスはクレアを舞踏室の中央までエスコートした。彼女のウエストに手をかけて自分のほうに引き寄せる。クレアの頬が熱くなった。ふたりの体が密着しすぎていて、陰口や忍び笑いが野火のように広がった。女性たちがあからさまに扇で口元を隠して、ひそひそと揶揄《やゆ》している。

人目があるので、クレアは平静な表情を保とうとした。アレックスの腕は鋼のようにしっかりとウエストにまわされている。「アレックス――」

「こうでもしないとぼくの愛しい妻の気を引いて、ともに時間を過ごすことができないのなら、それでもいい。ぼくにこんな行動を取らせるのはきみなんだよ」彼は笑みを浮かべていた。

「お願い、放してちょうだい」クレアはささやいた。楽団がワルツを演奏しはじめたので、ふたりも踊りだした。

アレックスが耳元に顔を近づけ、彼女の香りを吸い込む。「ぼくが息をしているうちは、ありえない」耳に唇を滑らせると、彼はクレアから目をそらさずに縦横に踊った。ふたたび話しはじめたその声はやさしく、まるで愛撫のようだった。「きみを絶対に放さないよ」

奇妙な安堵感が彼女の心の奥深くに広がった。ダンス以外のことは無視すればいい。ワルツが終わってから、自分の魂が求めていることを頭と心に探らせよう。いまはステップに集中するのだ。

けれどもクレアの考えとは裏腹に、体が注意を払うのはアレックスのことだけだった。彼の腕の中はまるで天国のようだ。ここにならひと晩じゅういられる。彼の肩越しに踊っている人々が目に入ったとたん、クレアはエマのことを思い出した。周囲を探すと、彼女はミスター・ジャクソンと踊っている。

アレックスが眉根を寄せた。「どうしたんだ？」

「エマの様子が最近おかしいから、おばさまに彼女から目を離さないと約束したのよ。レディ・バーリントンのパーティーでは、ポール卿が彼女に言い寄っていたわ。わたしがふたりの会話を中断させたのだけど、それからふるまいが変なの」クレアはアレックスが腕に力を入れるのを覚悟していたが、何もなかった。

彼女をじっと見ているものの、怒ってはいないようだ。「ああ、あの日、きみは彼と話をしていたね」

胃が締めつけられた。「どうして知っているの？　あなたはあの場にいなかったでしょう」

「ダーリン、ぼくも招待されていたんだ。遠くから見ていた」

クレアはステップを三つ数えながら、アレックスが彼女をつけていたと白状するのを聞いて動揺した心を静めようとした。「あなたもご存じのように、彼はかなり問題があるわ。エマに近寄らないでと警告したら、あなたのことを話しはじめたの。あなたはきっと認めないであろうことを」今度はアレックスの腕に力がこもった。

「彼の話ばかりだな」ほかにもっと大切なものに気づいたように視線をそらしたが、ふたたびクレアをじっと見る。

曲が終わるまで、アレックスは彼女を抱き寄せたまま放さなかった。ダンスが終わると、クレアを脇に抱えるようにして、詮索好きな人々の目から逃れるごとくカーテンで仕切られた控えの間に連れていった。

「ダンスをしながらポール卿の話題など口にして悪かったわ。エマを探さなくては」クレアは彼から離れようとした。

「話は終わっていない」アレックスは階上へ続く大きな階段の下に彼女を引っ張っていく。誰もこんなところを探そうとしないので、人目につかない場所だった。彼がクレアの背後の壁に手をつくと、ふたりの体が接近した。

彼の香りに包まれるやいなや、心はベッドで愛を交わした官能的な思い出の中をさまよいはじめた。この不実な空想を抑えなければ、この夜を乗りきれなくなるだろう。

「クレア」彼がこめかみに唇をかすらせた。「帰ってきてくれ。償うと約束する。いまはもう、何もまともに考えられない。言いたいことはいろいろあるが、頭に浮かぶのは、きみにとても会いたかったということだけだ」首の敏感な部分から耳たぶまでをキスでたどる。

「いままでの人生で、こんなふうに人に懇願したことなど一度もない」

気を強く持たなければならない。「どうして？　ポール卿にもう一度勝利するため？」

アレックスの目が大きく見開かれた。灰色の瞳の奥から、説明できない感情がわき出てくる。

クレアはたじろぐことも、あとずさることもしなかった。

突然、アレックスが彼女を壁に押しつけた。情熱的なキスで口をふさぐ。その情熱はいまにも爆発するかのようだった。動きが止まると、クレアは急にめまいを感じて、アレックスの胸に頭をもたせかけた。心臓が早鐘を打ち、立っていられなくなるのではないかと不安になる。

彼は壁に額をつけ、指でクレアのうなじのおくれ毛をもてあそんでいた。

「外を歩いてくる。いまこの瞬間にもきみが欲しくて、きみを怖がらせてしまいそうだ」体の中に抱えた激情を静めるかのように、大きく息を吸い込んでゆっくりと吐く。「自分でも、きみを怖がらせているのはわかっているんだ」

アレックスが体を離すと、彼女は寂しさのあまり叫びだしそうになった。

「あとで探しに来るよ。とにかく、この続きを終わらせよう。いいね？」

もしいま口を開いたら、行かないでと言ってしまうだろう。クレアにできたのは、ただうなずくことだけだった。

アレックスは振り返ることなく舞踏場へ戻っていった。クレアは手を口に当て、キスの名残を感じた。唇がひりひりして、彼の熱い感触をまざまざと思い出した。気まぐれな心ではなく、頭の中の言葉に従うべきだったのかもしれない。

落ち着きを取り戻すと、クレアも舞踏室に行った。踊る人々の中にエマの薄黄色のドレスを探して、部屋の端から端まで目を走らせる。リールは体力的にもきつく、あまり人気がないので、踊っている人も少なかった。次はまたワルツに戻るのだろう。

レディ・レナ・イートンがエマの友人たちと一緒に、ダンスの合間のおしゃべりに興じているのを見つけた。「レディ・エマを見かけなかった？」

「ミスター・ジャクソンが足をねんざするまで、彼と踊っていたんじゃないかしら。それから急用ができたと言って帰ったと思うけれど」

「どれくらい前のこと？」

レディ・レナは額にしわを寄せて、手袋をした指で頬を軽く叩きながら言った。「カドリールのあとだけれど、リールの前だったわ。一五分くらい前かしら？　はっきりしないわ、レディ・ペンブルック」

「レディ・ペンブルック、エマはミスター・ジャクソンと一緒に舞踏室を離れたのではありませんよ」レディ・レナの横にいる、ミス・ジェーン・ホズマーという名前の新顔の若い女性が言った。

「まあ、そうなの？　彼女の姿を見た？」

ミス・ジェーンが難しい顔つきになってうなずく。「エマがわたしたちのところに戻ってきて、ポール卿が本を見つけてくれたとレディ・ダフネに話しているのが聞こえました」

「ありがとう」なんとか笑顔を作って落ち着いた様子を保ちながら、クレアはその場を離れた。

エマの姿がどこにもない。誰にも行き先を告げずにいなくなるなんて、彼女らしくなかった。飲み物のカウンターのあたりをくまなく見てから、カードルームへ行ってマッカルピンとウィリアムを探す。ふたりもいない。おじとおばが到着するのは真夜中過ぎだ。外のバルコニーなどほかの場所でも見つからず、喉が苦しくなってくる。おかげで叫びだすのは避けられた。アレックスにいてほしいけれど、どこにいるのかわからない。あんな別れ方をしたことが悔やまれる。

クレアはそぞろ歩いているふうを装いながら、さらにあちこち探しまわった。正面玄関に行くと、舞踏室の出入り口の見張り番をしているサマートン伯爵がいた。

「レディ・ペンブルック、もうお帰りですか？」彼は頭をさげて、行儀よくお辞儀をした。

「ええ、そろそろ」クレアは礼儀正しく立ち止まって答えた。そうしないと、サマートンは何かがおかしいと気づいてしまうだろう。ドレスの下では、聞こえないようにつま先をこつこつと鳴らしていた。

「ペンブルックに会いましたか？」サマートンが尋ねながら部屋の中を見る。

このおせっかいな男性は、彼女をアレックスに会わせたいようだ。「舞踏室の中にいると思いますけれど。それともカードルームかしら？　では、失礼します」相手の返事も待たずに出口へ急ぐ。

従僕に公爵家の馬車を呼んでくるように頼んだ。幸いなことに、すぐ前に止まっていた。馬車に乗り込むのを手伝うランガム家の使用人の耳に、クレアは小声で伝えた。

「表に出たら、できるかぎり全速力でランガムホールへ帰りたいの」馬車はダルトン家の敷地内の小道を抜けていく。屋敷が見えなくなると御者が鞭を打ち、馬が速歩《はやあし》で駆けだした。

ポール卿とエマとのあいだにどんなことが起こりうるとしても、なんとか阻止できるようにクレアは祈っていた。馬車が到着するやいなや、ひとりで飛びおりて玄関を開ける。

「ピッツ！」

「いかがされましたか、レディ・ペンブルック？」長年の経験から、執事は相手の感情を読み取る達人になっている。彼女のコートを従僕に渡すと、クレアの言葉に全神経を集中させた。

「一緒に来てちょうだい」誰にも話を聞かれないようにするために、彼女はピッツを〝青色の間〟に連れていった。「レディ・エマの姿を見た？」

「いいえ。いまこの屋敷にいらっしゃるのは、あなたさまだけです」執事は封をした手紙をクレアに手渡した。「つい先ほど、これが届きました」

不規則な脈拍と歩調を合わせるかのように、鼓動が大きく乱れる。レディ・アンソニーの舞踏会で目にした優美な筆跡と同じ文字。手紙の差出人はポール卿だった。

〝最愛のクレアへ

きみのいとこは緊急の用件があるそうで、今夜ぼくと〈ブラック・ファルスタッフ・イン〉で会うことになった。ここで待ち合わせるようにとの手紙が先ほど届いた。謹んで言わせていただくが、みなのためにも、きみが急いで来るのが得策だろう。部屋を用意して待っている。

胸の中に氷のように冷たい恐怖が広がり、話どころか息をするのもままならない。エマは自分からポール卿に会いに行ったのだろう。何かあったら彼女は破滅してしまう。

チャールズが入ってきた。「奥さま、どうかなさいましたか?」

「レディ・エマが行方不明なの」クレアの落ち着いた声に男性ふたりが耳を傾けた。この状況で家族の帰りを待つことはできない。「チャールズ、ヘルメスに鞍をつけて、馬車を準備してちょうだい。扉に公爵家の紋章がついていないものよ。あなたは馬車で〈ブラック・ファルスタッフ・イン〉までわたしについてきて。ほかの誰にも行き先は伝えないで」

「かしこまりました、奥さま」チャールズはうなずくと、部屋を出ていった。

「着替えてくるわ。ピッツ、公爵夫妻に連絡して、誰かにマッカルピンとウィリアムを探しに行かせてちょうだい」

「承知いたしました、レディ・ペンブルック」ピッツは指示を出しに、そしてクレアは自室に急いだ。アイリーンに手伝ってもらいながら、すばやく乗馬服に着替える。嵐になる可能性もあるので、馬車に乗ることはできない。

エマの身に降りかかった恐ろしい策略を考えると心が苦しくなった。もし誰かにエマがひとりで移動しているところや、〈ブラック・ファルスタッフ・イン〉へ向かっているところを目撃されていたら、クレアの呪いに匹敵するくらいの嘲りを受けるだろう。それ以上は何も考えずに、彼女は〝青色の間〟に戻った。そこにはピッツとチャールズが待っていた。

乱れていた感情はおさまったが、手の震えを抑えるために指をねじっている必要があった。

「出発の時間ね」

どうしてエマはポール卿のもとへ行ったのだろう？　彼の狙いはなんなの？

16

クレアは馬車を引くチャールズの横に並んで暗い道を進んだ。その馬車宿はロンドン郊外から五キロも離れていない。三〇分も走ると、目的地はすぐそこだった。

頭上の星は姿を消して、暗闇だけが広がっている。月は東の空に出ているが、西の空にはときおり稲妻が光っていた。風が強くなり、やってくる嵐から逃げているかのようだ。クレアは勇気を振りしぼって、宿屋で待ち受ける出来事に立ち向かおうとした。心の奥底ではなじみ深い恐怖が徐々に大きさを増し、彼女の意気込みをくじこうとしている。ヘルメスの手綱をぎゅっと握りしめる。エマを見つけなければならない。

ふたりは小川にかかる小さな橋に近づいた。水の流れが激しい。クレアは馬を止まらせると、目の前の光景に息をのんだ。風が強まり、吊り橋が波のように揺れている。馬が二頭通れるほどの幅しかなく、馬車はとうてい無理だった。

体の震えを止めることができない。ヘルメスのほうに上体を倒して、風に舞う落ち葉やごみをよける。引き返して逃げ出さないように、意志の力をかき集めなければならなかった。顔には恐怖が浮かんでいるに違いない。チャールズがかたわらに立ち、手綱を握っている。

風のうなりに負けないように、彼が大声で言う。「奥さま、先に馬を渡らせてから、迎えに来ましょうか?」

「いいえ。手前の橋まで戻って、川を渡ってちょうだい。あそこなら馬車も通れるでしょう。わたしはこの橋を渡るわ」クレアのマントのフードが風になびいた。

「では、これを」チャールズが馬車につけていたランプをひとつくれた。彼は御者台に戻るとひと声で馬を動かし、馬車の向きを一八〇度回転させた。「本当に大丈夫ですか、奥さま?」

「ええ。さあ、行って。宿で会いましょう」クレアはチャールズが去るのを見届けなかった。そんなことをすれば、目の前の橋を渡る勇気が消えてしまいそうだ。戦慄が背中を走り抜け、脚に力が入ってしまった。馬がそれを合図だと勘違いしたのだろう、次の瞬間に彼女は橋の前に立っていた。

深呼吸をして、左手にランプを持ったまま馬からおりる。右手にはヘルメスの手綱を握っていた。馬に乗ったまま渡るのは難しいに違いない。少なくともクレアには不可能に思える。

実際には、橋の長さは三〇メートルもない。それが三〇センチであろうと三〇キロであろうと、それを渡るよりもクレアは地獄の業火に焼かれるほうを選ぶだろう。けれどエマが橋の向こう側にいるのだから、渡るよりほかに選択肢はない。

風がやんだ。渡るのならいまだ。心の中で祈りながら、一歩踏み出して馬の手綱を引く。足元の板はしっかりしていたので、安心して馬を橋に導くことができた。

川の流れは、ほかの音をすべてかき消すほどの勢いだ。呼吸が浅くなり、心臓は岸に戻れと言わんばかりに激しく打っている。クレアはランプを体の前に持ち、水面を見ないようにしながら次の一歩に集中した。馬は怖がりもせずに、彼女のうしろをおとなしく歩いている。レンウッドで彼女と両親が川でおぼれた夜の残像がよみがえってきて、集中力を乱した。悪夢に屈服しないよう、橋を進んでいく。

あと五メートルほどになり、クレアは足を速めた。なんの前触れもなく突風が襲ってくる。フードがあおられて顔を覆い、一瞬何も見えなくなった。その風のせいで橋が揺れはじめ、きしんだ音を立てる。右手でとっさに橋の手すりのロープをつかんだので、手綱も引っ張られた。手に痛みを覚えるほどぎゅっとロープを握り続けながら、その場にかたまって激しく息をする。汗が胸元に流れ落ちた。

馬に背中を押されて、仕方なく一歩踏み出した。恐怖を追い払い、しっかりと手すりにつかまって渡りきる。岸に着くと、クレアはヘルメスに寄りかかって首を撫でてやった。やさしくさすりながら褒めていると、この馬に助けられたことに気づいた。一緒に橋を渡りきったのだ。

少しすると手の震えもおさまり、鼓動も落ち着いてきた。馬番もおらず、踏み台もないので、どうやって馬に乗ろうかと思案する。

「クレア！」

背後から声がした。ランプを掲げて橋のほうを見ると、アレックスが橋の真ん中に立っていた。片方の手にランプを持ち、もう一方の手でアレスを引いている。

「待ってくれ、クレア」風が強くなり、厚手の長いコートの肩についたケープがはためいている。次の瞬間、橋が大きく揺れ、馬がうしろ脚で立った。アレックスが倒れ、橋のへりから転がり落ちる。おびえたアレスは駆けだして、クレアの横を通り過ぎていった。

彼女は震えながら、アレックスがなんとかして橋にあがろうとしているのを見ていた。彼は片方の手でロープを、反対の手で橋板をつかんでいる。彼の名前を叫ぼうとするが、喉につかえてしまった。橋はまるでアレックスを川に振り落とそうとするかのように、繰り返し揺れている。彼がやっとのことで上半身を乗りあげた。

クレアは膝をつき、できるだけ小さく身を丸めていた。すぐそばで、木の枝が大きな音を立てて落ちる。彼女は力を振りしぼって起きあがると、しっかりと体に力を入れた。今回ばかりは、愛する人を失うわけにいかない。どんな犠牲を払ってでも、アレックスを助けなくては。

風が吹きすさんでいる。何も考えずに彼のほうへ駆けだしたが、意志をくじく力のせいで、橋の手前で立ち止まってしまった。体じゅうが震えているけれど、恐怖に負けるわけにはいかない。ゆっくりと一歩ずつ進んで、アレックスのそばへ行くことだけを考えた。手すりのロープはけっして放さない。長い時間が過ぎたように感じられたが、ようやくアレックスから一メートルほどにまで近づいた。クレアは体を縛っていた見えない力から自由になり、ランプを足元に置いた。激しい風に炎が揺れる。

彼女は膝をついて、アレックスの腕をつかんだ。ただ純粋な本能だけに突き動かされていた。全身の筋肉に力をこめて、ロープと橋板にしがみつく彼を引っ張る。クレアの弱い腕力だけでもじゅうぶんで、彼は自分の体を引きあげることができた。

ふたりはしばらく動けなかったが、ようやくアレックスが彼女を立ちあがらせた。

「きみに礼を言わなければ」彼は大きく息を吸い、ゆっくりと吐き出した。「こんな目に遭うのは、もうごめんだが」

「わたし……あなたを失うのかと思ったわ」彼女はアレックスの首に抱きついた。彼のコートが風にあおられて、ふたりの体に当たる。

「ぼくは簡単には死なないよ」低い笑い声が胸郭に反響する。

余裕のあるアレックスの言葉に少し気持ちが落ち着いたものの、クレアはしっかりと彼を抱きしめていた。

「きみはぼくに希望を与えてくれたんだ、マイ・レディ」アレックスが彼女の顔を両手で包み、親指で頬をなぞった。「きみが心配してくれていたなんて、ぼくは幸せな男だよ」

「わたしはできることならなんでも……」言葉を切って暗闇を見つめる。彼がうしろに立つと、ランプの明かりのせいで遠くがよく見えなくなった。「どれくらいあるの？」

アレックスがウエストに手をまわして彼女を引き寄せる。「一〇メートルほどだな。きみはランプを持ってくれ。ぼくはロープにつかまりながら、きみを支える」

激しい鼓動にクレアは目を閉じた。足を前に踏み出そうとするものの、彼の腕にすがってしまう。「動くなと言われたの」

ふたりのあいだを風が吹き抜けた。彼女を風から守るように、アレックスが体の向きを変える。「誰に？」

「父に」

クレアは喉が締めつけられた。あの夜に起きたことを打ち明けてしまうとは思わなかった。いまはだめだ。この橋の上では。体が震えるが、たいしたことはない。今夜はアレックスを失うところだった。言いたいことがたくさんある。これまであの夜の話は封印してきたけれど、話を始めてしまえば言葉が口をついて出てくるだろう。

「川は真っ黒だった。わたしのまわりのすべてが暗かったわ。何も見えないの。汚い水をのみ込んでしまって、胸が痛くなった。息もできず、脱出することができない。なんとか父がわたしを見つけてくれた。手をつかんで水面に引きあげると、泳いで岸まで連れていってくれたのよ」

アレックスはもう二度と放さないとばかりに、クレアをきつく抱いている。彼女の声が風にかき消されることもない。

「父が言った最後の言葉は、〝クレア、ここにいるんだ。じっとしていると約束してくれ〟だった。自分の目を見させようとして、わたしの腕を揺さぶっていたわ。父の目には不安と恐怖があった。〝約束してくれ〟父はもう一度そう言った」

アレックスが髪をやさしく撫で、話を続けるように励ましてくれる。

「わたしはうなずいた。一度……二度……何度もうなずいた。それから父は暗い水の中へ飛び込んだの。わたしはひと晩じゅう待ったわ」クレアは震え、歯がかたかた鳴った。「川を見つめながら、その場所を動かなかった。雨はやまなかったし、空に稲妻が光るとき以外はすべてが真っ黒だった」

アレックスが彼女の頬にキスをした。何も心配はないというようにぎゅっと抱きしめる。

息を吸い込んで、クレアは最後まで話そうとした。もう秘密を抱えているのはたくさんだ。「かさの増えた水が迫ってくるまで、わたしは同じ場所で待っていた。靴をなくしたから、裸足で水につかっていたの」アレックスの表情を見ようとして体を引く。「足が冷えきって、つま先の感覚がなくなった。一メートルくらいさがっても、父は気にしないだろうと思ったけれど……」声が震えだした。「両親に二度と会えなくなってしまった」痛みから逃れるかのように、クレアは彼の胸に顔をうずめた。「もしわたしが父の言いつけにそむかなければ、ふたりは戻ってきてくれたんじゃないかと思うの。ばかげた話なのはわかっているわ」

彼女は心地よいアレックスのぬくもりから身を離した。風は落ち着いてきた。彼はずっとクレアを見つめている。

彼女は橋のほうに目をやってから、残された勇気を振りしぼってアレックスを見た。

「心の奥底では、わたしのせいで両親が死んだと思っているの。呪いが姿を現しはじめたとき、何もかもに納得がいったわ。真実を打ち明ければ……わたしは……けっしてこの恐れを克服することができない。永遠に。これがすべてよ」

「きみがご両親を死なせたわけではないし、きみは呪われてもいない。残された者たちは悲しみと罪悪感から理由を探そうとするんだ。不条理な悲劇を引き起こした原因を」アレックスは彼女に身を寄せたが、触れはしなかった。「きみが痛みを抱えながら乗り越えてきたことを想像するだけで、胸が苦しくなるよ。だからといって、ぼくの気持ちは変わらない」クレアの肩をつかんで目をのぞき込む。「わかるかい？　そんなことでぼくは変わらない。いままでもきみに妻でいてほしい」彼はかすれた声で言った。「話を聞かせてくれてありがとう。光栄に思っている」クレアの顔に手を触れて、おくれ毛を払う。「一緒に橋を渡っていこう。きみのそばを離れないから」

彼女は顔を伏せ、涙があふれそうになるのをこらえた。

「大丈夫だ。ぼくはここにいる」彼がクレアを抱き寄せる。彼女はアレックスの胸に顔をうずめた。

「わたし……できないわ。ここに置いていってちょうだい」そのささやきは風に吹き飛ばされた。

言葉は聞こえなかったはずだが、彼は励ました。「クレア、きみならできる。ひとりにしないと約束するから」アレックスが一歩踏み出す。クレアは腕を彼のウエストにまわし、コートをぎゅっと握った。引き止めようとしても、アレックスは前に進んでいく。彼の横にいたければ、ついていくしかない。

けっして遅れないように、クレアは彼の動きに合わせた。一歩ずつ、横を歩きながら渡る。

冷たい霧雨を頬に感じた。足元には風よりも大きな音を立てて水が流れており、水面は見えなくても、その激しさを感じることができた。風がまた強くなり、橋が左右に大きく揺れる。まさに最悪の夜だ。橋板に力がかかって、いやな音を立てた。マントが風にはためいて脚にまとわりつき、足元に気をつけていたものの、彼女はバランスを崩して転んだ。

そのせいでランプの明かりが消えた。アレックスが横に膝をついて助け起こそうとする。

「けがはないか?」

あたりは真っ暗だ。クレアは恐慌をきたした。橋板をつかんで、アレックスから離れようとする。どこに向かっているのかもわからないけれど、とにかく岸にたどり着きたい。息をするのもままならず、橋の下を流れる水音だけが耳に響く。

アレックスが腕をつかんで引き戻した。「落ち着くんだ、スウィートハート。ぼくたちは前に進むしかない。エマが一キロ先の宿にいる。すぐそこだ。彼女は怖がっているんだよ、クレア。彼女にはきみが必要なんだ」クレアの顔を両手で包み込む。彼女には何も見えないが、アレックスの唇が口に触れた。「約束しただろう、きみをひとりでは行かせない」

クレアは彼のコートをぎゅっと握りしめた。こうしていれば正気を保てる。アレックスの助けを借りて、なんとか立ちあがった。彼とその言葉に力づけられた。クレアは決心したようにうなずくと、彼を引き寄せた。アレックスが強く抱きしめてくれる。

「もう少しだ」彼はやさしくキスをした。「エマを探しに行こう」

風は勢いを弱めていたが、アレックスに寄り添って歩く彼女に強く吹きつけていた。稲妻

が空に光り、橋のたもとに立つ馬を照らし出す。ヘルメスの横には、落ち着きを取り戻したアレスがいた。あと三メートルほどのところまで来ている。クレアはエマのことだけを考えた。

ようやくしっかりした地面に足をつけることができてほっとする。ずっとできなかった深い呼吸をした。肺に吸い込んだ空気は、スイカズラのように甘いにおいがする。アレックスの助けで乗りきることができたのだ。彼女は振り向いた。「ありふれた表現だけれど、ありがとう——」

「違うよ、クレア」彼が声をやわらげる。「きみに助けられたぼくのほうこそ、何度も礼を言わなければならない。きみがそばにいてくれなかったら、いまごろはもうこの世にいないだろう」

ふたりが到着したときには、宿の中庭は静かだった。風はふたたび強くなり、クレアのマントがまるで飛び立とうとするかのようにはためいた。

橋の上での試練を乗り越え、クレアの顔色もふだんどおりに戻っている。そんな彼女を見て、アレックスは思った。クレアは彼が知っている誰よりも、そして彼自身よりも強い人間だ。いま、こうしてここにいるのも、いとこを愛しているからこそだ。アレックスに対しても、そんな深い愛を感じてくれればいいのだが。これまでの行いを考えると、なんらかの形で償いをさせてもらうことしか望めないだろう。

馬番たちがいそいそとやってきた。「馬の世話をしてもらえるとありがたい。いつごろ戻れるかわからないんだが」アレックスはクレアが馬からおりるのを手伝い、ふたりの男にチップを渡した。「では行こうか、マイ・ディア」彼女のほうを向いて言う。

「ええ、あなた」クレアは大きく息を吸い込んで、彼の腕を取った。「どうしてわたしがここに来るとわかったの？」

「きみが帰ったあと、サマートンがダルトン邸のテラスの外にいたぼくを探しに来たんだ。ランガムホールへ行くとピッツがすべて話してくれたので、すぐにきみを追ったというわけさ」

彼女が心配そうに目を見開く。「サマートン卿はエマの件を知っているのかしら？」

アレックスはうなずいた。「ぼくはエマに注意していてほしいと彼に頼んであったんだよ。サマートンが彼女について悪く言ったりすることはない。クレア、エマを見つけよう。ぼくの馬車がもうすぐ到着するはずだから、みんなで一緒に帰るんだ」彼は妻とそのいとこの無事を見届けてから、この騒ぎを起こしたポール卿の魂胆を明らかにすると心に誓っていた。

宿に入ってみると、食堂の半分くらいは人で埋まっていたが、エマとポール卿の姿はなかった。アレックスたちに注意を払う者も、彼らに興味を示す者もいない。この宿の主人は白髪で頭頂部が薄くなった六〇歳くらいの男だった。彼は笑顔で近づいてくると頭をさげ、愛想よくアレックスたちを迎えた。「こんばんは。ようこそお越しくださいました」

「ポール・バーストウ卿に用があって来た」アレックスは小声で告げた。

雷がごろごろと鳴っているのが聞こえてくる。クレアが彼の前に出た。開いた窓から吹き込む突風に彼女が身を震わせる。アレックスは安心させるように近くに立った。

「レディ・ペンブルックですね」主人が微笑みかける。「わたしはここの主人のソープ・ウェブスターです。〈ブラック・ファルスタッフ・イン〉へようこそ。殿方が食堂でお待ちですよ。ご案内しましょう」

主人は小さなラウンジから廊下へと足早に歩いていく。宿泊客たちが三人をじっと見ていた。廊下の右端の扉の前で、ウェブスターがようやく足を止めた。

「中には何人いるんだ？」

「ポール・バーストウ卿おひとりです」ウェブスターがアレックスのほうを見ずに答える。

クレアはまばたきもせずにアレックスを見つめ、覚悟はできているというように小さくうなずいた。

ウェブスターが握り拳で重厚な木製の扉を短くノックする。「何かご入用なものはありますか？　ポール卿はお食事と飲み物をすでに注文されています」

アレックスはクレアと主人のあいだに立った。「いや、大丈夫だ。ここからはわれわれだけでいい」

彼女もうなずき、アレックスのうしろに行って扉の横に立つ。

ノブをまわし、扉を勢いよく開け放って中に入った。その風圧でろうそくの火が揺らめく。

部屋はあたたかな暖炉の火に照らされていた。

ポール卿が立ちあがって出迎えたが、うんざりしたように鼻を鳴らした。「まったく、なぜ彼と一緒なんだ、クレア？　この話し合いは冷静に、できれば内密にしたかったのに」

「ぼくはおまえに会えてうれしいがね」ポール卿をいっときだけでも黙らせたい。だが怒りをぶつける前に、エマの居場所を確かめなくては。「彼女はどこだ？」

「知らないな。ノックの音がしたとき、てっきり彼女だと思ったんだ」ポール卿はアレックスに答えたが、目は何度もクレアのほうを見ていた。

彼女は入り口で立ち尽くしていた。「エマはどこなの？」動揺して顔色を失い、目を大きく見開いている。

アレックスは彼女の腕を取って扉を閉めた。「どうやってここで会うようにエマを説得したんだ？」

「クレア、彼は結論を決めつけようとしている」ポール卿が首を横に振る。「二時間前に、ぼくはここで会ってほしいという手紙をレディ・エマから受け取った。彼女は、ぼくのコレクションにある随筆集の初版本を欲しがっているんだ」彼はクレアをじっと見つめた。「もし彼女がひとりでここに来たら、どんな歓迎を受けるかわかったものじゃない。たぶん彼女を知っている者もいるだろう」コートのポケットから手紙を出してクレアに渡す。

「なぜここなんだ？」アレックスは尋ねた。

ポール卿が顎をあげ、冷たい目つきで彼を見た。「彼女は街の酒場やバーに行ったことがないと言っていたので、冒険をしたかったんじゃないか」

クレアは手紙に目を通すとアレックスに差し出した。「彼が言っていることは本当みたいね。エマはどうしてこんなことを？」

ポール卿がふたりに近づいてくる。「わからないな。個室の食堂でシャペロン役のきみと一緒なら、彼女の評判も傷つかないだろう」

「なんと言えばいいのかわからないわ。いろいろ気を遣って考えてくれたのね。最近、エマの行動はだんだんおかしくなっているの」クレアは自分を抱きしめるように腕を交差させている。「彼女はどこ？」

「ぼくも知りたいくらいだ」ポール卿がつぶやくように言った。

「きみとぼくで彼女を探そう」アレックスはクレアにそう促してから、ポール卿に告げた。「ぼくの馬車が到着したら出発する」

ポール卿はまるで見知らぬ人のようにアレックスをじっと見ると、しぶしぶ同意した。

「わかった」

アレックスも大きく息を吐き、同じようにポール卿を見つめる。この一年間にお互いが抱いた憎しみも、今夜は棚あげだ。ポール卿はエマを助けるためにできるだけのことをしようとしている。いまはふたりの共通の目的、すなわち彼らの助けを必要としている若い女性を守るために協力するしかない。

ポール卿がコートと帽子を手に取った。「ぼくはオールド・ポスト・ロードを北へ向かい、途中の宿屋や酒場を確かめるよ」遠慮がちに目を細めてクレアを見る。「レディ・ペンブルック」それ以上は何も言わず、彼は部屋を出ていった。

アレックスもすぐあとに続く。「ひとつだけ言わせてくれ」

まるで世界に退屈しているかのように、ポール卿が壁にもたれた。「なんだ？」

「どうしてアリスについて本当のことを言わなかった？」アレックスはきいた。「今夜は悩める乙女を守る騎士のようにふるまっている。なぜだ？」

ポール卿が片方の眉をゆっくりとあげた。「ひどいことだとわかっている」大きく息をつく。「ぼくはわれわれの友情を、人生で一番大切なもののひとつだと考えていた。若い頃、ぼくは行く先々で混乱を引き起こしていた。おまえには、言ってみれば、波風を静めるような力がある」彼はうつむいて首を横に振り、力なく笑った。「アリスが馬番の子どもを身ごもったと知っておまえが傷つくことを回避できるのなら、友情を犠牲にしてもいいとぼくは思った。いつかおまえが真実に気づいて、ぼくのところへ来てくれるのをいつも願っていた」

アレックスは目を丸くした。いま耳にしたことが信じられない。ポール卿の告白に驚いたが、同時に心があたたかくなった。

「だが、おまえはぼくの想像以上だった。いま、物事を混乱させているのはおまえのほうだ」ポール卿は帽子をかぶった。「おまえの質問に答えると、ぼくはクレアもレディ・エマも大好きだからさ」

「サマートンはどうだ？」

「おいおい、勘弁してくれ」ポール卿が気取って言う。「彼は肌身離さず持っている鼻持ちならない懐中時計よりも堅苦しいんだよ」あきらめたように息をついた。「いいやつだがな」

こちらに背を向けて、ポール卿は廊下の端まで歩いていった。ふいに立ち止まって振り向き、何か言いたげにアレックスを見据える。「おまえの奥方を軽んじるようなことをして悪かった。おまえを困らせる唯一の方法だったんだ」

それだけ言うと、彼は角を曲がって行ってしまった。

アレックスは大きなため息をついた。エマを探し出してから、ポール卿の言ったことを考えてみよう。いまは妻が待っている。

食堂に戻ると、クレアの表情を見るだけでじゅうぶんだった。彼女は恐慌をきたす寸前だ。

「手分けしてエマを探しましょう。あなたはチェイス・ロードを南へ向かって。チャールズが戻り次第、わたしは彼と一緒に――」

「だめだ。ぼくたちは一緒に探しに行くんだ。だが、きみかぼくのどちらかの馬車が到着するのを待たなければならない。きみのいとこが乗れるようにね」

一五分後、クレアは暖炉の前を行ったり来たりしていた。アレックスが彼女を抱きしめようとしたところに、扉が勢いよく開いた。

ランガム公爵だった。怒りに顔をゆがませている。まるで戦いを控えた戦士のように。

アレックスはクレアのウエストに腕をまわして引き寄せた。今夜はランガム公爵からどんな叱責を受けようと、彼女をあきらめないつもりだ。「公爵閣下」

「エマはどこだ？　娘はどこにいる？」

「わたしたちにもわからないの。ここにはいないのよ」クレアが答える。「エマがポール卿に、ここで会いたいと言ってきたんですって。彼は北へ探しに行っているわ。わたしたちはこれから南へ向かうつもりよ」

「なんということだ！」心配そうな表情の公爵が怒鳴る。「ポール卿の話は信じられるのか？」

「はい」アレックスの体に安堵感が広がった。ランガム公爵の怒りはアレックスにではなく、娘に向けられている。「ぼくの馬が下で待機しています。どこを探せばいいかおっしゃってください。クレアがちゃんと馬車に乗るのを見届けたら、すぐに捜索に出かけます」

「エマは乗馬が下手なので遠くへは行けない」公爵はコートのポケットから地図を取り出した。「ペンブルック――」

　そこへチャールズが駆け込んできた。目の前の人物を見て言葉を失う。公爵は心配と疲労のあまり、途方に暮れているようだった。「なんだ？　さっさと言いなさい。一刻を争うのだから」

　声を詰まらせながら、チャールズは言った。「閣下、レディ・エマはランガムホールでおやすみになっています」

「どういうこと？」クレアの声は衝撃を隠せなかった。

「馬車の車輪がぬかるみで壊れたので、馬に乗って別の馬車を取りに戻ったのです。屋敷に着くと、ピッツがこの知らせを伝えてくれました」

「ああ、よかった」アレックスの腕の中でクレアは目を閉じ、体の緊張を解いた。

公爵がチャールズのほうを向いて、続きを促す。

チャールズはつばをのみ込んでから話しはじめた。「アイリーンがレディ・エマを起こし、今夜どこにいたのかとききました。レディ・ダルトンの舞踏会にいらしたそうです」

安堵のため息をもらし、ランガム公爵がアレックスのほうを向いた。「ペンブルック、ありがとう」公爵はクレアに手を差し出した。「おまえはわたしと一緒に帰るんだ。ジニーはおまえたちが心配で取り乱している」

彼女がアレックスの腕から離れておじの手を取ると、ぬくもりがなくなったとたんに感情があふれてきた。自分の思いを理解してもらえないまま、クレアを帰らせるのは耐えられない。アレックスは乗馬服の上から彼女の腕をつかんだ。「クレア、待ってくれ」

彼女は足を止めたが、アレックスの顔ではなく手を見た。「また後日、頭をすっきりさせてから話の続きをしましょう、あなた」

ランガム公爵が促すようにクレアの手を引いた。

馬車に乗り込むのを手伝おうと、おじがクレアの手を取った。

彼女は一歩さがって微笑んだ。「おじさまの忠告を聞くことにしたわ」

「ようやくわかってくれたんだな」セバスチャンも口の両端をあげて笑顔を見せる。「だが、どの忠告のことかな？　当ててみようか？」

「わたし、アレックスと一緒にいることにしたの。彼のもとに帰るわ」笑い声をあげると、体が軽くなるようだった。心にため込むのはよくない。言葉にしたことで、あの夜の苦痛や悲しみという重荷が肩からおりたみたいだ。人生ではじめて、つねに感じていた息づまるような重さを感じなくなった。「彼を愛しているの。家へ戻ります」

「おまえは年のわりに賢明なところがあると、いつも思っていた」おじが彼女の頰にキスをした。「おまえは幸せになるだろう。ふたりで明日にでも来てくれないか？　ジニーに本人の口から話を聞かせてやりたい」

「ええ、約束するわ」

おじは大きな体を馬車の入り口に押し込むようにして乗り込み、進行方向に向かって座った。身を乗り出してクレアの目を見つめる。「おまえの父親と母親が、おまえの正しい選択と夫のことを喜んでくれるとわたしは信じているよ」

「わたしもそう思うわ。いまごろになって、彼の手当てをしていなかったのを思い出したの。おじさまとやり合ってから」

「あの日は怒りに燃えていたんだ。わたしの手もまだ痛む」酸っぱいものでも食べたようにセバスチャンは顔をしかめ、手を伸ばしてクレアの頰に触れた。「わたしはペンブルックがオークの木をのぼってくるのを目にしていたんだ。彼は頑固な男で、おまえを放っておかなかった。わたしとふたたび対峙する危険を顧みないくらい、彼はおまえを愛しているとわかったよ」

アレックスは廊下を走り、おじと一緒に帰るクレアを引き止めようと外に出た。宿の入り口付近が静かだったので、最悪の結果になったと悟る。遅かったのだ。ふたりは行ってしまった。

これまでの経験から、彼は失敗を認めることを学んでいた。いまがまさにそうだ。心にはクレアを永遠に失ってしまったかのような思いがあふれた。

宿の主人が隣に立ち、アレックスを見た。「公爵閣下はもう発たれたのですか？」

「たったいま」ぼくの妻と。

「あのように高貴なお客さまはめったにありません。なのに、エールをお勧めすることもできませんでした」ウェブスターが残念そうにため息をつく。「ではおやすみなさい、閣下」

花崗岩《かこうがん》のように重い足取りで、アレックスは中庭へ向かった。

公爵家の黒い馬車がランガム公爵とアレックスの妻を乗せて、よく油を差した車輪をきしませながらロンドンへの道を進んでいることだろう。彼女が自分の妻だと言えるのも、あとどれくらいだ？　アレックスは目を閉じてうなだれた。なぜクレアを取り戻すのに失敗したのだろう？

厩舎へ向かおうとして、彼は足を止めた。クレアが中庭の真ん中に立ち、こちらを見ている。

アレックスはとっさに距離をはかった。「誰かを待っているのか?」そんなことを声に出してきく必要があるか?

彼の馬車がふたりの前に止まる。

「ええ、待っていたわ」クレアがこくりとうなずいた。

胸が痛むのを感じながら、彼女が先を続けるのを待つ。

「わたしのだんなさまを」

クレアの落ち着いた、覚悟を決めたような表情の下に何かが隠れていた。その正体はわからないが、アレックスを不安の海に突き落とすようなものだろう。

「チャールズがヘルメスに乗って帰ってくれたの」彼女は雲間から姿を現した月を見た。

「アレックス、わたしたちの問題がなんであろうと、話を終わらせないといけないわ」

17

　アレックスは肝心な話をできるかぎり先延ばしにしようとしていた。ふたりを乗せた馬車はランガム公爵と同じ道をたどっている。クレアは彼の正面に静かに座っていた。

「きみが出ていったとき、ぼくは引き止めるためなら戦うつもりでいた。いま願うのは、きみの幸せだけだ。平穏であってほしい。きみがどこへ行こうと、何をしようと、ぼくは邪魔をするつもりはない」

　一番言いたくないこと、つまり告白が口をついて出た。言ってしまったものは仕方ない。反応をうかがうために、思いきってクレアの顔を見る。深くうつむいているので、美しい赤褐色の髪しか見えなかった。身じろぎひとつせずに座っている。最後にもう一度、頼んでみよう。

「きみはいやかもしれないが、ぼくはきみの決定に従うよ」思いきってクレアの顎に手をやり、顔をあげさせた。「これからは、ぼくが復讐のために行動しているのではないかと心配する必要はない。もうそんな人生は終わりにしたんだ。弁護士が借用書と不動産の譲渡証書をポール卿に返却した」

アレックスの目を見つめる彼女の瞳に光るものがあった。

「ロンドンにいるミスター・ミルズを探し出して会いに行ったよ。もちろんきみが正しかった。彼は好青年で、アリスを深く愛していたんだ。彼の心は傷ついている。サマートンに会わせたら、投資家を紹介してもらえることになった。ペンヒルにも招待した。アリスも喜んでくれていると思う」大きく息をつくと、極度の疲労にのみ込まれそうになった。前かがみになって胸の重さを紛らわせようとする。「客観的に考えて、ぼくは妹の死に責任はない。だが、そう思えるようになるまでに時間がかかってしまった」

「あなたは正しい決断をしているのね、アレックス。すばらしいわ」クレアが彼の手を握りしめる。

「きみに受け取ってほしいものがある」何か言おうとした彼女を、手をあげてさえぎった。「しいっ、聞いてくれ。きみが設立しようとしている新しい孤児院に、二万ポンド寄付したんだ。サマートンにも同じ金額を寄付させた。その代わりとして、きみの弁護士から施設の命名権を手に入れた。きみがご両親に敬意を表して名前をつければいいと思うんだ」アレックスは目を閉じて大きく息を吐いた。「将来、娘――ぼくたちの娘が生まれたら、レンウッドという家名が必要になるかもしれない」拒絶されるのが怖くて、彼女のほうを見ることができない。

涙がクレアの頰を流れ落ちる。これはアレックスが思ったよりも一〇〇倍つらいことだった。彼女が苦しむのを見るくらいなら、自分の右手を切り落とすほうがましだ。抱きしめることができたなら、クレアの苦痛だけでなく彼の苦しみも軽減できるだろう。しかし、まずは話を終わらせなければならない。

「もうひとつある」深呼吸して、最後の告白をする力をかき集めた。「レディ・ハンプトンの晩餐会のあと、きみはぼくとは結婚してくれないと思った。きみが純潔ではないのは問題じゃない。ぼくも違うし、きみだけを責めるわけにはいかないだろう？　アリスは自らの選択のせいで苦しんだ。きみにはひとりぼっちで同じ思いを味わってほしくない。いいかい、ぼくはきみを深く愛しているんだ。だから、もしポール卿の子どもを身ごもっているなら、ぼくは自分の子として育てたい」アレックスは首をのけぞらせて大きく息を吸い、クレアが彼の不誠実な態度に気づくまでの時間稼ぎになるように願った。「〈ホワイツ〉でこっそり賭けをしたのも、それが理由なんだ。誰もがポール卿に分があると考えていたので、きみをぼくのものにする唯一の方法だと思ってしまった。間違っていたけどね。これからはどんな決断でも、きみやきみのものを二度と傷つけないと約束する。信じてくれ」

目に涙があふれそうになったので、咳払いをしてつばをのみ込む。

「きみはぼくの人生で一番大切な人なんだ。いまも、そしてこれからもずっと。もし一緒にいることがかなわなくても、いつもきみを慈しみ、ぼくが何かを考えたり決めたりするときにはきみのことを思い浮かべる。心から愛しているよ」また深呼吸して続ける。「こんなふうに感じられるなんて、きみがぼくの人生に現れるまではわからなかった。どこで、誰と一緒にいようとも、ぼくの心はつねにきみとともにある」

クレアにキスをしながら、アレックスは胸の痛みに締めつけられるようだった。唇が情熱のせいではなく、愛と尊敬を感じてこわばってしまう。彼女が応えてくれるかどうか反応をうかがった。クレアは動かず、音も立てない。まるで結婚当初のようだ。彼の胸の痛みが、これ以上耐えられないほど強くなる。ゆっくり唇を離すと、どうすればいいのかわからなくなった。

「スコットランドへは行かないわ。あなたのいない人生なんて、わたしもいやよ」

言葉は聞こえるが、何を言っているのか理解できない。

「愛しているわ。わたしはペンヒルであなたに心を捧げた。それは生涯変わらない。誠実という言葉を大切にしているから、けっしてあなたを傷つけないわ」クレアの表情がやわらいだ。「あなたはわたしが抱えてきた傷と過ちを目にして、それでもなお愛してくれる。わたしは呪われていないと信じさせてくれたのよ。もし呪いが事実だったとしたら、わたしは今夜、あの橋であなたを失っていたでしょう。でも、大丈夫だった」彼女はアレックスに腕を伸ばした。「あなたはわたしが望んでいたよりも、もっとすばらしいものを与えてくれた」

耳にしたことを信用していいのかわからず、アレックスは頬をつねった。クレアの微笑みのあたたかさが彼を包み込む。

「わたしは愛される価値のない人間で、愛なんて一度も経験できないのだと思っていたわ。一番つらかったのは、あなたはわたしを愛していないと考えることだった」

目頭が熱くなり、彼は何度もまばたきした。「きみはぼくの心をずっとつかんでいるんだよ、愛しい人」

「愛しているわ」クレアがささやく。彼女の声は天使の息のように甘かった。「わたし自身、そしてわたしが手にしているもの、すべてがあなたを愛してる」

その言葉にアレックスは喉が詰まった。手を伸ばし、彼女の脈打つ首筋に触れる。

クレアが頭を傾けて、彼の目をのぞき込んだ。「わたしの一番の望みは、あなたと人生をともに生きて、家族を作ることよ。今夜あなたがわたしを探しに来てくれたとき、ようやく目が覚めたわ。わたしのいとこのために身の危険も顧みなかったのは、あなたが家族を第一に考えているからだったのね。あなたはわたしが大切にしている家族を守ろうとしてくれた。あなたの愛の深さを示してくれたわ」

「クレア、ぼくと結婚したことを後悔させたりはしないと約束するよ。はじめて会った晩にも同じことを思ったが、ぼくの進む道はきみを幸せにするためにある」

「ペンブルック、今朝はいいところに来てくれた」ウィリアムの低いささやき声が応接室の静けさを破った。「あのふたりがやり合うのは見ものだぞ」

クレアは夫、マッカルピン、ウィリアムと並んで立っている。部屋の真ん中には近づかない。そこにはすっかり気落ちして、訓戒を待っているジャンヌ・ダルクのようなエマの姿があった。

「なんだって？」アレックスの手がウエストに置かれているので、クレアはエマのそばに行けなかった。「誰のことを言っているんだ？」

「エマとセバスチャンおじさまよ。おじがエマを叱ることはめったにないの。ジニーおばさまもそうよ。みんながつらい思いをするでしょうね」クレアは言った。

父親が部屋の端から端まで行ったり来たりするのを見ながら、エマが体をこわばらせているのがわかる。「お父さま、わたしがポール卿と〈ブラック・ファルスタッフ・イン〉の個室の食堂で会うと信じる人がいるなんて、考えられないわ」

セバスチャンが立ち止まって娘をにらみつけた。「そうかね？　わたしたちがどれほど心配したか、おまえは理解していないようだな。夜明け前、メイドにおまえを起こしに行かせたのはなぜだと思う？」

「父上は怒ったときにだけ皮肉を言うんだ。ほんの少し、この場をかきまわしてみよう」ウィリアムがささやいた。笑顔から、いかめしい表情に一瞬で変わる。「エマ、ぼくは喜んでおまえを屋敷に連れて帰っただろう」彼の低い声が部屋じゅうに響いた。「ところが一時間遅れて舞踏会に着いたら、おまえの姿がないじゃないか。本当に心配したよ」

「やめて、ウィリアム」クレアは小声で言った。この話し合いに仲介者は必要ない。彼女は当事者の言い分を聞きたかった。エマはどうしてクレアに何も言わずに舞踏会から帰ってしまったのだろう？

アレックスが彼女の耳元に口を近づける。「あのおてんば娘にはびっくりだ。優秀な弁護士になれるだろうな。〝個室の食堂〟と口にしたが、ポール卿への手紙にはそんな言葉は書いていなかった。彼女はパブや酒場で会いたかったのかもしれない。

「父上の堪忍袋の緒が切れるまで、どれくらい時間がかかるか賭けないか？」ウィリアムが言う。

「いや」マッカルピンが目を細めて弟に近づく。「もしぼくがおまえに頼んだようにエマとクレアをエスコートしてくれていれば、父上もエマも言い争いなどせずにすんだんだ」

「兄上だって、似たような状況のときには賭けることもあるじゃないか」ウィリアムがぶつぶつ言う。「つまらない男だな」

クレアはマッカルピンの腕に手を置いた。クレアも彼と同じように不愉快に感じていた。

「ウィリアムがいても、エマは簡単に姿を消していたかもしれないわ」

「ぼくが妹の面倒すら見られないと言いたいのか？」ウィリアムが両方の眉をあげる。「クレア、きみはぼくに感謝すべきなんだぞ。もしぼくがエマと舞踏会に参加していたら、ペンブルックとはまだ仲違いしたままだ。和解できたのはぼくのおかげじゃないか」

アレックスが唇をゆがめる。「本気で言っているのか？　ほんの数日前までは、ぼくを殺したがっていたくせに」

ジニーが優雅にエマの隣に腰をおろした。「ジェーン・ホズマーという若い女性が耳にしたそうよ、ポール卿から本をいただくとあなたが言っていたと。それは本当なの？」おばの声は平静だったが、その表情からは怒りをかろうじてこらえているのが見て取れた。セバスチャンが足を止めて妻のうしろに立ち、結束を示すかのように肩に手を置く。

「違うわ」エマがそわそわした。「興味のある本には、きちんとお金を払っているわよ」

「それは答えになっていないわ」ジニーが指摘する。

みながエマの次の言葉を待って、部屋が静まり返った。

とうとうジニーが長いため息をついた。「あなたのお父さまもわたしも本を読むことを勧めてきたけれど、昨夜の出来事があって考え直そうと思っているの」

セバスチャンが容赦なく質問を続ける。「なぜクレアがポール卿から〈ブラック・ファルスタッフ・イン〉に呼び出されたんだ?」

エマも深いため息をついた。「わからないわ。彼とその前に会ったのは、レディ・バーリントンのガーデンパーティーで話しかけられたときよ。社交シーズンを楽しんでいるかと尋ねられてから、ミスター・ベンサムの随筆などの本の話になったの。当たり障りのない会話だった。そうしたらクレアが来て、子どもを守る母ライオンみたいにわたしを追いやったのよ」

おじが目を細めてエマをにらみつける。「手紙について話してくれないか?」

「なんの手紙?」エマは眉を吊りあげる。「もしわたしを責めるのなら、証拠を見せてもらいたいわ」

クレアが手紙を持っているかどうか、セバスチャンが問いただすような視線を送ってきた。

彼女は静かに首を横に振った。

「どういうことだい?」アレックスがクレアの耳元でささやく。「きみは舞踏室をただ飛び出したわけじゃない。ずっとエマを探していたじゃないか。それに、ぼくも昨夜その手紙を見たよ」

彼女は微笑み、ふたたび首を横に振った。「ここで口出しをしたら、話が永久に終わらないわ。あとでエマとふたりで話すから」

アレックスの保護者的な一面が頭をもたげた。アリスを失って以来、妹のダフネの行き先や予定はいつも把握している。エマはクレアのいとこで、アレックスの妹の親友でもあるので、彼がエマを心配するのも当然だった。本人は気に入らないかもしれないが、エマには彼女を気にかけてくれる男性が新たにひとり増えたのだ。

「よく聞くんだ、エマ」大声で怒鳴るセバスチャンは、いきり立った牡牛のようだった。「わたしが認めないかぎり、ポール卿やほかの男性とも関わってはならん」おじは広間の窓の外に広がるランガムパークをじっと見つめている。部屋は静寂に包まれたが、彼はエマに向き直ると吐き出すように言った。「おまえの母親とわたしは決めた。おまえを明日、ファルモントへ行かせる。郊外の屋敷に滞在していれば、そのうちほとぼりもさめるだろう。おまえの社交シーズンは終わりだ」

エマはシルクのドレスの衣《きぬ》ずれの音がするだけの優雅な動作で立ちあがり、姿勢を正した。「用があるなら、わたしは部屋にいるから」兄たちやクレアとアレックスに黙礼もせず、顎をつんとあげて部屋を出ていく。

「賭けをしないで正解だったたな」ウィリアムが顔をしかめた。「だが、これで終わったとは思えない。エマは戦略を学んでいるようだ。真相は宙に浮いたままだよ」

「ウィリアム、エマはファルモントへ送られるんだ」マッカルピンがつぶやくように言う。

「おまえの首をへし折らないですむことを願うよ」

ウィリアムのあいまいな表情には、妹への同情が見え隠れしている。「ぼくもエマと一緒に行こう。ここにいても、たいして面白いことはないからな」

罰として先祖代々の領地に送られるエマを、クレアは気の毒に思った。一年前なら、エマはゆうべのような外出はしなかっただろう。試そうとさえしなかったはずだ。今朝、クレアとアレックスが公爵夫妻と昨夜の件について話しているところへサマートンがやってきた。エマを見つけて、誰にも見つからないように送り届けてくれたのが彼だった。

「社交シーズン中にエマが姿を消した理由を、公爵一家はまわりにどう説明するんだ？」アレックスが尋ねた。

鋭い光をたたえた灰色の目を見ていると、彼以外のことは何もかも忘れてしまいそうになる。

「おじとおばが一緒に行って、一週間ほど滞在するらしいわ。エマを置いてこちらに帰ってきたら、娘はファルモントが気に入ったと言うんじゃないかしら」

「サマートンを探してくるよ。それから、ぼくたちも失礼しよう」アレックスがささやく。首筋にかかる息は、まるでキスのようだった。「わが家に帰る時間だ」

「賛成よ」ふたりの新たな生活の始まりだった。「二、三週間したら、エマに会いに行くというのはどう？」

「ああ、ファルモントへ行ってみたいと思っていたんだ」彼の鋭い視線がやわらぐ。「きみのご両親の肖像画を見に行こう」

クレアはうなずくだけで、何も言わなかった。この男性に恋してしまうのは当然だ。

次の週、クレアはアレックスの腕の中で目覚めた。その前の週には、彼はクレアを自分のそばから離さなかった。満ち足りた穏やかな気持ちに笑みがこぼれる。雷鳴が遠くに聞こえているが、彼女は夢に浸ることにした。

アレックスの手がウエストにまわされ、ふたりは指を絡め合った。ミスター・ジョーダン、いとこたち、おじ夫妻、両親、そして最愛のアレックスへのあたたかな思いに今朝は慰められた。クレアの自信が日増しに強くなるのは、こうした人たちのおかげだ。彼らがいてくれるから、いまの彼女がある。

将来を明確に思い描けるようになり、クレアは落ち着いて強くいられるようになった。何よりも、アレックスに愛されている。この喜びが色あせることはけっしてないだろう。彼に愛を告げられたときから、クレアの古い人生は終わりを告げ、新しい日々が始まったのだ。この結婚と夫に感謝の祈りを捧げる。互いに助け合いながら古い傷を忘れ、ともに人生を歩んでいこう。

クレアは安堵のため息をもらした。

アレックスが彼女を抱き寄せて、うなじに顔をうずめた。「愛しているよ」やさしく首筋にキスをする。「きみのいる場所がぼくの家のあるところだ。きみはレンウッドにいるべきだと言ったことがあるが、それは間違いだった。きみとぼくが、ふたり一緒にいるべきなんだ」

呪いはついに跡形もなく消えた。

エピローグ

一一カ月後のペンヒル

クレアは軽いため息をもらした。アレックスと彼女はいい名前を選んだ。エマとサマートンがふたりの前に立ち、それぞれ赤ん坊を抱いている。

洗礼式のあいだ、エマはペンブルック侯爵の跡継ぎとなるトゥルーズデール伯爵マイケル・アレクサンダー・セバスチャン・ホールワースを抱いていた。彼は幼いながらも理想的な紳士で、エマに見つめられても平然と落ち着いた態度だった。彼女は赤ん坊が振っている小さな握り拳にキスをした。やさしいエマに彼も喉を鳴らしながら笑顔を見せ、明るい声をあげるほど機嫌がいい。

この子は生まれながらに思わせぶりで、まるで理想の男性の手本のようだ。クレアは唇をすぼめて笑いをこらえた。そして息子は彼女の父親によく似ていた。

血も凍るような叫び声が部屋じゅうに響く。クレアの隣にいるアレックスが娘を助けに行こうとするが、式の邪魔をしないようにと彼女に引き止められた。叫んでいたのはトゥルーズデール伯爵の姉、レディ・マーガレット・ヴァージニア・アリス・ホールワースだった。レディ・マーガレットは後見人に抱かれながら手足をばたつかせたかと思うと、木の板のように体を硬直させた。サマートンはしいっと言いながら静かにさせようとするが、赤ん坊の機嫌は悪くなるばかりだ。気が強い娘はサマートンの不器用さもおかまいなしに、小さな手で彼の鼻を押さえようとした。

五分早く生まれただけなのだが、レディ・マーガレットは自分が主役であると主張して、この儀式、とくに冷たい水が気に入らないと言わんばかりだった。その性格はエマとそっくりだ。

洗礼式を続行する前にトゥルーズデール伯爵をサマートンに抱かせて、エマがレディ・マーガレットを引き取ると、赤ん坊はすぐ静かになって目を閉じた。

親族へのお披露目が終わったあと、エマはしぶしぶレディ・マーガレットをアレックスに渡し、サマートンがトゥルーズデール伯爵をエマに抱かせた。サマートンはほっとして大きなため息をつき、赤ん坊たちの祖母であるペンブルック侯爵未亡人と大おばのランガム公爵夫人、すなわちジニーからにらまれた。

ランガム公爵がサマートンをうしろへ引っ張る。「きみはレディのご機嫌の取り方を学んだほうがいいな」

「ごめんなさい、お父さま。これからの段取りについて、サマートン卿とお話があるの」エマがサマートンを反対のほうへ連れていった。

アレックスが娘のこめかみにキスをしているあいだに、クレアはふたりの後見人をじっと見ていた。「ダーリン、子どもたちは階上で昼寝をさせよう。ぼくたちの娘はとても眠そうだ」

「エマとサマートン卿は、この子たちの結婚式や誕生日、ほかのいろいろなお祝い事に来てくれると思う？」クレアは小さな声で言った。

「先のことはあまり考えなくていいんじゃないか」アレックスが笑う。「ぼくは来週のことを考えるのすら、ままならないよ。それに後見人はどちらかといえば形だけだからね」

部屋の向こう側にいるエマとサマートンを、クレアはちらりと見た。ふたりは頭をくっつけんばかりにして立っている。サマートンがエマの言ったことに笑い、彼女のおくれ毛を耳のうしろに撫でつけた。それから触れるのは不適切だとふいに気づいたらしく、あわてて手を離す。

その様子を見ていたクレアは頭を振り、息子の手に口づけた。「この大切なふたりについては違うわ。エマとサマートン卿には、わたしたちの子どもの人生に深く関わってほしいの」

クレアは息子を寝かせると、背中をやさしくさすってやった。ミルクを飲んだあと、しゃっくりがなかなか止まらずに大変だったのだ。昼寝をしようと目を閉じても、まだ止まらなかった。洗礼式に参列して、大勢の人に抱かれたりあやされたりで疲れきっているのだろう。

アレックスがレディ・マーガレットを抱いて入ってきた。赤ん坊は父親の顔をじっと見ながら、鼻をつかもうとしている。アレックスはうまくかわし、その手を口でつかまえた。娘が目を大きく見開いて笑う。ホールワース家に受け継がれる機転によって、赤ん坊はもう一方の手をあげて目的を達した。それには満足したものの、父親の驚きと笑いが浮かんだ顔には関心がない様子で、あくびをしはじめた。アレックスは娘を息子の横に寝かせた。ふたりが寝ているのは、白鳥の形をした特別注文のベッドだ。

アレックスが娘の頰を、そして息子を撫でるのを見て、クレアの鼓動が一瞬止まりそうになった。「このふたりは完璧だと思わないか、スウィートハート？」彼は妻のウエストに手をまわして引き寄せた。

クレアは夫の肩に頭を預けた。「完璧で美しいわ」

「母親と同じようにね」アレックスが彼女の頭にキスをする。「ぼくが男の子と女の子が欲しいと言ったときのことを覚えているかい？」

「忘れられると思う？　あなたは赤ん坊を食べたがったのよ」頭を傾け、彼のきらきら光る目を見つめた。「ふたりが生まれて、わたしたちの生活は変わったと思わない？」

「まさにそうだね、愛しい人」アレックスは、彼女の耳の下のお気に入りの場所にやさしくキスをした。「きみのおかげで、ぼくは世界一の幸せ者だ」

「ときどき自分の幸運が信じられなくなるわ」クレアは目を閉じてこのひとときを味わった。けれども好奇心が抑えられなくなって目を開ける。「洗礼式のあいだずっと、サマートン卿せなかったわね」

とエマが見つめ合っていたのに気づいた？　式が終わってから、あのふたりは階上に姿を見

アレックスが彼女を抱く手に力をこめた。「それはつまり……」

「お互いに好意を抱きはじめているのよ」その考えに彼がどんな反応を示すかをうかがう。

「どうかな。きみの思い込みなんじゃないか？　サマートンが女性と親しくなるのは大変なんだ。ぼくの知るかぎり、そんなことは一度もなかった。エマがマーガレットをサマートンの腕から受け取るときも、彼の態度はぎこちなかっただろう。彼女に触れもしないで」

「残念だけど、あなたは間違っているわ。あのふたりには絶対に何かあるわよ」

「ふたりのことは放っておけばいい。きみがもっと夢中になれるものを、ぼくは知っているよ」アレックスは子どもたちの寝顔をもう一度見てから、彼女の手を取って寝室へ続く衣装室に引っ張っていった。「いまの静かなうちに、ふたりだけの時間を過ごそう」彼の顔には輝かんばかりの笑みが浮かんでいる。

クレアはこれ以上ないほどの幸せを感じていた。

訳者あとがき

ジェナ・マクレガーの『レディに神のご加護を』をお届けします。

ペンブルック侯爵ことアレックスは、未婚の妹を妊娠させて自殺に追い込んだ幼なじみのポール卿をどうしても許せず、決闘を申し込むために誰もいない雪原に呼び出します。ところが友人のサマートン伯爵に介入されて断念。代わりにポール卿の賭博好きを利用して破滅に追い込むという、別の復讐計画を立てます。そのためにはポール卿の裕福な婚約者の存在が邪魔で、アレックスは自分が代わりに彼女と結婚をしようと思い立つのですが……。

じつはポール卿の婚約者であるレディ・クレアは、これまで何度も婚約がだめになっているという社交界でもいわく付きの女性。なかなか結婚まで行き着けない彼女は〝悪運をもたらすレディ〟として新聞で揶揄される存在であり、〝レディ・クレアの呪い〟は社交界の格好の噂話の種になっています。そんな中、またしても破談となれば彼女の評判が致命的な打撃を受けるのは明らかで、アレックスはポール卿が復縁をもくろめないようにするため、そしてクレアの評判を救うため、自分が彼女と結婚をすることにします。

妹を死に至らしめた友人に対するアレックスの怒りは激しく、彼にとってクレアは復讐を達成する手段という以上の存在ではありませんでした。ところが彼女にどうしようもなく惹かれ、単なる便宜上の結婚の相手とは思えなくなります。かつての友人には情け容赦なく復讐を推し進めていくアレックスですが、クレアに対する態度はあくまでも高潔です。彼女の過去の婚約者たちが多かれ少なかれ持参金を目当てにしていたのとは対照的に、自らも裕福であるアレックスは財産などには興味なし。精魂を傾けて取り組んでいるのは領地の改善で、毎日小作人たちと一緒に汗を流し、クレアの呪いなど歯牙にもかけないのでした。

一方、クレアは幼い頃に両親を亡くしているため、家族というものに強烈な憧れを抱いています。ところが両親が死んだ事故でひとりだけ生き残った罪悪感から、〝レディ・クレアの呪い〟を心のどこかで信じており、自分の愛した人はみな死んでしまうのではないかとひそかに恐れています。また事故がトラウマになっていて、その原因となった嵐に見舞われると平静ではいられません。アレックスはそんな彼女をやさしく支えます。

どこからどう見てもすばらしい男性であるアレックスと、愛情深く献身的なクレア。非の打ちどころのない組み合わせのふたりなのに、そう簡単にうまくはいきません。復讐という間違った目的のために始まった便宜上の結婚。どちらの気持ちもそんな枠にはおさまりきらないものになっているのに、それを相手に伝え、わかり合うのは容易でないと痛感させられます。相手を好きだからこそ疑心暗鬼になり、焼きもちを焼いてしまうものですが、疑われる側からすれば信じてもらえないのかということになる。恋愛の難しさですよね。どちらの気持ちも知ることができるわたしたち読者はひたすらもどかしいわけですが、じつはそれがロマンス小説を読む醍醐味《だいごみ》でもあります。ふたりが心の中に持っている恐れや疑いをひとつひとつ克服していくさまを、じっくりと楽しんでいただければと思います。

著者のジェナ・マクレガーはアメリカのミズーリ州で生まれ育ち、現在は夫とともに弁護士をしながら、カンザスシティで三つ子の子どもたちと暮らしています。この作品が処女作で、三作のシリーズになる予定。すでに二作目まで出版されています。二作目のヒロインはクレアのいとこであるエマ、ヒーローはアレックスの親友サマートン伯爵です。本作を読んだだけでも、かなりわが道を行くタイプに思えるエマ。どんな恋物語を繰り広げてくれるのか、こちらも楽しみですね。

二〇一七年一二月

ライムブックス

レディに神《かみ》のご加護《かご》を

著　者　ジェナ・マクレガー
訳　者　緒川久美子《おがわくみこ》

2018年1月20日　初版第一刷発行

発行人　成瀬雅人
発行所　株式会社原書房
〒160-0022東京都新宿区新宿1-25-13
電話・代表03-3354-0685　http://www.harashobo.co.jp
振替・00150-6-151594
カバーデザイン　松山はるみ
印刷所　図書印刷株式会社

落丁・乱丁本はお取替えいたします。
定価は、カバーに表示してあります。
 ISBN978-4-562-06506-6 Printed in Japan